논술로 **대학**을 바꾼다

국립중앙도서관 출판시도서목록(CIP)

논술로 대학을 바꾼다 / 김태희 지음. -- 서울 : 지상사, 2012
    p. ;   cm

ISBN 978-89-6502-147-6 13800 : ₩23000

논술[論述]

802-KDC5
808-DDC21   CIP2012002393

논술로 대학을 바꾼다

김태희 지음

지상사 Jisangsa

머 리 말

이 글을 읽고 있는 수험생인 그대, 진정으로 논술로 합격을 원하는가? 그렇다면 지금 당장 가지고 있는 휴대전화부터 부모님께 맡기고 대학입시가 끝난 후에 찾아라. 그리고 좀 더 공부에 진지해져라.

도대체 논술 책에서 왜 이런 식의 뚱딴지같은 질문을 던지는지 의아하겠지만, 여기에는 나름대로 분명한 이유가 있다. 그것은 바로 '차이'의 경제학을 설명하기 위함이다. 즉, 아주 작은 차이가 큰 결과를 만들 수 있다는 이른바 '나비효과'가 그것이다.

학교는 물론 학원수업과는 차원이 다른 대입논술로 합격하려면, 당연히 지금처럼 공부해서는 안 된다. 객관식의 찍기 시험은 음악도 들어가며, 옆 사람과 잡담도 해가며, 또 슬쩍슬쩍 휴대전화의 문자도 확인해가며 그럭저럭 공부해나갈 수 있겠지만, 적어도 논술공부만큼은 이렇게 해서는 어림없다. 그만큼 고도의 집중력을 요구하는 공부이기 때문이다.

그럼에도 많은 학생들은 여전히 사리분별이 안 된다. 수능성적도 내신성적도 그저 그렇다 보니 지푸라기라도 잡는 심정으로 논술학원을 기웃거리고, 또 그렇게 해서 혹시나 하는 마음으로 논술공부를 해나간다. 사정이 이렇다 보니 잔뜩 경쟁률만 올려놓는 들러리가 되고 마는 것은 당연하다. 이러고도 자신에게 화가 치밀지 않는다면, 이는 그만큼 속절없거나, 아니면 그만큼 아무런 생각 없이 공부한다는 뜻으로밖에 달리 해석되지 않는다.

헌데, 이것이 비단 나에게만 국한되는 게 아니라, 대다수가 그렇다면 어찌할 것인가? 그렇다면 마음을 고쳐먹고 한번 해볼 만하지 않은가? 그렇다. 적어도 지금까지는, 내가 잘나서라기보다는 남들도 똑같이 헤매기 때문에 어부지리를 얻을 수 있는 게 바로 대입논술이다. 재미있지 않은가?

그만큼 논술공부가 어렵다는 얘기고, 이런 이유로 어디서부터 어떻게 해나가야 할지 도무지 감을 잡을 수 없다는 뜻이기도 하다. 그렇기에 이는 역설적으로, 논술 공부를 제대로 알고 접근하되 그저 남들보다 한 뼘만 더 열심히 공부하면 얼마든지 승산이 있음을 암시한다. 그리고 실제로도 그렇다.

이 책은 바로 그것을 짚어주려고 썼다. 무릇 어려운 공부일수록 선택과 집중을 여하히 잘 해나가느냐가 관건이 된다. 즉, 반드시 해야만 하는 공부는 아무리 힘이 들고 시간이 걸리더라도 곧이곧대로 해나가야 하지만, 반대로 불필요한 부분은 과감하게 도려내는 게 오히려 더 효과적이고 공부의 효율도 높아진다.

논술공부가 딱 그런데, 여기에는 한 가지 조건이 붙는다. 고도의 집중력이 필요한 공부이기에 적어도 공부하는 동안만큼은 이를 가로막는 그 어떠한 것도 자신으로부터 멀리할 수 있어야 한다. 이쯤 되면 앞서 휴대전화를 멀리하라는 얘기가 다분히 이를 상징하는 의미에서 한 얘기임을 이해할 수 있을 것이다. 그리고 이는 비단 논술공부에만 국한되는 것이 아니라, 다른 공부에서도 마찬가지일 것이다.

중요한 것은, 이렇듯 사소한 것 하나마저도 나비효과가 되어 좋은 결과를 가져온다는 점이다. 즉, 어떤 것을 소망하고 이루기 위해 행하여지는 간절한 의지와 노력은 자신의 마음가짐부터 바꾸고, 이는 집중력으로 이어져 공부의 효과를 배가시킨다.

이 책은 또한 이런 학생들을 도와주고자 하는 마음에서 썼다. 하고자 하는 의욕이 아무리 앞선다 한들, 도무지 무엇을 어떻게 해야 할지 몰라 머리부터 들이밀고 보는 무모함을 보이지는 않을까 하는 안타까움이 책을 쓰게 된 직접적인 동기다. 물론 이는 직접 딸아이를 가르치는 과정에서 느낀 것이기도 하다.

이 책을 읽으면서 학생들은 논술공부와 관련된 기존의 통념과는 다른 많은 것들과 맞닥뜨릴 것이다. 물론 필자의 생각을 강요할 생각은 추호도 없다. 그렇더라도 어디까지나 필자가 주장하는 글의 논리적 인과관계에 주목하여 살피기를 바란다. 명색이 논술과 관련한 책인데, 논리적 정합성으로 평가받아야 함이 옳지 않은가?

이런 이유로 이 책은 지나칠 정도로 자세히, 그것도 거듭해서 풀어 설명하는 과도한 친절함을 보였다. 그럼에도 이렇게 쓴 데에는 다분히 지향하는 목적이 있다. 앞서 말했듯이, 복잡하고 어려워보일수록 그 핵심은 단순하기 마련인데, 그럼에도 이를 공부하는 사람들은 그것을 간과하고 지나치는 경향이 있다. 더군다나 이런저런 공부로 한창 바쁜 학생들의 경우에는 특히 그렇다.

이는 논술에 출제되는 제시지문의 경우에도 마찬가지다. 전 세대를 거쳐 오면서 거르고 걸러진 그야말로 주옥같은 글로, 글쓴이가 극단까지 밀어붙여가며 치열하게 사고한 동 시대의 생각과 고민에 대한 집약이기 때문이다. 당연히 너무나도 자세하고도 길게 풀어 써내려 간 글들이 주종을 이루는데, 논술시험에서의 독해와 요약은 이것을 다시 집약해서 그 사상의 핵심을 묻고자 함이다.

이쯤 되면 필자가 무슨 의도로 이렇게 써나갔는지 어렵지 않게 짐작할 수 있을 것이다. 그 하나는 말하고자 하는 중요한 핵심 내용을 거듭해서 강조하려는 의도가 다분히 깔려 있음이요, 다른 하나는 논술 제시지문처럼 이 책 역시 내용을 읽어내려 가면서 그 핵심을 파악할 수 있는 능력을 묻고자 함이다.

그렇다고 거듭 반복하며 장황하게 쓴 것만은 아니다. 학생 수준으로는 이해하기 어렵고 복잡한 설명이 필요한, 그럼에도 실질적인 학습에 그다지 실효성이 떨어지는 이론적인 부분은 과감하게 생략하거나 확 줄여버렸다. 물론, 이것 역시 다분히 논술공부를 겨냥한 목적에 따른 것임은 두말할 나위가 없다.

　따라서 이 책을 끝까지 다 읽고 난 이후에도 이 책에서 말하고자 하는 요점조차 파악하지 못했다면, 이는 다음 두 가지 이유 때문일 게다. 즉, 이 글을 쓴 필자의 내용 전달에 문제가 있거나, 아니면 글을 읽는 학생의 지적 수준에 문제가 있거나. 어느 것이 되었든, 피차 이 같은 불행이 없기를 바랄 뿐이다.

　끝으로, 이 글을 읽는 모든 수험생들이 이번 대입논술에서 기대한 결과를 낳기를 기원하며, 집중 또 집중해서 공부해나갈 것을 거듭해서 주문한다. '양은 질을 추구한다'는 식의 현행 학원수업 방식으로는 절대로 논술시험에 합격할 수 없기에 그렇다.

김태희

제2장_ 논술합격,
선택과 집중에 달렸다

제3장_ 논술준비, 이렇게 하면 된다

제4장_ 논술문제 풀이를 위한
방법론적 해설

제1장

정답이 없는
논술공부,
방법은 있다

학생들이 논술공부를 하는 모습을 보고 있노라면 마치 우리나라의 예전 축구를 보는 것 같은 느낌을 지울 수 없다. 그라운드 곳곳을 누비며 무지하게 열심히 뛰지만 결과를 보면 어이없이 참패를 당하거나, 89분 내내 우세하다가 막판 1분을 못 넘기고 역전되고 만다. 이른바 비효율의 극치를 보여준다.

학생들도 마찬가지로 저마다 무언가 열심히 공부하지만, 결과는 영 신통치 않다. 왜일까? 무엇을 어떻게 공부해야 하는지도 모르고 단순히 많이 읽고 많이 쓰는 게 옳다고 생각하면서 그저 시키는 대로 판에 박힌 듯이 공부하기 때문이다.

여기에는 당연히 논술을 가르치는 강사의 자질도 한몫을 한다. 논술이란 게 학생들이 제대로 알고 접근하기가 워낙 어려운 까닭에 학원의 논술강사나 관련한 안내서에 의존할 수밖에 없다. 하지만 이들의 말 한마디 한마디를 듣고 있자면 참으로 어이없고 한심하다는 생각을 지울 수 없다. 일례로, 얼마 전까지만 해도 논술에 배경지식이 꼭 필요하기 때문에 평소에 이것을 많이 공부해야 한다고 열을 올렸던 사람들이, 이제 와서는 언제 그랬냐는 듯이 배경지식이 논술공부에 결코 도움이 안 되니 알 필요가 없다며 일제히 말을 바꿨다. 그렇게 해서 논술공부에 배경지식이 필요하다고 강조하는 사람이 속된 말로 호구가 된 지 오래다.

또한 시중의 논술지침서를 보자면, 아직까지도 논술 글을 쓸 때는 '서론-본론-결론'의 형식에 맞춰 이러저러하게 써야 한다고 강조하며 친절하게 방법론까지 일러준다. 과연 그럴까? 결론부터 말하자면, 이는 너무나도 무책임하고 현실과도 크게 동떨어진 구태의연한 고정관념에 지나지 않는다. 그렇기에 이것을 곧이곧대로 받아들일 경우 입게 되는 피해는 온전히 학생들 몫이 되고 만다. 그만큼 논술을 둘러싼 작금의 교육시장은 가치 왜곡된 무책임한 선동만이 난무하고 있다. 이는 이제부터의 설명을 통해 하나하나 밝혀질 것이다.

그렇더라도 한 가지 반드시 생각해야 할 것이 있다. 논술공부는 그 범위와 수준이 너무나도 광범위하고 천차만별이어서 도무지 어디서부터 어떻게 시작해야 할지 막막하다는 점이다. 하지만 그렇기에 제대로 알고 접근한다면 남들보다 좋은 성과를 얻을 수 있는 것이 논술공부이기도 하다. 즉, 지금의 논술시험은 내가 잘해서라기보다는 다른 학생들이 더 못해서 결과가 엇갈리는 그런 시험이기 때문이다. 따라서 논술공부가 무엇이고 어떻게 해야 하는지 제대로 이해하려면 현행 논술시장을 둘러싼 환경부터 올바르게 파악해야 하는데, 이제부터 이것에 대해 하나하나 짚어보자.

대학은 왜
논술전형을 중시할까

지금의 대학입시에서 논술전형이 상위권 대학, 특히 명문대를 지망하는 수험생들에게 결코 피해 갈 수 없는 관문이 된 것은 분명한 사실이다. 내로라하는 명문대학들은 논술시험을 중요한 전형 수단으로 삼고 있는데, 이는 수능시험이 쉽게 출제되면서 그 변별력이 갈수록 떨어지고 있는 추세와 궤를 같이 한다.

그 점에 있어서는 학교 내신성적 역시 별반 다르지 않다. 대학 측에서는 강남 등 특정 학군 내의 우수 고교와 외고·과고·자사고 등 비록 내신등급은 떨어지지만 타 지역 고교에 비해 성적이 뛰어난 특목고 학생들을, 그것도 다른 대학에서 먼저 뽑아가기 전에 입도선매 식으로 선발하려 든다. 따라서 어떻게든 우수한 학생들을 유치하고 싶어 하는 대학의 입장에서 볼 때, 변별력이 떨어지는 수능성적과 학교 간에 격차가 크게 나는 내신등급만을 보고서 학생들을 선발하기를 주저하는 것이 당연하다. 더군다나 최상위권 대학은 엇비슷한 수준의 학생들이 경쟁하기 때문에 내신과 수능 점수에서 거의 차이가 나지 않는다.

이것을 반영이라도 하듯 각 대학들은 그동안에 줄기차게 요구해온 본고사 부활의 대안으로 논술시험을 활용하여 슬그머니 우회하고 있는 것이다. 즉, 상경계열 문제에 그 동안 병행하여 출제했던 수리 부문을 더욱 강화하고, 인문계열 문제에 영어지문을 새롭게 추가한 것이 그것이다.

이렇듯 대학에서 논술시험을 중시하는 데는 나름대로 이유가 있다. 무엇보다 현행 대학입시제도의 틀 안에서 대학이 자율성과 재량권을 갖고 우수학생을 선택할 수 있는 가장 효과적인 선발방식이 바로 논술시험이라는 점이다. 물론 입학사정관 제도를 통해 학생들을 선발하는 방식의 비중이 갈수록 높아지겠지만, 그렇더라도 이것이 제도로 정착하기까지는 앞으로도 상당한 시간이 필요하며, 이 또한 교과부에서 정한 정책 기준을 따라야 하기에 대학의 입장으로서는 그만큼 타율적일 수밖에 없다.

더군다나 사교육 비중을 낮추고 공교육을 활성화한다는 명분하에 수능시험의 변별력을 낮추고 입학사정관제의 비중을 확대한 것이 현 정부의 정책이지만, 이로 인한 문제점이 속속 드러나면서 개선의 요구가 끊이지 않고 있다. 따라서 이 부분만큼은 다음 정부로 누가 들어서느냐에 따라 얼마든지 뒤바뀔 소지가 있음은 물론이며, 그렇기에 대학은 자율권을 갖는 논술전형을 절대로 포기하려 들지 않을 것이다.

또한 논술공부는 앞으로의 고교교육 방향과도 같은 궤적을 그린다. 거시적인 관점에서의 공교육 정상화와 21세기 정보사회에서의 경쟁력 있는 인재 선발을 위해서도 논술공부가 꼭 필요하기 때문이다. 그 이유는 이렇다.

갈수록 정보가 늘어나고 쉽게 접근할 수 있는 상황에서, 학생들이 예전처럼 단순히 많은 지식을 머릿속에 집어넣는 것은 더 이상 시대의 흐름에 맞지 않는다. 즉, 단순한 암기와 객관식 문답 위주로 무작정 지식을 쓸어 담는 식의 획일화된 교육에서 벗어나, 지식을 어떻게 체계화하고 조직화하느냐가 더 중요해졌다. 이런 이유로 대학이 학문의 발전에 필요한 올바른 독해와 요약 능력, 비판력과 창의적인 사고력을 측정하는 논술시험을 중요시하는 것은 당연하다. 이는 그 동안 논술전형으로 입학한 학생들의 수학능력으로 입증되고 있다. 대학교수들의 말을 빌자면, 예전에는 학생들이 제출하는 리포트를 읽어도 무슨 말인지 알 수 없는 것들이 많았는데, 요즘은 최소한 자기주장을 분명히 전개하는 등 그 효과가 크다는 것이다.

PSAT(공직적격성평가시험)와 LEET(법학적성시험) 등 대학의 명성을 빛내기 위해 학부 학생들에게 물심양면으로 지원하고 있는 시험이 근본적으로 논술공부에 기초를 두고 있는 점 또한 무시할 수 없다. 대학이 뛰어난 논리성을 갖춘 수험생들을 입학 단계에서부터 가려서 선발하는 것은 무엇보다 중요한 과제가 되었으며, 이런 이유 때문에서라도 논술전형을 결코 포기하지 않을 것이다.

결국 논술전형을 포기하고서는 명문대 진학이 결코 쉽지 않음을 알 수 있는데, 실력이 엇비슷한 학생들이 맞붙는 명문대에서는 논술시험 역시 간발의 차이로 합격과 불합격이 갈린다. 그렇기에 논술시험의 실체를 정확히 알고, 이를 토대로 체계적이고 효율적으로 공부해야 합격할 가능성이 높아진다. 하지만 문제는 수험생들이 논술시험을 워낙 생소하고 어렵게 느끼기 때문에, 어디서부터 어떻게 접근해야 할지 도무지 갈피를 못 잡는다는 사실이다. 이는 특히 다음 이유 때문이다.

수험생들은 왜 논술공부를 어려워할까

원래 공부란 게 그렇다. 성적을 잘 받기 위한 공부든, 그렇지 않고 자신의 지적 욕구를 충족하기 위한 공부든 관계없이 그 실력이 일정 수준에 도달하기까지는 상당한 시간이 필요하다. 이것을 공부에 필요한 '절대시간'이라고 하자. 물론 이는 개개인의 능력에 따라 당연히 차이가 날 것이다. 머리가 뛰어난 학생들은 그만큼 지적 습득 능력이 뛰어난 덕에 다른 학생들보다 빠른 시간 내에 기대한 수준에 도달할 것이다. 그렇더라도 중요한 것은, 이들 역시 시간적 효과의 차이를 보일 뿐, 공부에 절대시간을 필요로 한다는 사실에는 변함이 없다.

이는 중요한 의미를 갖는다. 수험생들의 시험성적이 차이를 보이는 가장 큰 이유는 바로 절대시간에 도달할 만큼 공부했느냐 그렇지 않느냐로, 이것이 시험성적에 가장 중요한 요소로 작용하기 때문이다.

그러면 똑같은 시간을 들여 공부하고도 어떤 이유로 수험생들의 성적에 차이가 날까? 여기에는 많은 이유가 있겠지만, 그 중 하나가 바로 공부 방법에서 차이가 나기 때문이다. 만약에 "우리 아이는 초등학교 때는 공부를 곧잘 했는데, 중고등학교에 올라가면서부터 왜 성적이 안 오르는지 모르겠다." 혹은 "조금만 더 하면 될 것 같은데, 왜 노력을 안 하는지 모르겠다."고 하면서 아쉬워하는 경우라면, 이는 그 학생의 지적 역량이 거기까지이거나, 아니면 공부 방법에 문제가 있는 것으로 보면 틀림없다.

이처럼 공부 방법과 공부에 필요한 절대시간을 문제 삼는 이유는 분명하다. 학생들에게는 논술처럼 익숙하지 않아 불편한 시험도 없으며, 그렇기에 어떤 식으로 접근해야 좋을지 도무지 모르겠기 때문이다. 실제로 자칫 잘못 접근했다가는 목적한 소기의 성과를 기대하기 어려운 게 바로 논술공부이기도 하다.

어찌 보면 대학입시처럼 '제로섬 게임'의 법칙이 확실하게 적용되는 분야도 없는 것 같다. 오직 합격이냐 불합격이냐의 이분법적인 결과만이 모든 것을 지배하기 때문이다. 따라서 만약에 많은 시간과 노력을 쏟아 부었는데도 나쁜 결과가 나왔다면, 그 후유증은 실로 엄청날 것이다. 특히 대입 수험생의 경우, 내신이다 수능이다 논술이다 해서 다양한 전형을 섞어놓았기 때문에 어디에 포커스를 맞춰 공부해야 시간 대비 효율성을 높일 수 있을지 도통 모르겠다는 점에서 그렇다.

이런 이유로, 대학입시에서 가장 피해야 할 최악의 결과가 바로 수능도 내신도 논술도 전부 그저 그런 성적을 받아 밑도 끝도 없이 추락하는 것이다. 실제 많은 수험생들에게 이런 현상이 비일비재하게 일어나는데, 이는 서울 소재 주요 대학에 아쉽게 떨어지는 경우에 특히 많이 발견된다.

따라서 막연한 기대심리를 갖고 3학년에 들어와서부터 논술시험 공부를 시작하려는 수험생은 좀 더 신중하게 생각하고 결정해야 한다. 자칫하다가는 수능마저 놓침으로써 정시까지도 망칠 수 있기 때문이다. 즉, 수험생들에게 논술시험 공부는 그만큼 낯설고 어렵게 느껴지기 때문에, 처음 결심과는 달리 제대로 되지 않고 어영부영 흐를 가능성이 높다. 이는 특히 다음 면에서 그렇다.

수험생들은 완성 글을 제대로 읽어본 적이 없다

논술공부는 많은 책을 읽고, 깊게 생각하고, 자기주장을 직접 글로 쓰는 등의 체계적인 연습을 통해 논리적이고도 창의적인 생각을 이끌어내는 게 주된 목적이다. 당연히 일찍부터 논술공부를 꾸준히 해온 학생들이 시험을 잘 볼 수밖에 없다. 그만큼 논술 실력과 논술공부에 들인 시간 사이에는 일련의 상관관계가 있음이 분명하다.

하지만 이런 식으로 차근차근 공부한 학생들이 과연 몇이나 될까? 대부분의 학생들은 객관식의 수능시험에 너무나도 길들여져 있기에, 읽고 생각하고 쓰는 논술형의 문제풀이에는 도무지 서투르며, 심지어는 일종의 트라우마 증세까지 보이기도 한다.

학생들이 논술공부를 어려워하는 것은 당연하다. 이런 식의 공부와는 담을 쌓고 있는 것이 현행 교육체계이기 때문이다. 학원에서 무수히 쏟아내는 자료들은 물론이고, 심지어는 학교 사탐 수업시간에서조차도 교과서를 제대로 읽지 않고 요약된 자료를 가지고 공부한다. 언어과목 수업 역시 그렇다. 언어과목 공부의 기초가 바로 탄탄한 독해력에 있음에도 불구하고, 학생들은 문제를 보고서 바로 답안을 찍어내는 훈련에 급급할 뿐이다. 당연히 같은 지문이라도 주제를 조금만 비틀면 전혀 다른 문제로 인식하여 이를 제대로 풀어내지 못한다.

이것이 바로 지난 수능 때 언어영역 비문학 지문을 EBS 교재에서 거의 그대로 출제하되 문제만 살짝 응용·변형했을 뿐인데도 학생들이 이를 제대로 해결해내지 못한 이유다.

이는 수험생들이 정확한 지문 독해 없이 단순히 감각적으로 문제를 푸는 식으로 공부하고 있음을 여실히 보여준다. 실제 비문학 지문의 경우, 그 내용이나 난이도 면에서 모두 논술시험의 제시지문에 결코 뒤지지 않는다. 그렇기에 언어영역 비문학 지문을 제대로 읽고 해석하고자 노력하기만 해도 이것이 논술공부에 크게 도움이 될 수 있을 텐데, 수험생들은 수능 따로 논술 따로 어설프게 공부하는 비효율성을 보이고 있다.

이런저런 이유로 수험생들은 완성 글을 제대로 읽어본 적이 없으며, 또 읽으려 노력하지도 않는다. 당연히 논술공부를 통해 고전이나 명저의 발췌본을 접하면 머리에서 지진이 일어나게 된다. 읽어도 제대로 해석이 안 됨은 물론이겠고.

수험생들은 요약 글을 제대로 써본 적이 없다

그렇다면 학원에서 제공하는 사탐과 언어영역의 요약 글은 어떠한가? 공부의 효율성을 꾀하기 위해 많은 똑똑한 학원 강사들이 고심하여 만든 것이니 당연히 고도로 내용을 압축하고 함축한 것이겠고, 따라서 이것이라도 제대로 공부하면 글의 요약을 이해하는 데 당연히 도움이 되지 않겠는가?

하지만 이는 대단한 착각이다. 왜냐하면 시험공부에 빠뜨리지 말아야 할 모든 내용을 빠짐없이 한데 쓸어 담기는 해야겠고, 그렇기에 이런 식의 요약이란 게 모든 수식어를 다 빼고 명사와 대명사만을 나열하면서 압축한 데 지나지 않기 때문이다. 다시 말해, 이는 글의 요약이 아니라 문장의 단순한 생략에 불과하다. 더군다나 이렇게 나열된 지식을 무슨 절대적인 지식이라도 되는 것처럼 항목별로 분류하여 제시함으로써, 각 항목들 간의 연결 관계를 애초부터 끊어버리는 우를 범하고 만다. 당연히 이런 식의 요약본을 접하여 무조건 암기할수록 학생들은 논술 글의 올바른 독해·요약과 멀어질 뿐이며, 결국에는 논술공부 자체를 기피하게 된다.

설상가상으로 학생들에게는 글을 써볼 기회가 거의 없다. 그렇기에 실제 논술공부를 할 때 독해와 요약을 가장 힘들어하고, 또 이것에 지레 겁을 먹고 중도에 포기하는 경우가 허다하다. 이처럼 요약한 글을 받아먹던 학생들이 논술의 요약 글 쓰는 것을 기피하는 부정합, 이를 어떻게 봐야 할까?

하지만 분명한 것은, 글을 거듭 읽고 쓰는 동안에 독해와 요약 능력은 부쩍부쩍 늘게 되어 있으며, 실제 논술시험 당락이 사실상 이것으로 판가름나기 때문에 결코 이를 피해갈 수 없다는 사실이다.

수험생들은 자신의 생각을 깊게 펼쳐본 적이 없다

당연히 수험생들은 깊게 생각하려 들지 않는다. 아니 그보다는 단순하게 생각하는 데 길들여졌다고 보는 게 맞다. 이는 조그마한 나무에 묶여있는 덩치 큰 코끼리가 이를 끊고 달아나지 못한다는 인도의 속담과 그 이치가 같다. 즉, 새끼 때부터 묶여있던 나무를 뽑아내기가 어렵다고 인식하고 길들여지면서, 이후 덩치가 커져 이것이 가능함에도 불구하고 도무지 시도조차 하려 들지 않는 타성이 그것이다. 학원에서 풀어주는 것만 받아 쉽게 공부하려다 보니 어느새 생각이 멈춰버린 불쌍한, 그러나 점점 몸집만 커가고 있는 새끼 코끼리, 그것이 지금 학생들의 모습과 무엇이 다를까?

그런 점에서 수험생들의 높은 수능 점수와 지적 능력이 반드시 일치한다고 단정할 수 없다. 수험생들이 좋은 성적을 거두는 것은 그 문제를 해결하기 위한 치열한 노력의 산물이라기보다는, 그만큼 많은 시간을 들여 더 많은 문제를 풀어 간가적으로 통달했다는 뜻과도 같기 때문이다. 그렇기에 문제 유형이 조금만 달라지면 쩔쩔매는 것이다.

바로 그런 점에서 지금 학생들이 공부하는 방식은 지나칠 정도로 비효율적이다. 도대체 시중에 깔린 문제집은 몇 권이며, 이를 가지고 학생들이 풀어야만 하는 문제는 또 얼마나 많다는 말인가? 이것이 왜 대학에서 수능성적만 가지고 학생들을 평가하지 않는지에 대한 이유이기도 하다. 갈수록 지식이 넘쳐나고 누구든지 쉽게 접하여 얻을 수 있는 시대에, 수험생들의 머릿속에 단순히 얼마만큼 지식을 많이 담고 있느냐는 더 이상 의미가 없다는 게 대학의 생각이다. 이것이 대학에서 논술전형을 중시하는 이유이기도 하다.

논술공부는 명문대를 목표로 하는
학생에게 가장 시간 효율적이다

　그렇다면 이처럼 수험생들에게는 대책이 없고 또 거북하기만 한 것이 대입 논술시험 공부이기에, 이를 진즉에 때려치우고 정시를 겨냥한 수능시험 공부에 전념하는 게 옳지 않을까? 더군다나 고3 들어 본격적으로 논술공부를 하려 해도 정작 어떻게 대비해야 할지 잘 모르는 상황에서, 출제 유형이 대학마다 제각각이고 또 출제되는 주제 또한 지나치게 포괄적이어서 어떤 문제가 어떤 식으로 나올지 도무지 알 수 없는 상황에서 말이다.

　바로 여기에 역설적으로 논술시험 공부의 매력이 있다. 논술공부의 어려움이 반드시 나에게만 해당되는 것이 아니기 때문이다. 남들이 어렵게 느낀다면 그것이 오히려 내게는 기회가 될 수 있는데, 왜냐하면 남들이 힘들다고 쉽게 포기하거나 등한시하는 경우가 많아 그렇다. 그렇기에 남들보다 조금만 더 노력한다면 어렵지 않게 목적한 바를 성취할 수 있는 게 논술공부이기도 하다.

　이것이 무슨 뜻인가 하면, 논술시험이란 게 워낙 그 범위와 주제가 광범위하고 포괄적이어서 그 누구라도 공부하기 어렵기는 마찬가지며, 특히나 글을 읽고 생각하고 쓰는 연습에 익숙하지 않기는 매한가지라는 것이다. 따라서 논술공부를 효과적으로 할 수 있는 올바른 방법을 찾아 일정 수준에 오를 때까지 절대시간을 할애하여 열심히 공부한다면, 당연히 남들보다 훨씬 뛰어난 성과를 올릴 수 있다.

논술시험은 어렵다기보다는 익숙하지 않을 뿐이다

　이런 이유로 비록 남들보다 뒤늦게 논술공부에 뛰어들었다고 해서 불안해할 이유는 없다. 일찍부터 차근차근 논술공부를 해옴으로써 길러진 논리적 사고력이 분명 논술성적에 크게 작용하겠지만, 그렇다고 해서 이것이 합격에 절대적인 요인으로 작용한다고 섣불리 단정지을 수는 없다.

이는 그만큼 일반논술과 현행 대입논술이 추구하는 바가 다르기 때문에 그렇다. 대입논술 시험만을 위한 별도의 체계적인 공부가 필요하며, 그것도 기존의 논술공부와는 일정 부분 방법을 다르게 해서 공부해야 하는 이유가 여기 있다. 당연히 대입논술 공부를 일정 수준으로 끌어올리기 위한 절대시간이 필요하다. 하지만 이것이 학생 저마다 차이를 보이는 상황에서, 얼마만큼의 시간을 투자해 공부해야 합격 가능한 수준에 이를지 가늠하기란 무척 어렵다. 기존의 수능공부 방법과는 전혀 다른 차원의 접근방법과 노력이 필요하다는 점에서 특히 그렇다.

여기서 생각해야 할 것이, 대입논술은 결코 글쓰기 실력을 묻는 시험이 아니며, 또한 단순히 배경지식을 묻고자 함도 아니라는 사실이다. 어쭙잖은 지식을 얼마만큼 많이 머리에 주워 담고 있는지를 묻기보다는, 그 지식을 어떻게 통합하고 조직화할 수 있는지 묻는 게 논술시험의 주된 목적이기 때문이다. 그런 의미에서 본다면 논술시험은 사고력을 묻는 시험이기도 하다. 즉, 교과과정에서 배운 것들을 통합하여 이것을 가지고 현재 우리 사회에서 일어나고 있는 제반 문제점과 그 해결방안에 대한 학생들의 관점과 문제해결 능력을 묻고자 하는 게 대학에서 논술시험을 치르는 주된 목적이다.

하지만 아직 사고력이 무르익지 않은 학생들의 지적 수준에서 그 답을 풀어내기가 어렵다는 게 문제다. 더군다나 객관식 문제에 익숙해져 있는 상황에서는 더욱 그렇다. 이런 이유로 학생들이 이것을 해결하는 능력을 키우기까지 일정 시간이 필요한 것이다.

어떤 의미에서 볼 때, 논술시험은 수학 문제풀이와 일맥상통한다고 말하는 사람도 있다. 여러 개의 지문을 제시하고 이를 문제로 엮어냄으로써, 이들 간의 논리적 연관관계를 풀어낼 것을 요구하기 때문이다. 그렇기에 대입 논술시험은 수학 문제처럼 일련의 풀이과정이 있고, 그 과정을 단계를 밟아가며 풀어내면 출제자가 요구하는 답안이 작성된다고 한다. 맞는 말이다. 헌데 한 가지 재미있는 사실은, 최근 출제빈도가 높아지고 있는 인문 수리논술 문제의 경우(이는 도표와 그림 등의 통계 자료를 제시하는 자료제시형 문제에서도 마찬가지다), 문제의 수준은 그야말로 산 수 수준밖에 안 되는데도 그 답을 제대로 풀어내지 못하는 경우가 허다하다.

만약에 수학 문제풀이 식으로 해결하라고 하면 단박에 답할 수 있을 것을 서술 식으로 출제하거나 서술형으로 답하라고 하면 쩔쩔매는 현상, 이를 어떻게 해석해 야 할까?

그 가장 큰 이유는 수험생들이 그 동안에 기계적으로 문제를 푸는 데 익숙해졌 기 때문이다. 논술전형의 기본 취지가 생각하기란 관점에서 생각해볼 때, 논술시 험은 수능시험과는 성격이 확연히 다름을 알 수 있다.

그런 점에서 볼 때 논술시험은 어렵다기보다는 익숙하지 않은 시험일뿐이다. 물 론 논술공부란 게 하루아침에 이뤄질 수 없는 어려운 공부임에는 틀림없지만, 학생 들이 이런 방법으로 문제를 푸는 데 익숙하지 않아 지레 겁을 먹고 포기하는 경우 또한 상당히 많다. 따라서 논술시험의 의도를 정확히 이해하고, 그 이해를 토대로 꾸준히 연습한다면 기대 이상의 효과를 얻을 수 있는 게 또한 현행 대입 논술시험 이다.

수능 최저학력기준 충족+논술성적=최상위권 대학으로 가는 지름길

논술시험이 매력적인 또 다른 이유는 '다중평가'에 따른 에스컬레이터 효과를 기 대할 수 있다는 점이다. 즉, 논술전형은 수능성적을 일정한 등급 이내로 제한해 적 격성 여부만을 평가하는 '절대평가' 방식에 논술성적이 더해져 최종합격을 가리는 다중평가 방식이라는 점이다. 이렇게 되면 학생들의 수능성적을 전체 1등부터 일 렬로 등수를 매겨 합격선을 구분하는 현행 정시입시의 '상대평가' 방식에 더해 플 러스알파가 작용하게 된다.

이는 대단히 중요한 의미를 갖는다. 이를 연세대의 전형을 예로 들어 설명하면 이렇다. 내신 위주로 선발하는 입학사정관전형을 제외할 경우에, 일반계고 학생들이 연세대에 합격하려면 크게 다음 두 가지 전형을 뚫어야 한다. 하나는 수시 논술전형(수시 일반전형)으로 합격하는 것이고, 다른 하나는 정시 일반전형을 통해 합격하는 것이다.

연세대의 경우, 수시 논술전형은 수능 최저학력기준을 충족한 학생들이 논술시험까지 잘 치러야 합격하지만, 정시의 경우에는 철저하게 수능성적만으로 합격자를 가려낸다. 따라서 얼핏 생각하기에는 정시전형이 더 쉬워 보이지만, 이를 통해 연세대에 합격하려면 수능성적이 적어도 전체 수험생의 0.3~0.5% 이내에 들어야만 가능하다. 그만큼 낙타가 바늘구멍을 뚫는 것처럼 어렵다.

하지만 수시 논술전형 우선선발의 경우에는 수능성적이 전체의 4% 1등급(물론 언·외·수 모두 1등급에 들어야 하겠지만) 이내에 속하는 수험생들을 하나의 범주로 묶어 적격성 여부를 판단하는 기준으로만 삼을 뿐이다. 마치 사법고시 1차 시험 적용기준처럼 말이다. 그리고는 이 범주에 속하는 학생들의 논술시험(물론 학생부성적을 합산하여 평가하지만 실제 반영 폭은 낮다) 성적을 가지고 합격자를 가리게 된다. 따라서 이는 대단한 혜택이자 기회균형이 아닐 수 없다. 왜냐하면, 비록 논술전형이 수능성적에 논술성적을 더해 합격자를 가려내는 것이지만, 그렇더라도 수능성적은 어디까지나 자격요건을 규정하는 하나의 기준으로만 작용할 뿐이기 때문이다.

그 결과, 수능성적과 논술성적은 서로 더해짐으로써 보완적인 역할을 하게 된다. 즉, 수능점수만 가지고는 정시에 합격하기 어렵더라도, 최저학력기준을 맞추고 여기에 논술시험을 효과적으로 치룰 경우에는 바라는 대학에 합격할 가능성이 그만큼 높아지게 된다. 물론 최상위권 학생에 국한되는 이야기다.

수능 최저학력기준은 대학별로 차이가 있으며, 그것도 우선선발과 일반선발의 조건이 다르다. 예를 들어 성균관대와 한양대 같은 최상위권 대학의 경우에 우선선발은 언·수·외 합 4등급 이내(경영학과 등의 경우에는 언·수·외 모두 1등급, 연·고대의 경우에는 전체 학과가 모두 1등급), 일반선발은 언·수·외 2과목 2등급 이내(최상위권 대학의 경영학과 등의 경우에는 언·수·외 합 최소 4등급 이내)로 제한된다.

이화여대의 경우, 우선선발은 언·수·외·탐 3개 영역 이상 1등급 이내이지만, 그 중 50%는 아예 수능시험에 관계없이 선발하며, 일반선발의 경우에는 언·수·외·탐 3개 영역 이상 2등급 이내로 제한된다. 아예 최저학력기준을 적용하지 않는 대학도 있는데, 숙명여대는 수능 최저학력기준 없이 논술만 가지고 선발한다. 비록 일부에 국한되는 것이겠지만, 이화여대나 숙명여대처럼 굳이 수능성적에 관계없이 논술성적만 가지고 학생을 선발하려는 의도가 무엇이겠는가? 그만큼 대학 측에서 논술전형을 중시하고 있다는 반증이며, 이를 통해 우수학생을 뽑겠다는 의지가 확고함을 알 수 있다.

이쯤 되면, 왜 논술시험 공부를 해야 하고, 논술공부에 시간을 할애해 힘을 쏟아야 하는지 미루어 짐작할 수 있을 것이다. 수능공부에 논술시험 공부를 병행하면, 수능이 워낙에 쉽게 출제되는지라 한 과목이라도 망칠 경우에 자칫 나락으로 떨어질지도 모를 사태를 논술시험으로 능히 커버할 수 있기 때문이다. 또한 수능시험에 자신이 없는 학생일지라도 논술시험만으로 대학에 합격할 가능성까지 열려 있기 때문이다. 이렇게 논술공부에 힘을 쏟을 이유는 충분하다.

논술공부의 더 큰 매력은, 이것이 다른 수험 과목에 비해 시간 효율적이란 점이다. 논술공부의 경우에는 비록 3학년 들어와서부터 시작하더라도 일주일에 하루, 약 4시간 정도만 할애하면 그것으로 충분히 해볼 만하다. 따라서 언·외·수 공부시간과 비교할 때 실제 투입하는 시간 대비 효과가 가장 높은 게 바로 논술시험 공부다.

더군다나 대다수 학생들의 논술시험 성적이 평균 점수대에 몰려있음에 비춰볼 때, 논술시험 성적은 남들보다 한 뼘만 더 잘하면 그것으로 충분하다. 실제로 공부를 썩 잘하는 학생들의 경우에 수능으로 몇 점 더 올리기는 매우 어렵지만, 이것을 잘 쓴 논술답안 하나로 충분히 뒤집을 수 있다.

어떻게 공부해야
논술전형으로 합격할까

서울 송파의 한 여고를 졸업한 K양은 지난 수능시험에서 언·수·외 합 6등급을 받았다. 여기에는 평소 가장 자신 있었던 과목인 언어영역에서 무엇에 홀렸는지 최악의 성적을 받은 탓도 컸다. 이 때문에 당초 논술전형으로 지원코자 했던 고대와 서강대를 포기해야 했음은 물론, 다른 대학조차도 합격을 장담할 수 없었다. 3학년에 들어와서부터 논술공부를 시작했는데, 그것도 전문 논술학원에 다니지 않고 그때까지 그 분야에 전혀 문외한이었던 아빠한테서 논술을 배우며 공부한데다가, 이 성적을 가지고는 In-서울 하기에 급급한 실정이어서 불안감은 그만큼 더했다. 하지만 K양은 논술전형에 지원해 무려 107 대 1의 경쟁률을 뚫고 한양대 국문학과에 보란듯이 합격했다. 비록 당초 목표한 성과는 얻지 못했지만, 결과를 겸허히 받아들이고 대학 새내기 생활을 열심히 해나가고 있다.

위의 사례는 다름 아닌 필자 딸의 사례다. 이제부터 이 학생이 어떻게 논술전형으로 합격했는지 살펴보고, 대입 논술시험에서 좋은 결과를 얻으려면 어떤 방법으로 공부해야 하는지 따져보자.

먼저, 지난 2012학년도 한양대 국문학과의 전형별 모집인원과 합격자별 성적 수준을 살펴보면 다음과 같다. 한양대 국문학과는 수시1차 학업우수자 전형으로 6명, 수시2차 논술전형(일반우수자 전형)으로 13명, 정시 가군 수능우수자 전형으로 12명, 사회적약자배려 전형으로 3명 등 전체 34명을 뽑았다. 이번에 합격한 학생들을 살펴보면, 수시 학업우수자 전형의 경우에는 내신 1등급 전후, 수능성적으로만 뽑는 정시전형의 경우에는 언·수·외 모두 1등급 이내(물론 추가모집은 제외), 수능 최저학력기준을 두고 여기에 논술시험을 더해 가리는 수시 일반우수자 전형(논술전형)의 경우에는 전체 논술 응시자 중 1% 이내 성적에 들어야만 합격이 가능했다. 논술전형의 경우, 우선선발은 언·수·외 합 4등급 이내, 일반선발은 언·수·외 2과목 2등급 이내로 수능 최저학력기준을 제한했다.

따라서 위의 학생은 우선선발이 아니라 일반선발로 합격했음을 알 수 있는데, 논술성적이 전체 1,395명 지원자 중 0.5%, 전체 합격자 13명 중 5~6등 이내에 들었기에 합격할 수 있었다고 보면 된다. 이렇게 놓고 볼 때, 논술 일반전형의 실질 경쟁률은 무려 200 대 1이나 된다. 참고로 이 학생의 내신성적은 정확히 2.0등급으로 합격자 평균 수준이지만, 실제 대학에서 반영하는 내신성적별 편차는 그다지 차이 나지 않는다.

경쟁률 100 대 1의 허와 실

이렇게만 놓고 생각한다면, 수험생들이 논술전형으로 합격하기란 그야말로 낙타가 바늘구멍을 뚫기보다 어려워 보인다. 과연 그럴까? 3학년에 올라가는 겨울방학부터 일주일에 한번 4시간씩, 그것도 중간고사다 기말고사다 모의수능시험 준비다 해서 빼먹은 날이 많았는데도 이렇게 합격했다면, 이건 어딘지 모르게 허술하다. 참고로, 이 학생은 그때까지 별도로 논술학원에 다니거나 따로 논술공부에 매달린 적도 없고, 그렇다고 해서 책을 즐겨 읽는 학생도 아니었다.

이는 그만큼 논술시험을 보는 수험생들의 경쟁률에 거품이 있음을 의미한다. 그리고 이를 뒤집어서 생각할 경우, 시험에 응시하는 많은 학생들의 질적 수준 혹은 학업도가 그다지 높지 않음과도 일맥상통한다. 실제로 이 학생의 경우에도 기출문제를 푸는 과정에서 문제의 난이도가 조금이라도 높으면 논제 분석은커녕 제시지문 해석조차 어려워 쩔쩔매는 것을 자주 보았다.

그렇다면 도대체 어떻게 공부한 학생들이 논술시험으로 합격한다는 것일까? 또 무려 100 대 1이 넘는 경쟁률은 뭐란 말인가? 예로 든 한양대 국문학과에 논술전형으로 응시한 전체 1,395명을 나름대로 수준별로 구분해보면 다음과 같은데, 이를 통해 여러 가지를 가정할 수 있다.

● 전체 1,395명의 약 70%인 1,000명 정도는 수능이 끝나고 혹시나 하는 심정으로 응

시한 학생들이다. 여기에는 당일 응시하지 않은 학생들도 많이 끼어 있는데, 수능 최저학력기준에 들지 못한 것이 가장 큰 이유다.

⇨ 따라서 전체의 70%에 달하는 이들은 시험에 참여하는 데 의의를 갖는 허수에 불과하며, 당연히 출제의도조차 제대로 파악하지 못하는 수험생들이다.

● 나머지 30%인 400명에서 50%인 200명은 대부분 고3에 올라오면서부터 논술공부를 시작했지만, 그렇더라도 도무지 무엇을 어떻게 공부해야 하는지도 모르고 준비해온 학생들이다.

⇨ 따라서 이번 시험에서 논제 분석은 물론 제시지문 분석 자체도 제대로 못한 수험생들이다.

● 그 나머지 15%인 200명에서 50%인 100명 정도는 논제와 제시지문 분석은 가능했지만, 독해와 요약이 워낙에 서툴러 답안 작성을 제대로 해내지 못한 학생들이다.

⇨ 그 결과, 작성한 답안이 출제자의 기대에 못 미치거나, 채점 기준에 적합하지 않아 불합격한 수험생들이다.

● 남은 약 10%인 100명 정도가 논제와 제시지문 분석은 물론 올바른 독해와 요약까지 가능한, 합격 가능권에 드는 수험생들이다.

⇨ 실제, 이들 학생들의 수준 차이는 거의 없다고 봐야 할 듯하지만, 그렇더라도 무언가 미세한 차이가 이들을 합격과 불합격으로 갈라놓았다. 이는 당일 출제된 논술시험의 주제 및 제시지문의 난이도 등에 대해 개인적으로 느끼는 체감의 정도가 달라, 이것이 논술 답안 작성에 영향을 미침에 따라 당락을 갈랐을 가능성이 높다.

● 물론 이 같은 분석은 수능 최저학력기준을 충족하지 못해 떨어진 학생들을 감안하지 않은 것이지만, 그렇더라도 논술성적 상위 10% 이내에 드는 학생들은 이 조건을 충족했을 것으로 봐도 무방할 것 같아 무시했다.

물론 위의 분석이 반드시 정확하다고는 단정할 수 없겠지만, 그렇더라도 이 같은 범주에서 크게 벗어나지 않을 거란 게 개인적인 생각이다. 이를 통해 생각할 때, 논술시험에 응시해서 불합격한 학생들은 크게 다음 세 부류로 구분된다.

첫 번째 집단은, 논술공부를 제대로 해오지 않았음에도 남들이 논술시험을 본다니까 자신도 무작정 응시하고 보는 전체의 약 70% 정도를 차지하는 수험생들이다. 수능시험이 끝나고 부랴부랴 논술학원에서 속성으로 기출문제를 푼 학생 대부분이 여기에 해당되는데, 이들이 합격할 확률은 당연히 희박하다.

두 번째 집단은, 대개 3학년에 들어서면서부터 본격적으로 논술공부를 시작한 학생들로, 논술학원의 말만 믿고 무작정 따라했다가 낭패를 본 부류가 주종을 이룬다. 논제 및 제시지문 분석이 안 되어 답안에 접근조차 못했거나, 설령 이것이 가능했다손 치더라도 효과적으로 답안을 작성하지 못했거나, 아니면 요약 능력이 부족하여 답안의 완성도가 떨어지는 등의 이유로 채점자의 눈 밖에 난 수험생들로, 전체의 약 20% 정도가 여기에 해당된다.

세 번째 집단은, 일찍부터 체계적으로 논술준비를 해온 덕에 비교적 탄탄한 실력을 갖췄음에도 불합격했거나, 논술공부에 뛰어난 자질을 갖췄음에도 준비기간이 짧아 불합격한 전체 10% 이내의 상위권 학생들이다. 그렇더라도 실제 합격한 학생들과 비교했을 때 그 수준 차이는 그렇게 크지 않다. 그럼에도 이들이 불합격한 이유는 뭘까? 그날 출제된 논술 문제가 깊은 철학적 주제를 묻는 등 체감 난이도가 매우 높았거나, 지문의 난이도가 너무 높아 독해와 요약을 제대로 해내지 못했거나, 수리나 영어지문 등 평소에 자신이 없는 유형이 문제 또는 지문으로 출제됨으로써 상대적으로 어려움을 겪은, 한마디로 운이 나빠 떨어진 학생들이다.

그렇다면 누가 가장 억울할까? 당연히 세 번째 부류에 속한 학생들일 것이다. 만약에 합격생과의 실력 차이가 없음에도 떨어졌다면, 그것처럼 속상한 일이 없다. 하지만 실망할 필요는 없다. 이 학생들은 비록 해당 대학의 시험에 불합격했지만, 그럼에도 얼마든지 비슷한 수준의 다른 대학 논술전형으로 합격할 가능성이 높으며, 더군다나 합격생의 지원포기에 따라 추가합격할 가능성도 기대해볼 수 있기 때문이다.

이상에서 알 수 있듯이, 어지간한 명문대 논술전형의 경쟁률이 100 대 1에 육박하기에 얼핏 합격하기가 무척 어려워 보이지만, 그렇더라도 여기에는 상당한 허수가 포함되어 있음을 염두에 두어야 한다. 따라서 문제에 주어진 논제조차 파악하지 못함으로써 답안을 전혀 풀어내지 못한 약 80%는 논술시험의 실질경쟁률에서 배제해도 무방하다.

이렇게 놓고 볼 때 실질경쟁률은 약 10 대 1에서 20 대 1 정도로 보면 크게 무리가 없는데, 그럼에도 무엇이 이들을 합격과 불합격으로 갈라놓았을까? 이것을 따져보기에 앞서 합격한 수험생들의 포트폴리오를 살펴봐야 할 것 같다.

- 오랜 시간을 두고 차근차근 읽고, 생각하고, 쓰는 논술공부를 제대로 해온 준비된 학생
- 논술공부에 워낙 뛰어난 자질을 갖춘, 한마디로 똑똑한 학생
- 적어도 3학년에 들어오면서부터는 본격적으로 논술시험 공부에 힘을 쏟았고, 요령 피우지 않고 기본공부에 충실한 학생

대략 이 세 부류의 학생들로 압축됨을 알 수 있는데, 당연히 앞 두 부류의 학생들은 새삼 논할 필요가 없다. 말 그대로 주변에서 공부 꽤나 한다는 모범생이거나, 비록 내신성적은 떨어지더라도 이 방면에서 남들보다 특별난 재능을 보이는 학생들로서, 이들의 합격 가능성은 주변의 다른 학생과 학부모들이 더 잘 안다.

실제 유명 논술학원에서 자기들이 가르친 학생들이 명문대에 많이 합격했다고 자랑하는 경우의 상당수가 바로 이들인데, 그렇더라도 이것을 가지고 호들갑을 떠는 것은 그다지 모양새가 좋아 보이지 않는다. 이 학생들은 그냥 내버려두어도 스스로 알아서 합격할 수 있을 정도의 실력을 이미 갖췄기 때문이다. 그렇기에 이 학생들이 단지 자기네 학원에서 파이널 강좌를 공부했다는 사실 하나만으로 마치 학생들의 합격에 자기들이 절대적으로 영향을 끼친 양 생색을 내는 것은 아무리 생각해도 지나치다.

중앙대 서울캠퍼스의 2011학년도 인문계열 수시 논술우수자전형 결과 분석

앞의 분석 결과는 중앙대가 발표한 〈2011 인문계열 수시 논술우수자전형 결과 분석〉을 통해서도 확인된다. 그 결과를 설명하면 다음과 같다.

● 지원 현황 : 경쟁률 99.63:1, 남자 54%, 여자 46%, 졸업예정자 63%, 수도권 학생 67%
● 합격자 현황 : 남자 56%(우선선발 55%, 일반선발 58%), 여자 44%(우선선발 45%, 일반선발 42%), 졸업예정자 69%(우선선발 70%, 일반선발 67%), 졸업자 31%(우선선발 29%, 일반선발 33%)
● 수능 최저학력기준 : 우선선발-언·수·외·사탐 중 3개 영역 합 4등급 이내, 일반선발-합 6등급 이내
● 인문계열 성적 분포
①지원자 평균 : 46.06점(표준편차±10.5)
②합격자 평균 : 우선선발 69.34점±7.6, 일반선발 63.38점±7.2점
→합격자 표준편차를 통해 볼 때, 합격권 학생들의 성적분포가 매우 조밀하다.
● 고교 유형별 성적 분포
①지원자별 : 외고 51.04점±11.57〉자사고 45.8±13.04〉일반계고 45.67±12.92
②우선선발 합격자 : 70.0점±6.86〉자사고 71.0±1.5〉일반계고 69.29±10.91
③일반선발 합격자 : 66.05점±7.7〉자사고 64.0±8.55〉일반계고 63.28±9.67
→고교 유형간 논술성적의 차이가 두드러지지 않으며, 또한 일반계고 합격자가 전체의 90%를 넘게 차지하는 점에 비춰볼 때, 고교 유형별 학생 간 수준 차이는 낮다.

이상으로부터 다음 세 가지의 의미 있는 결과를 도출해낼 수 있다.
첫째, 표준편차를 그대로 학생 간의 점수 차이로 인정하여 고려할 경우, 우선선발은 65점, 일반선발은 60점 이상을 받았을 경우에 무난히 합격할 수 있다. 이는 서강대의 경우에도 평균성적은 30~40점, 합격생들의 성적은 65점 이상으로 엇비슷한 양상을 보인다. 중앙대의 경우에는 논술시험의 문제유형이나 질문방식을 표준화하여 채점 점수를 계량화하는 것으로 유명하다. 따라서 합격권에 든 학생들과 탈락한 학생들 간에 점수 차이가 이렇듯 크게 나타나지 않은 것은 그만큼 논술시험에 지원한 학생들의 실력은 차이가 크지 않다는 것이며, 그렇기에 정확한 논제 분석에 더해 제시지문의 독해와 요약을 여하히 잘하여 매끄러운 답안을 구성해냈느냐가 실제 합격·불합격을 갈랐을 것이다.
둘째, 고교 유형별 합격자 간 성적 차이가 크지 않은 것은, 외고나 자사고 등 특목고 학생들의 경우에 최상위권 대학을 겨냥한 경우가 많은 데 따른 때문으로도 해석될 수 있다. 또한 그렇기에 일반계고의 합격자가 전체의 90% 이상을 차지하는 것으로 해석될 수 있다. 그렇더라도 전체 지원자별 평균점수에서 5점 이상이나 차이가 나는 것에 주목할 필

요가 있는데, 이는 그만큼 특목고 학생들의 평균성적이 일반계고 학생에 비해 뛰어나고, 학교 내의 논술 커리큘럼에 따라 일찍부터 논술을 준비하기 때문으로도 볼 수 있다.

셋째, 수능 최저학력기준이 높은 우선선발로 합격한 학생들의 평균점수가 일반선발에 비해 높은 것에도 주목할 필요가 있다. 비록 수능성적은 떨어지더라도 논술에 뛰어난 실력을 보이는 학생들이 일반선발로 합격하는 것이기에, 당연히 이들의 시험성적이 높을 것으로 생각하는 일반적인 통념을 뒤집는 것이기에 그렇다. 하지만 수능성적이 높은 학생들이 논술시험 성적도 높게 나타나고 있는 결과에서 알 수 있듯이, 학과공부를 잘하는 학생들이 그만큼 논리적인 사고에도 뛰어나다는 반증이며, 또한 평소에도 꾸준히 논술공부를 해왔음을 미루어 짐작할 수 있다.

논술전형 합격은 운도 따라야 한다

주목해야 할 대상은 바로 세 번째 집단에 속하는 학생들이다. 왜냐하면 여기에 속하는 학생들은 실력 면에서 그다지 차이가 나지 않음에도 사소한 그 무엇이 이들을 합격과 불합격으로 갈라놓기 때문이다. 여기에는 반드시 어떠한 인과관계가 있기 때문일 것이라는 추론이 가능해지는데, 그렇다면 그것이 과연 무엇일까?

이를 살펴보려면 다시 앞에 예로든 K양이 해왔던 논술공부 방법에 주목할 필요가 있다. K양은 크게 다음 두 단계로 나누어 논술시험 공부를 계획하고 준비했다. 먼저, 논술공부를 시작한 1월부터 여름방학 전인 7월초까지를 1단계로 하여, 합격을 희망하는 대학과 합격할 가능성이 있다고 기대되는 대학, 그리고 반드시 합격해야겠다고 다짐하는 대학 두 곳 등 총 4개 대학을 선정했다.

이렇게 해서 이들 4개 대학의 2008년 이후 출제된 기출문제를 중심으로 매주 일요일 4시간씩 공부를 진행했다. 이들 대학의 기출문제를 매주 한 개씩 선정하여, 제시지문 충분히 읽기(학생)→ 기출문제 해제 및 예시답안 해설, 여기에 더해 관련한 배경지식인 기본개념 설명(선생님)→ 답안 글쓰기 연습(학생)의 순서로 공부했다.

선생님은 학생이 작성해온 답안에서 크게 논제에서 벗어난 사항이나 논리에 오류가 있는 내용을 바로잡아 주는 것을 제외하고는 가급적 첨삭지도를 삼갔으며, 글의 내용이나 수준이 형편없는 경우에는 다시 쓰기를 지시하여 바로잡아 나갔다.

이후 여름방학이 시작되면서부터는 수시1차를 보는 대학 두 곳의 기출문제를 학생이 직접 선생님 앞에서 풀고, 이후 선생님이 해제와 해설을 곁들인 다음에 학생이 다시 쓰는 과정을 거듭하면서 공부해 나갔다. 이렇게 해서 9월말까지 약 2개월 반 동안 두 대학의 기출문제 12개 정도를 풀었다. 수시1차가 끝나고부터는 본격적인 수능준비에 매달리느라 논술공부를 한 달 동안 중단했으며, 수능 이후의 수시2차를 준비하는 약 10일 동안은 나머지 두 대학의 기출문제를 똑같은 방법으로 연습하고 수험장으로 향했다.

여기까지를 보면, 이 학생의 논술공부는 그다지 특별나지도, 또 남들보다 오랜 기간 공들여 한 것도 아닌, 그저 남들 공부하는 만큼만 해왔음을 알 수 있다. 그렇다고 이 학생이 평소에 책을 즐겨 읽었다거나, 논술에 특별한 소질을 보인 것도 아니었다.

그런데 무엇이 이 학생을 합격으로 이끌었을까? 이 학생을 지도하면서 쭉 지켜본 처지에서 곰곰이 생각한 결과, 가장 큰 이유는 바로 이 학생에게 운이 따랐기 때문이 아닌가라는 결론으로 귀결됐다. 즉, 한양대에서 출제한 문제(논제 혹은 관련한 개념이라고 보는 게 더 적절하다)가 이 학생이 조금이나마 관심을 기울였거나 공부한 분야였던가, 문제와 제시지문의 범위와 난이도가 학생의 수준에서 크게 벗어나지 않아 답안 작성에 크게 어려움을 겪지 않았다는 게 이유라면 이유가 될 수 있을 것이다(이는 뒤에 자세히 얘기하겠지만, 기출문제를 푸는 과정에서 이번 시험에 나온 논술 주제 및 논제와 관련한 기본개념을 더해가며 공부한 데 따른 영향도 적지 않다).

무릇 운도 실력의 일부라고 했다. 이 학생이 합격한 이면에는 실력을 넘어서는 어떤 외적 요인이 작용했을 것이다. 말하자면 운이 실력으로 상승작용을 하게 된 그 무엇을 일컫는데, 이는 이렇다.

- 기출문제를 풀기 전에 먼저 제시된 지문을 충분히 읽고 이것이 논제와 어떻게 연결되고 있는지를 분석하는 연습과정을 거쳤다(읽기).
- 기출문제 해제를 듣고 난 이후에 반드시 예시답안을 스스로 작성하고 수정하는 과정을 거쳤다(쓰기).
- 선생님으로부터 기출문제와 관련된 교과서에 나오는 핵심 쟁점과 철학적인 주요 개념 등에 대한 배경지식을 듣고 스스로 생각의 폭을 넓히는 노력을 했다(생각하기).

이쯤 되면 논술공부를 어떻게 해야 하는지에 대한 방법적 해결책이 나올 수 있을 듯하다. 즉, 일정 시간 이상을 할애하여 꾸준히 공부하되, 기출문제 풀이를 통해 읽고, 생각하고, 쓰는 연습을 게을리 하지 않도록 하며, 여기에 더해 교과서를 중심으로 관련한 기본 개념과 핵심 쟁점 등의 배경지식을 통합해서 공부해나감으로써 생각의 폭을 넓히는 것이다.

특히 앞서 말했듯이, 수험생들이 가장 힘들어해 중도에 포기하고야 마는 제시 지문의 독해와 요약은 아무리 강조해도 지나침이 없다. 그렇기에 합격 가능권 내에 속한 상위 10% 이내 학생들에게는, 실제 이것을 얼마만큼 제대로 연습했느냐가 당락을 판가름한다고 해도 과장은 아닐 것이다.

논술공부는 쉽고 효율적으로 해야 한다

여기까지를 정리하면 이렇다. 대학입시에서 논술전형의 중요성이 갈수록 커지고 있음에도 수험생들이 피부로 느끼는 논술공부는 참으로 어렵기만 하다. 논술시험에 출제되는 주제나 논제는 실로 엄청나게 다양한 영역을 포괄적으로 다루고, 제시되는 지문 또한 동서양의 고전이나 양서의 원문을 그대로 발췌하여 출제하는 등 지나치게 까다롭다.

그럼에도 수험생들은 도무지 무언가를 읽고, 생각하고, 써본 적이 없는지라 문제를 해결하는 능력이 크게 떨어짐은 물론, 그 방법조차도 잘 모르기 때문에 어디서부터 어떻게 접근해야 할지를 가늠하기조차 어렵다. 이런 이유로 대다수의 수험생들이 중도에 포기하고 말거나, 아니면 장님 코끼리 만지기 식으로 대충 얼버무리며 공부하게 된다.

그렇다면 달리 방법이 없는 걸까? 있다. 오히려 그렇기에 기회는 더 많다. 무릇 시험이라는 게 워낙 상대적인 것이어서, 모두가 어렵다고 여기는 시험일수록 조그마한 차이가 큰 결과를 가져오기 마련이다. 때문에 그저 남들보다 조금만 더 열심히 효율적으로 공부하면 된다.

명심할 것은 앞서 말했듯이 실제 논술시험을 치를 만한 적격요건을 갖춘 수험생들의 실질경쟁률은 10 대 1 안팎에 불과하고, 그것도 일부 아주 특출한 학생을 제외하고는 그다지 수준 차이가 없다는 점이다. 그렇기에 거듭 강조하거니와, 논술시험에 대한 정확한 이해를 토대로 남들보다 조금만 더 열심히, 좀 더 효율적으로 공부한다면 목적한 결과를 얻을 수 있다.

그렇다면 어떻게 공부해야 할까? 워낙 방대한 영역을 넘나들며, 수험생들에게는 다소 힘겹게 느껴질 정도까지 파고들어 공부해야 하고, 그것도 수험생들에게 익숙하지 않은 읽고 생각하고 쓰는 방법론을 묻는 것이기에, 자칫하다가는 호미 하나 달랑 들고 태산준령 앞에 나서는 것과 같으니 말이다.

무릇, 공부는 어려울수록 역설적으로 쉽고 효율적으로 접근해야 한다. 그래야 공부의 본질에 제대로, 정확히 들어설 수 있기 때문이다. 논술공부가 여기에 딱 들어맞는다. 그런데 실상은 전혀 그렇지 않다. 논술전형의 비중이 갈수록 커지고 있음에도 학교 선생님 누구 하나 어떻게 공부하라고 제대로 가르쳐주는 사람이 없고, 논술학원 역시 진정으로 학생들의 처지에서 생각하고 고민하기보다는 장삿속이 훤히 내비치는 행보를 보이고만 있다. 상황이 이럴진데, 수능공부다 내신공부다 해서 이것저것 공부할 게 많은 학생들은 어쩌란 말인가!

지금부터 이것을 생각하기에 앞서, 한 가지 반드시 짚고 넘어가야 할 것이 있다. 지금 강조해서 말하고자 하는 것은 논술공부를 쉽고 효율적인 방법으로 접근하란 얘기지, 이것이 결코 편하게, 안이하게 공부하라는 뜻은 아니라는 사실이다. 하지만 학생들은 이런 학습법에 너무나도 쉽게 길들여져 있기에 문제다. 객관식 찍기 위주로 가르치는 현행 교육방법으로는 도저히 논술시험을 잘 치를 수가 없는데, 그럼에도 논술학원은 이 같은 구태의연한 교육방법을 답습함으로써 학생들을 더욱더 피곤하게 만들고 있다. 왜일까? 이것을 좀 더 들여다보자.

학원 수업만큼 비효율적인 공부도 없다

- 논술은 지식이 아니고 훈련이다(대치동 I논술학원)
- 철저한 토론식 수업 진행(대치동 K논술학원)
- 출제자마저 압도하는 강력한 적중! 족집게 만점과외(대치동 M논술학원)
- 논술을 잘하려면 책을 많이 읽어야 한다(대치동 C논술학원)
- 친절하고 자세한 1:1 대면첨삭(대치동 C논술학원)
- 논술시험 공부는 원리·원칙·방법론을 아는 게 중요하다(대치동 H논술학원)

이상은 논술학원 안내지에 담긴 핵심 제안으로, 저마다 한결같이 논술공부를 잘하는 방법을 가르쳐주겠다며 학생들을 현혹하고 있다. 그리고 이것을 지켜보는 학부모와 학생들의 맥박은 임계점을 향해 치달아, 기어코 자녀를 학원으로 향하게 만든다. 그렇다면 위의 말들이 맞는다고 봐야 할까?

결론부터 말한다면, 일부 맞는 것도 있겠지만, 전체적인 맥락에서 볼 때는 그렇지 않다. 학원에서 가르치는 방법은 시간 면에서 그다지 효율적이지 못하며, 논술강사들 역시 특별나게 뛰어나다고 볼 수 없다. 물론 뛰어난 논술강사도 적지 않을 거라고 생각하지만, 문제는 이들이 우리네 서민 자녀들의 몫이 아니라는 점이다. 여기서 서민이라 함은, 강남 등 일부 특정 지역의 최상류층 가정을 제외한 그 밖의 전부라고 봐도 무방할 것이다. 당연히 장안에서 알아준다는 논술강사의 몸값, 즉 수강료는 부르는 게 값이겠고, 게다가 남들과 섞이기를 좀처럼 싫어하는 특정 상류층의 지나친 교육열이 이런 강사들을 독차지하려는 독점적 소유욕구로 굳어진다.

그리고 이것이 그들 자녀들만의 소수 집단과외가 성행하게 된 궁극적인 이유이기도 하다. 물론 이것은 겉으로 전혀 드러나지 않으며, 논술강사들 역시 효율적으로 돈벌이가 되는 이런 소수의 그룹과외를 마다할 이유가 하등 없을 것이다.

이런 이유로 단지 대치동에 자리 잡은 유명 학원이라고 해서, 그리고 단순히 대치동 학원의 논술강사라고 해서 이들의 능력이 뛰어나 학생들을 잘 가르칠 거라고 생각한다면, 이는 그야말로 커다란 착각이자 오산이다. 물론 일부 스타강사들이 가르친다고는 하지만, 이들 역시 직접 학원을 운영하기에 맛보기 강의에만 주력하는 등 그저 '가르치는 시늉만 하는' 거라고 봐도 무방하다. 그렇게 큰 학원을 운영하면서 많은 시간을 할애해가며 직접 가르치기란 여간 어렵지 않기에 그렇다.

어떤 의미에서 보면, 학원의 경쟁력은 잘 짜인 시스템에 있다고 해도 과언이 아니다. 말하자면 학생들을 잘 가르치고 강사들의 강의 수준을 높이기 위해서는 무엇보다 교재와 교수법이 체계적이어야 하는데, 대형 학원들은 이 시스템이 잘 짜여 있다. 그렇게 해서 강사의 수준도 올라가고 족집게 식 강의로 명성도 얻고, 뭐 이런 식으로 해서 학원이 유명세를 이어가는 것이다. 실제 많은 학원에서 학생들을 불러 모으는 소구점이 바로 "내신 3~5등급을 단박에 1등급으로 끌어올려주겠다"는 식의 호객행위인데, 이런 식으로 어필하는 족집게 식의 강의는 당연히 학생들에게 먹혀들고 학부모들을 혹하게 만든다.

이것이 가능한 이유는 각 학교에서 출제된 문제들을 분석하고 가공하여 중간·기말고사에 출제 가능성이 높은 문제를 뽑아내는 기술 때문으로, 요컨대 학원은 이것을 시스템화하여 잘 갖춰놓고 있는 것이다. 학원의 실질적인 경쟁력이 이것인데, 이렇게 해서 학생들을(그것도 일정 수준 이상의 학생들을) 학원에 오랜 시간 붙잡아두고 외워라 뭐라 해가며 들들 볶는데도 성적이 오르지 않는다면, 오히려 그것이 이상한 것이다.

그런데 요점은 이것이 과연 논술시험에서도 통할 것이냐 하는 것이다. 물론 수능시험은 지나치게 쉽거나 또는 획일적인 객관식 문제로 출제되어 이것이 어느 정도 가능하겠지만, 논술시험은 전혀 그렇지 않다. 특히 다음 이유 때문이다.

학원 수업을 통해 학생들은 기계적으로 암기하는 데 길들여진다. 사실 학교 내신성적을 올리거나, 객관식 수능시험을 잘 보려면 암기만큼 확실한 방법도 없을 듯하다. 앞서 말했듯이 학원 수업이 통하는 이유가 바로 이 때문인데, 바로 여기에 함정이 있다. 즉, 기계적으로 반복해서 암기하는 식의 공부는 단순히 지식을 머릿속에 쏟아부어놓고서 이것이 도망가지 않도록 거듭 반복하는 훈련에 지나지 않는데, 학생들을 학원에 가둬놓고 장시간에 걸쳐 반복학습을 거듭하면 성적은 당연히 오르기 마련이다.

물론 이렇게 해도 도무지 성적이 오르지 않는 학생들도 적지 않지만, 솔직히 이런 학생들은 공부머리보다는 다른 방면에 소질이 있는 학생이라고 판단해도 크게 무리가 없을 것이다. 그럼에도 결코 자식들을 포기할 수 없는 부모 심정을 학원은 잘 간파하고 있고, 그렇기 때문에 현재의 학원시장은 그만큼 고도의 심리적 요인에 따라 움직이고 있다고 봐야 할 것이다.

하지만 논술시험은 전혀 그렇지 않다. 단순히 기계적인 암기만으로 해결될 수 있는 것이 아무것도 없으며, 오히려 이것이 고정관념으로 굳어져 방해만 될 수 있기에 그렇다. 이것을 예로 들어 설명하면 이렇다.

미국의 한 대학에서 실험을 했다. 여름방학이 시작되고 1개월 후 각 그룹별로 시험성적이 가장 좋은 학생들을 긴급히 소집해서 기말시험을 다시 한 번 보았다. 결과는 어땠을까? 응시한 학생들 가운데 합격한 사람은 뜻밖에 한 사람도 없었다. 그렇다면 왜 이런 결과가 나왔을까? 학생들은 시험을 보기 전에 뭔지도 모르고 기계적으로 암기를 했지만, 시험이 끝난 후에는 그 내용을 대부분 잊어버리고 말았기 때문이다(지금 미국 대학을 사례로 들어 설명했는데, 한국에서는 어떠할지 짐작할 수 있을 것이다).

이 사례가 의미하는 바가 무엇일까? 단순히 지식을 습득하고, 그 지식에 대해 시험을 보는 것은 그 효과가 뚜렷하지 않다는 것이다. 특히 아무 생각 없이 단순히 기계적으로 암기한 지식일수록 더 그러한데, 이를 테면 학생들이 공부를 통해 얻는 지식이 그렇다. 실제 자주 가는 헌책방에서 고등학교 시민윤리 교과서를 구입한 적이 있는데, 책을 펼치자 그리스 철학자들을 정리한 포스트잇이 눈에 들어왔다. 아마도 책의 주인이었던 학생이 작성한 것일 게다. '플라톤―만물의 근원은 정신적인 것으로 이데아 강조, 아리스토텔레스― 변함없는 자연과 생물의 진리, 소크라테스―너 자신을 알라, 디오게네스―사람은 욕심을 버리고 개처럼 살아야 한다(이건 통 뭔 소린지 모르겠다. 왜 이런 식의 개념정리가 된 것일까?)' 등등, 뭐 이런 식이었다.

이것을 정리한 학생이 과연 이데아가 무슨 의미인지, 소크라테스가 한 '너 자신을 알라'는 말의 참뜻을 알고 옮겨 적었을까? 이렇게 하여 습득되어 머릿속에 저장된 단순 일변도의 지식이 과연 지식으로서의 기능을 다할 수 있을까? 이렇듯 '핵심 정리'라는 빌미로 나열된 이런 지식들은 단언컨대 전혀 쓸모없는 쓰레기에 불과할 뿐이다. 그럼에도 학생들은 이를 절대적인 지식처럼 받들고 숭배한다.

엄밀히 말한다면, 이는 지식이 아니라 단순한 정보 덩어리에 불과하다. 더군다나 인터넷이다 트위터다 뭐다 해서 정신만 복잡하고 혼란스러운 현대사회를 살아가는 학생들에게 이런 정보는 자칫 독이 될 뿐이다. 미디어 리터러시(정보해석력)가 오늘날의 현안으로 떠오르게 된 이유가 이 때문이다.

따라서 이런 조직화되지 못한 정보가 학생들의 머릿속을 지배할수록 오히려 참된 지식을 잃게 되고, 맥락을 놓쳐 혼란스러울 뿐만 아니라, 전체적으로 파악하기도 어려워지게 된다. 당연히 이렇게 해서 얻은 지식의 수준도 그만큼 단편적이고 파편적일 수밖에 없다.

그럼에도 학생들은 이렇듯 무작정 반복적으로 외워야만 객관식의 찍기 시험을 잘 볼 수 있고, 그렇기에 시험이 끝나고 나면 마치 '내 머리 속의 지우개'처럼 머리에서 싹 사라지고 마는 것이다. 그러면 학원에서는 또 이것을 외우게 만들고, 이렇게 해서 억지로 암기한 지식들은 학생들의 머릿속에 똬리를 틀고 자리 잡아 무의식적이자 조건반사적으로 획일적인 반응을 하게 되는 것이다. 이것을 올바른 지식이라고 볼 수 있을까?

사실 학생들이 아는 지식의 범위는 그만큼 제한적일 수밖에 없다. 이는 학생의 성장에 맞춰 단계별 교육이 이뤄지고 있는 현행 교육체계에 따른 결과로, 당연히 학생의 지적 수준은 학교 교과목을 중심으로 한 지식이나 정보의 습득 수준에서 크게 벗어나지 못한다. 요점은 이와 같은 지식의 제한적인 습득이 문제가 되는 게 아니라, 학생들이 그것을 제대로 올바르게 받아들이는 것을 가로막는 장애물이 너무나도 많다는 것이다.

즉, 어떤 정보가 지식으로 습득되려면 무엇보다 학생과 교사 사이에 '지적인 이해'나 '정서적인 교감'이 따라야 하는데, 이것이 현행 교육제도의 이런저런 한계로 인해 크게 제한적일 수밖에 없다는 데 문제의 심각성이 있다. 더욱이 이를 보충하기 위해 학생들이 믿고 의지하는 학원 수업 역시 단순 암기의 주입식 교육으로 일관됨으로써, 결과적으로 학생들이 입게 되는 피해는 실로 엄청나다.

현행 학원의 논술수업은 대입논술의 방향에 역행하고 있다

이에 대한 또 다른 실례를 들자면 이렇다. 그 어려운 서울대에 합격하려면 수능 영어시험에서 만점을 받아야만 한다. 한 문제라도 틀리면 곧바로 2등급으로 밀려나며, 이는 서울대 합격과 곧바로 멀어짐을 의미한다. 그런데 무릇 시험이란 게, 쉬운 시험일지라도 만점을 받기는 결코 쉬운 일이 아니다. 당연히 합격한 학생들은 그만큼 영어를 잘하는 학생일 게다.

서울대의 경우, 그렇게 해서 합격한 신입생들이 대학에 들어가자마자 다시 영어 적격시험을 보게 된다. 그런데 어찌된 일인지 무려 50%에 달하는 학생들이 불합격 판정을 받는다고 한다. 어떻게 이해해야 할까? 말 그대로 대학에 합격하기 위해, 즉 수능시험에서 만점을 받기 위한 공부만 했기에 이런 현상이 빚어진 것이라고 밖에는 달리 해석할 수가 없다.

이쯤 되면 영어 과목의 체계적인 지식을 습득한 게 아니라, 정보의 단순한 암기 수준이라고 해도 과언이 아닐 것이다. 실제 영어를 썩 잘하는 학생들과 얘기를 해 보면, 조기유학이다 어학연수다 해서 어릴 적부터 영어교육을 잘 받아서인지는 몰라도, 영어로 유창하게 말하는 학생들이 무척이나 많다. 헌데 '네가 지금까지 말한 것을 A4용지 한 장 이내로 요약하라'고 하면 대번에 얼굴빛이 변한다.

물론 '구슬이 서 말이라도 꿰어야 보배'라고, 일단은 대학에 들어가기 위한 공부에 충실해야 함은 당연하다. 그렇더라도 학생을 받아들여야 하는 대학은 사정이 다르다. 몰입식의 주입교육으로 워낙에 일찍부터 조기교육을 해온지라 많은 학생들, 특히 성적 최상위권의 경우에는 객관식 수능시험 성적만으로는 학생들의 실력을 변별하기가 어려울뿐더러, 실제 그렇게 해서 입학한 학생들의 상당수가 대학의 수준 높은 학문에 제대로 적응하지 못한다고 생각하기 때문이다.

이런 이유로 지적 능력이 뛰어난 학생들을 선별해서 뽑아야 한다는 당위성이 제기되었고, 이것이 최상위권 대학에서 논술시험을 치르는 이유의 하나이기도 하다. 이것을 서강대가 밝힌 논술시험의 성격을 통해 살펴보면 이렇다.

논술시험은 대학에서 수준 높은 학문을 연구하고 도야하는 데 필요한 수학능력과 자질을 종합적으로 평가하기 위해 실시하는 제도다. 즉, 논술시험은 어떤 사물이나 사태, 문제를 여러 각도에서 진지하게 관찰하고 통찰하여, 그 특징을 정확하게 그리고 빨리 찾아내 거기서 일반적 원리와 법칙을 유추해내는 통찰력, 판단력, 창의력, 문제해결 능력, 의사소통 능력을 종합적으로 평가하고자 하는 시험이다. 정보화 사회, 지식기반 사회에서 중요한 가치는 단순히 수동적으로 암기한 지식의 총량이 아니라, 자신이 습득한 지식과 정보들을 가로지르며 새로운 문제 상황에서 창의적인 아이디어를 제시해 문제를 해결하는 능력, 즉 다양한 지식과 정보의 통섭에 기반을 둔 비판적 사고력에 의해 창출되는 것이다.

위의 설명을 들여다보면, 고3 수험생을 둔 학부모로서는 여간 당혹스럽지가 않다. 대입 수능시험과는 너무나도 성격이 달라 학생들은 물론 그 부모들까지 혼란스러울 수밖에 없기에 그렇다. 그렇기에 지푸라기라도 잡는 심정으로 이른바 족집게 식으로 가르쳐준다는 학원을 찾게 되는 것이다.

하지만 필자가 논술문제를 직접 풀고 가르치는 과정에서 깨달은 한 가지 분명한 사실은, 그렇게 해서는 학생들에게 혼란만 가중되고 힘만 들 뿐, 결국에는 좋지 않은 결과를 가져온다는 점이다. 이를 설명하게 위해서는 앞의 설명에서 밑줄 친 부분에 주목할 필요가 있다.

이것의 핵심은 한 마디로 공자의 유명한 말 '君子不器군자불기', 즉 '군자는 한 가지 용도로만 사용되는 그릇이 아니다'는 말과도 일맥상통한다. 여기서 '군자'에 '지식'을 대입하여 해석할 경우, '지식이라는 것은 어느 한 관점에서만 판단하고 이해해서는 안 된다'는 뜻으로 전이된다. 곧 어떤 지식이 하나의 관점만을 지향한다면, 그렇게 해서 이것이 학생들의 머릿속에 관념화되어 내재해버린다면, 그 지식은 이미 죽은 지식이 되고 만다. 그렇게 되면 자기의 머릿속에 관념화되어 들어앉은 것만으로 생각하려 들고, 다른 지식과 종합하여 전체를 파악하거나 새로운 지식을 형성하는 게 애당초 불가능해진다. 이것이 지난해 한양대 인문 논술고사에서 논제로 출제된, '인식의 프레임'에 갇혀 올바른 판단을 하지 못하는 현상이다.

적어도 논술공부는 이런 식으로는 전혀 해결되지 않는다. 논술시험에서 지향하는 것은 학생들이 교과과정에서 습득한 다양한 지식을 통해 스스로 경험하고 쌓은 지혜가 어떠한지 살피자는 것이지, 결코 어쭙잖은 지식 뽐내기를 보려는 것이 아니기 때문이다.

무릇 지혜란, 경험적인 삶과 습득한 지식에 대해 '총체적이면서도 근본적인 이해'를 이루는 것으로, 자아에 대한 인식 및 나와 타인의 상호관계, 삶을 살아가는 방식 등을 어떻게 이해하고 해결책을 모색해나갈 것인지를 궁리하는 것이기에 그렇다. 물론 '학생들에게 이 같은 심오한 내용을 묻는 게 과연 올바른 일일까' 회의가 들기는 하지만, 논술시험이란 게 '교과과정에서 현재 우리 사회가 당면한 문제점'에 대한 학생들의 생각과 해결방안을 묻는 것이 주종을 이룬다는 점에 비춰볼 때, 그만큼 철학적인 질문을 던질 수밖에 없다.

이는 철학으로 번역되는 'philosophy'의 원래 의미가 '지혜에 대한 사랑'인 점에 비춰볼 때에 그렇고, 또한 철학사상이란 게 당대 지식인들이 갖는 고민이 철학자의 인생관을 통해 들어난 것이기에 그렇다. 말하자면, 수험생들에게 "너희들도 우리 대학에 들어와 앞으로 우리 사회를 이끌어갈 지식인으로서 사회의 이런저런 고민을 할 텐데, 이것을 감당할 지적 수준이 되는지 먼저 묻겠다."는 것과도 같다.

이처럼 단순한 지식의 습득이 아닌, 내면의 지혜를 발휘하는 사고력을 기르는 것이 곧 논술공부의 핵심이 된다. 여기서 생각해야 할 것은, 지금까지 학교와 학원 수업을 통해 단순히 암기식으로 외운 단편적인 지식은 버려야 하며, 그래야만 학생들이 고정관념에서 벗어나 사고의 영역을 넓힐 수 있다. 이것을 두고 미국의 철학자 화이트헤드는 "시험을 치르기 위해 머릿속에 기억한 세세한 것들을 모두 잊어버렸을 때라야, 배운 것이 비로소 자기 것이 된다."고 했다. 이것이 무엇을 의미하겠는가? 일방적으로 주입된 지식은 우리의 사고를 가두려고만 하기에 옳지 않음을 일컫는다. 논술에서 필요로 하고, 또 활용되는 지식은 결코 확정적이지도, 객관적이지도, 그렇다고 본질적이지도 않기에, 어디까지나 모든 개연성을 열어 놓고 학생 스스로 찾아 탐구해야 한다는 점에서 특히 그렇다.

현행 논술학원 수업의 문제점

논점을 다시 앞으로 되돌려서, 이제부터 각 논술학원에서 내걸고 있는 제안들을 살펴 생각해보자. 이것이 중요한 이유는, 논술학원에서 그토록 강조하고 있는 것들이 바로 논술공부에 얼마나 비효율적이고 비체계적인 방법인지 역설적으로 설명하기에 그렇다. 실제로 이 부분은 대단히 중요하기 때문에 다음 장에서 자세히 다룰 내용이기도 한데, 그렇더라도 이를 간략히 살피는 것만으로도 충분히 미루어 짐작할 수 있을 것이다.

문제점 1. 논술은 지식이 아니고 훈련이다?

솔직히 이 말이 무슨 뜻인지 잘 모르겠다. 도대체 뭐가 지식이 아니고, 또 뭐가 훈련이란 것인지 말이다. 아마도 논술공부가 단순히 배경지식을 쌓는 공부가 아니고, 그렇기에 학생들이 논술학원에 와서 체계적으로 공부해야 한다는 뜻인 것 같은

데, 그렇다면 이 말은 어느 정도 수긍할 수 있다. 그렇더라도 중요한 것은, 지금 대학이 논술시험을 통해 학생들에게 무엇을 묻고자 하는가이다. 그것은 누구든지 쉽게 접할 수 있고 또 갈수록 넘쳐나는 지식을 여하히 통합하여 체계화하고 조직화하느냐지, 어쭙잖은 지식을 얼마나 많이 습득하고 있느냐가 결코 아니다.

그렇더라도 이것이 배경지식을 쌓지 말라는 이유 또한 될 수 없다. 대학에서 수험생들에 묻고자 하는 또 다른 능력이 바로 학문적 진리탐구를 위한 기본 지식을 얼마만큼 갖추고 있느냐기 때문이다. 그렇기에 분명 논술시험을 잘 치르기 위해서는 최소한의 기본 지식을 갖추고 있어야 하는데, 그것은 바로 고등학교 교과서에 담긴 내용이다.

문제는 수험생들이 이것조차도 제대로 읽으려 들지 않는다는 것인데, 유감스럽게도 대학은 교과서 내용을 통합하고 여기에 인문·사회·과학적 기본 지식을 더해 논술문제를 출제한다. 따라서 일정 수준의 배경지식을 갖추고 있지 않으면 논제와 제시지문에서 묻는 핵심 쟁점이나 논리적 연관관계를 제대로 풀어내기가 여간 어려운게 아니다.

더군다나 현행 대입 논술시험에서 빼놓지 않고 출제되는 문제해결형의 논제가 창의력을 묻고자 함이지만, 이것 역시 어디까지나 제시지문에 주어진 내용을 검토하고 분석한 후, 여기에 자신만의 아이디어를 덧붙여 주장을 펼치는 데 지나지 않는다. 그렇기에 그 창의력이라는 것 역시 교과내용에 들어있는 기본 개념이나 핵심 이론과의 연계고리를 통해 구현되는 것이지, 결코 뜬구름 잡는 식의 획기적인 아이디어를 기대하는 게 아니다.

이는 기출문제를 통해 확인할 수 있는데, 실제 논술시험에서 주제나 논제가 묻고자 하는 개념이나 핵심 주제어를 떠올린 학생들이 쉽게 문제를 해결했음은 두말할 나위가 없다. 물론 앞서 예로 든 학생 역시 마찬가지였다. 이래도 배경지식을 공부하는 게 전혀 쓸모없다고 보는가?

학생들은 생각보다 단순무지한데, 그럼에도 현행 입시체제 하에서 이는 일견 당연하다. 요점은, 배경지식을 억지로 암기하며 답을 써내려고 애쓰지 말라는 것이지, 핵심 개념이나 쟁점 등과 관련한 배경지식을 깊이 생각하고 탐구하지 말라는 얘기가 결코 아니다. 할 수만 있다면, 배경지식은 많이 알수록 좋다. 왜냐하면 배경지식을 쌓는 것 자체가 곧 관련한 글을 많이 읽고 생각하는 것이기 때문이다. 뭘 알아야 주절주절 쓰기라도 할 것 아닌가.

문제점2. 논술을 잘하려면 책을 많이 읽어야 한다?

이것 역시 대단히 무책임한 주장이다. 물론 어렸을 때부터 책을 많이 읽은 학생들이 제시지문을 제대로 해석해내고 글도 잘 쓴다. 하지만 이런 학생이 과연 몇이나 될까? 더군다나 내신성적이다 수능시험이다 해서 공부하느라 정신없이 바쁜 수험생들이 책 읽을 시간을 내기란 여간 어려운 게 아니다. 그런 와중에 시험에 자주 출제되는 그 어려운 인문과학 서적을 애써 읽은들, 이것을 제대로 이해하며 읽을 수 있겠는가!

실제로 글 읽기는 대단한 주의력을 필요로 한다. 자칫하다가는 아직 생각이 여물지 않은 학생들에게 어려운 사상서적을 그것도 통으로 읽게 함으로써, 결과적으로 크나큰 스트레스와 부담을 지우게 된다. 그리고 이것이 이후에도 계속해서 책을 읽는 데 많은 심적 압박으로 작용할 수 있음은 물론이다. 실제로 이런 학생들이 많다.

어떤 의미에서 볼 때, 제대로 된 글 읽기는 효율적인 논술공부의 가장 핵심이 되는데, 그 방법에 대해서는 다음 장에서 자세히 설명한다. 그렇더라도 중요한 것은, 어디까지나 교과서 글 읽기가 우선이어야 한다는 평범한 진리 그 자체다. 그럼에도 교과서 내용을 통합하여 가르치는 논술학원은 어디에도 볼 수가 없는데, 그 이유가 도대체 뭐란 말인가?

문제점3. 철저히 토론식 수업이 되어야 한다?

이 또한 그렇다. 물론 토론수업이 학생들로부터 다양한 사고를 끌어낼 수 있기에 효과적이겠지만, 그렇더라도 시험을 코앞에 두고 있는 3학년들을 대상으로 하기에는 그만큼 비효율적일 수밖에 없다. 게다가 토론수업을 하려면 무엇보다 진행자의 지적 수준이 상당히 높아야 하는데, 이것이 가능한 논술강사가 과연 몇이나 될까? 대부분은 그저 이런 방식으로도 진행할 수 있다는 학원의 홍보성 멘트에 지나지 않으며, 실제 이것이 제대로 이뤄지는 경우는 흔치 않다.

문제점4. 자세하게 1:1 대면 첨삭지도를 해야 한다?

첨삭지도는 논술학원에서 학생들을 현혹하는 가장 큰 미끼이자, 학생들이 논술학원에서 공부하려고 하는 주된 이유이기도 하다. 하지만 주의할 필요가 있다. 이에 따른 부작용 또한 생각보다 클 수 있기 때문이다.

이것이 무슨 말인가 하면, 논술강사가 논술 글을 제대로 쓸 줄 모르고 기출문제에 대한 답안 역시 올바르게 풀어내지 못하는 상황에서, 자칫하면 잘못된 첨삭지도로 인해 학생들이 피해를 입을 수 있다. 다시 말해, 논술강사의 수준과 능력을 믿기에는 뭔가 석연치 않은 부분이 많은데, 대학(원)생 아르바이트를 동원해서 첨삭지도를 하는 학원은 특히 더하다.

이 부분 역시 대단히 중요하므로 뒤에 자세히 설명한다. 요점은 첨삭이 중요하지 않다는 게 아니라, 이는 어디까지나 학생 스스로 노력해서 해결해야 하는 주된 과제이기에, 논술을 지도하는 논술강사는 어디까지나 방향만 제대로 잡아주면 된다는 사실이다.

그럼에도 논술학원에서 이를 그토록 강조하는 이유를 정확히 꿰뚫어야 하는데, 그 이유는 학생들을 학원으로 불러 모으는 데 이만한 소구점이 없기 때문이다. 그렇더라도 강좌별로 수십 명을 앉혀놓고, 그것도 납득하지 못할 답안을 제시하면서 단 몇 분 만에 학생이 애써 작성한 답안에 빨간 줄을 쳐가며 난도질해대는 현상, 이것을 어떻게 해석해야 할까?

문제점5. 출제자마저 압도하는 적중력, 족집게 만점과외?

이건, 그야말로 걸작이다. 도대체 이것이 가능하기는 한 걸까? 그 많은 제시지문을 갖고서, 그것도 다양한 논제를 담아 이를 일련의 문제로 엮어 출제하는 논술시험에서 이를 적중하기란 그야말로 하늘의 별 따기다. 그렇기에 이 같은 주장은 한마디로 대학을 우롱하고, 순진한 수험생들을 현혹하고, 애먼 학부모를 얕보는 학원의 파렴치한 호객행위에 지나지 않는다. 적어도 논술시험에 관한 한, 같은 문제가 출제되기란 현실적으로 불가능하다.

물론, 이것은 가능하다. 출제되는 주제라든가 제시지문에서 어느 정도는 유사해 보일 수 있다. 그것도 포괄적인 주제에 한해서 그렇다. 이는 그만큼 그동안에 나올 만한 주제는 다 나왔고, 중요한 제시지문 역시 매번 반복해서 출제될 수밖에 없었기 때문이다. 이를 뒤집어 말한다면, 기출문제의 주제와 제시지문은 결국 돌고 돌 수밖에 없다는 얘기와도 같다. 왜냐하면 대학에서 묻고자 하는 주제 자체가 한정될 수밖에 없기 때문인데, 예를 들어 2012년 이화여대 인문 수시의 주제인 '시간'과 성균관대 인문 수시의 주제인 '자유' 역시 그 동안에 반복해서 출제됐던 주제다.

그렇다고 해서 이것을 가지고 수험생들이 모범답안을 만들어낼 수 있을 거란 생각은 터무니없다. 비록 출제되는 주제가 기존에 출제됐던 것과 같다고 하더라도, 제시되는 논제와 논점, 제시지문에 따라 출제 유형 및 난이도는 전혀 다르게 된다. 즉, 출제의 방향을 어떻게 잡느냐에 따라 얼마든지 다른 문제가 되어 출제될 수 있다. 따라서 학원에서 어떤 주제 혹은 문제로 내주고 이를 예상답안이랍시고 달달 외우게 할 경우, 설령 그와 비슷한 주제가 나왔다고 해서 외운 대로 썼다가는 낭패를 보기 십상이다. 심지어는 수능 언어영역의 객관식 문제에서도 그랬다. EBS의 지문을 그대로 따오되 주제만 살짝 비틀어 출제했음에도, 학생들은 이를 전혀 다른 문제로 인식하여 제대로 풀지 못했다. 이것이 의미하는 바가 무엇이겠는가?

중요한 것은 자주 출제되는 주제와 핵심 논제별로 각 대학의 기출문제를 중심으로 효과적으로 풀어 연습하고 대비하면 그것으로 충분하며, 이런 이유로 어쭙잖은 족집게 식의 문제풀이에 현혹되지 말라는 것이다. 이 역시 뒤에 가서 왜 그런지 실례를 들어 설명한다.

문제점6. 논술시험 공부는 원리와 원칙, 방법론을 아는 게 중요하다?

결론부터 말한다면, 논술공부에 뾰족한 원리와 원칙, 방법론은 없다. 기출문제와 교과서를 가지고 그저 열심히 읽고, 생각하고, 쓰는 연습을 하면 그것으로 그만이다. 글 쓰는 요령을 가르쳐준답시고 기계적인 패턴을 강요할 경우, 이는 자칫 수험생들의 사고의 폭을 제한함으로써 나쁜 결과를 가져올 뿐이다. 대학에서 가장 싫어하는 것이 바로 이렇게 해서 패턴처럼 획일화된 답안이다. 이런 것들을 피하고자 성균관대는 수험생들이 논술학원에서 준비할 틈도 주지 않고 수능이 끝나는 바로 다음 날에 시험을 치른다. 그렇게 해도 우수한 학생은 얼마든지 선별해낼 수 있다는 게 대학 측의 설명이다. 맞는 얘기다.

어떻게 공부해야 논술전형으로 합격할까

여기까지를 다시 한 번 정리하면 이렇다. 논술전형은 비록 경쟁률은 높지만, 대부분의 학생들이 논술에 약하기 때문에 남들보다 조금만 더 실력이 있으면 상대적으로 높은 점수를 받아 합격할 수 있다. 그리고 그 실력 차이는 생각보다 크지 않다. 문제는 논술공부 자체가 워낙에 다루는 주제의 영역도 넓고 알아야 할 것도 많은 반면, 글을 읽고 생각하고 쓰는 데 도무지 익숙하지 않아 도대체 어디서부터 어떻게 공부해야 하는지 잘 모르겠다는 점이다. 그렇기에 대다수의 수험생들은 긴가민가하면서 불안정하게 공부를 한다.

논술학원에서는 이를 비집고 들어와서 수험생들을 더욱 헷갈리게 만들지만, 그럼에도 논술학원에서 제시하는 공부방법으로는 결코 합격을 장담할 수 없다. 그만큼 비효율적으로 공부하고, 자칫 수준에 못 미치는 논술강사를 만날 수도 있기 때문이다. 하지만 논술공부란 게 워낙 수험생들이 스스로 해나가기가 어려워, 부득불 일정 부분을 논술강사에게 의지할 수밖에 없는 것 또한 현실이다. 그렇더라도 이것 하나는 분명하다. 비록 논술강사에게 일정 부분을 믿고 의지할 수밖에 없다 하더라도, 논술공부는 어디까지나 학생 스스로 주체가 되어 자신의 수준에 맞춰 단계적으로 접근해야 하며, 그것도 쉽고 효율적으로 공부해야 한다.

이것을 잘못 이해해서는 안 된다. 논술공부를 쉽고 효율적으로 해야 한다고 해서 이것이 단순히 편하고 안이하게 접근하란 얘기는 결코 아니다. 어디까지나 반드시 해야 할 부분은 제대로 정확하게 공부하고, 반대로 할 필요가 없는 부분은 과감하게 생략해버리라는 의미다.

그렇다면 어떻게 공부하는 것이 옳을까? 이것에 대해서는 다음 장에서 깊이 있게 살펴보겠지만, 개략적으로 다음 사항을 중심으로 힘쓰면 된다.

첫째, 기출문제와 교과서를 통해 공부하는 것이 시간 면에서 가장 효율적이고 효과적이다. 이 둘만 가지고도 얼마든지 소기의 성과를 거둘 수 있다. 기출문제는 논술시험에 자주 출제되는 핵심 주제를 중심으로 풀어나가다가, 시험이 임박해오는 여름방학부터는 지원하고자 하는 대학 서너 곳을 선정한 후 최근 3~4년 이내의 기출문제에 집중해서 빠짐없이 풀어나가면 된다.

둘째, 기출문제에 실린 제시지문의 독해와 요약 연습은 철저하게 학생 몫이다. 이는 아무리 강조해도 지나침이 없는데, 실제 당락은 이것에 얼마만큼 제대로, 올바르게 힘을 기울였는지로 결정된다.

셋째, 교과서를 통합하여 관련된 배경지식을 넓히는 데 힘을 쏟아야 한다. 교과 내용이 어떻게 기출문제와 연계되어 논제로 제시되는지 정확히 파악하고, 이를 중심으로 우리 사회에서 논란이 되는 핵심 쟁점이나 주된 철학적 개념에 대한 깊이를 확장시켜 나가야 한다.

이렇게만 제대로 공부해도 얼마든지 훌륭한 성과를 거둘 수 있는데, 논술공부의 효율성을 높일 수 있는 구체적인 방법은 다음 장에서 자세히 살핀다.

긴 호흡으로 주기적으로 공부하라

그렇더라도 학생들이 짧은 시간 내에 논술 수준을 끌어올리기는 무척 어렵다. 더군다나 논술공부가 학교의 정식 교과목도 아니라서 일반계고교를 다니는 학생들은 외고나 자사고 등 특목고 학생들에 비해 불리한 처지다. 왜냐하면 특목고의 경우에는 1학년 때부터 별도의 논술수업 커리큘럼이 갖춰져 있거나, 수업 자체가 토론수업으로 진행되는 경우가 많아 일반계고의 학생들보다 논술공부에 훨씬 유리한 환경을 갖추고 있기 때문이다. 이른바 명문대 진학이라는 특정 목적에 맞춰 수월성 교육이 이뤄지는 데 따른 혜택이라고나 할까. 따라서 적어도 명문대를 목표로 하는 일반계고 학생이라면 가능한 한 일찍부터 논술공부를 준비하는 게 낫다. 즉, 1학년 때부터 많은 글을 읽고 여기에 더해 교과서적 배경지식을 쌓아나가는 식으로 차근차근 공부해나가다가, 학년이 올라가면서 점점 더 논술시험 기출문제 풀이의 비중을 높여나가는 식으로 공부하면 된다.

그렇다면 논술전형으로 합격하기 위해서는 어느 정도의 절대시간이 필요할까? 이는 이제까지 말했듯이 학생의 지적 수준에 따라 다르고, 또 그동안에 학생이 준비해온 논술공부의 양적·질적 수준에 따라 당연히 차이가 난다. 그럼에도 논술공부를 제대로 준비하지 않은 채로 3학년에 올라간 학생들을 기준으로 할 경우, 학원수업시간을 포함하더라도 주 1회 4~6시간 정도는 꾸준하게 공부를 해야만 한다.

하지만 이것 가지고는 안심할 수 없다. 예전에는 고등학교 3학년에 올라가고부터 1주일에 한번, 3~4시간 정도의 학원공부를 가지고도 논술전형으로 합격할 수 있었지만, 수시 논술전형 비중이 높아진 지금은 이것만으로는 모자란다. 그만큼 많은 학생들이 논술공부의 필요성을 느끼고 일찍부터 시작하기 때문에, 덩달아서 공부시간을 늘여야만 한다. 적어도 3학년 초부터는 지원하려는 대학의 기출문제를 풀면서 바로 실전처럼 공부해나가야 한다. 하지만 중간고사다 기말고사다 해서 내신성적 올리랴 수능 모의고사 치르랴 중간 중간 공부를 빼먹게 되면 결국 논술공부에 많은 시간을 낼 수가 없고, 이렇게 되면 시험이 임박해질수록 허둥거릴 소지가 다분하다. 게다가 어느 정도의 배경지식을 쌓고 시간을 들여 독해와 요약 연습을 해야 하는데, 이것을 3학년에 들어와서부터 하기란 늦은 감이 없지 않다. 따라서 늦어도 고2 여름방학부터는 본격적인 논술공부에 들어가야 하며, 가능하다면 고등학교에 입학하면서부터 준비하는 게 좋다. 이런저런 상황을 고려할 때, 논술시험 공부에 필요한 절대시간은 주 1회 4~6시간 정도를 기준으로 하여, 대략 1.5~2년 정도로 잡으면 크게 무리는 없을 것 같다.

이런 점을 감안할 때, 나중에 '고3 올라가서 하면 되겠지' 하는 생각을 한다거나, 수능시험이 끝난 이후에 학원에서 집중지도를 받아 해결할 수 있다는 안이한 생각을 가져서는 안 된다. 그런 식으로 공부해서는 절대 합격할 수 없는 게 논술시험이며, 공연히 경쟁률만 높여주는 들러리가 될 뿐이다.

학년별, 수준별 올바른 공부법

그렇다면 어떻게 공부하는 게 좋을까? 좀 더 체계적으로 공부하기 위한 방법은 없을까? 당연히 있다. 그렇다고 해서 특출난 공부법이 있는 게 아니라 학년별, 수준별로 맞춰 선택과 집중을 해서 공부하면 그것으로 충분하다. 박스 안의 내용은 체계적인 논술공부를 해나가기 위해서 학년별로 무엇을 어떻게 공부해야 할지를 정리한 것이다. 그렇더라도 이는 학년별로 중점적으로 공부해나가야 할 것을 편의상 구분한 것일 뿐이며, 어디까지나 스스로 논술공부를 시작한 시기와 학습 수준 등에 맞춰 전체적인 로드맵을 그려가며 공부하면 된다.

만약에 3학년에 올라와서부터 본격적인 논술공부를 시작했더라도 크게 부담을 느낄 필요는 없다. 전체 과정을 압축해서 체계적이고 효율적으로 공부해나간다면 기대 이상의 효과를 얻을 수 있는 게 또한 논술공부이기 때문이다.

앞서 예로 든 중앙대 논술시험 결과에서 보았듯이, 지원자 전체 평균성적과 합격생 평균성적 간에 크게 차이가 나지 않음이 이것을 증명한다. 그만큼 논술성적을 올리기가 어렵지만, 이것을 뒤집어서 생각할 경우 조금만 더 열심히 효율적으로 공부한다면 소기의 목적을 달성할 수 있는 게 논술시험이다.

예를 들어 목표에 둔 대학의 기출문제를 중심으로 공부해나가되, 여기에 교과서 배경지식으로서 핵심이 되는 기본개념을 중점적으로 살피고, 더불어 다양한 제시 지문과 시험에 자주 출제되는 명저와 고전의 '발췌 글'을 덧붙이는 식으로 꾸준히 독해와 요약 연습을 병행해나가면 된다.

논술공부를 꾸준히 해나가는 데 가장 중요한 것은, 어디까지나 그 중심은 교과서와 기출문제임을 명확히 하는 것이다. 교과서에서 얻은 풍부한 배경지식을 기출문제와 연결시켜 적재적소에 활용하는 연습이 무엇보다 중요하다. 실제로 논술시험에서 묻는 주된 논제나 핵심 쟁점에 대한 배경지식인 기본 개념을 문제를 푸는 동안에 여하히 떠올릴 수 있느냐 없느냐가 답안 작성의 상당 부분을 좌우할 정도로 그 영향력은 무시할 수 없다.

논술공부를 함에 빠지지 말아야 할 또 한 가지는, 제시지문의 요약 글을 반드시 직접 써가면서 연습을 해나가야 한다는 점이다. 스스로 머리 싸매면서 고민하여 답안을 쓰고 고치는 과정을 반복하는 동안에 글을 요약하는 능력이 저절로 늘게 되는데, 실제 합격과 불합격을 가르는 미세한 차이는 요약연습을 통해 글이 산만해지는 것을 막고 여하히 조리 있게 글을 쓰느냐 라고 보면 된다.

하지만 자신이 작성한 답안이라, 이 또한 스스로 고치기 어렵다는 게 문제다. 그렇더라도 어떤 수단과 방법을 동원해서라도 반드시 연습해야 한다. 이를테면 작성한 답안 글을 논술강사나 학교 선생님으로부터 첨삭지도를 받을 때, 제시지문의 요약 글까지도 지도를 받아 지적받은 내용을 고쳐 쓰는 연습을 해나간다.

학년별 체계적 논술공부

●1학년

①기본학습 : 교과서 공부를 통해 기본개념과 원리를 이해하는 등 배경지식의 확대에 힘쓴다.

②읽기 연습 : 사탐 교과서와 언어영역 비문학 지문을 반복해서 읽고 글에 담긴 의미를 해석하는 연습을 한다. 여기에 더해 교과서에 실린 주요 추천서를 몇 권 선택해서 통독한다.

③생각하기 연습 : 사탐 교과서의 탐구과제와 학습활동 문제를 중심으로 알아보고, 말해보고, 생각해보는 연습을 한다.

④쓰기 연습 : 사탐 교과서 탐구과제 글쓰기와 비문학 중에 내용이 복잡하고 어려운 지문을 뽑아 독해와 요약 글쓰기 연습을 한다.

●2학년

①기본학습 : 여러 대학의 기출문제를 교과서에 실린 기본개념과 연계해서 공부한다.

②읽기 연습 : 언어영역 비문학 지문 및 영어지문을 읽고, 주요 사상서와 철학서의 핵심 지문을 발췌해서 읽고 해석하는 연습을 한다.

③생각하기 연습 : 신문에 실린 주요 시사 이슈 중에 대립되는 관점을 중심으로 읽고 해석하고, PSAT(공직적격성평가)의 자료해석형 문제를 푼다.

④쓰기 연습 : 여러 대학의 기출문제에 실린 제시지문을 읽고 요약하는 연습을 한다.

●3학년

①기본학습 : 목표에 둔 대학들의 기출문제를 집중적으로 풀면서 본격적인 논술준비를 한다.

②읽기 연습 : 주요 사상서와 철학서의 핵심 지문을 발췌하여 해석하는 연습을 한다.

③생각하기 연습 : 행동경제학, 인지심리학, 게임이론, 포스트모더니즘 등 최근에 논술문제로 자주 출제되는 분야와 관련 자료를 공부한다.

④쓰기 연습 : 논술문제의 논제가 요구하는 그대로를 풀어내는 실전 학습을 해나간다.

제2장

논술합격,
선택과 집중에
달렸다

학생들이 논술공부를 하는 데 가장 힘들어하는 부분이 바로 달리 정해놓은 지침이나 일정한 준거가 없다는 점이다. 수능시험이야 문제은행 식으로 출제되기 때문에 정해놓은 정답이 있고, 문제 또한 유형화되어 있어 이에 맞춰 공부해 나갈 수 있다. 하지만 논술시험은 문제 유형이 대학마다 다르고, 또 같은 대학이라도 매년 그 주제와 논제를 바꾸며, 그것도 아주 광범위한 영역을 넘나들면서 출제되기 때문에 어떤 문제가 나올지 도무지 감을 잡을 수 없다. 더군다나 수능시험과는 달리 대입 논술시험은 묻는 방법과 수준에 근본적으로 차이가 나기 때문에 당연히 학습방법에 차이를 둬야만 한다. 이런 이유로 학생들은 시험에 두려움을 갖고 두서없이 막연하게 공부하게 된다. 그렇게 해서 혹시나 하는 마음으로 시험장에 들어가게 되는데, 그 결과는 참담하다.

하지만 그렇기 때문에 역설적으로 논술공부의 이점이 있음을 깨달아야 한다. 즉, 설령 내가 어렵게 느끼더라도 그것은 비단 나 혼자만 그렇게 느끼는 것이 아니라 모든 학생들이 동일하다는 얘기며, 그렇기에 좀 더 효율적으로 접근한다면 오히려 좋은 결과를 가져올 수 있는 게 논술공부다.

실제로 논술시험에서 전체 평균점수와 합격자 평균점수 간에는 그리 큰 차이를 보이지 않는데, 이것이 의미하는 바가 무엇이겠는가? 이런 시험일수록 작은 차이가 전혀 다른 결과를 가져온다는 점을 잊지 말고, 선택과 집중을 잘해서 효율적으로 공부해나가면 반드시 좋은 성과를 기대할 수 있다. 이제부터 하나하나 살펴보도록 하자.

논술공부는
학생 스스로 하는 것이다

정보화시대에 지식은 더 이상 암기의 대상이 아니다. 지식에 접근하는 길은 언제 어디서나 손쉽게 열 수 있기 때문이다. 따라서 중요한 것은 지식의 단순한 암기가 아니라, 이를 어떻게 통합하고 체계화하여 활용하는가 하는 능력이다. 최근 대학에서 통합논술, 다면사고형 논술을 지향하는 이유가 이 때문으로, 대학에서 추구하는 학문의 목적이 단순한 지식의 축적이 아니라 지혜를 구하고자 함에 있음을 분명히 밝힌 것이다.

하지만 제도권의 주입식 교육에 길들여진 학생들은 언제부터인가 '스스로 생각하고 판단하는 능력'을 잃어버렸다. 학생들은 양적·수평적 지식의 확대에만 힘쓴 나머지, 그 지식을 질적·수직적으로 통합해내는 창의적인 사고를 도무지 하려 들지 않는다. 이렇게 된 이유가 학생들에게 있다기보다는 현행 공교육시스템의 실패 때문이기에 문제의 심각성이 크다. 그렇기에 '학교 교육만 충실히 받으면 누구나 논술문제를 풀 수 있다'는 말은 그만큼 공허하게 들린다. 정상적인 학교 수업만으로는 논술공부가 제대로 이뤄질 수 없는 현실에서, 학생들이 사교육시장에 의존하는 현상은 어찌 보면 당연하다.

그렇더라도 어디까지나 학생 스스로 노력하면서 답을 구하는 공부가 옳다. 남과는 다른 자기만의 생각을 논리적으로 펼칠 수 있어야 하는 대입논술의 경우에는 특히 그렇다. 적어도 논술공부만큼은 학생 스스로 주체가 되어 주도적으로 공부해야 한다.

혼자 하기 힘든 논술공부, 학원의 힘을 빌려야 한다면

그럼에도 논술공부를 혼자하기란 여간 어려운 게 아니다. 명확한 답안이 제시되어 있는 것도 아니고, 그렇다고 자기 스스로 고민하여 작성한 논술 답안을 자기가 채점하고 첨삭하는 것 또한 우습다. 학교 선생님께 물어보기도 뭣하다. 까딱하다가는 호구되기 십상인데, 어떤 선생이 선뜻 응하려 들까? 자칫 묻는 학생이나 답해줘야 하는 선생님이나 버름해지기는 매한가지니 말이다. 게다가 학교 선생님들은 논술교육을 제대로 받아본 적이 없기에, 학생들을 가르칠 엄두조차 못 내는 것 또한 엄연한 현실이다.

이러니 학생들은 논술학원에 기댈 수밖에 없다. 하지만 시중의 많은 논술학원이 학부모와 학생들의 이렇듯 절박한 심정을 돈벌이의 방편으로 이용하고 있는 현실에서, 마땅히 내 아이의 장래를 믿고 맡길 제대로 된 학원을 찾아내기란 결코 쉽지 않다. 이런저런 이유를 들어 나름대로 유명세를 타고, 그것도 대치동에서 잘나간다는 입소문만을 듣고서 논술학원을 선뜻 선택하는 경우가 대부분이다. 한 가지 재미있는 사실은, 그런 학원일수록 광고전단이다 문자전송이다 해서 홍보에 더욱 열을 올리고 있다는 점이다. 재미있지 않은가? 그렇게 잘 가르치면 굳이 나서지 않아도 학생들이 줄을 서는 게 우리나라의 교육 현실임에도 말이다. 따라서 짚어봐야 할 것들이 너무나도 많은데, 특히 다음 면에서 그렇다.

현행 논술수업의 문제점

먼저 학원 수업에 대해 생각해보자. 학원이 유명세를 탈수록, 논술강사가 명강사라고 입소문이 날수록, 많은 학생들이 한 강의실에 꾸역꾸역 모여 수업을 받는다. 이런 식으로 강의는 논술강사의 화려한 말주변을 매개로 하여 일방적으로 진행된다. 자연히 강의는 강사 혼자 주구장창 떠들어대는 식으로 이루어질 수밖에 없다. 이렇게 해서 효과를 낼 수 있을까?

적어도 논술공부만큼은 일방적인 주입식 강의로는 절대로 좋은 성과를 낼 수 없다. 어디까지나 자유로운 질문과 답변의 통로가 열려 있는 쌍방향 수업이 전제되어야 한다. 문제와 제시지문을 읽고 선뜻 이해가 가지 않는 부분은 물론, 관련한 핵심 쟁점이나 기본개념 등 논제를 이해하는 데 꼭 알아두어야 할 배경지식을 언제든지 묻고 대답할 수 있어야 한다.

그런데 이러한 통로는 완전히 막혀 있다. 학원비를 낮추려면 많은 학생을 받을 수밖에 없기 때문이라면 딱히 할 말이 없지만, 그렇더라도 이 같은 수업방식은 결코 학생들에게 득이 되지 않는다. 이런 환경에서 논술 실력이 길러질 것이라고 생각하는 것 자체가 도무지 말이 안 되는데, 사정이 이렇다 보니 자연히 수업의 질적 하락은 필연적이다.

그렇다면 수업은 어떤 식으로 이뤄질까? 수업은 통상 일주일에 한번 4시간씩 진행된다. 뭐, 그 정도면 적당한 것 같다. 하지만 다음 두 가지 방식으로 진행되는 데 따른 수업의 질적 내용이 문제다.

먼저, 총 4시간의 절반인 2시간 동안 학생들에게 기출문제를 풀게 한 다음, 이어서 30분~1시간 동안 학생들이 작성한 답안을 돌아가며 첨삭지도를 해준 후, 나머지 1시간~1시간 30분 동안 문제풀이를 하는 식으로 진행한다. 거꾸로, 먼저 기출문제와 관련된 배경지식부터 설명하고, 이어서 학생들에게 직접 문제를 풀게 한 후 개별 첨삭지도를 하는 식으로 진행하기도 한다. 어느 방식이든 학생 개개인에게 할당되는 첨삭지도 시간은 채 5분을 넘기기 어려운데, 그 많은 학생들에게 일일이 첨삭지도를 하려면 상당한 시간이 걸리기 때문이다. 사정이 이렇다 보니 많은 학원에서 대학생 아르바이트를 동원해 첨삭지도를 대신하기도 하며, 심지어는 자기네 학원은 대학생 아르바이트가 아닌 논술강사가 직접 첨삭지도를 한다고 거듭 강조하는 촌극이 벌어지기도 한다. 이렇게 가르치는 선생 따로, 첨삭지도를 하는 선생 따로 식으로 하는 엉터리 첨삭지도든, 아니면 논술강사가 짧은 시간 동안 대충 얼버무리는 식으로 하는 첨삭지도든 날림으로 진행되기는 피차일반이다.

이보다 더 큰 문제는 수업 방식이다. 물론 학생들의 학업 수준이 일정 궤도에 올랐거나, 아니면 논술시험을 코앞에 두고 있는 시점부터 진행되는 지원 대학별 본격적인 기출문제 풀이과정이라면 이런 식으로 진행하는 것도 그런대로 적절하다. 그만큼 실제 시험을 치르는 것과 같은 긴장감을 주기에 학생들이 실전감각을 키우는 데 많은 도움이 된다. 그렇더라도 논술공부를 이제 막 시작하는 학생들에게조차 처음부터 이런 식으로 수업을 진행한다는 것은 아무리 생각해도 지나치다. 그저 가르치는 선생 편하자고 하는 방편으로밖에 여겨지지 않는다.

　이런 식으로 숨 가쁘게 진행되는 수업에서 도대체 학생들은 무엇을 읽고, 생각하고, 답안을 써낼 수 있을까? 만약에 주어진 문제에 접근조차 하지 못할 정도 수준의 학생일 경우, 그 학생이 직접 문제를 푸는 2시간 동안 멍 때리며 갖게 될 자괴감과 심적 고통을 헤아리기는 하는 걸까?

　그렇다면 도대체 왜, 이런 식으로 수업이 진행되고 있는 걸까? 학생들이 굳이 학원에 와서 문제를 풀 이유가 뭐란 말인가? 과제로 주고 집에서 충분히 읽고, 생각하고, 관련된 내용을 교과서 등에서 찾아보고, 그렇게 해서 차근차근 글로 써보게 하는 게 오히려 더 효과적인데 말이다. 더군다나 그 시간만큼 직접 학생들을 가르치는 데 할애할 수 있음에도 불구하고 말이다.

　논술수업이 이런 식으로 진행되는 데에는 이유가 있을 것 같다. 무엇보다 논술강사의 상당수가 주어진 4시간의 수업시간을 꽉꽉 채워가며 가르칠 만한 수준이 되지 못하기 때문이라고 봐야 할 듯하다. 여기에는 아무래도 힌트 한 가지를 동원해야 할 듯한데, 이른바 배경지식에 관한 것이다. 주제를 철학적 사고에 둔 난해한 제시지문을 한두 개 주고서 장문의 논술 글을 작성할 것을 요구하는 예전의 바칼로레아식의 논술문제를 풀자면, 배경지식을 암기하고 달려드는 것만큼 효과적인 방법도 없었다. 그만큼 이런 식의 문제를 학생들이 풀기란 여간 힘겨운 것이 아니었다.

　논술학원은 이를 간파하고 온갖 종류의 고전과 명저들을 요약하는 한편, 관련한 주제를 체계적으로 정리하는 등 잘 짜인 자료를 만들었다. 그리고는 이를 배경지식으로 하여 학생들에게 주입식으로 가르쳐 왔다. 그렇게 해서 학생들은 논술강사가 설명하는 해설을 열심히 듣고 배경지식을 달달 외워 천편일률적인 ‘판박이 답안지’를 양산해냈다.

　그런데 이것을 극도로 경계하던 대학이 학생 자신의 문제해결 능력을 중요시하는 교과과정 통합논술과 다면사고형 논술로 출제방식을 전면 전환하기에 이르렀고 (물론 여기에는 채점 편의 등을 위한 대학 측의 다른 목적도 작용했다), 대학별로 논술설명회 등을 통해 이를 누누이 강조하기에 이르렀다. 그 결과, 이제 논술학원에서 배경지식을 강조할라치면, 이는 마치 시대에 뒤떨어지고 실력 없는 논술강사나 하는 것으로 치부되기에 이르렀다. 이런 이유로 배경지식을 강조하는 논술학원이나 논술강사는 이제 없다.

사정이 이렇다 보니, 논술강사로서는 4시간의 수업시간을 도대체 어떻게 때워야 할지 갑갑해졌다. 그 동안 잘 써먹었던 무기를 잃게 된 것이다. 수업시간 내내 기출문제를 제대로 해제해가며 설명하는 것도 여간 어려운 게 아니고, 그렇다고 첨삭지도를 주구장창 하기에도 뭔가 켕긴다. 그러려면 확실한 답안을 내놓고 가르쳐야 하겠는데, 그렇게 하자니 자칫 실력이 들통이 날 수도 있기에 뭣하다.

결국 이런저런 궁리 끝에 생각해낸 것이 바로 실전훈련을 빌미로 2시간 동안 문제를 풀게 하고, 돌아가며 대충 개별 첨삭지도를 하고, 또 대충 얼버무리며 문제풀이를 하는 식으로 시간을 때우면서 수업을 끝내는 것이다. 말하자면, 지금 논술학원에서 진행되고 있는 수업은 가르치는 강사 편하자고 인위적으로 편성된 방식에 지나지 않다.

뒤에 자세히 설명하겠지만, 실제 기출문제 하나를 풀이하는 데 학생들에게 전달하고 납득시켜야 할 내용은 4시간으로도 부족하다. 통합논술을 지향하는지라 논제와 논점이 다양하기 때문에도 그렇거니와, 주어지는 문제와 제시지문 역시 예전보다 훨씬 늘었기 때문에 학생들의 이해를 돕기 위해서는 그만큼 많은 설명이 필요하기 때문이다.

그렇다면 이것을 가르치는 논술강사의 수준은 과연 어느 정도일까? 한번 자세히 살펴보자.

논술강사의 한계

엄밀히 말한다면, 현재 학원에서 가르치고 있는 논술강사의 대다수는 글을 제대로 쓸 줄 모르거나, 공을 들여 써본 적이 없다. 글쓰기보다는 말하기 실력으로 평가받는 논술강사가 많은 이유가 이 때문이다.

논술강사가 논술 글을 못 쓰는 이유는 분명하다. 쓰는 연습을 자주 하지 않았기 때문으로, 그만큼 치열하게 자기계발을 하지 않는다는 뜻이기도 하다. 논술강사가 직접 기출문제를 풀고 답안 글을 써봐야 질 높은 수업을 할 수 있음에도, 이런 과정 없이 학생들을 가르칠 수 있는 게 지금의 논술학원의 실상이다. 이는 명문대 출신의 강사라고 결코 예외가 될 수 없다. 오히려 더하면 더했지, 결코 모자라지 않다. 한번 생각해보라. 일주일 내내 수업이 거듭되는 바쁜 일상을 뒤로하고, 각 대학에서 쏟아낸 기출문제를 풀고, 관련한 책을 읽고, 또 그 핵심 내용을 정리하는 데 시간을 할애하는 강사가 과연 몇이나 될 것인가를.

이것을 확인하는 것은 어렵지 않다. 논술학원에 다니는 자녀가 받아 온 문제풀이 자료를 살피거나, 논술학원에서 운영하고 있는 인터넷 카페에 들어가 기출문제 풀이자료를 다운받아 확인해보면 된다. 당연히 제대로 된 문제풀이는 찾아볼 수 없고, 더군다나 직접 예시답안을 작성해서 학생들에게 보이는 예조차 흔치 않다. 설령 예시답안이 있더라도, 대학 측에서 제시한 것을 그대로 옮겨 실은 경우가 허다하다. 물론 학원 강사들이 힘을 합해 직접 예시답안을 작성하여 게재하기도 하지만, 그 내용이 허술한 경우가 허다하다.

이 같은 예를 아래의 '2010 동국대 인문 예시 문제'를 통해 살펴보면 좀 더 이해하기 쉬울 것이다. 아래는 서울 ○○동의 모 논술학원에서 운영하는 카페에서 올린 해설 및 문제풀이로, 예시 답안 없이 대충 얼버무린 전형적인 경우다.

[문제]
제시지문 [나]와 [다]의 '밈'의 개념을 활용하여 제시지문 [가]의 상황을 설명하여 보시오 (750~800자).

[해설 및 문제풀이]
한 제시지문에서 뽑아낸 요지나 특정 개념을 바탕으로 다른 제시지문의 내용을 해석(설명)해보라는 문제 형식은 거의 모든 대학의 논제에서 볼 수 있다. 따라서 동국대의 이 문제는 전형적인 대입 논술문제다. 학과 공부에 치여 독서할 시간이 없는 많은 학생들에게 '밈'은 어쩌면 처음 들어본 단어일지도 모르겠다. '이기적 유전자'의 관련 부분인 (나) 제시지문을 tip으로 삼아서 '밈'의 개념을 추론해내는 수밖에 없겠다. 개인적으로 (가) 제시

> 지문으로 고전소설 구운몽을 배치한 것을 높이 사면서, 그 중에서도 제시지문의 상황을
> 생각해낸 출제자의 발상에 박수를 보낸다. '밈'은 우리가 알고 있는 '생물학적 유전자'와
> 대응시켜 '문화적 유전자' 정도로 이해하면 무난하지 않을까 싶다. 이 개념의 설명력에 찬
> 탄하든지 회의하든지 저마다 자유겠지만, 이런 사고의 틀을 만들어내는 서구의 학문적
> 풍토만은 부러워해도 마땅하리라. (출처 : 모 논술카페)

　물론, 각 제시지문을 함께 실어 이해를 구해야겠지만, 위의 글만으로도 어렵지
않게 말하고자 하는 내용을 어림잡을 수 있을 것이다. 그렇더라도 도대체 이것이
무슨 식의 문제해설인지 도통 모르겠다. 해제 및 문제풀이란 게 이게 다다.

　적어도 제대로 된 문제해설을 할라치면, 해설에서 말하는 (나), (다)의 '문화적 유
전자'인 '밈'의 개념이 (가)의 소설 내용과 어떻게 연관되어 있으며, 소설에 나타난
상황에 맞춰 어떤 식으로 풀어내야 하는지에 대한 설명을 해야 함이 옳다. 그런데
밑줄 친 내용처럼, 그저 '제시지문으로 고전소설인 구운몽을 배치한 것을 높게 사
면서, 그러한 상황을 연출해낸 출제자의 발상에 박수를 보낸다'는 식의 중언부언은
아무리 생각해도 상식을 뛰어넘는다. 더군다나 제대로 된 예시답안도 제공하지 않
고 이렇듯 무책임하게 해설하는 것을 어떻게 이해해야 할까? 참고로, 이 문제는 학
생들이 풀기에 상당히 까다로운 문제이기도 한데(더군다나 제시지문 '다'는 영문지
문으로 출제됐다), 필자가 직접 작성한 문제 해설과 예시답안을 통해 살펴보면 왜
그런지를 이해할 수 있을 것이다.

● **문제 해설**
이 문제가 어려운 이유는 크게 다음 두 가지 때문이다.
첫째, 제시지문 (나), (다)를 통해 '밈'의 개념을 정확히 파악하기가 어렵다. 밈에 대한 배
경지식이 있는 학생들이야 문제될 게 없겠지만, 이 단어를 처음 접하는 학생들은 이것이
상당히 까다롭다. 특히 (다)의 영문 해석이 매우 어려운데, 왜냐하면 단순히 번역을 하는
데 그치는 게 아니라, 또 한 번의 제대로 된 해석을 내려 이해하는 과정을 거쳐야 하기에
그렇다. 이는 위의 영문 해석을 보면 이해가 될 것이다(이 부분은 본 책에서는 생략한다).

아마도 책에 실린 과도하게 의역된 글을 그대로 가져와 실었기 때문일 듯한데, 이것을 읽고 '밈'의 개념을 쉽게 이해할 수 있겠는가? 이런 이유로 이 같은 유형의 제시지문은 사전에 그 개념을 알고 있을 경우에는 이해하고 해석해내기가 쉽겠지만, 그렇지 않을 경우에는 여간 까다로운 것이 아니다. 일단은 학생들이 이것에 대한 지식이 없다고 가정하고 문제를 출제한 것 아닐까?

둘째, 문제를 푸는 데 더 큰 어려움은 (나), (다)의 밈의 개념을 제시지문 (가)의 상황에 맞춰 풀어내는 일이다. 일단은 제시지문 (다) 자체를 읽고 이해하기조차 어려운데, 하물며 제시지문 간의 상관관계를 파악하고 연결시키는 일은 여간 어려운 게 아닐 것이다. 이런 이유로 대학 측에서 제시하는 문제해설조차도 알쏭달쏭하고, 이를 받아 재해석하여 가르치는 논술학원 선생들도 횡설수설하는 것이다(그렇더라도 무슨 뜻에서 하는 말인지는 이해할 수 있을 것 같다).

이상을 염두에 두고 문제를 해설하면 다음과 같다.

● 제시지문 (나), (다)의 '밈'의 개념을 활용하여 (가)의 상황을 설명하면,

이 문제를 푸는 핵심은, 자신이 갖고 있는 어떤 생각이나 관념을 다른 사람에게 전파하도록 유도하기 위해 자기 안에 존재하고 있는 밈을 동원하고, 이것이 그 사람의 마음을 감염시켜서 태도를 변화시키는 일종의 문화적 유전자로서의 밈의 역할을 보여주고 있는데, 이때 제시지문에서 보여주는 밈이 바로 거문고 연주 '봉구황'이라는 음악을 통한 사랑의 감정 전달이다. 즉, 양생(양소유)의 거문고 연주라는 음악적 밈을 통해 정소저(정경패)의 마음을 움직인 것이 그것이다(이하 중략).

● 예시 답안(750~800자)

(나), (다)에 의하면, 세대가 거듭될수록 인간 개개인의 재능에 기여하는 인자인 유전자(gene)의 기능은 줄어드는 반면, 인간의 정신문화에 기여하는 인자인 밈(meme)의 기능은 더욱 더 확대·발전하게 된다. 즉, 인간의 정신을 지배하는 소프트웨어적인 유전자의 일종이 끊임없는 모방이라는 자기복제를 통해 만들어내는 언어, 신화, 종교, 노래, 사상, 패션 등과 같은 일종의 문화현상이 바로 밈으로, 기술 및 정신의 획기적인 발달과 발전을 촉진하는 촉매로 작용하게 된다. (가)에 의하면, 양생(양소유)의 거문고 연주라는 음악적 밈을 통해 정소저(정경패)의 마음을 움직인 것이 바로 이 밈에 의한 것이라는 설명이다. 양생은 거문고 연주를 하고 정소저는 그 음률의 내력과 연주 솜씨에 대해 품평을 이어가다가 문득 마지막 곡에 이르러 양생의 의도를 간파하고 부끄러워하고 있다. 천하의 영재가 절세미인을 유혹하는 내력을 그 내용으로 하는 '봉구황' 곡조는 사실 연주 상황을 빙자한 기발한 프러포즈의 형식을 취하고 있으며, 이를 알아챈 정경패가 감쪽같이 속은 사실을 분통해 하고 있는 것이다. 여기서 주목해야 할 부문이 바로 제시문의 마지막 구절인 "…춘랑이 아니라면 누구에게 이렇듯 품은 생각을 말하겠느뇨?"이다. 이는 주인공은

물론 몸종인 춘랑까지 봉구황 곡조에 담긴 사랑의 감정을 느끼고 알아챌 수 있다는 뜻으로서, 곧 문화유전자로서의 밈이 후대인 주인공의 세대에까지 전달되어 많은 사람들이 이를 공유하고 있다는 사실을 명백하게 입증하는 것이다. 이처럼 문화와 그 문화의 이면에서 일어나는 제반 정보는 마치 생체 유전자처럼 사람의 뇌에서 뇌로 전달되는데, 제시지문은 바로 이 음악이라는 문화유전자로서의 밈을 통해 주인공 양소유와 정경패의 사랑의 시작을 암시하고 있다.

현실이 이러함에도 논술강사들이 학생들에게 강의를 하는 데 아무런 지장을 못 느끼는 이유는 뭘까? 아무도 이들에게 논술 글을 써보라고 하지도 않고, 설령 쓴다고 하더라도 그 글을 제대로 평가할 수 있는 사람 또한 없기 때문이다. 그저 학생들을 휘어잡는 화려한 언변을 테크닉으로 하여 가르치면 실력 있는 논술강사라고 자칭 타칭으로 치부되는 게 논술시장의 한 단면이다. 사정이 이러한데도 친절하고 자세하게 첨삭지도를 한다고 학생들에게 어필하는 자체가 아이러니다.

더 큰 문제는 많은 논술강사들이 현행 논술시험이 지향하는 교과과정 통합논술과 다면사고형 논술을 가르치는 데 무척이나 취약하다는 사실이다. 이것이 무슨 말인가 하면, 2008년 이후 대학에서 지향하는 논술시험의 출제방향이 철학적 사고의 깊이를 측정하는 유형에서 제시지문을 통한 문제해결 능력을 중요시하는 유형으로 전환되고 있음에도 불구하고, 많은 논술강사들이 이것을 해결해내는 데 어려움을 겪고 있음을 의미한다.

이는 그 동안의 논술학원 시장에 뛰어 든 논술강사의 면면을 통해 확인된다. 대학 다닐 때 운동권이었거나 철학이나 국문학을 전공한 교사나 강사 출신 및 소수의 기자 출신이 그들인데, 여기서 한 가지 공통점이 발견된다. 하나같이 한 분야에서 정통하되, 속칭 말발만 뛰어난 사람들이란 점이다. 더군다나 대부분의 논술강사들은 직장 등 사회경험이 전무하거나 아주 짧은 사람들이라, 세상을 살아가면서 쌓는 경험이나 이치가 그만큼 얕고 척박하다. 물론 기자 출신이라면 다방면에 걸쳐 다양한 지식을 갖추고 있다고 생각하겠지만, 이들 중 상당수는 그야말로 수박 겉핥기식의 잡다한 지식만 쌓아 놓은 사람들이다.

그런데 논술문제의 수준은 어떠한가? 현행 통합논술에서 요구하는 가장 중심이 되는 주제가 바로 지금 우리 사회에서 발생하고 있는 갈등 요인 혹은 문제점인지라, 당연히 출제되는 제시지문 역시 도표와 그림 등의 다양한 통계자료는 물론, 심지어는 인지심리학이나 행동경제학 등 최근 부각되고 있는 학문적 영역으로까지 확대되고 있다. 여기에 더해 전 교과영역을 여하히 통합하여 문제를 해결할 수 있는지를 묻고 있기에, 이제 인문사회적인 지식만을 갖고서는 문제를 풀기가 어렵게 됐다. 곧 특정 주제나 사고에 대한 깊이뿐만 아니라, 이와 관련하여 제시된 다양한 쟁점과 관점들을 어떻게 통합하고 조직화하여 이를 한 방향으로 정리해낼 수 있는가 하는 능력까지도 요구되는 것이다. 마치 직장에서 기획안을 작성하는 것처럼 말이다.

상황이 이러한데도 논술카페에 올라온 일부 논술강사의 글을 읽자면, 다방면의 영역을 넘나들며 문제를 해결할 수 있는 능력이 한참 떨어짐을 확인할 수 있다. 대학 때 자기가 전공한 과목, 자신이 직접 일하면서 쌓은 분야뿐 아니라, 인문·사회·자연과학은 물론 작금의 세상 돌아가는 이치까지 전 영역을 넘나드는 속칭 '통섭'을 해가면서 학생들을 가르칠 수 있는 논술강사가 과연 몇이나 될까? 이것이 지금의 논술강사들에게 보이는 두 번째 한계이자 문제점이다.

한 가지 분명한 것은, 적어도 논술을 가르침에 학생들을 압도할 수 있을 정도의 해박한 지식과 다양한 사회경험, 여기에 글을 직접 생산해낼 수 있는 역량까지 갖춘 후 학생들 앞에 나서야 한다는 점이다. 그렇게 해야만 직접 논술문제를 풀고, 해설하고, 글쓰기를 지도하고, 학생들의 어떠한 질문도 막힘없이 해결해줄 수 있다. 그것도 전 교과과정을 통합해서 말이다.

논술강사의 역할은 제한적이다

그렇더라도 이것이 논술강사가 학생들 앞에서 설쳐가면서까지 일방적으로 끌고 가라는 얘기는 아니다. 논술강사의 역할은 어디까지나 학생들이 제대로 문제를 해결할 수 있도록 옆에서 도와주면서 올바른 방향을 제시해주는 보조자로서의 역할에 그쳐야 한다. 왜 그런지를 따져보자.

수험생들이 논술시험에서 가장 힘들어하고, 실제 당락을 좌우하는 것이 바로 제시지문에 대한 올바른 분석이다. 그런데 이 제시지문을 분석하는 능력은 바로 글 읽기, 즉 독서 능력에 달렸다. 일찍부터 독서에 취미를 붙이고 다양한 분야의 책을 읽어온 학생들이라면 크게 문제될 게 없겠지만, 교과목을 공부하느라 바쁜 대부분의 학생들은 그렇지를 못하다.

실제 논술시험에 출제되는 제시지문을 학생들이 제대로 읽고 해석해내기는 무척 어렵다. 인문사회과학의 전문서적은 물론, 심지어는 철학적으로 깊은 이해를 요구하는 개념들이 제시지문으로 출제되기 때문이다. 당연히 이런 글들을 혼자서 읽고 사상적인 흐름을 따라가기가 쉽지 않고, 선뜻 이해가 가지 않는 부분도 많아 이내 포기하려 든다.

따라서 학생들이 제시지문을 읽더라도 그 핵심 내용을 제대로 해석해내지 못하는 데 따른 어려움을 해결해주는 게 논술강사의 첫 번째 역할이다. 즉, 올바른 '강독講讀'을 통해 다양한 분야의 글을 해석해주고, 그 핵심 내용이나 사상적인 개념에 대한 정확한 설명을 통해 학생들의 이해를 돕고, 해석된 내용을 자신의 생각에 맞게 정리하여 요약할 수 있도록 도와주는 역할이 그것이다.

물론 이는 일찍부터 논술공부를 시작하여 일정 수준에 오른 학생에게나 해당되는 것이겠지만, 3학년에 들어와서부터 본격적인 논술시험을 준비하는 학생들의 경우 역시 크게 다를 바 없다. 왜냐하면 각 대학의 기출문제에 실린 제시지문을 가지고 막바로 논술시험을 준비해야 하기 때문이다. 그렇더라도 기출 제시지문에는 다양한 분야의 글과 고전의 핵심 지문이 망라되어 있기에, 따로 글 읽기를 연습할 필요 없이 곧바로 문제풀이 과정과 병행해서 공부해나가는 게 오히려 더 효과적이다. 저학년일 경우에는 기출문제보다는 수능 언어영역에 실린 비문학 지문을 가지고 연습하는 것이 바람직하다. 이 경우, 학교 내신공부는 물론 수능공부까지도 함께 할 수 있어서 일거양득이 된다.

제시지문이 됐든 언어영역 비교과 지문이 됐든, 글의 강독과정에서 학생들의 이해를 돕기 위해 더해지는 것이 바로 그 글이 담고 있는 핵심 내용에 대한 시대적 흐름과 사상적 배경 및 관련한 기본 이론 등의 배경지식과, 제시지문과 문제가 서로 연계되어 묻고 있는 통합적 지식 및 사고다. 바로 이것에 대한 다양하고도 심도 있는 배경지식을 학생들에게 가르쳐야 하는데, 이것이 논술강사의 두 번째 역할이다.

첨삭지도, 알고 받아라

논술은 문제를 어떻게 푸는지 배우고 익히지 않으면 쉽게 풀 수 없다고들 한다. 이는 역설적으로 조금만 문제해결 능력을 기른다면 어렵지 않게 문제를 풀 수 있다는 뜻이기도 하다. 즉, 논제와 제시지문 간의 연관관계를 제대로 파악하면 논점에서 이탈하지 않고 출제자가 원하는 답에 어느 정도는 접근할 수 있다.

실제 수험생들에게 문제를 풀어보라고 하면 답안에 근접조차 못하고 해매는 경우가 허다한데, 대개 이런 식으로 해서 작성한 답안은 그야말로 횡설수설 갈피를 잡지 못하는 경우가 대부분이다. 그런데 논제에 대한 기초적인 해설과 제시지문 간의 연관관계를 설명한 이후에 다시 작성한 답안은 종전과는 180도 달라진다. 이것이 의미하는 바가 무엇일까? 바로 이런 점에서 논술학원에서 그토록 강조하는 첨삭지도가 홍보와 마케팅을 위한 도구로 이용되고 있는 게 아닌가 하는 의구심이 드는 이유는 왜일까? 첨삭지도가 과연 올바른 지도 수단으로 적절하게 정의되어 있기는 한 걸까?

대학 논술시험은 정직한 시험이다. 문제에서 요구하는 핵심 논제를 정확히 짚어내고 주어진 논점에서 이탈하지만 않으면 어렵지 않게 답안을 작성해낼 수 있기 때문이다. 이처럼 논술시험은 논제와 제시지문의 분석만 제대로 해내면 어렵지 않게 해결되는데, 이때 논제 분석은 제시지문 간의 연관관계 파악에, 제시지문 분석은 독해와 요약에 달렸다.

따라서 논술문제를 제대로 풀기 위해서는 주어진 제시지문의 독해와 요약을 잘

해내는 것이 선결과제가 되며, 이것을 가지고 논제에서 주어진 여러 조건이 제시지문 사이에서 어떠한 연관관계를 맺고 있는지 파악하면 된다. 그렇기에 첨삭은 학생들이 이것을 스스로 해결하는 과정에서 겪는 어려움과 시행착오를 최소화시키는 부분적인 역할에 지나지 않는다. 즉, 어디까지나 제대로 된 글 읽기가 행해진 이후에 비로소 첨삭이 더해질 수 있다.

첨삭지도에 현혹되어서는 안 된다

물론 올바른 첨삭지도를 위해 행해지는 논술강사의 역할은 더할 나위 없이 중요하다. 하지만 이는 정확히 이해할 필요가 있다. 이를 설명하기에 앞서 먼저 대학 기출문제 풀이과정을 통한 논술공부 방법에 대해 살펴볼 필요가 있는데, 자세한 설명은 뒷장에서 부연된다.

매 회의 논술공부는 크게 다음의 세 단계를 거쳐 이뤄진다. 물론 지원하고자 하는 대학의 기출문제를 풀어보며 본격적으로 실전훈련에 돌입하는 여름방학 직전까지는 끝내야 할 기초과정에 한해서다.

우선, 주제별로 내용의 충실도가 높은 기출문제를 선정한 후, 이를 학생이 충분히 읽고 제시지문을 요약해올 것을 과제로 낸다. 학생은 문제와 제시지문 간의 연관관계를 살피면서 제시지문을 독해하되, 이를 거듭 읽으면서 충분히 이해한 이후에 그 내용을 간략히 요약한다. 실제 이러한 훈련은 학생들에게 어렵고도 힘든 과정이겠지만, 그렇더라도 이는 논술공부에서 가장 중요한 부분이자 학생 스스로 반드시 해내야만 하는 과정이기도 하다. 이때 문제와 관련해 잘 모르거나 궁금한 내용은 직접 교과서를 뒤져가며 찾아보는 게 효과적이다.

이후 정규 수업시간에 논술강사는 제시지문을 정확하게 해설하면서 문제를 풀이하되, 여기에 관련한 배경지식을 더해 학생들에게 강독한다. 그렇더라도 배경지식은 어디까지나 교과서의 내용을 중심으로 이를 통합해서 설명해야만 하며, 또한 쓸데없이 이를 무조건적으로 암기하도록 강제해서는 안 된다. 배경지식은 어디까지나 학생들의 이해를 돕고 관련한 사고 영역을 확장하기 위한 제한적인 도구에 지나지 않기 때문이다.

여기서 중요한 것이 바로 강사가 제공하는 예시답안이다. 왜냐하면 답안에 대한 올바른 '준거'가 제시되어야만 이것을 가지고 학생 자신이 직접 작성한 답안을 제대로 평가할 수 있기 때문이다. 또한 그 과정에서 학생 스스로 무엇이 잘못됐는지 깨닫고, 이를 다시 고쳐 쓰거나 첨삭하는 과정에서 문제해결에 한발 한발 다가설 수 있다.

이처럼 첨삭지도에 앞서 반드시 학생들에게 건네주어야 할 것이 바로 예시답안이며, 그렇기에 이것을 가지고 이해를 구하는 것은 어디까지나 강사이지 결코 학생이 아니다. 물론 논술강사가 작성한 예시답안이라고 해서 반드시 정확한 답안일 것이라고 섣불리 단정할 수는 없다. 그렇더라도 적어도 이를 통해 논술강사가 학생들에게 가르치는 게 올바른 방향으로 나아가고 있는지 파악할 수 있다.

더군다나 현행 논술시험은 대학의 채점 편의를 위한 방향으로 출제되고 있기에, 상당한 정도까지 답안 결정력이 주어졌다고 봐도 무방하다. 즉, 어느 정도는 답이 정해진 논술문제가 출제된다. 따라서 명색이 논술을 가르치는 강사라면, 직접 예시답안을 풀지 않은 채 말로 때운다거나, 또는 대학에서 제시한 예시답안만을 가지고 가르치려 해서는 안 된다. 자신이 직접 머리를 싸매고 고민하며 풀어보지 않은 문제를 가지고 학생들을 가르치려 들고, 게다가 첨삭지도라는 칼날을 들이대며 제멋대로 흔들어댈 경우에 자칫 학생들이 입게 될 피해는 생각보다 훨씬 크고 심각하다.

아울러, 문제풀이를 위한 강독 과정에서 제시지문을 정확히 요약한 글을 제시함으로써, 학생 자신이 작성한 것과 비교하고 대조하며 바로 잡을 수 있도록 도와주어야 한다. 어찌 보면 이것이 더 중요하다고 봐야 하는데, 왜냐하면 제시지문의 정확한 독해와 요약 없이는 제대로 된 답안이 만들어질 수 없고, 학생들의 글쓰기 또한 제대로 이뤄질 수 없기 때문이다.

사정이 이러한데도 시중의 논술 관련 문제풀이 책자를 보면, 제대로 된 제시지문 요약 글과 예시답안은 제시하지 않은 채 출제의도 파악이네 논제 분석이네 하면서 장황한 설명으로 얼버무리는 것을 어떻게 해석해야 옳을까? 실제 이 부분에 대한 설명은 야박할 정도로 생략하는 게 더 적절한데, 왜냐하면 굳이 이것을 따로 설명하지 않아도 예시답안에 다 들어가 있기 마련이며, 더군다나 학생 스스로 논제와 제시지문을 읽고 분석하는 과정에서 깊게 생각해야 하는 과정을 원천봉쇄할 가능성을 배제할 수 없기 때문이다.

이것이 무슨 의미인가 하면, 수험생들은 무엇보다 치열하게 사고하는 과정을 거치면서 문제를 해결해야만 실력이 늘기 때문에, 이런 연후에 예시답안을 보고서 "아, 문제에서 요구하는 뜻이 이거였구나!" 하며 무릎을 탁 치는 깨달음이 있어야만 제대로 된 공부라고 할 수가 있다.

그런데 이와는 반대로 이런저런 방향으로 장황하게 설명한 후에 답안은 니들 마음대로 알아서 작성하란 식으로 일관할 경우, 과연 이것을 읽고서 학생들이 올바른 답안을 작성할 수 있을까? 더군다나 앞서 말한 것처럼, 현행 논술문제는 답안을 상당 부분 정형화시켜 출제함에 따라 크게 궤도를 이탈(논점이탈이라고 봐도 무방)할 염려가 없는데도 말이다. 말인즉, 이런 식의 과잉 친절은 오히려 학생들에게 득보다 실이 될 뿐이다.

수업시간에 학생들은 논술강사 앞에서 스스로 문제를 풀고 답안을 작성한 후에 첨삭지도를 받는다. 하지만 논술공부의 초기 단계에는 공부하는 순서를 뒤바꾸는 게 더 효과적이다. 수업을 하기 이전에 집에서 문제를 읽어 해석하고 요약하는 연습과정을 거친 후에, 이후 학원수업을 통해 제대로 이해하는 과정을 거치는 게 더 낫다. 왜냐하면, 적어도 논술공부는 단순히 문제를 푸는 게 중요한 것이 아니라 충분히 읽고 생각하는 과정 자체가 중요하며, 그렇기 때문에 시간을 갖고 교과서를 뒤져가며 차근차근 공부해나가는 게 더 효과적이기 때문이다.

이 경우, 논술강사는 학생이 제시지문을 읽고 요약한 내용을 다음 번 수업에 들어가기 직전에 직접 첨삭지도를 하면서 바로잡아주되, 만약에 그 내용이 전체적으로 부실할 경우 다시 쓰기를 시켜 학생 스스로 바로잡을 수 있도록 도와주면 된다.

이후 문제풀이가 끝난 다음 학생들에게 직접 답안을 작성하도록 숙제로 내준 후,

이것을 다음 번 수업시간 전에 바로잡아준다. 그렇게 되면 이번에 수업할 논술문제의 제시지문에 대한 독해·요약 연습과 지난번에 수업한 논술문제에 대한 복습 및 답안 작성 연습을 앞서거니 뒤서거니 하면서 할 수 있다. 저절로 예습과 복습이 되는 것이다.

그렇더라도 학생을 붙들어놓고 빨간 줄을 둘러가며 오래도록 첨삭하고 교정해준다고 해서 그 학생의 수준이 높아지는 것은 아니다. 논술공부는 그 특성상 논술강사가 아무리 잘못된 부분을 끄집어내 고쳐준다고 한들, 학생 자신이 스스로 납득하지 못하면 실력이 늘지 않기 때문이다. 더군다나 그 강사의 지적이 옳지 않을 경우라면 어떻겠는가?

생각해보라. 글쓰기 첨삭지도로 실제 실력이 느는 쪽은 이를 가르치는 강사일까, 아니면 지도를 받는 학생일까? 모르긴 몰라도 학생보다는 가르치는 강사 쪽이 더 늘 것이다. 헌데 재미있는 사실은, 그렇다고 해서 이런 일련의 첨삭지도 과정이 강사의 실력으로 차곡차곡 쌓이는 게 아니란 점이다. 그렇지 않다면 하루에도 수십 명씩이나 첨삭지도를 하고 있는 논술강사가 왜 예시답안 하나 제대로 작성해내지 못한다는 말인가! 이것이 의미하는 바가 무엇이겠는가? 이를 테면, 장기판에서 훈수 잘 둔다고 장기 잘 두는 것이 아닌 이치가 바로 이런 걸 두고 하는 말일 게다. 적어도 논술공부는 이른바 자기주도학습만이 효과를 발휘하며, 그렇기에 강사의 역할은 극히 제한적일 수밖에 없다.

첨삭은 학생 스스로 하는 것이다

그렇다고 첨삭지도가 중요하지 않다는 말이 아니다. 물론 논술공부에서 첨삭지도는 아주 중요하다. 요점은 글쓰기 훈련이 제대로 되어있지 않은 학생들에게 첨삭이라는 칼날을 마구잡이로 흔들어서는 안 된다는 것이다.

글쓰기 훈련 이전에 제대로 된 글 읽기 과정이 선행되어야 하고, 또한 그 과정에서 학생 스스로 요약하는 연습을 하면서 글을 다듬는 과정을 충분히 거친 이후여야만 제대로 된 첨삭지도가 이뤄질 수 있다. 논제조차 이해하지 못하고, 제시지문 간의 연관관계조차 제대로 파악하지 못하고, 게다가 제시지문을 정확히 해석해내지 못함으로써 논점을 이탈하는 답안의 경우에는 첨삭이 무의미하다. 답안 전체가 잘못된 방향으로 흘러갔으면 이를 제대로 다시 쓰도록 유도해야지, 이것을 어떻게 첨삭을 통해 바로잡을 수 있겠는가?

학생이 작성한 답안의 일부에 논리적인 비약이나 허결이 보일 때 이를 짚어줌으로써 논점에서 이탈하지 않게 하거나, 글에 심각한 오류가 보일 때 이를 바로잡아주는 것은 문제해결 과정에서의 교정 작업이지, 엄밀한 의미에서는 첨삭이 아니다. 첨삭은 말 그대로 답안 내용의 일부를 보태거나 삭제하여 고침을 뜻한다. 따라서 첨삭은 수험생들이 주어진 문제를 제대로 풀어내긴 했는데, 전체적으로 논리 전개에 미흡함이 드러나고 어딘가 모르게 문장의 구성이 어색한 경우에 이를 부분적으로 바로 잡아 매끄럽게 하는 기술적인 문제다. 이런 이유로 수험생들이 일정 궤도에 오른 이후부터 집중적으로 지도해도 결코 늦지 않으며, 실제 수험생들이 그 정도 수준에 이르면 첨삭지도는 필요 없게 된다.

자칫 섣부른 첨삭지도는 수험생의 사고를 제한하거나 위축시킴으로써 오히려 역효과를 불러일으킬 수 있다. 생각해보라. 가뜩이나 글 쓰는 데 자신이 없는 학생들이 소심하게 작성한 답안에 빨간 펜을 들이대며 난도질을 하면, 더군다나 논제와 제시지문을 제대로 이해하지도 못한 상태에서 이런 상황을 접하게 되면, 제아무리 소신껏 답안을 작성하는 학생일지라도 위축되어 답안 작성에 울렁증을 일으킬 수밖에 없다.

다시 쓰기를 거듭하는 동안 글쓰기는 늘게 되어 있다

첨삭지도에 따른 문제는 또 있다. 논술시험이란 게 딱히 정답이 있는 게 아니어서, 논술강사가 지도해준 첨삭 역시 반드시 정답이라고 단정할 수 없다. 만약에 지도해준 강사의 능력이 기대 수준에 미치지 못함에도 그 강사가 어느 일방의 생각이나 관점만을 주입시킬 경우, 이에 따른 폐해는 고스란히 수험생의 몫으로 전가된다. 적어도 학생들에게 논술을 가르치고, 문제를 풀어주고, 첨삭지도를 할 수 있을 정도의 수준을 갖추려면, 읽고 쓰고 생각하는 능력이 배우는 학생을 압도할 수 있어야 하는데, 이런 수준에 도달한 논술강사가 과연 몇이나 될까?

어떤 의미에서 보면, 첨삭은 학생 스스로 하는 것이다. 실제 문제를 풀고 답안을 작성한 학생 자신이 그 글에 대해서 가장 잘 안다. 이를 지도하는 논술강사는 답안이 논점을 이탈했는지 살펴보고, 만약에 그렇다면 올바른 방향으로 다시 쓰도록 지도하고, 답안에 논리적 비약과 허점이 포착되면 그것에 밑줄을 그어 다시 생각하고 작성하도록 유도하면 된다. 그 이상도 이하도 필요 없다. 학생 스스로 생각하고, 또 생각하면서 주어진 답을 해결할 수 있도록 해야지, 어쭙잖은 수준의 논술강사가 앞서가며 첨삭지도를 한들 그것을 받아들이는 학생의 수준이 올라갈 리 만무하다.

그런 점에서 볼 때, 대학에서 제시하는 예시답안을 가지고 비평을 한다거나 첨삭을 한다거나 하면서 왈가왈부할 필요가 하등 없다. 어디까지나 이런 식의 답안도 있다는 준거를 제공하는 데 지나지 않음이며, 결코 이것이 모범답안이 되거나 문제 해결의 실마리를 줄 수는 없다. 물론 예시답안을 분석함으로써 답을 구하는 데는 도움이 되겠지만, 그렇더라도 수험생들이 추구해야 할 것은 논제와 제시지문 분석을 통해 스스로 깨닫는 것이지, 결코 남이 작성한 글을 분석한답시고 어쭙잖게 첨삭의 칼을 휘두르는 데 있지 않다.

이보다 중요한 것이 대학 측에서 제공하는 출제문항 분석이다. 이는 출제자의 의도와도 같기에 곧 문제의 답이기도 하다. 비록 일부 대학에서만 제공하는 것이기는 하지만, 이것만큼 확실한 답도 없다. 따라서 이것을 차근차근 거듭해서 읽고 논제와 제시지문 간의 연관성을 파악하는 연습을 하는 게 가장 효과적인 공부다. 제대로 된 첨삭은 이것이 어느 정도 궤도에 오른 이후부터 본격적으로 세밀하게 다듬어가면서 지도하면 되며, 그때까지는 어디까지나 전체적인 틀과 방향만 잡아주어도 충분하다.

그렇다면 어떻게 하는 게 옳을까? 다시 쓰기 연습만큼 효과적인 방법도 없다. 답안 글이 일정 수준에 오르기 전까지는 내용의 전반적인 방향을 바로 잡아주고 다시 쓰게 하는 과정을 반복하는 것이 훨씬 효과적인 첨삭지도다. 이와 함께 글에 논리적으로 문제가 있는 부분이나 논점에서 이탈한 내용을 지적해 바로잡아주되, 이 역시 다시 쓰기를 통해 연습시키는 게 효과적이다. 이렇게 연습해나가다 보면 반드시 글 솜씨는 늘게 되어 있다. 그런 이후의 어느 시점, 좀 더 자세히 말한다면 지원하는 대학의 기출문제 실전풀이를 할 때부터 좀 더 세밀하게 첨삭지도를 해주는 게 더 좋은 결과를 낼 수 있다. 고쳐 쓰기 이전에 다시 쓰기를 거듭하면서 수준을 어느 정도 끌어올려야만 첨삭지도가 효과를 발휘할 수 있다.

갓 태어난 아기가 단번에 일어나 걸을 수 없듯이, 무릇 세상 이치란 게 단계 단계마다의 과정과 각고의 노력이 요구된다. 논술 글쓰기라고 절대 예외가 될 수는 없다. 사정이 이러한데도 학생의 수준과 상관없이 첨삭만이 전부인 것처럼 강조하며, 그것도 제대로 된 예시답안이나 제시지문 요약 글을 보여주지도 않고 학생들에게 첨삭지도를 한다는 것을 어떻게 이해해야 할까? 아무리 생각해도 학원과 논술강사의 홍보이자 마케팅 수단으로밖에는 달리 해석되지 않는다.

논술공부의 최고 선생은 학생에 앞서서 말로 설치고 얼버무리는 사람이 아니라, 학생 스스로 해결할 수 있도록 뒷짐 지고 조용히 살피면서 갈피를 잡아주는 사람이다. 그런 점에서 논술강사는 첨삭지도를 말하기에 앞서 제대로 된 해설서와 답안부터 만들고, 이를 통해 학생들에게 냉정한 평가부터 받아야 할 것이다.

학생, 선생님, 교재가 삼위일체가 되어야 한다

여기까지를 정리하면서 좀 더 부연해서 설명하면 이렇다. 논술시험으로 대학가기 위해서는 공부방법을 어떻게 세우느냐가 중요한데, 이를 위해서는 학생, 선생님, 교재 이렇게 세 가지 요건이 적절하게 충족되어야 한다. 이는 다음 이유 때문이다.

첫째, 논술은 아무나 보는 시험이 아니다. 그만큼 이를 준비하는 학생에게 일정 수준 이상의 지적 능력이 필요하다는 얘기며, 그렇기 때문에 적어도 서울의 상위권 대학에 들어갈 정도의 실력을 갖춘 학생이 아니거나, 논술에 특출한 소질을 보이는 학생이 아니라면 오히려 수능시험 공부에 몰두하는 게 더 낫다. 왜냐하면 그렇지 못한 학생들에게는 대입 논술시험을 준비하는 절대시간이 생각보다 훨씬 더 길어질 수 있으며, 그렇게 되면 자칫 가장 비효율적인 공부가 될 수 있기 때문이다. 수능시험은 어찌됐든 성적이 매겨져 합격이 가능한 대학을 가려낼 수 있지만, 논술시험은 그렇지 못하고 오직 합격과 불합격으로 갈릴 뿐이다. 따라서 자칫하다가는 낭패만 불러올 수 있음을 반드시 염두에 두고 논술공부를 병행해나갈지, 아니면 그만두고 수능공부에 전념할지 결정해야 한다. 다시 말해, 어설프게 논술시험에 매달릴 경우 이도저도 안 되는 나쁜 결과만을 낳을 뿐이어서, 이보다는 차라리 수능시험에 올인 하는 게 더 효율적이라는 얘기다.

둘째, 논술은 아무나 가르칠 수 있는 공부가 아니다. 논술을 가르치려면 단순한 공부머리 외에 많은 것을 필요로 한다. 말하기, 읽기, 쓰기를 다 같이 잘해야 함은 물론, 삶에서 우러나오는 풍부한 경험지식과 세상을 보는 지혜 등 정말이지 많은 것들이 필요하다. 단순한 지식 수준을 넘어선 그 이상의 무엇이 있어야 한다. 20~30대의 논술강사가 단순히 명문대를 나왔다고 한들 이것이 가능한 일일까? 솔직히 이 점에서는 시중의 많은 논술강사들이 함량 미달이라고 생각한다. 그렇기에 논술강사를 잘못 만나면 스스로 공부하는 것보다 훨씬 나쁜 결과를 가져올 수 있음은 물론이다. 무슨 원리원칙을 가르쳐준다느니, 족집게식의 강의를 한다느니, 알아들을 때까지 첨삭지도를 해주겠다느니 하는 말의 성찬에 절대 속아서는 안 되는 이유가 이 때문이다. 적어도 대입논술을 위한 공부에서만큼은 그것을 가르치는 강사의 질적 수준에 학생의 장래가 절대적으로 좌지우지될 수 있음을 거듭 숙고해야 한다.

셋째, 이와 더불어 중요한 것이 교재인데, 당연히 기출문제만큼 좋은 교재는 없다. 제시지문을 가지고 문제로 만든 것은 이것밖에는 달리 없기에 특히 그렇다. 제아무리 똑똑한 강사일지라도 문제를 만드는 과정에서 수없이 생각하고 고민해온 교수의 지적 수준을 따라잡을 수 없기에 더더욱 그렇다. 대학에서 출제한 기출문제는 논술학원 강사들이 만든 문제로는 따라잡기 어려운 주제 의식과 고도의 논리적 정합성을 갖추고 있다. 그렇기에 학생들에게 독해하고, 분석하고, 생각하고, 요약하는 능력을 키워주는 데 더할 나위 없이 좋은 뛰어난 교재이기도 하다. 이런 좋은 교재를 멀리하고 논술학원에서 만든 어설픈 교재로 공부하는 것은 상식 밖의 일이다. 게다가 그 동안에 출제된 문제도 풍부해 주제별로 구분해가면서 공부하기에도 안성맞춤이다. 공연스레 다른 걸로 공부하는 것은 비효율적이자 내용적으로도 불균형을 불러올 뿐이다. 교과서 또한 중요하다. 논술시험에 필요한 배경지식을 이해하는 데 교과서만큼 충실한 게 달리 없기 때문이다. 이런 이유로 실제 교과서에 실린 지문이 그대로 제시지문으로 출제되거나, 교과서의 탐구학습 내용을 문제로 풀어낸 경우 또한 적지 않다. 논술에 필요한 배경지식 역시 교과서 수준이면 충분한데, 당연히 교과서를 가지고 공부하는 게 가장 압축적이고도 효과적인 공부가 된다. 교과서에 실린 기본개념이나 핵심 내용이 논술시험에서 주제, 논제로 채택되어 출제되기 때문이다.

논술공부에 특별한 방법론은 없다

대입논술은 정직한 시험이다. 배우는 학생이나, 가르치는 선생이나, 문제를 출제한 대학이나 그 실력과 수준이 대번에 드러날 수밖에 없는 그런 시험이다. 그렇기에 대입논술 시험공부에는 별다른 왕도가 없다. 그저 정직하게 곧이곧대로 공부하는 수밖에는 달리 방법이 없다.

그럼에도 어느 정도의 요령은 있게 마련인데, 이 역시 특출난 것은 아니다. 이를테면, 반드시 해야 하는 것은 아무리 시간이 걸리더라도 우직하게 행해야 하고, 불필요한 것들은 과감하게 잘라내면 된다. 하지만 말이 쉽지 실천하기란 여간 어려운 게 아니다. 그렇다면 해야 할 것은 무엇이고, 할 필요가 없는 것은 또 무엇일까?

이것을 설명하기에 앞서 한 가지 짚고 넘어가야 할 것이 있다. 그것은 논제를 풀고, 제시지문을 읽어 해석하고, 답안을 쓰는 과정에서 특별한 원리원칙이나 방법론이 비집고 들어올 틈 따위는 없다는 명백한 사실이다.

이를테면, 논술 답안을 쓸 때 서론은 한 단락, 본론은 세 단락, 결론은 한 단락 정도로 쓰면 된다거나, 서론에서 호기심을 유발하기 위해 사례를 집어넣는 식으로, 마치 공식화된 방법론인 것처럼 기계적으로 패턴화하는 것을 일컫는다. 하지만 이는 예전에 하나의 주제를 주고 이를 논문식의 체계적인 글로 작성할 것을 요구하는 바칼로레아 논술형의 문제에나 해당되는 것이지, 특정 주제에 다수의 문제를 연결시켜 출제하는 현행 통합논술의 답안 작성 방법으로는 적절치 않다.

제시지문의 독해와 요약 역시 그렇다. 논증적인 글쓰기를 위한 원칙이랍시고, 이를 '주장+근거', '전제+결론', '사실+의견', '원인+결과', '주장+근거+반론+재반론' 식으로 애써 구분해가며 써야 할 필요는 없다(그렇더라도 이처럼 논증구조를 찾아가며 글을 읽고 해석하는 방법적인 학습요령을 어느 정도는 이해하고 연습할 필요가 있는데, 이는 뒤에 자세히 설명한다). 물론 이렇게 해서 제시지문을 해석하고 요약하면 더할 나위 없이 좋겠지만, 이보다 중요한 것이 제시지문 전체를 관통하는 핵심 개념에 대한 파악이다. 이것만 제대로 파악할 수 있다면 굳이 제시지문을 구조화시켜 독해하고 요약하지 않아도 논증 구조에 맞춰 깔끔하게 요약, 정리된다. 더군다나 짧은 제시지문을 여러 개 묶어 출제하는 게 최근의 출제경향이라서, 제시지문을 억지로 구조화할 경우 오히려 해석하는 데 번거로움과 혼란을 가져다 줄 뿐이다.

문제풀이를 위한 '개요 짜기' 역시 형식적인 틀에 얽매일 이유가 하등 없다. 개요 짜기란, 주어진 논제에 맞춰 글을 재배열하는 것을 말하는데, 이것 역시 특별한 방법이 따로 있는 게 아니다. 그저 문제에 담긴 출제의도 그대로를 꼼꼼히 읽어 해석하고, 이어서 논제에서 요구하는 사항별로 분절화하여 답안으로 이어 쓰면 그만이다.

따라서 굳이 구조화시켜 생각해야 한다면, 이는 문제에서 요구하는 논제와 제시지문 간의 연관관계를 밝히는 논제 분석과, 이에 따른 답안 작성의 틀, 즉 개요 짜기를 할 때뿐이다. 결코 어쭙잖게 제시지문을 이런저런 형식에 맞춰 독해하고 요약하느라 자신의 사고를 제한시킬 이유가 하등 없다.

중요한 것은, 문제풀이의 불필요한 과정을 과감하게 생략할수록 문제해결이 오히려 더 쉬워진다는 사실이다. 문제에 담긴 전제조건과 제시지문 간의 연간관계를 파악하는 '논제 분석' 단계(실제 이 단계에서 개요 짜기까지 함께 이뤄진다)와 이를 기초로 제시지문을 해석하고 요약하는 '제시지문 해석' 단계, 직접 글로 쓰는 '답안 작성' 단계, 이 세 단계로 확 줄이면 답안을 작성하기가 한결 쉬워진다.

여기서 한 가지 명심해야 할 것은, 제시지문을 읽은 다음 논제를 분석하는 게 아니라, 논제를 먼저 분석하고 그 논제에서 요구하는 내용적 흐름과 전제조건에 맞춰 제시지문을 읽고 해석해야 한다는 것이다. 이것이 중요하다. 거듭되는 얘기지만, 제시지문의 해석과 요약을 중심으로 한 논술 글쓰기는, 이를 반복해서 연습하는 과정에서 반드시 실력이 늘게 되어 있다. 문제 및 제시지문 분석과 답안 글쓰기 역시 여러 기출문제를 풀다 보면 논제의 서술유형이 비교분석형이든, 평가형이든, 문제해결형이든 관계없이 다 거기서 거기임을 자연스레 알게 되며, 그렇기에 어떤 문제가 주어지든 막힘없이 해결할 수 있다.

글쓰기 능력은 학생 스스로 끌어올려야 한다

흔히들 많은 학생들이 '논술=글 잘 쓰는 능력'이라고 생각하는데, 이는 잘못된 생각이다. 글을 잘 쓰는 것 이상으로 중요한 것이 바로 글을 잘 읽는 것이다. 엄밀히 말한다면, 글쓰기는 별도로 독립된 영역이 아니라, 읽고 생각하고 표현하는 역량이 결합되어 나타나는 일련의 종합적 판단능력에 따른다.

그렇기에 읽기는 쓰기의 전제조건일 수밖에 없다. 즉, 좋은 글에는 반드시 많은 글을 꾸준히 읽고, 생각하고, 고민한 흔적이 짙게 묻어나기 마련이다. 우리가 흔히 말하는 명저, 고전이 그 대표적인 결과물이다.

잘 쓴 논술 답안 역시 다음 두 가지가 뚜렷하게 나타난다. 첫째, 논제와 제시지문을 정확히 분석해 문제에서 원하는 것이 무엇인지 놓치지 않고 해결한다. 둘째, 제시지문을 제대로 읽고 파악한 후, 여기에 더해 자신의 생각을 논리적으로 정리해 표현한다. 앞서 설명한 논제 분석과 제시지문 독해와 요약이 그것인데, 이처럼 글 읽기 능력이 문제해결의 모든 것을 좌우한다.

따라서 학생들은 글을 쓴 이후에 첨삭지도를 받아 바로잡으면 된다는 생각을 하기에 앞서 먼저 주의를 기울여 글을 읽되, 그 주장하는 바가 무엇인지 제대로 알 때까지 거듭 반복해서 읽는 노력부터 해야 한다. 말했듯이, 글의 의미를 제대로 이해하지 못한 상태에서 쓴 글은 단지 기교만 부린 속 빈 강정에 지나지 않는다.

이렇게 놓고 볼 때, 글을 읽고 쓰는 일련의 과정에서 치러야 할 노력과 고민은 온전히 학생 몫이지, 결코 이를 가르치는 선생님과 나눠서 져야 할 성질의 것이 아니다. 그리고 실제 이것을 제대로 묵묵히 따르고 실천했느냐가 합격을 가른다. 결코 농담도 과장도 아니다.

정직한 시험에 원리원칙이 비집고 들어올 틈은 없다

대입 논술시험은 정직한 곧이곧대로 시험이다. 문제의 핵심을 정확히 짚어낸 후, 주어진 논제와 논점에서 이탈하지만 않으면 어렵지 않게 답안을 작성해낼 수 있다. 논제 분석과 제시지문 분석만 제대로 해내면 된다.

논제 분석은 제시지문 간의 연관관계 파악에, 제시지문 분석은 독해와 요약에 달렸다. 문제를 제대로 풀려면 주어진 제시지문의 독해와 요약을 잘 해내는 것이 필수며, 이것을 바탕으로 문제에 주어진 여러 전제조건이 제시지문과 어떠한 연관관계를 맺고 있는지 파악하면 된다(그럼에도 제시지문의 독해에 앞서 정확한 논제 분석이 이뤄져야 한다고 했다). 당연히 논술문제는 문제와 제시지문에 답이 다 나와 있다고 봐도 무방하다.

각 대학별로 출제 유형이 어느 정도는 정형화되어 있기에, 여기에 익숙해진다면 논제 분석은 그다지 어렵지 않다. 기출문제를 많이 풀면 당연히 다양한 논제의 유형을 파악하고 이에 대처할 수 있다. 물론, 이것 역시 제시지문을 정확히 읽고 요약해낼 수 있어야만 가능하다.

이처럼 제시지문을 정확히 읽어 이를 하나의 주장으로 요약하는 능력이 논술시험에서는 절대적인데, 주어진 제시지문을 요약해서 이것을 논제에 맞게 이어붙이기만 해도 어렵지 않게 답안을 작성해낼 수 있다. 다시 말해, 제시지문의 독해와 요약만 잘해도 논술시험에 합격할 수 있는데, 이는 결단코 빈말이 아니다.

문제는 이 공부가 결코 쉽지 않은 데 있다. 글의 독해와 요약이 일정 수준에 오르기까지에는 적지 않은 시간과 노력이 필요하기 때문이다. 그렇다고 특별한 방법론이나 특단의 대책도 없다. 그저 많이 읽고, 많이 생각하고, 많이 쓰는 수밖에 달리 방법이 없다. 이런 점에서 논술시험 공부는 읽고 쓰기의 부단한 훈련과정이라고 봐야 할 것이다.

따라서 실제 논술공부에서 필요한 것이 바로 독해와 요약을 공부하기 위한 절대시간의 확보인데, 이것 역시 기출문제를 통해 연습하는 게 효과적이다. 이때 주어진 문제의 해제나 예시답안부터 보지 말고, 먼저 문제가 요구하는 조건에 맞춰 제시지문부터 치열하게 읽고 요약하는 연습을 해나가야 한다. 그런 다음에 이를 몇 번이고 고쳐 쓰기를 반복하는 과정에서 읽고 해석하고 요약하는 실력이 부쩍부쩍 향상될 것이다. 논제 분석 연습은 이것이 어느 정도 궤도에 오른 다음에 해도 늦지 않으며, 실제로는 기출문제를 가지고 이를 해석하고 요약하는 풀이과정에서 자연스럽게 습득된다.

거듭 말하거니와, 논술시험 공부에 원리원칙은 없다. 달리 정답도 없다. 그저 반복되는 훈련만이 최상의 공부방법이다. 물론 여기에는 집중력이 필수적이다. 논술시험 공부를 처음 시작한다면 기출문제의 제시지문을 수업 중간의 쉬는 시간, 등하교 차 안, 심지어는 화장실에서 볼일 볼 때마다 몇 번이고 읽어보라. 집중하면서 읽는 데는 오히려 그런 시간이 효과적이며, 자투리시간도 활용할 수 있어 일거양득이다. 독해와 요약에는 내용을 이해할 때까지 읽기와 쓰기를 반복하는 고전적인 방법이 가장 효과적이기 때문이다. 그만큼 논술공부에 달리 왕도가 없다는 얘기다.

제시지문 독해와 요약 능력이 성패를 좌우한다

이처럼 논술공부에서 독해와 요약은 아무리 강조해도 지나침이 없다. 그럼에도 딱히 다른 말을 덧붙일 수 없는 것은, 그저 학생 스스로 열심히 곧이곧대로 하는 수밖에는 달리 방법이 없기 때문이다. 그럼에도 놓쳐서는 안 될 부분이 있는데, 특히 다음에 주목할 필요가 있다.

먼저, 제시지문을 해석하면서 중요한 것은 '정확하게 빨리 읽어내는 것'이다. 글에 집중해서 빠르게 읽되, 글을 읽어 내려가면서 무슨 내용인지 정확히 이해할 수 있어야 한다. 제시지문을 읽고 해석하는 연습은 기술을 습득하는 것과 같은 이치인데, 다양한 글을 집중해서 읽다 보면 이해의 깊이와 속도가 자연스럽게 더해지기 때문이다. 이렇듯 독해력이라는 부분은 제시지문에 담긴 내용을 얼마나 정확히 파악해낼 수 있는가가 관건이 되는데, 주목해야 할 것은 이것이 어디까지나 주어진 논제와 제시지문 간의 연관관계 속에서 파악되어야 한다는 것이다.

바로 여기에서 '추론 능력'이 요구된다. 이는 제시지문에 담긴 핵심 내용을 바탕으로 이를 분석하여 재구성하고, 비판과 반론을 제기하고, 판단과 평가를 내리는 일련의 과정을 일컫는다. 제시지문의 올바른 독해를 통한 핵심 내용의 요약은 이것이 뒷받침되어야만 하는데, 그렇기에 제시지문의 독해와 요약에는 뛰어난 추론능력이 필요하다.

당연히 여기에는 논리적이고도 합리적인 근거가 따라야 한다. '논리적인 추론' 능력이 전제되어야 한다는 말이다. 더욱이 제시지문에 '함축'과 '숨은 전제' 등이 포함되어 있을 경우에는 제시지문을 읽고 해석해내기가 여간 어렵지 않기 때문에 더욱 그렇다. 제시지문 독해와 요약 능력이 성패를 좌우하는 이유가 이 때문이며, 그 과정에서 어떠한 도해식의 문제풀이를 하더라도 결코 효과적일 수 없는 이유가 여기 있다. 그저 열심히 읽고 생각하는 것 외에는 달리 방법이 없으며, 그렇기에 글을 읽는 내내 '무엇이, 왜, 어떻게'라는 의문을 자신에게 끊임없이 되물어가며 해결해야만 한다.

논술이 비판적 글 읽기를 통한 논증 능력, 즉 묻고(論) 따지는(證) 능력을 글로 나타내는 시험인 점에 비춰 생각한다면, 정확한 독해 능력을 통해 글에 담긴 내용을 제대로 추론해내는 능력까지 함께 요구되는 이유를 이해할 수 있을 것이다. 결국 독해와 요약을 잘하기 위해서는 글을 제대로 읽어야 함은 물론, 여기에 논리력까지 갖추어야 하는데, 이것 역시 궁극적으로는 학생 스스로 끌어올려야 할 몫이다.

개념 이해, 논제 분석, 독해 · 요약을 동시에 공부한다

이제, 교과내용을 배경지식으로 한 기본개념의 이해, 논제와 제시지문 간의 연관관계의 정확한 분석, 논리적 추론 능력을 기초로 한 독해와 요약 연습을 왜 동시에 해야만 논술공부의 효율성을 최대한으로 끌어올릴 수 있는지 살펴보자. 이것의 실행방법에 대해서는 뒷장에서 설명키로 하고, 여기서는 그 중요성만 따져본다.

이에 앞서, 서울대 철학과 김영정 교수의 교육과정평가원 논술자료 발표 내용을 통해 나타난 대입논술의 개념을 살펴볼 필요가 있다.

"논술이란 ①비판적 글 읽기를 토대로, ②문제해결의 과정을 구조화시켜, ③우리의 사고체계가 조응하기에 가장 적절한 방식으로 서술하는 문제해결적인 글쓰기와 다름없다."

결국, 이 역시 ①비판적 글 읽기('개념 이해'를 더해가며 제대로 된 글 읽기 연습을 하고), ②문제해결 과정의 구조화('논제 분석'을 통해 문제에서 요구하는 사항을 정확히 파악한 후), ③논리적이고 창의적인 글쓰기('제시지문의 정확한 독해와 요약'에 기반을 둔 글쓰기)로 거듭 재정리된다. 게다가 창의적인 글쓰기 또한 논리적 추론에 기반을 둔 독해와 요약을 통해 이를 다듬고 조합해서 더해나간 생각의 연장일 뿐이지, 결코 예술가적인 직관적 창의성을 따져 묻는 게 아니다.

이처럼 현행 대입논술에서 지향하는 통합논술과 다면사고형 논술은 교과내용을 통합하되, 문제해결을 위해 요구되는 사항을 일련의 규칙에 따라 구조적으로 패턴화해 출제되고 있음을 알 수가 있다. 따라서 이제 무엇을 가지고 어떻게 공부할 것인지 판단하기가 명확해졌다. 어디까지나 기출문제를 가지고 주어진 논제에 맞춰 풀이하되, 여기에 교과서의 기본개념과 핵심이론을 통합하여 살핌으로써 사고의 폭을 넓히고, 이를 토대로 논리적이고 창의적인 글쓰기 연습을 꾸준히 해나가면 된다. 곧 교과서와 기출문제를 가지고 읽고, 생각하고, 쓰는 연습을 꾸준히 해나가면 그것으로 충분하다. 따라서 공연히 어려운 개념서적을 읽는다거나, 신문 사설을 뒤적인다거나, 어쭙잖게 과도한 배경지식을 담은 참고서나 요약본을 달달 외워가며 공부할 필요가 없다. 이런 식의 공부는 가장 비효율적인 방법이 될 뿐이며, 당연히 실효성도 떨어진다.

여기서 염두에 둘 것이 또 있다. 기출문제를 푼다고 해서 처음부터 수준에 맞지 않는 어려운 문제부터 푸는 것은 옳지 않으며, 풀 필요도 없다. 속칭 최상위권 대학의 기출문제는 논제는 물론 제시지문의 난이도가 상당히 높은데, 만약에 막연히 들어가고 싶은 대학이라고 해서 처음부터 이들 대학의 기출문제부터 풀어대는 것은 자칫 역효과를 낼 뿐이다. 이는 마치 기초과정을 생략한 채 곧바로 고급과정으로 넘어가는 것과 같아서, 결국에는 사상누각으로 전락할 뿐이다.

그렇다고 해서 다른 대학 기출문제의 수준이 낮은 것 또한 아니다. 각 대학 교수들이 최선의 노력을 기울여서 만든 것인 만큼 문제 수준에 그다지 차이를 보이지 않는다. 다만, 앞서 말한 최상위권 대학보다는 문제의 난이도가 조금은 낮아 공부하기에 좀 더 수월하고, 출제되는 유형과 주제 또한 다양하게 접할 수 있는 등 많은 이점이 있다. 더군다나 최상위권 대학 역시 최근에는 문제와 제시지문의 난이도가 계속해서 낮아지고 있는 추세여서, 오히려 이들 대학의 문제를 가지고 공부해나가는 게 더 나을 수 있다. 따라서 여러 대학의 기출문제를 주제별·유형별로 다양하게 선별해서 공부해나가는 게 무엇보다 중요하다. 이렇게 공부하면 교과서의 핵심 내용도 빠짐없이 공부할 수 있으며, 논술에 출제되는 다양한 주제와 개념(논제) 가운데 자신이 취약한 부분을 파악하고 이를 보완해나갈 수 있다. 지원을 희망하는 대학의 기출문제는 시험에 임박해서 집중적으로 푸는 것으로도 충분하다.

논술공부의 효율성을 높이려면

논술공부의 효율성을 높이는 방법은 간단하다. 선택과 집중을 잘해서 공부하면 된다. 해야 하는 것은 아무리 힘이 들더라도 반드시 해내야만 하고, 할 필요가 없는 것은 과감하게 도려내면 된다. 하지만 앞서 말한 것처럼 논술공부와 관련해서 잘못된 정보가 범람하기에, 이것을 곧이곧대로 받아들여 자칫 잘못 접근하다가는 좋은 결과를 기대하기 어렵다는 것, 바로 이게 문제다.

그렇다면 반드시 공부해야만 하는 것과 그렇지 않은 것을 어떻게 구별해낼 수 있을까? 그 힌트를 현행 대입논술에서 지향하는 통합논술에서 찾으면 될 듯하다. 통합논술의 성격과 의미, 출제방향에 대해 정확히 이해하고 이에 맞춰 공부해나가면 된다. 따라서 이를 먼저 살펴볼 필요가 있는데, 그 핵심 내용은 다음과 같다.

통합논술의 성격과 출제 방향을 따라하면 된다

오늘날의 사회가 단순한 지식의 축적에서 벗어나 다양한 지식을 통합하고 활용하는 방향으로 흘러감에 따라, 대입 논술 역시 이러한 변화를 반영하는 통합논술 형태로 진행되었다. 이에 따라 통합논술은 학문 간 융합이라는 기본적인 문제의식을 토대로, 특정 학문 분야에 한정된 지식을 묻기보다는 학문의 경계를 넘나드는 종합적인 사고력을 묻고자 한다. 그 결과 통합논술은 문제에서 묻고자 하는 지식이 개별 교과목에 한정되지 않고, 과목 간에 연계성을 갖는 형태로 출제된다. 즉, 하나의 주제를 선택해 이를 여러 교과목에 공통적으로 실린 기본개념과 연계하되, 이것을 다양하게 논제로 만들어 제시한다.

이처럼 하나의 개념을 여러 분야에 적용하거나, 하나의 주제에 대해 다각적인 설명을 요구하는 것이 최근 통합논술의 경향이다. 예를 들어 게릿 하딘의 '공유의 비극'이란 개념의 경우, 이것이 단순히 '공공성'의 강조라는 경제학적 관점에서만 적용되는 게 아니라, '인간의 본성'이라는 인문학적 관점, 현대 사회문제의 주된 쟁점이 되고 있는 '협력과 갈등' 문제를 묻는 등 다양한 시각에서 고찰된다. 따라서 인문계열 통합논술의 경우, 인문사회, 철학, 언어, 문학, 경제, 과학, 예술 등 다양한 분야에서 제시지문이 선정되며, 이를 통해 한 분야의 지식을 묻기보다는 여러 학문 분야의 지식이 통합적으로 적용될 수 있는 문제들로 구성되어 출제된다.

대학이 이렇게 출제하는 이유는, 통합논술의 목적이 단순히 지식을 얼마만큼 습득했는지 평가하는 데 있지 않고, 다양한 지식에 대한 이해력, 학문의 경계를 넘나드는 통합적인 사고력, 체계화된 지식을 논리적으로 재구성하는 능력 등을 종합적으로 평가하려는 데 있기 때문이다. 그렇기에 어느 한 영역만 잘해서는 문제를 제대로 해결해낼 수 없다. 통합논술이 영역별 논제를 지향하기보다는, 교과 지식의 제반 영역을 통섭하는 방향으로 진행되고 있기 때문이다. 따라서 수험생들은 여러 학문 분야의 지식을 연결시켜 사고하고, 이를 논리적으로 기술하는 연습을 해야만 한다. 이것이 곧 통합논술 공부인데, 그 핵심은 고등학교 교과 내용의 '통합과 영역 전이'에 있다. 예를 들어 문학과 예술과 철학을 결합해 새로운 논제를 만들어내는 식이다.

이상을 통해 효율적인 논술공부를 위한 방법으로 다음의 두 가지 중요한 단서를 끄집어낼 수 있다. 그리고 결국에는 이 단서를 기초로 통합논술 문제의 기본방향을 제대로 이해하고, 여기에 맞춰 꾸준히 연습하는 게 논술공부의 효율성을 높이는 핵심이 된다.

교과서 공부가 기본이다

첫째, 통합논술은 다양한 영역에서 논거(논의의 근거)를 활용해야 하므로, 어디까지나 통합 교과의 차원에서 접근해야 한다. 한마디로 교과서를 배제하고서는 문제가 해결되지 않는다. 더군다나 통합논술은 단지 대학입시를 위한 평가방법에 그치지 않고, 고등학교 공교육 과정의 내실화에 기여하고자 하는 교육적 의미를 지니고 있기 때문이다.

이는 통합논술에 필요한 능력들, 이를테면 개별적인 지식보다는 제시된 자료들을 어떻게 통합적으로 추론하여 이를 얼마나 논리적으로 표현해낼 수 있는가 하는 능력, 단순 암기력보다는 지식을 통합하여 문제를 해결할 수 있는 능력, 그리고 이를 토대로 논리적이면서도 창의적으로 표현해낼 수 있는 능력을 종합적으로 평가하는 게 고등학교 공교육 과정에서의 기본적인 학습 능력이자 통합논술의 지향점이기 때문이다.

　교과서를 가지고 이를 통합하여 공부해야 하는 근본적인 이유는 또 있다. 대입논술시험에서 묻고자 하는 주제와 논제, 그리고 출제되는 제시지문이 워낙에 방대하고 다양한 영역을 넘나드는지라, 그만큼 수험생들이 벅차고 힘들어한다는 것을 대학에서 익히 알고 있기 때문이다. 따라서 대학은 수험생들에게 일련의 준거를 제공하지 않으면 안 되게 되었는데, 그것이 바로 교과 내용이다.

　이런 이유로 대학은 교과 수준의 공부만으로도 출제되는 논제와 제시지문의 내용을 충분히 이해하고 해결 가능한 문제를 출제하려 하고, 실제 문제로 주어지는 논제 역시 고등학교 교과과정에 나오는 기본 개념과 원리에서 크게 벗어나지 않는다. 이렇게 출제하는 것만으로도 얼마든지 뛰어난 수험생들을 가려낼 수 있다는 것이 대학 측의 생각이다. 따라서 수험생들은 어디까지나 교과서에 실린 기본 개념과 핵심 쟁점을 중심으로, 이를 통합하여 읽고, 생각하고, 표현하는 연습에 힘을 쏟되, 여기에 제시지문으로 자주 출제되는 주요 고전이나 명저의 발췌문을 읽어 정확히 해석하는 연습과 비언어적 수치 및 통계자료 등을 해석하는 훈련을 쌓아나가면 된다.

논제 분석이 중요하다

　둘째, 통합논술은 하나의 주제 및 이에 연관되는 논제를 교과서에 실린 다양한 개념과 연계하여 제시하는데, 그렇기에 문제해결에 따르는 일련의 과정 역시 통합교과 차원에서 살펴야 한다. 이 말이 무슨 뜻인가 하면, 출제되는 문제 전체를 관통하는 핵심 주제와 제시지문 간에 논의되어 따져가며 밝혀야 할 사안인 논제는 교과 내용을 기초로 한 기본 개념 및 서로 견해가 다른 핵심 쟁점을 담기 마련이며, 이는 제시지문을 통해 논점, 즉 문제의 핵심이 되는 논의의 초점을 다양하게 만들어 출제된다는 것이다.

　논술문제의 출제의도가 쉽게 드러나지 않아 문제를 풀어내기 어려운 이유는 이처럼 특정 주제와 논제, 논점을 문제와 제시지문을 가지고 복잡하게 보이도록 비틀어놓았기 때문이다. 따라서 논술문제의 답안 작성은 이를 일련의 순서에 맞춰 풀어 내는 과정이기도 한데, 그 핵심이 되는 게 바로 '논제 분석'과 '제시지문 분석'이다.

여기서 주목해야 할 것이 앞서 말한 것처럼, 정확한 논제 분석에 앞서 반드시 해결되어야 하는 선결과제로서의 제시지문의 분석(제시지문의 독해와 요약)으로, 만약에 제시지문의 정확한 독해와 요약이 이뤄졌다면 논제 분석은 어렵지 않게 해결된다. 그런데 제시지문의 분석은 교과 내용에 담긴 기본 개념을 충분히 인지하고 있어야 제대로 해결되며, 논제 분석 역시 분석한 제시지문의 내용을 통합하여 상호 연관관계를 파악할 때만이 더욱 정확해진다.

따라서 '논제 이해→제시지문 간의 연계성 파악→제시지문의 정확한 독해와 요약→교과서에 실린 기본 개념의 통합과 영역 전이를 통한 심층적·다각적 이해→다시 논제 분석'이라는 일련의 구조적인 학습패턴으로 귀결된다. 이를 통해 볼 때, 결국 논제 분석 역시 통합교과 공부를 기반으로 해야 좀 더 효과적임을 알 수 있다.

다음은 '성대 2012 인문 모의문제'다. 참고로, 밑줄 친 부분은 '폭력'이라는 주제를 가지고 이것을 세부 주제로 하여 개별 문제에 담은 논제인데, 비록 이것이 문제 안에 주어지지 않았더라도 주어진 제시지문과 자료를 읽고 어렵지 않게 파악할 수 있다.

성대 2012 인문 모의문제

[문제1] 아래의 〈제시문 1〉에서 〈제시문 4〉를 하나의 주제(폭력을 바라보는 두 시각 _ 긍정적 vs. 부정적)에 관한 상반된 두 입장으로 분류하고, 각 입장을 요약하시오.

[문제2] [문제 1]의 한 입장에 근거하여, 〈보기 1〉의 무력개입의 정당성을 평가하시오.

[문제3] 아래 〈표 1〉과 〈그림 1〉, 〈그림 2〉는 공통적으로 하나의 현상(폭력이 또 다른 폭력을 부르는 악순환 현상)을 보여준다고 할 수 있다. 그 현상이 무엇이며, 어떤 점에서 그렇게 해석 가능한지 상세히 밝히시오.

위의 각 문제만 읽고서도 출제의도와 제시지문 간의 연관관계를 파악하는 게 그리 어렵지 않음을 알 수 있을 것이다. 결국 출제의도나 논제 분석이라는 것도 궁극적으로는 제시지문에 대한 정확한 독해와 요약을 바탕으로, 여기에 제시지문에 실린 개념을 통합적으로 살펴 답을 구하는 데 있음을 알 수 있다. 그리고 그 개념은 어디까지나 교과 내용에 담겨 있는데, 위 문제는 '폭력'이라는 주제를 '정의'라는 교과 내용에 담긴 핵심 주제어를 중심으로 이를 여러 관점, 이를 테면 '목적론적 윤리관'과 '의무론적 윤리관'의 관점에서 통합하고 영역을 전이해서 문제로 만든 것이다. 당연히 이 부분에 대한 개념을 제대로 이해하고 있는 학생이 그만큼 문제를 풀어내기가 쉬웠을 것이다.

질의 독서, 선택적 독서가 중요하다

이제 교과서 공부를 떠나서는 결코 논술공부를 제대로 해내기 어렵다는 것이 분명해졌다. 그렇더라도 이것만 가지고는 해결되지 않는 것이 또한 논술공부다. 왜냐하면 교과서를 통합하고 영역을 넘나들며 공부하기도 어렵거니와, 설령 이것이 어느 정도 가능하다고 하더라도 실제 논술로 출제되는 문제의 질적 수준과는 여전히 괴리를 보이기 때문이다. 이는 마치 실전에서는 이론처럼 뜻대로 되지 않는 이치와 흡사하다. 즉, 아무리 교과서만 열심히 공부한다고 한들, 이것이 제대로 된 문제풀이로 이어지지 않을 경우에는 선뜻 답안을 써내기가 어렵다.

그렇기에 이론적인 학습과 실전연습이 동시에 이뤄져야만 한다. 어떻게? 그동안 대학에서 출제된 논술 기출문제와 연계해서 공부하면 된다. 기출문제를 푸는 과정에서 각 교과서에 담긴 핵심 개념을 두루 살펴가며 공부하면 자연스럽게 교과목 간의 영역이 통합되고, 다시 이를 근거로 주어진 제시지문을 통합적으로 추론해가며 논리적으로 풀어나갈 수 있다. 하지만 이것 역시 반드시 선행되어야 할 것이, 제대로 된 글 읽기를 통한 정확한 독해와 요약 연습이다. 이 또한 교과서와 기출문제에 실린 제시지문으로 연습하면 되는데, 이것이 일정 수준에 이르기까지는 여간 시간이 많이 걸리고 힘이 드는 게 아니다. 게다가 다양한 영역에서 출제되고, 난이도 역시 만만치 않은 제시지문을 수험생들이 읽고 이해해내기란 결코 쉽지 않다. 더군다나 워낙에 공부할 양이 많은 수험생들에게 글 읽기는 그야말로 고통이자 속박 그 자체다.

이런 이유에서라도 먼저 불필요한 글 읽기부터 배제시켜야 한다. 다시 말해, 글 읽기의 방법부터 바꿀 필요가 있다. 논술이 지향하는 가장 기본적인 요소가 바로 독서능력이지만, 그렇더라도 이것 때문에 다른 공부까지 심하게 방해를 받거나 억지춘향 식의 글 읽기가 되어서는 안 된다.

그렇다면 바람직하고 효율적인 글 읽기란 과연 어떤 것일까? 이것을 말하기에 앞서 한 가지 짚어봐야 할 것이 있는데, '논술을 공부하면 사고력이 좋아지는가?' 하는 물음이다. 물론, 당연히 좋아진다. 하지만 여기에는 생각해야 할 것이 있다. 우선, 사고력이라는 것은 그것을 공부한다고 해서 곧바로 눈에 띄게 향상되는 성질의 것이 아니라는 사실이다. 학생들의 사고력은 학교 수업을 통해 자연스럽게 향상되는 것이고, 더군다나 논술시험이란 게 고등학교 교과과정을 통합하여 출제되기에 기존의 교과목을 공부하다 보면 논리적 사고력은 자연스럽게 향상된다.

이처럼 사고력을 기르는 가장 좋은 방법은 어디까지나 학교 수업에 충실히 임하는 것이지, 이것을 기른답시고 공연스레 특별나게 공부할 필요가 없으며, 또한 그렇게 한다고 해서 길러지는 것도 아니다. 그렇기에 논술교육만이 논리적 사고력을 길러준다고 생각한다면, 이는 옳지 않다.

논술시험은 사고력, 특히 비판적 사고력을 평가하는 시험이다. 따라서 생각하는 능력을 키워야 함은 물론인데, 그렇더라도 앞서 말한 것처럼 논술시험을 위해 별도로 사고력을 키우기 위한 공부에 골몰할 필요는 없다. 왜냐하면 사고(생각)의 폭이 얼마나 크고 넓은가를 묻고자 하는 게 아니라, 사고를 어떻게 조직화하여 이를 논리적으로 구성하고 표현할 수 있는가를 묻는 게 바로 논술시험이기 때문이다. 오직 논제를 분석하고 제시지문 간의 연관관계를 파악하여 이를 답안으로 해결하는 능력을 보고자 할 뿐이다. 따라서 사고력을 기르는 게 곧 사고의 폭을 넓히는 것이고, 사고의 폭을 넓히는 게 바로 지식을 많이 습득하는 것이라고 판단하여 막연히 독서를 많이 해야 한다고 생각하는 것은 적절하지 않다.

무엇을 어떻게 읽을 것인가

물론 논술공부를 위해 평소에 독서를 습관화하는 게 가장 바람직하기는 하다. 그렇더라도 단순한 장문의 책 읽기는 그다지 도움이 되지 않는다. 책을 읽는 동안에 집중력이 떨어져 자칫 읽는 것 자체에만 의미를 두게 될 수 있다. 특히 논술 필독서인 고전과 명작이 그러한데, 대부분의 책들이 지은이의 철학적 사고를 담고 있어 난해하기 그지없으며, 이런 책을 열심히 읽어 독파한들 내용을 제대로 이해하기 어렵다.

따라서 깊은 사고력을 요구하는 두꺼운 책을 통째로 읽는 것은 피하는 게 좋다. 이런 책을 논술준비를 위해 억지로 읽는다면 재미를 찾지 못하고 점점 독서 습관에서 멀어지게 될 뿐이다. 책 한 권을 시간과 노력을 들여가며 읽더라도 무슨 내용을 담고 있는지를 제대로 파악하지 못한다면, 이처럼 비효율적인 독서법도 없을 것이다. 그보다는 다양한 분야의 많은 책을 접하며 읽는 게 독서력을 키우는 핵심이다. 물론 끝까지 다 읽을 필요는 없으며, 가볍게 읽을 수 있는 책을 택해 읽는 것도 좋다. 중요한 것은, 매일 조금씩이라도 꾸준하게 읽는 것이다. 단, 어디까지나 집중해서 읽어야 한다.

이때 염두에 둬야 할 것이 책의 중요한 부분, 좋은 문장을 골라서 읽고 확실하게 이해하는 과정이다. 명저나 고전 등 논술시험의 필독서라고 불리는 책들이 특히 그러한데, 왜냐하면 실제 이 부분이 논술문제의 제시지문으로 반복해서 출제되기 때문이다.

이런 부분만을 골라 읽는 것을 '발췌독'이라고 하는데, 실제 이렇게 읽는 방법은 논술공부에 매우 효과적이다. 단순히 책을 많이 읽는 것보다 더욱 중요한 것이, 단 한 권의 책을 읽더라도 그 한 권에서 자신에게 도움이 되는 내용을 얼마만큼 많이 뽑아 자신의 것으로 완벽하게 흡수하느냐이기 때문이다.

이러한 발췌 글은 그동안의 기출문제를 통해 풍부하게 쌓여 있으므로, 이것을 읽어가며 공부하면 된다. 그러면 다양한 분야의 좋은 글을 읽게 됨은 물론, 논제와 제시지문 간의 관계를 염두에 두고 읽게 되기에 따로 논술공부를 할 필요가 없게 된다.

따라서 이렇게 정리해서 생각하면 된다. 논술 글 읽기는 기출문제에 실린 제시지문과 교과서에 담긴 기본 개념을 중심으로 해나가되, 그 과정에서 관련한 내용을 글과 함께 메모해 생각의 폭을 넓히고, 또한 이것을 베껴 써보는 연습을 하는 등으로 완전하게 자기 것으로 만들어야 한다. 요약이 상대방의 생각을 자기 글로 옮겨오는 매력적인 의사소통 과정임을 생각할 때, 평소 책을 읽으면서 요약하고 정리하기를 습관화하는 것은 대단히 중요하다. 자기의 관점에서 상대방의 생각을 해석하는 능력이 그 과정에서 자연스럽게 생겨나기 때문이다. 이것이 제대로 된 독해며 요약이다.

제시지문, 이렇게 읽어라

논술시험을 위한 글 읽기는 철저하게 목적을 가지고 소기의 성과가 나올 수 있게 해야 한다. 질의 독서, 선택적 독서가 중요한 이유가 이 때문인데, 학업에 바빠 읽을 시간이 턱없이 부족할 경우, 실제 대학 기출문제에 실린 제시지문을 읽는 것만으로도 충분하다. 무엇보다 중·단문으로 구성되어 있어 고도의 집중력을 기르는 데 안성맞춤이다. 또한, 각 제시지문의 주제의식이 뚜렷하기 때문에 논제와 제시지문 간의 연관관계라는 맥락에서 글을 읽어낼 수 있고, 그 과정에서 독해력과 분석력을 함께 키울 수 있다.

제시지문을 읽을 때 염두에 두어야 할 것은, 글을 읽는 동안에 항상 '왜?'라는 물음을 던져 비판적으로 생각하는 습관을 들여야 한다는 점이다. 자신에게 끊임없이 질문을 던지고, 문제를 해결하기 위해 교과서나 관련 참고자료를 찾아보거나 다른 사람에게 물어 답을 구하도록 한다. 아울러, 제시지문을 읽어 내려가는 동안에 이해가 안 되는 부분은 몇 번이고 반복해서 읽어 그 뜻을 정확히 이해하고 해석해낼 수 있도록 집중해야 한다. 특히 이해하기 난해한 고전이나 사상서를 발췌한 제시지문의 경우에는 더욱 집중해서 읽을 필요가 있다.

이런 유형의 지문은 대개가 저자가 펼치고자 하는 주된 개념이나 어떠한 관념을 극단까지 밀어붙이며 서술한 것이어서, 내용을 아주 자세하게 풀면서도 이해하기 어렵게 쓴 경우가 대부분이다. 그렇기에 평소 요약형의 짧은 글만 접해온 학생의 처지에서 볼 때, 오히려 이런 글일수록 그 핵심을 파악하기가 어렵고, 글을 읽는 동안에 앞의 내용을 머릿속에서 날려버리는 경우가 많다. 따라서 이런 글일수록 전체를 관통하는 사상적 흐름을 꿰뚫어 이해하는 게 중요하다. 실제로 제시지문의 정확한 독해는 이런 식으로 전체를 파악하는 게 핵심이며, 그래야만 제대로 요약할 수 있다.

논술 문제풀이의 핵심인 제시지문 분석에는 독해와 요약이 절대적이다. 정확한 제시지문 독해와 이를 통해 핵심 내용을 두세 줄로 요약할 수 있는 능력을 제대로 갖추었다면 논술시험의 7부 능선은 이미 오른 셈이다. 나머지는 어렵지 않게 해결할 수 있기 때문이다. 실제 논술시험을 보면 논점을 이탈하는 경우가 허다한데, 이것 역시 제시지문을 정확히 독해하지 못했기 때문이다. 제시지문의 독해와 요약은 그만큼 중요하다.

제시지문의 정확한 독해에는 고도의 집중력이 필요하다. 인문, 사회, 경제 등 다방면으로 압축되고 함축된 제시지문을 읽으면서 거기에 담긴 뜻을 제대로 해석하려면 어지간한 정독과 숙독으로는 어림없다. 더군다나 논제와 제시지문을 하나의 연속된 문장으로 보고 읽어 내려가야 주어진 문제를 해결할 수 있기 때문에, 글을 읽는 내내 주어진 논점에서 이탈하면 안 된다. 이런 의미에서 볼 때 제시지문 독해는 곧 집중력과의 싸움이기도 하다.

어떤 글을 피해야 하나

신문이나 다이제스트식의 요약본은 논술시험을 위한 글 읽기에 그다지 효과적이지 않다. 오늘날의 신문은 편파적으로 일방적인 시각만을 강요하기에, 학생들에게 자칫 잘못된 사고와 가치관을 심어줄 수 있어 위험하다. 게다가 신문에 실린 글들은 이미 상당 부분이 압축·요약된 글이어서 독해력을 향상시키는 데도 그다지 도움이 되지 않는다. 이런 점에서는 요약본도 마찬가지다.

신문이 논술공부에 그다지 도움을 주지 못하는 또 다른 이유는, 여기에 실린 글의 대부분이 설명글 형식을 띄기 때문이다. 신문에 실린 설명글은 어느 일방의 주장만을 장황하게 나열할 뿐이기에 학생들의 가치판단에 결코 도움이 되지 않으며, 더군다나 학생들이 이해하기 어려운 전문용어가 난무해서 제대로 읽기조차 어렵다. 특히 논평이나 사설은 가급적 읽지 않는 게 좋다. 특정 집단과 특정 이해당사자의 주장만을 지나치게 제기하는 경우가 대부분이며, 그 표현 양식도 지나치게 극단적인 용어를 사용하여 객관성을 무너뜨린다. 따라서 주관성이 강한 논평과 사설보다는 비교적 중립적인 관점에서 쓰고 내용의 풍부함과 탄탄한 논리성까지 갖춘 논단이나 시평 등의 칼럼을 읽는 게 바람직하다. 이때, 가급적 대학교수가 쓴 칼럼을, 그것도 자신이 지원하려는 대학의 교수가 쓴 글을 중심으로 읽는 게 좋다. 혹여나 그 교수의 글이 논술문제의 출제의도와 맞아떨어질 가능성도 배제할 수 없기 때문이다. 혹자는 논술시험이란 게 지금 우리 사회가 당면한 문제에 대한 학생들의 견해를 묻는 것이어서 시사적인 이슈를 알고 배우기 위해서는 반드시 신문읽기가 필요하다고 주장한다. 하지만 반드시 그렇다고 단정을 지을 근거는 없다. 이런 내용일수록 신문마다 견해 차이가 워낙 크기 때문에 각 신문에 실린 기사를 제대로 선별해서 종합할 수 있어야 한다. 하지만 아직 지적 수준이 덜 여물고 또 갈 길 바쁜 학생들에게는 이것이 버겁기만 하다.

그럼에도 최근의 시사 이슈가 논술문제로 출제되는 경향 역시 간과할 수 없는데, 이런 이유를 들어 굳이 신문을 통해 공부하려 한다면 어떻게 해야 할까? 이 경우, 찬반 주장이나 논거가 뚜렷한 글을 택해 골라 읽거나, 아니면 대립되는 논조를 견지하는 신문 둘 이상을 택해 읽음으로써 균형감을 잃지 않는 게 중요하다. 단, 이때도 어디까지나 교과 내용의 기본 개념을 벗어나지 않는 범위로 한정해서 읽는 게 좋다.

한 가지를 덧붙이자면, 최근 신문에서 자주 언급되고 있는 NIE(Newspaper In Education), 즉 신문 활용 교육 역시 언론에 의해 지나치게 과대 포장된 학습에 지나지 않는다. NIE가 생겨난 목적 자체가 순수한 교육적 동기라기보다는, 젊은 세대가 갈수록 신문을 읽지 않는 데 따른 신문의 쇠락을 염려한 때문이기도 하겠거니와, 앞서 말한 것처럼 신문기사를 통해서 학생들이 얻을 수 있는 게 극히 제한적이기 때문이다. 이런 점에서 NIE교육은 가장 비효율적인 학습방법의 하나일 뿐이다. 현재 실시중인 대부분의 NIE수업이 학습적인 지향점을 못 찾은 채, 단지 저학년 중심의 단순한 놀이 수준으로 전락한 이유가 이 때문이다. 신문을 오려 붙이며 어쭙잖게 논술공부와 꿰맞추려는 과정에서 도대체 학생들이 얻을 게 뭐란 말인가?

'중고생이 읽어야 할…' 부류의 고전이나 사상 전집이라든가, '하룻밤에 끝내는…' 부류의 요약서 역시 학생들에게 오히려 더 큰 폐해만 가져올 뿐이다. 이런 책들은 학생 스스로 책을 선택할 기회를 박탈할뿐더러, 학생들로부터 책을 읽는 즐거움을 빼앗아 결과적으로 책으로부터 더욱 멀어지게 할 뿐이다. 실제로 글을 읽을 때 일종의 난독증을 보이는 학생들이 의외로 많은데, 이는 어릴 적부터 이런 유형의 책을 막무가내 식으로 읽기를 강요받았기 때문이기도 하다. 적어도 책 읽기에서는 양보다 질이 훨씬 더 중요한데, 그런 점에서 학생들의 지적 수준을 감안하지 않고 이렇듯 무차별적으로 글 읽기를 강요하는 행위는 아무리 생각해도 상식 밖이다.

토론식 수업을 어떻게 봐야 할까

토론식 수업은 분명 논술공부에 효과적이다. 그렇다고 해서 논술시험을 코앞에 둔 고3 수험생들에게까지 이 방법으로 공부시키기에는 무리가 따른다. 일각이 아까운 수험생들이 논술시험을 위해서 무작정 독서와 토론을 한다는 것은 그만큼 비효율적이다. 더군다나 토론 시에 사회자를 자처하는 논술강사가 적절한 균형을 잡아주지 못하면, 학생들의 생각이 저마다의 방향으로 흩어지게 될 뿐만 아니라, 일부 학생들은 자칫 꿔다 논 보릿자루 식으로 전락할 수 있다. 이런저런 이유로 당초에 기대한 성과를 얻기가 어렵다.

하지만 다음의 방법은 매우 효과적이다. 신문에 실린 기사 내용을 가지고 부모와 학생 간에 하루 10~20분 정도, 일주일에 2~3회 이런저런 대화를 나누는 것이다. 이를 테면, 무상급식 논란을 둘러싼 복지문제, 선거에 때맞춰 일고 있는 SNS(Social Network Service) 논쟁 등 최근 이슈가 되는 문제에 대한 이런저런 생각을 함께 나누는 것이다. 그 과정에서 학생 나름대로 생각의 폭을 넓힐 수 있는데, 실제 이것만으로도 충분히 기대 이상의 성과를 얻을 수 있다.

이 모든 것을 감안하더라도, 토론수업이 논술공부에 가장 효과적인 방법임에는 의심할 여지가 없다. 어느 한 개인의 깊은 생각은 어디까지나 수많은 다른 사람들의 생각으로부터 도움을 받아 생겨나고 키워나가는 것이기 때문이다. 토론이 나와 타자 간에 생각을 교류함으로써 서로 의사소통하는 사회적 상호작용임에 비춰볼 때, 토론을 통한 논리성의 강화는 그만큼 절대적이다.

하지만 아직 토론학습에 익숙하지 않은 현행 교육 여건에 비춰 생각할 때, 실제 교육현장에서 이뤄지는 논술 토론수업은 그만큼 허술할 수밖에 없다. 그렇기 때문에 토론수업이 자칫 난장판으로 흐르는 역효과만 가져올 수도 있다. 따라서 굳이 토론수업을 하려거든, 이보다는 논술강사와 학생들이 서로 묻고 답하는 식의 문답식 강의가 좀 더 효과적일 수 있다. 이를테면, 《정의란 무엇인가》의 저자 마이클 샌델 하버드대 교수의 강의처럼 말이다. 문답식 강의로 진행하면, 아직 지적 능력이 짧아 자신의 생각을 표현하는 데 서투른 학생들을 좀 더 효과적으로 통제하여 의도한 방향으로 이끌고, 그 과정에서 각자의 생각을 충분히 펼치도록 유도할 수 있다. 물론 지도하는 강사가 학생들의 모든 질문을 가감이 없이 받아들여 막힘없이 답할 수 있도록 철저히 준비한다는 것을 전제로 말이다.

교과서를 통합하며 공부하라

논술공부에서 배경지식은 필요악과 같다. 하지만 이 부분은 정확히 이해할 필요가 있다. 논술공부와 관련한 배경지식을 억지로 암기하지 말라는 것이지, 배경지식을 공부하지 말라는 얘기가 아니다.

대학에서 누누이 강조하듯이, 논술 답안을 작성함에 암기식 글쓰기는 더 이상 통하지 않으며, 또 이렇게 해서 공부한 학생들에게는 불이익이 돌아갈 뿐이다. 다시 말해, 배경지식을 암기해서 판에 박힌 듯이 풀어낸 답안은 싸잡아서 감점처리 하겠다는 것이 대학의 확고한 자세다.

논제 자체가 단순히 배경지식을 암기해서 풀 수 없는 것이 지금의 통합논술형 시험이고, 배경지식 역시 제시지문 내에서 대부분이 해결된다고 보기 때문이다. 요점은 이것을 어떻게 효과적으로 통합하여 주어진 논제에 맞게 풀어내느냐 하는 것이지, 어쭙잖은 배경지식을 잔뜩 쌓는 것만으로는 결코 문제를 풀어낼 수 없다는 것이 대학 측의 생각이다.

이 부분을 좀 더 설명하면 이렇다. 기본적으로 대입 논술시험은 통합교과형의 주관식 서술형 문제가 출제된다. 이는 수험생들이 교과과정에서 배운 지식을 여하히 통합하여 주어진 논제를 풀어낼 수 있는가에 대한 능력을 보겠다는 뜻이다. 따라서 이를 좀 더 깊게 들여다보고 생각할 경우, 교과과정을 통해 배운 다양한 지식을 논술문제의 주제로 해서 논제와 제시지문에 구체화된다는 의미이기도 하다. 현대 사회에서 나타나는 여러 문제점과 당면한 과제에 대해, 수험생들이 고등학교 교과과정을 통해 배운 다양한 지식을 동원하여 무엇을 고민해야 하고, 또 어떻게 해결해야 하는지에 대한 주제의식을 묻는 게 곧 대입 논술시험이다. 따라서 주어진 논제와 각 제시지문에 담긴 공통된 주제에 대한 기본적인 개념을 제대로 이해하고 있으면, 그것으로 충분히 답을 해결할 수 있다.

배경지식은 교과과정 내 기본 개념의 심화학습

이런 이유로 논술시험을 치르는 수험생들이 알고 있어야 하는 배경지식은 논제와 제시지문에서 묻는 가장 핵심적이고도 기본이 되는 개념에 집중된다. 교과서에 들어 있는 주된 기본 개념이 곧 수험생들이 반드시 알고 이해해야만 하는 핵심 배경지식이 되는 이유가 이 때문이다.

그렇더라도 배경지식의 습득은 어디까지나 논제 분석의 실마리를 얻기 위함이며, 이것이 문제해결을 위한 전부가 될 수는 없다. 대학 논술시험이 통합논술로 전환됨에 따라 단순히 배경지식을 외워 해결할 수 있는 수준의 논술문제는 더 이상 출제되지 않기 때문이다. 이를테면, 바칼로레아식의 하나의 주제를 놓고 장문의 답안을 작성하라는 문제는 더 이상 출제되지 않는다. 그렇기에 배경지식을 머릿속에 너무 많이 집어넣을 경우, 이것이 생각의 폭을 제한하는 요인으로 작용하여 자칫 문제해결에 방해가 될 수가 있다. 교과 내용의 핵심 개념을 배경지식으로 하여 이해하되, 절대 외우려고 들어서는 안 되는 이유가 이 때문이다.

그럼에도 일정 수준의 배경지식을 습득하는 게 논술시험 문제를 푸는 데 플러스 요인으로 작용하는 것은 분명한 사실이다. 왜냐하면, 논술시험에서 수험생들이 가장 어려워하는 부분이 바로 논제 분석인데, 교과서의 주된 개념을 제대로 이해하고 있으면 논제에서 묻는 것을 해결하기가 한결 쉬워지기 때문이다. 실제로 대학교수들이 논술문제를 출제하려고 할 때 가장 먼저 살피는 것이 바로 출제하고자 하는 주제와 논제가 교과서에 제대로 실려 있는가 하는 것이다.

이런 이유로 제시지문에 담긴 주제를 파악하고 논제를 해결하는 데 필요한 최소한의 배경지식을 공부할 필요가 있는데, 그것이 바로 교과목의 내용을 체계적으로 정리하여 습득하는 것이다. 도덕, 윤리, 사회·문화, 경제 등 각 교과목에 담긴 핵심 내용과 개념을 읽고 정리하면 그것으로 충분하다.

실제 교과서 공부는 대단히 중요하다. 교과과정에 나오는 핵심 내용을 논술시험의 주제로 뽑아내기 때문에도 그렇거니와, 제시지문을 교과목에서 그대로 발췌하여 출제하는 경우도 많기 때문이다. 논제 역시 교과목에서 직접 끌어오거나 힌트가 되는 경우가 많은데, 각 대학에서 이구동성으로 '고교 전 과목을 공부하면서 자연스럽게 준비'한 학생이라면 누구든지 문제를 풀 수 있다고 말하는 이유가 이 때문이다. 또한 논술학원에 다니지 않은 지방의 고등학생 중에 논술시험에 합격한 경우가 심심치 않게 있는데, 이것 역시 교과 중심의 학교수업에 충실했기 때문이라고 생각된다.

하지만 많은 학생들이 논술문제를 풀면서 어려움을 겪고 있는 것 또한 현실이다. 이는 다음의 두 가지 이유 때문이다. 실제 출제되는 주제와 논제, 제시지문이 교과서에 담긴 기본 개념에서 더 깊고 넓게 들어감으로 해서 겪게 되는 어려움과, 교과목에 담긴 내용을 어떻게 통합해서 공부해야 하는가 하는 방법론적인 문제가 그것이다. 교과서를 어떤 식으로 통합해서 공부해야 하는가에 대해서는 뒤에 자세히 살피기로 하고, 앞선 문제점에 대해 설명하면 다음과 같다.

교과서는 공부의 효율성을 높이기 위해 다양한 분야를 포괄해서 다루어야 하므로 가장 본질적인 내용, 핵심적인 사항을 담게 된다. 하지만 그렇기 때문에 깊이 있는 내용 대신에 최대한 넓은 영역을 다루게 되며, 당연히 완성된 지식체계를 정리하여 나열하는 형태를 취할 수밖에 없다. 이런 이유로 교과서에 실린 지식을 그대로 적용해서 출제하는 것이 아니라, 교과과정에서 배운 지식을 통합해서 활용할 수 있는 능력을 측정하는 통합논술 방식으로 전환된 것이다. 당연히 논술시험의 논제와 제시지문은 어디까지나 교과서에 실린 내용에 기초를 두되, 좀 더 깊고 보다 넓은 영역까지 건드릴 수밖에 없다. 바로 이 점 때문에 수험생들이 힘들어하는 것이다. 교과서는 논술시험에서 출제되는 핵심 개념을 압축한 지식만을 나열해 다각적이고도 풍부한 이해가 뒤따르지 못하기 때문이다.

그렇지만 교과서에 실린 핵심 개념을 제대로 파악하고 이해하는 것만으로도 논술시험에서 다루는 주제와 논제를 파악하는 데 크게 도움이 된다. 그만큼 교과내용은 논술시험을 풀어나가는 해결의 실마리를 제공하며, 이를 토대로 논제와 제시지문 간의 연관관계를 분석하는 데 많은 도움을 준다. 따라서 이렇게 공부하면 된다. 어디까지나 교과서에 담긴 핵심 개념과 기본 이론을 중심으로 공부하되, 여기에 더해 논술시험에 자주 출제되는 주요 개념에 대한 철학적이고 인문과학적인 생각의 깊이를 더해나가면 된다. 이를 위해서는 교과 내용에 대한 과감한 선택과 집중, 즉 논술시험에 빈번하게 출제되는 핵심 주제를 중심으로 살피는 게 더 효율적인 학습법이 된다.

아래의 사례1은 개념 이해가 왜 중요한지 보여주는 실례다. 제시지문 (가)는 프랑스의 사회학자 피에르 부르디외의 대중문화와 관련한 '아비투스'라는 개념을 설명하는 글로, 이 개념을 다양한 논제로 만들어 출제됐다. 따라서 이 개념에 대한 정확한 인식이 따라야만 주어진 문제를 제대로 풀어낼 수 있다.

'아비투스'는 자신의 계층적 취향을 과시하기 위한 일종의 '티내기' 혹은 '구별 짓기' 식의 행위를 말한다. 이를테면 사람들이 이른바 '명품'에 집착하는 현상도 바로 이 아비투스적인 현상 때문인데, 이것이 상층계급과 하층계급별로 어떻게 다른 취향을 보이는가가 이 문제가 요구하는 논제이기도 하다. 따라서 이 문제를 제대로 풀어내려면 무엇보다 제시지문에 담긴 개념을 정확히 이해해야 하는데, 사례1의 제시지문을 읽고 이를 명쾌하게 정리할 수 있을까?

● 사례1 건국대 2012 인문 수시

문제1. [가]에 나타난 개념을 참고하여, [나]의 진품 구매자와 복제품 구매자의 **태도 변화**에 나타난 특징을 분석하시오.

[가] 사회에서의 삶은 개인이 사회화된다는 것을 전제한다. 사회화는 개인이 인간들 사이의 사회적 관계를 익히고 한 사회 혹은 집단의 규범과 가치, 신앙에 동화되어 가는 메커니즘에 상응한다. 부르디외에게서 사회화는 다음과 같은 방식으로 설명되는 아비투스(habitus)의 형성에 의해 특징지어진다.

각 계층의 생존환경에 적응하는 과정에서 영구적이면서 동시에 변동 가능한 성향 체계인 아비투스가 만들어진다. 그것은 의식적으로 목표를 겨냥하거나 목표에 도달하기 위해 필요한 조작을 명시적으로 통제하지 않는다. 그러면서도 목표를 달성하는 실천과 표상을 조직하고 발생시키는 원칙으로서 기능하는 구조이다. 이 실천과 표상들은 결코 규칙에 복종한 결과로 생겨난 것이 아니면서도 엄연한 규율의 자격으로 사회적 실천을 규제한다.

개인에게 내면화된 지각과 행동의 도식은 또한 구도라 불리기도 한다. 따라서 우리는 아비투스를 이루는 두 개의 구성 요소를 구분해 볼 수 있다. 하나는 실천적 상황에서의 원칙이나 가치를 가리키는 에토스(ethos)이다. 그것은 일상의 행위를 결정하는 도덕의 내면화된 형식으로 무의식적으로 작용한다. 다른 하나인 신체적 엑시스(hexis)는 신체의 성향으로서 개인의 역사 속에서 무의식적으로 개인에게 각인된 습관을 일컫는다.

그러므로 아비투스는 우리가 현실을 지각하고 판단할 수 있게 해주는 해석 틀인 동시에, 우리의 실천을 만들어내는 장본인이다. 그것은 일상적인 의미에서 개인의 인성을 규정하는 토대가 된다. 우리는 자신이 이미 이러저러한 성향과 감수성을 지니고 있으며, 이러저러하게 행동하고 반응하는 태도와 스타일을 가지고 태어났다고 느낀다. 포도주보다 맥주를 좋아하고, 정치영화보다 액션영화를 좋아하는 것, 또 좌익보다 우익에 표를 던지는 것은 아비투스의 산물이다. 우리의 표상은 우리가 차지한 위치(그리고 거기에 결부된 이해관계)와 지각·판단 구도의 체계이자, 우리가 사회 내의 어떤 위치를 지속적으로 경험함으로써 습득하는 인식과 평가구조인 아비투스에 따라 달라진다.

핵심 요약

아비투스는 사회화의 과정에서 개인에게 무의식적으로 습관화된 성향으로, 사회적 계층화를 지향하는 내면적 실천 규율로 작용한다. 그렇기에 개인은 (자신도 의식하지 못한 독특한 행위 성향인) 아비투스에 따라 사회 내의 계층적 인식과 평가를 다르게 하면서 행동하려 든다.

● [가]에 나타난 아비투스의 개념_ 행위자에게 무의식적으로 내면화되고 습관화된 계층적 취향

교과서는 읽고, 생각하고, 쓰기 공부의 결정판

교과서 공부가 중요한 이유는 또 있다. 교과목 내에 있는 '탐구과제'의 경우, 이는 논술시험에서 추구하는 '생각하기'를 그대로 구현한 것으로, 논술시험을 위한 읽기, 쓰기, 토론학습에 더할 나위 없이 좋은 주제이자 핵심 논제가 된다. 따라서 교과서를 충분히 읽고, 탐구과제에서 요구하는 과제를 착실히 수행하는 것만으로도 논술시험에 어느 정도 대비할 수 있다. 또한 교과서에는 기본 개념뿐만 아니라 많은 문제의식들이 담겨있고, 문제해결을 위한 여러 단서들이 들어있다. 그러므로 이를 실마리로 하여 현실에 대한 다양한 문제의식을 확대하고 심화하는 학습을 병행

함으로써 비판적이고도 창의적인 사고를 기를 수 있다.

이처럼 교과서를 통한 폭넓은 학습을 통해 다양한 주제의 글을 주체적으로 읽고, 논리적이고 비판적으로 대응하는 연습을 꾸준히 해나갈 수 있다. 곧 각 교과서의 기본 개념을 충분히 숙지하고 그 개념들의 인문학적, 사회과학적, 자연과학적 맥락을 파악하는 것이 논술공부의 기본이다.

통합논술은 실제로 이런 기본 개념을 기초로 하여 그 맥락적인 이해 및 새로운 적용과 관련되는 일련의 학습활동이기도 하다. 따라서 이것에 더해 다양한 자료들을 읽고 해석하는 과정을 보태나감으로써 좀 더 창의적이고 논리적인 글로 자기를 표현하는 연습을 할 수 있다. 그렇기 때문에 교과서는 교과서답게 공부해야 한다. 그저 수능문제를 푸는 식으로 요령 위주로 하는 공부는 논술공부에 절대 도움이 되지 않는다. 탐구과제, 심화학습, 읽어보기 등 교과서에 실린 세세한 내용까지 빼먹지 말고 공부함으로써 많이 생각하고 고민하여 스스로 답을 찾아내려는 노력을 해야 한다.

교과서 공부는 읽고 생각하는 공부에 효과적일 뿐만 아니라, 글쓰기 연습에도 크게 도움이 된다. 교과서 글은 교수와 교사 등 많은 뛰어난 연구진들이 오랜 시간을 들여 다듬고 체계화한 글이기에, 그야말로 군더더기 하나 없는 훌륭한 글이다. 따라서 논술 글쓰기의 샘플이라고 봐도 전혀 무리가 없다. 이런 이유로 교과서 글은 논술 글쓰기가 서투른 학생들이 모방해가면서 연습하기에 그야말로 안성맞춤이다. 교과서의 핵심 내용을 직접 쓰고 요약해나가는 동안 글 솜씨는 저절로 늘게 되어 있다. 따라서 기출문제 풀이를 하되 교과서 내용을 중심으로 답안을 작성하는 연습을 해나간다면, 대학에서 요구하는 논술 글쓰기의 질적, 양적 수준은 어렵지 않게 충족될 것이다.

그렇다고 해서 좀 더 많은 배경지식과 이해를 구한답시고 참고서를 가지고 공부하는 것은 옳지 않다. 참고서는 오히려 너무 많은 내용을 친절하게 주워 담았기 때문에 역설적으로 비효율적이다. 대부분의 참고서는 시중에 깔린 교과서의 모든 내용을 한데 모아 이를 단편적인 지식으로 요약했거나, 배경지식을 이것저것 주어 담아 나열함으로써 정해진 모든 답을 제공할 수 있다고 자부한다. 바로 이 때문에 참고서는 학생 스스로 고민하고 해결할 능력을 원천적으로 봉쇄할 뿐만 아니라, 글을 읽어도 도대체 무엇이 중요한지 제대로 파악해내기 어렵게 만들어 놨다. 중요한 것은 요약을 하든 배경지식을 찾든, 이 모든 것들은 학생 스스로 힘을 들여가며 해야 한다는 점이다. 하지만 참고서의 과잉친절은 이것을 가로막는다. 따라서 참고서를 통한 무차별식의 배경지식 학습은 가급적 삼가는 게 좋다. 교과목의 여러 교과서를 읽되, 이를 통합해서 생각하는 능력을 키우기 위해서는 오히려 교과서에 실린 중요한 핵심 개념만을 선별해서 제대로 이해하는 게 훨씬 더 효과적이기 때문이다.

교과서로 논술과 수능공부를 병행하라

교과서 내용을 더해가며 논술공부를 하는 게 바람직한 근원적인 이유는, 이를 통해 논술은 물론 수능 실력까지 함께 끌어올릴 수 있기 때문이다. 그만큼 교과서 공부와 논술공부 간에는 유사점이 많다. 특히 언어영역의 비문학은 출제되는 지문의 내용은 물론 측정하고자 하는 사고의 영역까지도 통합논술과 유사하다. 왜냐하면 양쪽 모두 철학적 주제와 사고에 근거를 두되, 그 논리적 인과관계를 풀어가는 방법론적 이해에서만 차이를 보이기 때문이다. 곧 통합논술이 제시지문 간의 논리적 연관관계를 찾아 답을 구하려는 데 비해, 언어영역의 비문학은 주로 언어의 구조적 논리관계를 묻는다. 이런 이유로 통합논술이 서로 대립되는 관점을 갖는 다수의 제시지문으로 답을 묻는 반면, 언어영역 비문학은 단일 지문으로 출제된다.

● 철학에서 다루는 영역

• 존재론_ 형이상학

• 인식론_ 지식론

• 가치론_ 윤리학(＝도덕철학)

• 미학_ 예술철학

• 논리학_ 분석철학(＝언어철학)

그 결과, 비문학에서 측정하고자 하는 사실적 이해, 분석적 이해, 추론적 이해, 비판적 이해, 창의적 이해는 논술시험에서 각각 요약, 분석, 비교, 비판, 견해쓰기로 구체화된다. 당연히 비문학에서 다루는 지문은 논술시험의 제시지문과 상당 부분 일치한다. 참고로, 언어영역 비문학에서 다루는 주요 내용은 다음과 같은데, 이역시 현행 통합논술에서 묻고자 하는 내용과 같다.

● 언어영역 비문학과 통합논술에서 묻는 내용

- 사실적 이해_ 제시지문 독해(핵심어, 주제 문장, 구조를 이용한 주제 파악)
- 분석적 이해_ 주제 찾기(핵심 내용 및 지문의 중심 내용 파악), 내용의 정확한 이해, 내용 일치
- 추론적 이해_ 추리(언어추리, 수리추리), 논증(분석 및 재구성, 비교 및 비판, 판단 및 평가)
- 비판적 이해_ 관점 파악, 중심 논지 반박, 글에 대한 평가
- 창의적 이해_ 적용 및 통합 능력, 해결 방안 및 대안 가설 제시

이쯤 되면, 논술시험은 언어영역 비문학을 주관식으로 만든 문제라고 해도 과언이 아니다. 언어영역 비문학은 주로 분석철학(언어철학)에 해당하는 분야를 다루고 있기 때문이다. 물론 이때의 분석철학은 논리적 사고의 근간이 되는 방법론적인 프레임이라고 봐도 무방한데, 실제 논술시험에서 언어철학과 관련한 문제가 자주 출제되는 것만 봐도 둘 사이의 상관성이 어떠한지 어렵지 않게 가늠할 수 있을 것이다.

따라서 언어영역에서 비문학 지문을 제대로 풀어낼 수 있는 정도의 독해력을 가진 학생이라면 충분히 좋은 논술성적을 낼 수 있다. 그렇기에 다양한 분야의 글을 읽는 연습을 하는 데에 언어영역의 비문학만큼 좋은 게 없다. 비문학 지문을 여러번 읽고, 분석하고, 문제를 푸는 과정에서 독해력은 자연스럽게 길러지며, 그 결과 수능시험에서도 고득점을 받을 수 있다.

이런 이유로 비문학에서 독해 실력을 쌓는 데 힘쓰되 단지 객관식의 수능문제를 푸는 데 그칠게 아니라, 그 독해 실력으로 논술문제를 푸는 데까지 연결시켜야 한다. 실제 논술시험에서는 비문학 지문보다 더 어려운 제시지문을 읽고 요약해야 하지만, 논리적으로 잘 짜인 비문학 지문을 읽고 요약하는 과정에서 독해력과 논증력을 자연스럽게 향상시킬 수 있다.

비문학 독해연습은 논술공부가 제대로 되어있지 않은 학생이나 저학년에게 더욱 효과적이다. 왜냐하면, 비문학 지문은 비교적 '서론-본론-결론'의 형식을 갖춘 완성된 글로 제시되는 경우가 많으며, 반드시 출제자가 글을 다듬는 과정을 거쳐 최대한 이해하기 쉽게 제시되기 때문이다. 이렇게 해서 글의 논지는 더욱 선명해지고, 그 근거가 되는 논거와의 관계도 분명하게 드러나게 된다.

이에 비해 논술 제시지문은 고교 수준을 뛰어넘는 수준의 글인데, 그것도 원문을 그대로 인용함으로써 학생들이 독해하기가 까다롭다. 더군다나 '중략'이 많아 글의 흐름이 자주 끊기고, 문어체의 글이 잔뜩 섞여 있어 무슨 말을 하는지 파악하기가 쉽지 않다. 이는 독해력과 분석력이 뛰어난 학생들을 뽑기 위해 대학 측에서 의도적으로 그렇게 출제하기 때문이기도 하다. 따라서 어떤 의미에서 볼 때에는 비문학 지문을 가지고 독해와 요약 연습을 해나가다가, 일정 수준에 오른 다음부터 논술 기출문제에 실린 제시지문을 푸는 것이 오히려 더 효과적일 수 있다.

비문학 지문의 독해 연습은 실제 수능공부에도 매우 중요하지만, 그렇더라도 해석 방법이 조금 다르다. 논술에서는 전체적인 맥락 관계를 큰 틀에서 이해해야 하는 데 비해, 비문학에서는 하나의 지문을 꼼꼼하게 독해하는 게 중요하다. 하지만 이는 한정된 시간 내에 많은 문제를 풀어야 하는 수험생들에게는 큰 부담으로 작용한다. 이런 이유로 학원 강사들은 언어영역의 지문 해석 방법에 어떠한 원리원칙이 있는 것처럼 이를 부호화해서 가르치려 드는데, 이는 참으로 위험천만하다. 특히 학생들의 지문 독해력이 미숙한 상태에서 이런 식으로 문제풀이 스킬만을 강조하여 가르칠 경우에, 학생들은 여기에 쉽게 젖어들어 지문을 고민하면서 읽지 않은 채 그저 부호화해서 답안을 찾아내려고 든다. 이때 학생들은 문제가 요구하는 것을 제대로 알기나 하고 푸는 것일까?

이것을 간파하기라도 한 듯, 언어학원은 비문학 독해에 무슨 비법이 있는 듯이 설파하며 학생들을 선동한다. 다음은 대치동 소재 모 언어학원의 소개전단에 실린 내용을 토씨 하나 건드리지 않고 그대로 옮겨 적은 것이다.

"학생들의 비문학 독해 점수가 올라가지 않는 이유의 하나는, <u>지문이 길고 어려워 이해해 가며 읽는 법을 몰라 몇 번씩 읽다가 시간이 모자라서 결국 문제를 푸는 것이 아니라 찍기 때문이다.</u> 어렵고 긴 지문을 바르고 빠르게 이해하는 '**직독직해의 부호화 강의법**' ○○○ 언어교실에서 명쾌하게 해결합니다. 출제 유형은 달라도 문제를 푸는 원리는 25년간 변함이 없습니다."

위의 글을 보면, '직독직해의 부호화 강의법'을 통해 학생들의 성적을 끌어올릴 수 있다고 주장한다. 많은 학원에서 이런 식으로 학생들을 가르친다고 하는데, 글을 읽고 해석하는 데 도대체 무슨 부호화가 필요한 것일까? 그저 집중해서 읽어나가다 보면 지문을 이해하는 속도는 자연히 빨라지는데 말이다.

학원강사의 역할은 지문의 내용을 올바르게 해석하고 가르침으로써 학생들의 이해를 돕는 데 있지, 결코 어쭙잖은 원리원칙을 들먹이며 기교적으로 답안을 꿰맞추려는 데 있지 않다. 더군다나 어이없는 것이 위의 밑줄 친 부분이다. 유명 언어학원에서 작성한 전단의 핵심 글귀가 이처럼 '주어−술어'의 호응관계가 흐려 문맥에도 맞지 않고 알아듣기 어려운 것, 이것은 또 어떻게 이해해야 할까?

지문 독해라는 것은 문제유형에 따라 어떠한 패턴으로 구조화해서 풀어낼 수 있는 성질의 것이 아니다. 같은 지문이라도 묻고자 하는 논제를 조금만 비틀면 전혀 다른 문제가 되어 버리기 때문에, 정확한 지문 독해 없이는 문제풀이 경험을 많이 쌓았다고 해도 답안을 제대로 풀어낼 수 없다.

그럼에도 학원 선생들은 왜 원리원칙과 방법론을 들먹이며 이렇게 가르치려 드는 걸까? 문제풀이와 지문 해석에 대한 접근방법을 혼동한 것도 한 이유가 될 것이다. 곧 문제가 요구하는 답안을 주어진 지문에서 찾아내는 일련의 과정은 논리학에서 요구하는 분석적인 접근방법을 어느 정도 적용해 해결할 수 있다. 그렇더라도 이는 주어진 사지선다형의 질문에 대한 각각의 논리적 인과관계를 지문에서 찾아 답을 선별해내라는 것이지, 결코 지문을 도식화·부호화해가며 풀어낼 수 있는 성질의 것이 아니다. 다시 말해, 지문은 어쭙잖은 도식화·부호화를 통해서가 아닌, 오직 정확한 읽기를 통해서 해석해야만 문제가 요구하는 답안을 제대로 가려낼 수 있다.

비교과 지문을 통한 독해와 요약 연습은 수능성적을 올리는 데에도 크게 영향을 미친다. 독해와 요약 연습을 해나가는 동안에 빠르고도 정확히 이해하는 글 읽기 습관이 길러질 뿐만 아니라, 쓸데없이 지문을 도식화·부호화하여 막무가내 식으로 문제를 풀어대는 폐해를 막을 수 있기 때문이다.

사탐 과목 역시 그렇다. 어떤 의미에서 보면, 논술의 기본적인 주제들은 사탐 교과서 구석구석에 숨어있는데, 그렇기에 사탐 교과서는 통합논술을 공부하는 데 그만큼 절대적이다. 따라서 사탐 과목을 제대로 공부하지 않으면서 논술공부를 따로 하는 것은 그만큼 비효율적이다. 사탐 교과서 중에서도 특히 윤리, 사회문화, 경제 과목은 논술공부를 하는 데 아주 중요하다. 논술문제로 자주 출제되는 철학적이고 윤리적인 문제와 경제 및 사회현상에 대한 많은 부분을 담고 있기 때문이다. 그러므로 기왕에 논술시험을 통해 상위권 대학에 입학하고자 한다면, 수능 사탐 교과목을 선택해서 공부하는 게 바람직하다. 혹자는 높은 수능점수를 의식해서 이들 과목을 선택하기를 회피하려 드는데, 이는 옳지 않다.

예를 들어 경제 과목의 경우에 수험생들이 낯선 용어로 인해 어렵다고 느끼겠지만, 그렇더라도 실제 출제되는 문제의 난이도는 그다지 높지 않다. 다른 과목과의 균형을 유지해야 하기 때문에 상대적으로 쉬운 문제 위주로 출제되는 경향이 있다. 따라서 논술시험을 위해 반드시 공부해야 하는 과목을 선택해 그 핵심 내용을 읽어 정리하고, 이를 사회문제와 연계시켜 글을 써보는 연습을 해나가는 것이 좋다. 그리고 그 과정을 통해 논술과 수능시험 공부가 동시에 해결된다.

교과서에서 중요한 부분은 이것

교과서에는 논술공부에 필요한 읽기, 생각하기, 쓰기의 모든 것이 담겨 있다. 다만, 수험생들이 이를 지나치거나, 제대로 파악하여 공부하려고 하지 않을 뿐이다. 왜일까? 가장 큰 이유는 학생들이 교과서를 하찮게 생각하고, 수준 떨어지는 학생들이나 교과서로 공부하는 것처럼 은근히 비하하는 심리를 갖고 있기 때문이다. 또, 학교는 학교대로 학원은 학원대로 수업의 대부분을 요약집이나 참고서를 가지고 하기 때문에, 학생들은 갈수록 교과서 공부를 멀리하려 든다.

이를 지켜보고 있자면 참으로 어리석고 안타깝다. 생각해보라. 교과서처럼 많은 저명한 집필진이 공을 들여 만든 책이 어디 또 있을까? 더군다나 수능, 심층면접, 논술 등 대학입시 전형을 위한 기본 내용이 골고루 빠짐없이 포함되어 있는 게 바로 교과서이기에, 이것만 제대로 활용해 공부하더라도 크게 유용할 텐데 말이다. 이제 왜 그런지를 하나하나 찾아 살펴본 후, 이어서 교과서를 어떻게 활용해야 통합논술 공부를 좀 더 효과적으로 해나갈 수 있는지 실제 사례를 들어 설명한다.

교과서에는 현행 교과과정을 효과적으로 이수하기 위한 다양한 학습 주제와 세부 실천항목이 들어있다. 단원안내, 본문 읽기자료, 탐구과제, 참고자료, 생각 넓히기 등이 그것이다. 특히 주목해야 할 것이 단원안내와 탐구과제, 참고자료, 찾아보기인데, 각각이 왜 중요한지 설명하면 다음과 같다.

첫째, '이 단원의 공부를 위하여', '학습 길잡이' 등으로 소개되는 '단원안내'는, 대단원에서 학습하게 될 내용을 전체적으로 살펴볼 수 있도록 소개하고, 특히 역점을 두어야 할 공부 내용을 강조하는 부분이다. 이 부분은 많은 학생들이 간과하고 지나쳐버리는 부분이지만, 적어도 논술공부에서는 교과서에서 가장 중요한 부분이다. 그 단원의 학습목표와 교육과정의 핵심 사항을 요약해서 담은 것이기에, 읽고 배워야 할 학습목표를 분명히 알고 있어야 본문의 내용에 제대로 접근할 수 있다.

이는 마치 먼저 숲을 보고 전체를 살핀 이후에 각각의 나무를 보아야 하는 이치와도 같다. 따라서 교과서를 읽을 때 항상 단원안내에 실린 핵심 주제와 학습목표부터 살핀 다음에 본문을 읽고, 다 읽은 이후에는 다시 단원안내로 돌아와서 그 주제와 학습목표를 제대로 이해했는지 되물어 확인해야 한다. 만약에 그 결과가 미흡하다면, 이는 교과서 글을 읽고서도 그 내용을 제대로 파악하지 못했다는 뜻이며, 그만큼 집중해서 글을 읽지 않았다는 의미다. 다시 말해, 뚜렷한 목적 없이 그저 눈이 가는대로 글을 읽었을 뿐으로, 한마디로 산만한 글 읽기에 지나지 않았다는 말이다.

이런 이유로, 글을 읽을 때는 내가 무엇을 왜 읽어야 하는지 항상 생각해야 한다. 그리고 자신이 읽은 내용을 반드시 되물어 확인해야 하는데, 이때 효과적인 지침을 제공하는 것이 바로 이 단원안내다. 실제 이런 식으로 공부하면 본문 글의 이해에 상당한 효과를 얻을 수 있으며, 이때 읽은 내용을 단원안내에 나와 있는 학습목표와 핵심 주제에 되물어 글로 정리해내는 것이 곧 요약이다.

이처럼 교과서로 스스로 독해와 요약 연습을 할 수 있는데, 이때 방향을 제공하는 것이 바로 단원안내와 학습 길잡이다. 만약에 단원정리 코너가 있는 교과서라면, 이것과 비교함으로써 핵심 내용을 제대로 요약해냈는지 스스로 평가하고 첨삭할 수 있다.

둘째, 독서, 토론, 논술 능력을 함양할 수 있도록 마련된 탐구활동, 자료탐구 등의 '탐구과제' 부분 역시 놓쳐서는 안 된다. 탐구과제에는 소단원 주제나 쟁점을 심층적으로 탐구해볼 수 있도록 문학작품이나 동서양의 윤리, 고전 및 학술저서, 역사적 사건, 통계자료 등이 제시되어 있다. 학생들은 이를 통해 본문 내용의 이해도를 측정할 수 있음은 물론, 제시되는 물음에 대답하는 과정에서 스스로 과제 해결 능력을 키울 수 있게 된다. 특히 일상생활에서 발생하는 갈등 상황이나 사회적으로 논란이 되고 있는 핵심 쟁점 등 논쟁적인 주제에 대해서는 학생들이 함께 토론하고 논술함으로써 자연스럽게 생각의 폭을 넓힐 수 있다.

이처럼 탐구과제는 학생들이 자기주도적으로 학습할 수 있는 핵심 부분으로, 이것을 교과서에 실린 주요 개념 및 이론과 연계시켜나가면 좀 더 논술공부의 효과를 높일 수 있다. 또한 탐구과제는 관련한 내용을 묻고 대답하는 식으로 구성되어 있기 때문에, 이를 해결하는 과정에서 자연스럽게 논술 글쓰기 공부까지 되는 효과를 얻게 된다. 사례 쓰기, 견해 들기, 해결책 쓰기 등 논술공부에 필요한 배경지식 역시 탐구과제를 통해 얻고, 그것을 논술시험에 활용할 수 있게 된다. 이처럼 탐구과제 공부의 중요성은 아무리 강조해도 부족함이 없다.

셋째, 참고자료, 사진·그림자료 등 본문 구석구석에 위치한 조그마한 내용들까지도 빼먹지 말고 읽어야 한다. 이는 심화·보충자료의 성격을 띠는데, 본문의 내용 설명이 부족하거나 깊이 있는 설명이 필요한 경우에 적절한 주제를 선정하여 설명함으로써 생각의 폭을 넓혀 준다. 실제로 논술시험에 출제되는 제시지문의 많은 것들이 이러한 심화·보충자료에서 모티브를 얻거나, 그 내용이 확장·연계된 경우가 많다. 따라서 논술공부를 위한 배경지식은 바로 이 부분을 어떻게 넓혀나갈 것인가가 관건이 된다.

여기서 한 가지 덧붙이자면, 할 수만 있다면 교과서에 등장하는 주요 개념을 표현하는 단어와 핵심 주제어를 한자사전을 찾아가며 살펴 그 의미를 이해하려고 노력할 필요가 있다. 왜냐하면 이것들의 대부분이 한자의 의미를 차용해서 만들어진 것이기 때문에, 그만큼 복합적으로 학습하는 효과를 얻는다. 따라서 그것만 제대로 이해해도 논술공부는 물론 학업성취도가 저절로 높아질 것이다. 그만큼 의미에 대한 내용적 이해가 중요하다는 얘기다.

어떤 식으로 교과서를 통합해서 공부해야 할까

끝으로, 교과서 맨 뒤에 실린 '찾아보기'는 통합논술 공부를 어떻게 해나갈 것인가에 대한 단서를 제공하는 가장 중요한 부분이다. 논술공부를 위해서는 무엇보다 교과서에 실린 핵심 개념과 주제어, 특히 서로 상반되는 쟁점을 다루는 개념이나 기본이론에 대한 정확한 이해가 반드시 선결되어야만 한다.

그렇다면 어느 것이 중요한 핵심 개념 및 주제어가 될까? 바로 각 교과서의 찾아보기를 통해 살펴보면 된다. 교과서의 찾아보기에서 여러 페이지에 걸쳐 있는 단어가 곧 핵심 주제어이자 기본적인 개념이다. 예를 들어 도덕 교과서의 찾아보기에 여러 페이지에 걸쳐 있는 '갈등', '공감', '공동체', '국가', '도덕 판단', '민족', '민족정

체성', '배려', '분배정의', '빈부격차', '사회정의', '세계화', '소수자', '양심', '이상사
회', '이성', '자유', '정의', '인간의 존엄성' 등등의 주제어가 그것인데, 하나같이 논
술시험의 주제로 자주 취급되는 개념임을 알 수 있다. 여기서 좀 더 나아가 윤리,
사회문화, 경제 등 각 교과서의 찾아보기에 공통적으로, 그것도 여러 페이지에 걸
쳐 실려 있는 개념어는 어떠할까? 바로 이러한 개념어를 주제로 해서 교과목의 영
역을 넘나들면서 출제하면, 이것이 바로 통합논술형 문제가 된다.

이를 각 교과서에 실린 '공공재'의 개념을 예로 들고, 이어서 이 주제어가 통합논
술형의 문제로 어떻게 출제됐는지를 대학논술 기출문제를 통해 살펴보자.

● 주요 교과서에 실린 '공공재'에 대한 교과 내용
- 국가의 역할(시민윤리, 204p)
- 시장 실패의 원인과 결과_ 외부효과, 정부규제, 공유의 비극의 예(경제_천재교육, 69 ·
  100 · 104 · 166 · 168 · 180p)
- 사회갈등의 원인과 쟁점_환경보존이냐, 개발이냐(도덕_비상교육, 167p)

이상의 교과 내용을 통해, '공공재'에 대한 개념은 ①공유의 비극 사례를 통해 알
수 있듯이, 외부불경제 등의 시장실패를 가져와 정부규제가 불가피함을 보여주며
(경제), ②이는 한강하구 철새보호구역 지정과 관련한 사례를 통해 환경보존이 우
선이냐, 개발논리가 우선이냐 하는 사회갈등의 쟁점을 묻고 있으며(도덕), ③이를
해결하기 위한 예로 공동체의 공유자원인 강물의 오염을 막기 위한 국가의 역할이
강조됨을(시민윤리) 교과 내용을 통합해서 공부할 수 있다.

이것이 바로 교과 내용의 '통합과 영역 전이'로, 이렇듯 각 교과서의 찾아보기를
따라 개념적인 내용을 통합해서 공부해나가다 보면 핵심 개념 및 관련되는 쟁점과
사례, 해결과제 등 전체를 꿰뚫어 이해할 수 있게 된다.

이것을 다음의 〈한양대 2010 인문 수시 문제2〉의 사례를 통해, 어떤 식으로 통
합되어 출제되고 있는지 살펴보면 이해하기 쉬울 것이다. 물론, 지면 관계상 통합

되는 내용을 자세히 설명할 수는 없겠지만, 그렇더라도 교과서에서 다루는 '공공재' 문제에 따른 시장의 실패를 해결하기 위해 국가가 어떤 역할을 담당해야 하는지를 앞의 교과서 통합의 사례와 비교하여 살핌으로써, 통합논술이 어떤 식으로 출제되는지 미루어 짐작할 수 있다.

사례2_ 한양대 2010 인문 수시

[문제2] 아래 주어진 1, 2, 3, 4의 요구를 충족시켜서, 글 〈가〉의 주장과 근거를 비판하고, 글 〈다〉의 '경우 (1)'이 추구될 수 있는 방안에 대해 논술하시오. (1300~1500자, 70점)

1. 서론, 본론, 결론으로 구성되는 논술문을 작성하시오.
2. 글 〈가〉와 〈나〉의 핵심 내용과 그 관계를 요약하시오.
3. 글 〈다〉의 세 가지 경우를 분석하여 그 결과에 대한 의미를 해석하시오.
4. 글 〈라〉의 두 가지 문제에 대한 해결책을 제시하시오.

제시지문 〈라〉

…시장은 만들어지고 다듬어져야 하며, 다양한 한계와 엄밀한 환경을 조성하기 위해 국가가 그 규칙을 강제해야 한다. 이러한 점을 충족하기 위해서는 다음 두 가지 기본 문제에 대한 이해와 그 해결을 위한 세밀한 실행 방안이 필수적이다. 첫째, 농작물을 옆집에서 훔칠 수 있다면, 누가 스스로 농사를 짓겠는가? 둘째, 합의한 노동이나 용역의 가격을 누군가가 마음대로 변경할 수 있다면, 누가 노동이나 용역을 제공하겠는가? 시장의 자유를 신봉하면서 철두철미하게 그것에 잘 적응하는 사람들의 자동차는 종국에 브레이크가 고장 날 수밖에 없다. 진정한 의미의 진화체계는 브레이크가 없는 자동차를 운전하는 사람들에게까지도 질서나 환경을 제공하지는 않는다. 우리 인간은 외부요인 탓만 하면서 개인으로든 집단으로든 자기 불행의 입안자라는 사실을 무시한다.

사례2는 경쟁을 기본 원리로 하는 자유시장경제체제의 문제점을 비판(조건2)하고, 경쟁을 통한 자원배분의 효율성을 도모하기 위한 방안 마련(조건3)과, 이에 따른 시장의 실패를 극복하기 위한 해결책을 제시(조건4)하라는 다면사고형의 고난이도 문제다. 게다가 윤리적인 고찰, 공유의 비극 사례 등 관련한 지식 역시 까다롭다.

이처럼 문제가 요구하는 논제가 지나치게 복잡하므로, 이해를 돕기 위해 관점을 좁혀 '4번째 요구조건'에 국한해서 문제해결의 포인트를 설명하면 아래와 같다. 실제, 앞의 문제는 제시지문 〈라〉에서 밑줄 친 부분의 두 가지 문제에 대한 해결책을 제시하는 게 전체 답안 작성에서 가장 큰 어려움으로 작용한다.

제시지문 〈라〉는 지나친 경쟁으로 인해 시장이 효율적인 자원배분을 달성하지 못하는 '시장의 실패'에 따른 문제점을 해결하기 위한 의식적 · 규범적 차원의 대책을 요구한다. 첫 번째 문제는 '무임승차' 등으로 인한 공공재의 부족현상과 외부불경제 등의 외부효과가 발생할 경우를, 두 번째 문제는 독과점의 발생 등으로 인한 불완전시장이 나타날 경우를 일컫는다.

사례2의 제시지문 〈라〉에서 밑줄 친 두 가지 문제점은 경제 교과서에 담긴 내용을 제시지문에서 변형시켜 물은 것이다. 만약에 경제 교과서를 읽고 관련한 배경지식을 쌓지 않았다면, 위의 제시지문을 읽고 이것이 무임승차에 따른 공공재 문제와 외부불경제 효과에 따른 시장실패임을 선뜻 간파해낼 수 있을까?

분명한 것은, 교과서의 핵심 개념을 통합해서 이것을 배경지식으로 하여 제대로 숙지하지 않았을 경우에는 그만큼 논술문제를 풀어내기 어렵다는 사실이다. 따라서 논술공부를 위한 가장 좋은 방법은 사탐 교과서를 통합하여 배경지식을 공부하되, 여기에 더해 이를 기출문제와 연계해서 풀어나감으로써 논술공부에 직접적으로 활용할 수 있도록 하는 것이다.

기출문제만큼 좋은 교재는 없다

따라서 어차피 논술시험을 통과하여 대학에 들어갈 요량이라면 에둘러 공부할 필요 없이 곧바로 기출문제를 푸는 게 한결 효과적이다. 논술시험 기출문제는 수험생들에게 읽고, 생각하고, 분석하고, 비판하고, 요약하고, 쓰는 능력을 전 방위적으로 길러주는 가장 훌륭한 교재이기 때문이다.

기출문제는 각 분야에서 고도의 전문성을 갖춘 많은 출제교수들이 심혈을 기울여 만든 문제여서, 논제가 담고 있는 뚜렷한 주제의식, 제시지문의 명료성, 논제와 제시지문을 유기적으로 연계시키는 논리적 정합성 등은 타의 추종을 불허한다. 논술시험 문제가 뛰어난 독해력과 분석력이 없으면 쉽게 풀 수 없는 이유가 이 때문이다.

특히 논술시험 공부에 절대적인 독해와 요약 능력을 기르는 데 기출문제만큼 효과적인 교재는 없다. 논술시험 기출문제에 실린 제시지문은 문장의 길이도 적당하다. 따라서 글을 읽는 동안에 집중력을 높이는 데 크게 도움이 된다. 제시지문을 빠르고 정확하게 읽어 내려가다 보면, 다소 어려운 글이더라도 그 요지를 파악하고 핵심 내용을 요약할 수 있는 능력이 길러진다. 또한 기출문제는 논제와 제시지문을 하나의 일관된 주제 하에 파악하고 읽어 내려갈 수 있게 함으로써, 문제해결을 위한 구체적인 방법까지도 훈련할 수 있게 만든다. 그렇기에 제시지문은 항상 문제에서 요구하는 논제와 논점에 맞춰 읽고 요약해낼 수 있도록 연습해야 한다.

제시지문은 단독으로 출제되지 않고 문제별로 둘 혹은 서너 개가 함께 출제되는데, 이는 독해력과 분석력 등을 물을 때 제시지문 간의 관계를 파악하는 능력도 함께 보기 위함이다. 따라서 어떤 특정 제시지문의 난이도가 높아 읽고 해석하기가 어렵더라도 당황할 필요는 없다. 다른 제시지문과의 연관관계를 통해 미루어 짐작하고 해석해낼 수 있기 때문이다.

결국 기출문제 풀이를 통해 논술공부를 해나간다는 것이 곧 논술시험을 준비하고 문제를 해결하기 위한 지름길임을 알 수 있다. 기출문제를 가지고 논술공부를 어떻게 해나갈 것인가 하는 방법적인 물음에 대해서는 뒷장에서 자세히 설명하는 것으로 하고, 여기서는 그 개략적인 방법만 간략히 살핀다.

통합논술이 시행된 2008년 이후의 기출문제만 푼다

수험생들이 기출문제를 처음 접하면서 겪는 가장 큰 문제는 이렇다. 난해한 철학적 주제를 묻는 것도 그렇거니와, 빡빡하게 구성된 제시지문을 보고 있자면 도대체 무엇을 어디서부터 어떻게 풀어야 할지 막막함을 느끼게 되고, 심지어는 심한 좌절감까지 맛보게 된다. 그렇더라도 낙담할 필요는 없다. 주어진 문제와 제시지문 안에는 반드시 그 해결을 위한 힌트와 답이 들어있기 마련이어서, 기출문제에 실린 논제와 제시지문 분석만 차근차근 해나가면 어렵지 않게 풀어낼 수 있는 게 논술시험이다.

그 출발점이 되는 것이 바로 제시지문 분석인데, 이것을 제대로 해결하려면 제시지문을 정확히 해석한 후 이를 100~150자 정도의 핵심 문장으로 요약할 수 있어야 한다. 그러므로 처음에는 각 대학교 기출문제 중에 비교적 쉬운 문제를 가지고 이를 부단히 읽어 이해하고 요약하는 연습을 하면서 분석력을 키워나가면 된다.

여기서 한 가지 알아야 할 것이, 제시지문의 독해에는 언어적 관계를 이해하는 기술적인 능력이 어느 정도 작용하지만, 그렇다고 해서 이것이 어떤 특별한 해결책을 제시한다는 의미는 아니다. 그저 주의 깊게 읽으면서 생각하고 또 생각하는 과정을 통해 제시지문에 담긴 의미를 제대로 읽어내려고 노력하는 훈련밖에는 달리 방법이 없다. 이해할 수 있을 때까지 제시지문을 반복해서 읽는 것이 궁극적으로 독해력을 높인다. 논술공부에 절대시간이 필요한 이유가 바로 이것으로, 제시지문의 독해가 안 되면 논제에서 요구하는 답안을 쓰기가 애초부터 불가능하다. 제시지문을 독해하는 능력을 키우는 것이 글쓰기 능력을 향상시키는 것보다 선행되어야 하는 이유가 이 때문이다.

기출문제를 가지고 공부하더라도 통합논술이 시행되기 전인 2008년도 이전의 기출문제는 가급적 배제하는 게 좋다. 실제로 2008년 이후에 출제된 기출문제도다 풀기 어렵거니와, 하나의 철학적 주제로 장문의 논술 답안을 요구하는 2008년 이전의 바칼로레아식 문제는 이제 더 이상 출제되지 않기 때문이다. 더군다나 이런 유형의 시험에는 많은 배경지식이 필요하기도 한데, 이것 역시 군더더기 지식을 늘리는 데 불과하며, 2008년 이후의 문제와도 겹치기 때문에 굳이 따로 공부할 필요가 없다.

만약 2008년 이전에 출제된 문제 중에 단순히 논술 주제가 뛰어나다는 이유만으로 이것을 가지고 공부해야 한다고 주장한다면, 이 역시 그렇지 않다. 어차피 논술 시험에 자주 출제되는 주제는 돌고 돌기 마련이어서 이미 나올 만한 주제는 다 나왔으며, 더군다나 통합논술이 시행된 이후부터 지금까지를 놓고 볼 때에도 주제는 이미 한 바퀴를 돌았다. 이것이 의미하는 게 뭘까? 논술문제를 풀어내는 핵심은 어디까지나 논제 또는 논제와 제시지문 간의 연계적 물음이지, 결코 출제되어 묻고자 하는 핵심 주제가 아니다. 주제는 어디까지나 주어진 문제 전체를 관통하는 핵심 개념으로서만 작용할 뿐이며, 결코 이것이 문제해결의 본질적 요인이 될 수는 없다. 따라서 이것을 가지고 적중 운운하며 호들갑을 떠는 것은 상식 밖이다.

그렇다고 해서 2008년 이전 기출문제가 전혀 쓸모없다는 것은 아니다. 예전의 바칼로레아식 문제로 출제되었던 제시지문은 유명 사상가들의 명저나 고전의 핵심 내용을 발췌해서, 그것도 비교적 긴 글의 형식으로 구성한 경우가 많다. 그렇기에 독해와 요약을 연습하는 데 이것만큼 좋은 글도 없다. 이 제시지문을 핵심 주제별로 분류해서 정리하면 관련한 배경지식도 넓힐 수 있어 일거양득의 효과를 얻을 수 있다.

반드시 교과서와 연계해서 공부한다

기출문제를 가지고 공부하는 데 생각해야 할 또 한 가지가 있다. 앞서 예로 든 한양대 수시문제에서 확인할 수 있듯이, 문제해결의 실마리는 어디까지나 교과서 안에 들어있다는 지극히 평범한 진리다. 대학교수들이 논술문제를 출제할 때 반드시 참고함은 물론, 논제와의 연계성을 갖는 내용 또한 교과서에 실린 글이다. 실제 기출문제를 풀다 보면, 문제해결의 실마리를 제공하는 주된 개념은 말할 것도 없고, 답안 글 역시 교과서 내용을 끌어와서 해결할 수 있다. 이는 그만큼 교과서를 배제하고서는 기출문제를 풀이하기가 어려움을 뜻한다.

따라서 기출문제를 풀이할 때 그 문제에서 제기되는 핵심 주제어나 개념을 각 교과서 맨 뒤에 있는 '찾아보기'를 뒤져가며 찾아 탐구할 경우, 논제 해석과 제시지문 분석은 물론 배경지식, 문제해결 방안까지도 한꺼번에 공부하는 효과를 얻는다. 이 때 기출문제에서 다루는 주제나 기본 개념별로 교과서 내용을 통합해서 요약·정리하면, 논술공부에 꼭 필요한 배경지식을 어렵지 않게 쌓아나갈 수 있다.

이런 이유로 논술공부를 시작하는 처음 단계에서부터 특정 대학의 기출문제 위주로 편중해서 풀기보다는, 각 대학에서 출제한 다양한 기출문제를 기본 개념 위주로 빠뜨림 없이 공부해나가는 게 훨씬 더 효과적이다. 각 대학에서 만들어진 기출문제는 그 수준과 난이도 면에서 그다지 차이가 나지 않으면서도 뛰어난 문제들로 구성되어 있다. 따라서 각 대학의 기출문제를 고르게 공부하는 과정에서 많은 핵심 주제를 두루 섭렵할 수 있음은 물론, 그 주제가 어떻게 논제로 이어져 문제로 만들어지는지에 대한 새로운 시각을 깨우칠 수 있다. 여기에 더해 다양한 출제 유형까지도 접할 수 있어 효과적인데, 이 모든 것들이 실전에 아주 유용하게 쓰일 수 있음은 물론이다.

그렇더라도 학생들이 기출문제를 공부하면서 겪는 어려움은 여전하다. 실제로 학생들이 겪는 가장 큰 어려움이 바로 제시지문을 독해하고 요약하는 연습을 하는 데 기준을 제공하는 예시 요약 글이 없다는 것이다. 논술학원 역시 기출문제의 예시답안은 풀어줄지언정 제시지문을 요약한 글은 제공하지 않는데, 이는 옳지 않다. 답안을 작성함에 각 제시지문의 요약은 너무나도 중요한데, 실제 이것을 여하히 주어진 논제에 맞춰 연결시켜 쓰느냐에 답안의 질적 수준이 달렸다고 해도 과언이 아닐 정도다. 올바른 요약 예시 글이 없을 경우, 학생들은 기출문제를 풀면서도 자신이 제대로 해내고 있는지 좀처럼 확인할 길이 없다. 논제 분석이란 게 제시지문을 정확히 해석하고 제대로 요약해야만 더욱 뚜렷해지며, 설령 논제 분석을 제대로 해냈다고 한들 정확한 해석과 요약 없이는 답안을 제대로 쓰기 어렵다. 다시 말해 학생들은 기출문제를 푸는 첫 번째 관문조차도 제대로 지도받지 못하고 그저 피상적으로 문제에 접근하게 될 뿐이다. 도대체 이것을 누구로부터 첨삭지도를 받고, 잘못된 부분을 고쳐 쓰는 연습을 해야 한단 말인가?

따라서 학생들을 지도하는 논술강사는 먼저 제시지문에 대한 요약 글부터 제공해야 한다. 그렇게 해야만 학생 스스로 제시지문을 독해하고 요약할 수 있게 독려할 수 있다. 독해와 요약 연습 없이 그저 막연하게 두루뭉술하게 답안을 작성하게 한들, 이것을 가지고는 제대로 된 첨삭지도를 할 수 없다. 이처럼 작금의 논술강의는 자기 편한 식이다.

참고로, 기출문제의 제시지문별 요약 예시 글을 읽고 공부하고자 하는 학생들은 필자가 운영하는 논술카페(http://cafe.naver.com/goodvalley)로 들어와 기출문제 풀이 난을 참고하기 바란다. 제시지문 하나하나마다 핵심 요약을 해놨으니, 자신이 머리를 싸매고 직접 고민해가며 제시지문을 해석하고 요약한 뒤, 이것과 비교하여 스스로 첨삭하는 연습을 하면 된다.

그렇더라도 알아야 할 것이 있다. 필자가 직접 풀이한 제시지문 요약 글 역시 하나의 준거를 제공할 뿐이기 때문에, 그것에 나름대로 올바른 판단과 해석을 내려가며 공부해야 함은 물론이다. 그리고 그 과정을 통해 실력을 향상시키는 일련의 노력은 어디까지나 학생 자신에게 달렸다. 한 가지를 덧붙이자면, 필자가 일일이 작성한 예시 요약 글은 비교적 긴 글의 형식을 취하고 있으며, 경우에 따라서는 다소 어려운 용어가 섞여 있다. 이는 예시 글을 무조건적으로 따라 쓰지 말고 자기 것으로 만들어 소화하라는 뜻에서 의도적으로 그렇게 한 것이다. 따라서 학생들은 어디까지나 쉽게, 그것도 짧은 글로 써나가는 연습을 할 것을 주문한다.

좋은 글을 모방하라

좋은 글을 쓰는 요령은 간단하다. 좋은 글을 많이 읽되, 정확히 읽고 그것을 제대로 표현하면 된다. 평소에 좋은 글을 많이 읽고 써나가다 보면, 훌륭한 문체나 설득력 있는 논리 전개 과정은 저절로 체득된다.

그렇다면 좋은 글이란 과연 어떤 글일까? 한 마디로, 적절한 위치에 적절한 내용이 빠짐없이 들어가 있는 글이다. 글에 내용이 뒤틀려서 배치되거나, 전달하고자 하는 주장을 알맹이 없이 중언부언하거나, 글의 흐름이 끊기고 무슨 말을 하는지 알기 어려운 글은 십중팔구 제대로 쓴 글이 못 된다고 보면 된다. 하지만 글쓰기에 익숙하지 않은 학생들이 처음부터 논술 글을 잘 쓰기란 여간 어려운 게 아니다. 논술 글은 논자인 수험생의 주장에 설득력 있는 근거가 뒷받침되어야 하는데, 특히 그 근거를 논리적으로 제시할 수 있도록 부단히 연습해야만 논술시험에서 요구되는 제대로 된 좋은 글을 쓸 수 있다.

이런 이유로, 논술 글쓰기는 일련의 모방적인 학습과정을 필요로 한다. 즉, 좋은 글을 읽고 따라서 써보는 것이다. 교과서는 물론, 기출문제 예시답안 중에서 뛰어난 글을 읽고 따라 쓰다 보면 자신도 모르는 사이에 글 쓰는 솜씨는 늘게 되어 있다. 그리고 그 과정에서 어떻게 쓰는 것이 훌륭한 답안이 되는지 파악할 수 있게 된다. 여기에 더해 좋은 글귀나 문장, 특히 논술과 관련한 중요한 개념이나 핵심 시사이슈 등을 평소에 정리해두는 습관을 들인다면, 창의적이고도 비판적인 논술 답안을 쓰는 데 많은 도움이 된다.

중요한 것은, 좋은 글쓰기는 반드시 좋은 글 읽기 훈련이 선행되어야 한다는 사실이다. 따라서 글쓰기에 앞서 먼저 좋은 글부터 가려 읽되, 어디까지나 집중해 읽어서 내용을 확실하게 이해할 수 있어야 한다. 그런 점에서 고전이나 명저의 발췌 글 읽기는 좋은 글쓰기에 아주 유용하다. 이는 기출문제에 실린 글만 가지고도 얼마든지 가능한데, 문제는 발췌 글의 경우에 그 핵심 내용을 전체 맥락에서 이해하기가 어렵다는 데 있다. 그렇기에 고전이나 명저의 발췌 글을 읽을 때는 그 사상적인 배경이나 시대적인 맥락 등을 놓치지 말아야 한다. 이를 위해서는 서평이나 책의 서문을 읽는 것도 많은 도움이 되는데, 이것을 찾아 되도록 함께 읽도록 한다. 그렇다고 해서 요약 다이제스트를 읽는 행위는 삼가야 한다. 이는 오히려 해가 될 뿐이지, 논술공부에 결코 도움이 되지 못하기 때문이다.

제3장

논술준비,
이렇게
하면 된다

여기까지를 이해했다고 한들, 학생들은 정작 어떻게 논술준비를 해야 할지 잘 모른다. 논술에서 출제되는 주제는 물론 논제 역시 너무나도 광범위하고 다양하기에, 딱히 방법을 정해서 공부하기가 어렵다. 이런 이유로 논술을 공부하는 모든 학생들이 어렵게 느끼기는 마찬가지다. 하지만 이것을 뒤집어서 생각하면, 논술이 무엇인지 정확히 알고 공부해나갈 수만 있다면 남들보다는 훨씬 효과적으로 접근할 수 있다고 누차 강조한다.

따라서 이럴수록 좀 더 근본적인 것부터 살필 필요가 있다. 즉, 현행 대입 논술 시험에 대한 정확한 이해와, 이를 토대로 문제가 어떻게 만들어져 출제되는지부터 파악해야 한다. 그리고 이것을 근거로 하여 어떤 식으로 공부해나갈 것인지를 명확히 한다면, 효과적으로 훌륭한 답안에 접근할 수 있다.

이제부터 이러한 물음에 대한 답을 찾아 살펴보고, 논술공부의 성과를 올리기 위한 방법적인 해결책을 구해보자. 이것을 적절한 사례와 설명을 더해가며 살펴봄으로써, 논술준비에 한발 더 나아갈 수 있을 것이다.

대입논술, 이렇게 출제된다

대입논술과 일반논술은 여러 면에서 성격이 다르다. 무엇보다 대입논술은 일반논술과는 달리 시험문제를 표준화하여 출제한다. 현행 통합논술 문제를 해결하기 위해서는 교과목을 넘나드는 통합적인 사고력이 필요한데, 고등학교에서 이를 대비한 교육을 시키기 어려운 현실적인 이유가 작용하기 때문이다. 이런 이유로 논술시험을 표준화시키지 않으면 정확한 평가를 내리기가 어려워 수험생들에게 혼란을 줄 수 있다. 이는 결국 고등학교 교과과정에 큰 부담으로 작용해, 공교육의 정상화에도 결코 도움이 되지 못한다.

실제로 논술시험이란 게 워낙에 논의 과정과 방법이 제각각이라, 어느 것이 우수한 글인지 판단할 수 있는 기준을 세우는 것 자체가 쉽지 않다. 따라서 학생들을 제대로 평가하여 우수한 학생들을 선발하기 위해서는 무엇보다 채점기준을 명확히 세우는 것이 중요해졌다. 그리고 그 이면에는 대학에서 채점하고 처리하는 시간이 매우 제한적인 이유도 한몫을 한다. 논술시험이란 게 고도의 전문성과 지성을 겸비한 소수의 대학교수들만이 답안을 채점하고 평가할 수 있는데, 경쟁률이 무려 100 대 1이 넘는 상황에서 이들이 처리할 수 있는 답안의 양은 그만큼 제한적일 수밖에 없다.

이렇듯 대입논술은 개인적인 차원의 자유로운 글쓰기가 아니라, 어디까지나 출제자와 채점자가 개입하여 문제를 표준화하여 출제한다는 사실에 주목할 필요가 있다. 즉, 출제자가 채점하기 쉽게 문제에 여러 조건이 내걸리고, 출제자가 기대하는 문제해결의 방향성을 짐작할 수 있는 출제의도가 담긴다.

채점하기 쉽게 출제된다

이처럼 현행 대입논술의 가장 큰 특징의 하나가 문제와 제시지문을 가지고 이런 저런 조건을 내걸어 채점기준을 마련하고 있는 점인데, 그로 인해 수험생들은 그 조건의 충족 여부에 따라 평가를 달리 받게 된다. 그 결과, 채점의 편의를 위해 문제에서 요구하는 조건이 많아지고, 서로 대립되는 관점을 담은 여러 개의 제시지문을 묶어 출제하는 등으로 논제가 점점 더 정교해지고 있다. 이렇게 해서 제시지문을 제대로 이해하고 있는지 독해 능력을 평가하고, 논제에서 요구하는 논리적 틀을 벗어나지 않도록 답안 작성을 유도한다.

다시 말해 다양하고 세분화된 제시지문을 제공하여 유형을 표준화하고(문제를 표준화하여 출제), 문제와 제시지문을 연계시켜 질문 방식을 구조화함으로써(논제를 구조화시켜 출제), 이러한 일련의 출제 패턴을 통해 문제해결 과정의 방향을 제시(출제의도가 드러나게 출제)하는 것이 현행 논술시험의 출제 경향이다.

이처럼 문제의 출제의도와 제시지문에 담긴 논지를 수험생들이 파악할 수 있도록 정확한 기준이 설정되며, 답안의 구성 요소 역시 평가의 공정성을 확보하고자 가능한 한 객관적으로 표준화하여 출제된다. 당연히 수험생들은 이러한 채점 기준에 맞춰 문제를 풀고 답안을 작성하는 연습을 해나가야 한다.

그 기준이 되는 것이 바로 논제(문제와 제시지문에 드러난, 논증을 통해 밝혀야 할 핵심 논지)에서 요구하는 물음으로, 주어진 논제를 여하히 분석해낼 수 있느냐가 관건이 된다. 이에 따라 주어진 제시지문을 정확히 이해하고 요약한 후, 이를 문제와 제시지문에서 요구하는 논지에 맞게 연결시키면 좋은 평가를 받게 된다.

참고로, 사례1은 중앙대에서 제시한 '2012 인문 모의논술 문제2'의 채점 기준으로, 이를 통해 대학 측이 좀 더 객관적이고 공정하게 수험생들의 능력을 비교·평가하기 위해 답안을 얼마나 점수화시키려는지 미루어 짐작할 수 있을 것이다.

사례1_ 중앙대 2012 인문 모의논술 문제2

[문제 2] 제시문 (라)와 (마)의 논지를 통합적으로 고려하여, 제시문 (바)의 논지를 비판하되 하나의 완성된 글로 작성하시오. (40점, 530자~550자)

[문제 2]의 40점 만점에 대한 채점 기준
(1) 글의 내용과 구성(40점)
① 제시문 (마)에 내포되어 있는 의미를 적절히 파악_ 4~10점 부여
→타인의 고통의 본질은 사회문화적 환경에 대한 입체적인 이해를 기반으로 하며 이를 통해 개별화된 통찰이 필요함을 기술... 제시지문의 논지와 논거(이하 생략)
② 제시문 (바)에 내포되어 있는 의미를 적절히 파악_ 4~10점 부여
③ 제시문 (바)에 내포되어 있는 의미를 (마), (바)의 의미와 연관시켜 비판_ 6~14점 부여

④ 글을 열고 맺는 도입 부분과 결론 부분이 글 속에 포함되어 있는지 평가_ 2~6점 부여
(2) 감점사항 (-5점)
① 문제에서 제시하고 있는 글자 수를 위반했을 경우
-기준 글자 수에서 ±1~25자까지는 1점 감점
-기준 글자 수에서 ±26~50자까지는 2점 감점
② 맞춤법과 원고지 사용법에 중대한 오류가 있을 경우_ 최대 3점 감점

묻는 게 명확하다

따라서 문제와 제시지문 안에서 주어진 답을 구할 수 있는데, 이는 다음 세 가지 물음에 어떻게 효과적으로 답할 수 있는지가 해결과제가 된다.

논술문제 풀이의 해결 과제

● 제시지문을 제대로 이해하고 있는가? (제시지문의 정확한 독해와 요약 능력)
● 각 제시지문을 문제에서 요구하는 논지와 논점에 맞춰 연결시켜 해석해낼 수 있는가? (논제 분석을 통해 문제의 출제의도를 정확히 파악하고 답할 수 있는 문제해결 능력)
● 이를 바탕으로 자신의 생각을 효과적으로 표현해낼 수 있는가? (논제 분석에 따라 글의 얼개를 구성하는 개요 짜기 능력)

특히 문제와 제시지문 간의 연관관계를 파악하는 논제 분석을 통해 출제의도를 파악하고, 여기에 더해 제시지문의 정확한 독해와 요약 능력만 제대로 갖췄다면 합격에 이르는 길은 그다지 멀지 않다. 시중 논술학원에서 그토록 강조하는 '개요 짜기'라는 것도 따지고 보면, 문제에 전제된 다양한 조건(이것을 합해 문제해결의 방향을 제시한 담론이 곧 '논제'이기도 하다)을 분절하여 이를 순차적으로 풀어나가다 보면 자연스럽게 해결된다. 즉, 문제에서 요구하는 논제에 이미 답안의 개요와 순서가 구조화되어 배열되어 있으며, 이것을 자연스럽게 글의 흐름과 논리가 잡히

도록 재배열하면 그것이 곧 '개요 짜기'다. 때문에 개요 짜기랍시고 공연히 많은 시간을 들여가며 힘을 들일 이유가 하등 없다.

이것을 사례2의 '건국대 2012 인문 예시문제'를 통해 설명하면 다음과 같다. 중요한 것은, 이처럼 현행 통합논술은 일정한 패턴을 가지고 출제되기에, 문제와 제시지문에 이미 답이 주어진다는 것이다. 그렇기에 문제와 제시지문에 담긴 논제를 잘 분석하고, 이 논제와 제시지문 간의 연관관계를 제대로 파악하는 것만으로도 충분히 문제해결 능력을 갖추게 된다. 당연히 주어진 제시지문과 논제를 잘 읽고 이해할 수 있도록 연습해야 하며, 그것도 어디까지나 주어진 관점에서 해석이나 비판을 내릴 수 있어야 한다.

사례2_ 건국대 2012 인문 예시

문제 1. ①글 [가]에 제시된 '대체'와 '보완' 개념을 적용하여, ②글 [나]의 두 도표에 나타난 유선전화와 휴대전화 사용상의 특징을 분석하시오. (501~600자)
→①에 나타난 개념을 적용해서 ②의 자료에 나타난 특징을 분석하여 답안 글을 쓰면 된다. 따라서 제시지문 분석과 요약 글이 제대로 작성됐다면, 문제에서 요구하는 논제에 따라 별도의 개요 짜기를 할 필요 없이 답안을 작성할 수 있다.

문제 2. ①글 [가], [다]와 관련하여, ②글 [라]에 그려진 삶의 방식을 평가하고, ③미디어 문화의 바람직한 미래상에 대한 자신의 견해를 논술하시오. (901~1,100자)
→①에 나타난 개념 간의 상관관계를 분석한 후, 이를 ②에 다시 적용하여 분석·평가하고, ③의 조건을 더해 답안을 쓰면 된다. 따라서 이 역시 문제에서 요구하는 논제를 분석한 후, 별도의 개요 짜기를 할 필요 없이 순차적으로 답안을 작성하면 된다.

하지만 막상 문제를 풀려고 할 때 이것이 결코 녹록치 않음을 느끼게 되는데, 그 이유가 뭘까? 무엇보다 제시지문을 읽고 이해하기가 어려운 데 있다. 너무나도 다양한 영역에서, 그것도 난해한 원문을 그대로 발췌해서 제시지문으로 뽑아 문제를

내니 그렇다. 학생들은 이를 정확히 이해하기 쉽지 않고, 그렇다 보니 이것을 가지고 생각을 구조화하여 논리적인 글을 전개해나가기가 여간 어려운 게 아니다.

제시지문을 제대로 독해해내지 못하니 논제를 알아도 이를 제시지문과 연결시키지 못하고, 자기주장이 분명하지 않은 채로 주저리주저리 늘어놓게 되는 것이다. 당연히 논거가 적절하지 않거나, 논증을 전개해나가는 데 논리적 비약이 심한 경우가 다반사다.

실제로 논술시험에서 평균 이하의 점수를 받는 대부분이 바로 논제와 제시지문에 대한 정확한 이해와 분석조차 이뤄지지 못한 경우다. 그렇기에 이것만이라도 제대로 해낼 수 있으면 기본 점수는 받을 수 있는 것이 바로 논술시험이다.

복잡한 게 아니다

따라서 논술시험이 채점의 편의를 위해 정형화된 패턴으로 출제되고, 그것도 문제와 제시지문 안에 그 출제의도와 답이 들어있다는 점에 주목할 필요가 있다. 이것이 의미하는 바가 무엇일까?

첫째, 문제를 해결하는 모든 열쇠를 쥐고 있는 것이 바로 제시지문이며, 그렇기에 제시지문만 제대로 이해하고 분석해낼 수 있다면 이후의 모든 게 술술 풀릴 수 있다. 제시지문은 논술공부에 필요한 모든 것을 담고 있기에, 제시지문을 잘 분석하면 출제의도를 짐작할 수 있는 실마리를 얻을 수 있다. 또한 제시지문은 문제에 담긴 전제조건들을 순차적으로 해결해나가는 연결고리를 담기 마련인데, 이는 주로 교과서에 실린 핵심 개념을 제시지문 안에 담아 구현된다. 이런 이유로 개념 이해가 제시지문 분석에서 무엇보다 중요하다고 강조하는 것이며, 또한 그렇기에 교과서에 실리지 않은 제시지문이더라도 그 핵심 논지는 반드시 고교 교과과정에서 다루어지고 있는 것이다. 심지어는 창의적인 해결과제가 주어졌더라도 제시지문의 내용을 잘 이해하고 정리해서 쓰되, 여기에 제시지문 간의 연관관계에 주목하여 자기주장을 한 줄이라도 보태면 높은 점수를 받을 수 있다.

이렇듯 제시지문만 꼼꼼히 이해하고 분석한다면 충분히 답안을 쓸 수 있는 게 논술시험이기도 하다. 따라서 문제에 제시지문이 여러 개 주어지고, 또 길게 제시된다고 해서 겁먹을 이유는 하등 없다. 이럴수록 오히려 문제해결은 쉬워진다. 수험생의 입장에서 볼 때 이는 논제에 대한 풍부한 내용이 제시되는 것이고, 문제를 출제한 의도를 드러내는 실마리가 그만큼 많이 노출된다는 뜻이기 때문이다. 그렇기에 제시지문을 분석하는 연습은 대단히 중요하다.

둘째, 논제 분석 역시 중요하다. 논제 분석은 문제가 요구하는 조건에 맞춰 제시지문 간의 연관관계를 분석함으로써 따져 밝혀야 할 핵심 내용을 찾아내는 과정이다. 따라서 이 역시 제시지문의 정확한 분석이 필요함을 알 수 있다.

이처럼 대입논술은 논제의 요구에 따라 먼저 제시지문을 정확하게 분석한 후, 이것을 기초로 논제를 분석해가면서 자신의 견해를 논리적으로 밝혀나가면 된다. 즉, 논제의 요구사항을 정확이 이해한 후, 이를 기초로 제시지문을 정확히 독해·요약하고, 또 이를 바탕으로 자신의 주장을 글로 옮기되, 그 주장을 뒷받침하는 타당한 근거를 제시하면서 체계화하면 된다. 따라서 논술문제를 풀이하는 데는 다음 두 가지만 생각하면 된다. 제시지문 간의 연관관계 파악을 통한 **논제 분석**, 그리고 이에 따른 제시지문의 정확한 **독해와 요약**이 그것이다. 이 두 가지만 제대로 해결하면, 다른 모든 것들은 자연스럽게 해결된다.

이런 이유로 공연스레 개요를 짜는 데 어떠한 프레임을 동원하며 쓸데없이 시간을 허비하거나, 문제풀이 과정에서 어떠한 원리원칙이나 방법론을 들먹이며 생각을 가둬놓으려고 해서는 안 된다. 오직 위의 두 가지만 생각하면서 공부해나가면 된다.

그렇기에 논술을 공부하고 또 문제를 풀이하는 과정에서 문제를 복잡하게 생각하거나, 문제를 복잡하게 구조화시키면서 해결하려고 해서는 안 된다. 복잡하면 지는 거다. 특히 제시지문의 독해와 요약은 너무나도 중요한데, 이 능력을 어떻게 키워나갈 것인가에 대해서는 뒤에 다시 설명한다.

대학별로 출제 유형이 다르다

최근의 대입논술에서 나타나는 특징 중의 하나가 바로 대학별, 계열별로 문제와 제시지문의 유형이 다르다는 점이다. 예를 들어 인문계열의 경우, 인문사회 과목을 기초로 여기에 철학적 주제를 더해 출제하거나, 제시지문에 영어지문을 출제하거나, 수리형 문제를 출제하거나, 통계자료 등을 가지고 자료제시형 문제를 출제하는 등 대학별로 뚜렷하게 차별화되고 있다. 따라서 소신없이 막연히 남들 하는 대로 따라서 지원하기보다는, 자신에게 유리한 출제 유형을 살펴 전략적으로 접근하는 게 효과적이다.

이를테면 철학적인 분야에 뛰어난 실력을 보인다면 이런 유형의 문제가 출제되는 연세대와 서강대를 한데 묶어 노리는 게 좋다. 영어에 자신이 있으면 영어지문을 출제하는 이화여대, 경희대, 서울시립대 등을 한데 묶어 기출문제를 풀어가며 공부하는 것이 현명하다. 이런 식으로 자신에게 유리한 분야를 확실히 알고 준비하면 합격할 가능성은 더욱 높아진다.

하지만 논제의 서술 유형별로 '이런 유형은 이렇게 푼다'는 식으로 그저 유형화시키며 단순하게 공부할 경우, 자칫 논술시험장에 들어가자마자 당혹감을 느낄 수 있다. 굳이 요약형, 설명형, 비판형 등의 논제서술형으로 구분지어 공부한다고 한들, 실상은 이것이 명확히 구분되지 않으며, 게다가 다양한 논제가 혼합된 형태로 출제되기 때문에 실익도 별로 없다. 그렇기에 논제서술 유형에 신경 쓰며 공부하기보다는, 가급적 많은 대학의 기출문제를 가지고 다양한 주제를 접해가면서 공부하는 것이 더 효과적이다. 이 부분 역시 뒤에 자세히 설명한다.

어떤 주제와 논제가
만들어지고 출제되는가

여기까지를 정리하면 이렇다. 비록 대입논술의 유형(≒논제)과 질문 방식(≒논제 서술 유형)이 표준화되어 출제되기에 출제의도가 뚜렷하고 답이 명쾌하게 주어지지만, 실제 수험생들은 어렵게만 생각한다. 이는 제시지문이 어렵기에 문제를 풀기가 힘들다고 생각하고, 또한 제시지문 간의 연관관계를 제대로 읽어낼 수 없어 그만큼 논제가 복잡하다고 느끼는 결과다.

수험생들에게는 다소 버거운 교과서 밖의 다양한 제시지문이 출제되기에 이를 제대로 읽고 해석해내기가 어려움은 인정한다손 치더라도, 논제가 복잡하다는 말은 선뜻 수긍하기가 어렵다. 주어진 문제 안에 논제가 이미 구조화되어 있기 때문인데, 논제를 순차적으로 해결해나가기만 하면 별도의 개요 짜기 과정을 거칠 필요 없이 문제를 풀어낼 수 있다는 점에서 논제는 결코 복잡하지 않다.

거듭되는 얘기지만, 중요한 것은 제시지문의 정확한 독해와 요약이다. 이것만 제대로 해내면 문제에 담긴 논제를 정확히 이해하는 것도, 제시지문 간의 연관관계를 분석·파악하는 것도 그다지 어렵지 않다. 제시지문 독해에 의거하여 논제와 제시지문 분석이라는 일련의 문제풀이 과정을 제대로 해낸 이후에 출제자가 요구하는 논제와 논점, 논지에 집중해서 글을 써나가면 이것이 곧 모범답안이 된다.

그렇다면 이렇게 생각해볼 수 있다. 논술문제가 어떻게 만들어지는지 과정을 살피면, 위에서 말한 일련의 문제풀이 과정에 대한 이해가 쉬워질 것이다. 출제되는 제시지문과 주제, 그리고 이것을 통해 묻고자 하는 논제와 논점을 제대로 이해한다면 문제해결은 한결 쉬워진다는 말이다.

다음의 요약과 사례는 논술문제가 어떠한 주제와 논제를 담고 있으며, 또 어떤 영역에서 제시지문이 출제되는가에 대한 개략적인 설명과, 이것이 실제 대입 논술문제에서 어떻게 구현되는지를 보여준다.

논술문제에 담고 있는 주제와 논제 및 출제되는 제시지문

①지금, 우리 사회에서 발생하고 있는 갈등 요인이나 제 문제를 주제와 논제로 하여,

→최근 1~2년 동안의 정치 · 경제 · 사회 · 문화적 이슈로 서로 견해가 다른 핵심 쟁점을 논제로 다룬다.

②이를 교과 범위 내의 핵심 내용과 연계시키되,

→그 논제가 교과서에서 핵심 개념이나 기본이론으로 중요하게 다뤄지고 있는지 찾는다.

③좀 더 근원적인 해결책 혹은 철학적 질문을 구하는 논제를 일관된 논술 주제어에 담아,

→핵심 논제를 교과서를 통합해서 묻되, 여기에 철학적 깊이가 추가된다.

④논점이 서로 대립되거나 딜레마의 상황으로 제시지문을 구성하여,

→서로 대립되는 인문 · 사회과학의 핵심 개념을 주요 논점으로 삼는다.

⑤제시지문 간의 연관성을 통해 논제를 추론하는 논증 능력을 묻고,

→요약 · 비교 · 분석 · 비판 · 평가 및 대안제시형 등의 논제 서술유형으로 만들어 문제를 순차적으로 해결토록 유도한다.

⑥고전 · 명저 · 영어지문 등의 제시지문과 도표 · 그림 등의 자료를 가지고 출제의 난이도를 조정한다.

→정확한 독해와 올바른 요약 능력을 묻는다.

사례1_ 경희대 2012 사회계열 모의문제

문제1_ 제시문 (가), (나), (다), (라)는 다양한 복지 사례(①지금 우리 사회의 핵심 쟁점을 논제로 하여, ②고등학교 도덕 교과서의 핵심 주제인 '이상적인 인간과 사회'를 사회 문화 · 경제 교과서 등을 통합하여)를 제시하고 있다. 제시문 (마)의 내용을 근거로 하여 제시문(가)~(라)의 사례를 두 유형으로 분류하고 그 유형의 특징을 논술하시오(⑤단순 분류 요약형 문제, ⑥영어지문 제시).

문제2_ 제시문 (바)가 주장하는 인간본성으로 인해 발생하는 문제들이(③존재론적 물음을 철학적 논제로 하여, ④'이기심 vs. 이타심'이라는 서로 대립되는 두 관점을 제시), 제시문 (가)와 (다)에서 어떻게 해결하고 있는지 논술하시오(⑤제시지문 간의 연관관계

를 통해 논제를 추론하는 논증 능력을 요구하는 비교평가형 문제).

사례2_ 서강대 2012 인문 수시문제

문제1_ 제시문 [가], [나], [다]의 논지를 통합하여 요약·정리(③ ④예술적 창의성이 왜, 어떻게 발현되는가에 대한 철학적 논제를 다양한 관점의 제시지문으로 구성)하고(⑤비교요약형 문제), 이를 활용하여 [라]와 [마]의 작품의 특성에 대하여(②이를 교과서 내외의 문학·예술과 연계시켜, ⑥미술 작품을 제시지문으로 출제) 800~1,000자로 설명하라(⑤제시지문 간의 연관관계를 통해 논제를 추론하는 논증 능력을 묻는 고난이도의 자료해석형 문제).

문제2_ 제시문 [가], [나], [다], [라], [마] 각각을 요약하고, 개념의 사용 방식을 기준으로 이들을 두 가지 유형으로 분류하고, 그 타당성(②교과 범위 내의 핵심 개념인, ③특수성과 보편성, 상대적 관점과 절대적 관점이라는, ④서로 대립되는 철학적 인식 개념을 제시지문으로 구성)을 1,300~1,500자로 논하라(⑥제시지문을 고전에서 발췌하여 출제함으로써 난이도를 높인, ⑤전형적인 평가형 문제).

사례3_ 연세대 2011 인문 수시문제

문제1_ 제시문 〈가〉, 〈나〉, 〈다〉에 나타난 죽음에 대한 태도를 1,000자 안팎으로 비교하시오.
→①현재 사회문제가 되고 있는 자살 등을 ②교과내용의 핵심 내용과 연계해서, ③이를 죽음이라는 철학적 주제를 통해, ⑤제시지문 간의 연관관계를 분석하여 답을 구하되, ④제시지문 안에 담긴 다양한 논점을 스스로 찾아 비교·분석해야 하는 고난이도의 비교분석형 문제

문제2_ 제시문 〈가〉, 〈다〉 각각의 입장에 근거하여 제시문 〈라〉의 실험 결과를 해석하고, 이에 대한 자신의 견해를 1,000자 안팎으로 쓰시오.
→문제1의 요구조건에 더해, ⑥실험 결과를 제시지문으로 출제하여, ⑤다양한 인지심리학적 추론 능력을 요구하는 고난이도의 문제해결형 문제

제시지문이 문제의 난이도를 결정한다

이상의 사례를 통해 파악해야 할 것은 크게 다음 두 가지다. 첫째는 문제의 난이도가 어떻게 결정되는가이다. 둘째는 논술문제에 담고 있는 주제와 논제, 제시지문에 담긴 내용을 통해 무엇을 어떻게 공부해나갈 것인지 파악하는 일이다.

사례에서 확인할 수 있듯이, 논술문제는 우리가 통념적으로 생각하듯이 논제 분석(논제를 말하는 게 아니다)이 어려운 게 아니라, 문제에서 묻고자 하는 주제와 논제, 그리고 이를 구현하는 제시지문에 따라 그 난이도가 달라진다. 왜냐하면 앞서 말한 것처럼, 논제 분석 과정은 문제와 제시지문을 따라가면서 순차적으로 하면 어렵지 않게 해결할 수 있기 때문이다. 또한, 이를 통해 글쓰기의 전체적인 흐름을 잡는 개요 짜기 역시 별 문제없이 해결된다.

하지만 논제와 제시지문 자체가 난해해 이를 읽고 분석하기 어려울 경우, 이후의 과정을 해결하기가 무척이나 힘들다. 즉, 문제와 제시지문 간의 구조적 연계성이 논리적으로 어떻게 이루어졌는지 파악하는 것조차도 제시지문을 제대로 해석하지 못하면 그야말로 무용지물이 된다. 특히 그 주제가 철학적인 질문을 구하는 경우, 출제되는 제시지문 역시 철학적·사상적인 글에서 발췌하여 물을 수밖에 없기 때문에 그만큼 이를 해석하기가 어렵다. 사례2의 〈서강대 2012 인문 수시문제〉의 경우가 그러한데, 철학적인 주제에 더해 학생들이 이해하기 결코 쉽지 않은 문학과 예술작품을 제시지문으로 출제하여 그 어려움이 더 컸다.

또한, 사례3의 〈연세대 2011 인문 수시문제〉에서 확인할 수 있듯이, 다양한 실험 자료를 제시지문으로 주고 인지부조화, 확증편향, 선택적 회피성향 등의 인지심리학적인 관점에서 고도의 추론 능력을 묻는 문제가 출제됐기에(물론 이 같은 용어를 정확히 사용해 답안을 작성할 것을 요구하는 것은 아니다), 이를 처음 접한 학생들은 당연히 당황할 수밖에 없었다. 더군다나 연세대의 경우에는 제시지문 안에 담긴 다양한 논점들을 학생 스스로 찾아낸 후, 이것에 맞춰 주어진 논제를 해결해야 한다. 이런 식으로 고도의 논증 능력을 묻는 문제는 그만큼 논제를 제대로 해결하기가 어려워 제대로 된 논술 답안을 쓰기가 힘들다.

최근 대입논술에서 자료해석형 문제가 하나의 특징으로 자리잡아가고 있는데, 이는 복합적인 지식을 요구하는 통합논술의 논제를 잘 반영하는 문제이기도 하다. 하지만 이 역시 딜레마의 상황을 주고 해결 방안이나 대안 제시를 요구하는 등으로 창의적인 사고를 묻기에, 실제 답안을 풀어내기가 여간 까다로운 게 아니다.

이상을 고려할 때, 수험생들이 논술문제 풀이에 까다로움 느끼는 경우 대부분은 제시지문의 난이도와 관계가 있다. 이해하기에 결코 쉽지 않은 철학적 사상을 주제로 묻는 문제든, 다양한 자료가 주어지는 자료해석형 문제든, 영어 원문이 그대로 출제되는 문제든, 모두가 제시지문을 가지고 난이도가 조절된다는 점에서는 매한가지다. 특히 다음 다섯 가지 경우가 그렇다.

- 이해하기 쉽지 않은 철학적 개념이 논제로 주어지고, 고전·명저에서 제시지문을 그대로 발췌한 경우
- 통계수치, 그림, 도표 등 다양한 자료에 대한 분석·해석을 통해 고도의 문제해결 능력을 묻는 경우
- 다양한 실험 자료를 제시하고 인지심리학, 행동경제학 등의 관점에서 고도의 추론능력을 묻는 경우
- 제시지문에 담긴 다양한 논점을 스스로 찾아 해결하도록 함으로써 고도의 논증 능력을 묻는 경우
- 인문계열에서 고급 수학문제가 출제되거나, 영어 원문이 제시지문으로 출제되는 경우

이처럼 제시지문은 문학, 인문과학, 사회과학, 자연과학 등 학문적인 영역을 통섭함은 물론, 도표와 그림 등의 각종 통계자료와 실험자료 등으로 다양하게 구성함으로써 통합적으로 사고하고 표현할 수 있는 능력을 평가하고 있다. 그렇기에 문제해결의 관건이 되는 것은 어디까지나 제시지문에 달렸으며, 당연히 제시지문의 독해가 제대로 되지 않고서는 문제 자체를 풀어내기가 어렵다. 실제 시험장에 들어가

서 제시지문을 척하니 들여다보는 것만으로도 문제에서 요구하는 답을 풀 수 있겠다, 그렇지 못하겠다를 쉽게 판단할 수 있는 이유가 이 때문이다.

제시지문의 난이도를 따져가며 공부하라

따라서 주어진 논제와 제시지문을 조합하여 경우의 수를 나열하면 다음과 같이 그 난이도를 가늠해볼 수 있다. 물론 위에서 말한 것처럼, 제시지문이 통계자료나 영어지문 등의 포괄적인 영역을 포함할 경우다.

- 논제가 철학적이거나 어려운 개념을 묻는 경우×난이도가 높은 제시지문＝ 풀기 아주 어렵다①
- 논제가 철학적이거나 어려운 개념을 묻는 경우×난이도가 다소 낮은 제시지문＝ 풀 만하다②
- 논제가 일반적인 개념을 묻는 경우×난이도가 높은 제시지문＝ 풀기 까다롭다③
- 논제가 일반적인 개념을 묻는 경우×평범한 난이도의 제시지문＝ 풀 만하다④

물론 위의 네 경우 모두 논술에 뛰어난 실력을 지닌 학생에게는 크게 문제되지 않을 것이다. 하지만 논술에 자신이 없는 학생에게는 위의 네 경우의 수를 잘 활용하여 전략적으로 접근해야만 좋은 성과를 낼 수 있다. 왜냐하면 비록 같은 상위권 대학이라 하더라도 대학별로 어느 정도는 위의 네 가지 유형으로 출제 유형이 구분되기 때문에, 응당 자신에게 맞는 대학을 선택해 공부해나갈 수 있다.

여기서 한 가지 주목해야 할 것이 있다. 만약 논술공부를 뒤늦게 시작하여 제시지문의 독해력이 딸리는 경우에는 ③보다는 ②의 출제 경향을 보이는 대학에 지원하는 게 좀 더 효과적이다. 그만큼 문제를 해결하고 답안을 작성하기가 쉽기 때문이다. 특히 2013년도의 수시전형의 경우에는 지원 횟수가 제한되는 관계로, 이런 소소한 부분까지 신경을 써가면서 공부할 필요가 있다.

예를 들어 ③의 출제 유형을 보이는 대표적인 대학인 서강대(실제로는 ①에 더 가깝지만) 기출문제에 실린 어려운 제시지문을 읽으며 머리를 싸매기보다는, ②의 출제 유형을 보이는 대학인 성균관대나 한양대를 겨냥해서 공부하는 게 한결 편할 것이다. 실제 앞 장에서 예로 든 한양대 국문학과에 합격한 학생이 이에 해당된다. 당초 목표로 공부해왔던 서강대를 과감하게 포기하고 한양대에 집중하여 성공했는데, 이 학생 역시 그 동안에 서강대 기출문제를 풀면서 난해한 제시지문 때문에 상당한 어려움을 겪은 바 있다.

물론 논술시험이라는 게 상대적인 것이어서 모든 학생에게 어렵거나, 아니면 모두에게 쉽기는 매한가지이겠지만, 그렇더라도 이처럼 좀 더 전략적으로 공부하면 남들과는 확실히 다른 결과를 얻게 될 것이다. 그렇더라도 이는 어디까지나 기본에 충실할 때 그렇다는 것이지, 결코 어쭙잖은 논술공부로 가능하단 얘기는 아니다. 공부가 어려울수록 오히려 더욱 더 기본에 충실해야 한다. 처음부터 어려운 기출문제를 푸느라 힘 빼지 말고, 쉬운 문제부터 차근차근 공부해나가야 한다. 그리고 그 과정에서 교과서 공부와 제시지문을 해석하고 요약하는 연습을 착실히 해나가면 된다. 이렇게 공부해나가다 보면, ③의 경우 역시 해결될 수 있다. 비록 출제되는 논제가 철학적이거나 어려운 개념을 묻더라도, 그 핵심 논제는 어디까지나 교과 내용을 기초로 출제되기 때문이다. 교과서 공부를 통해 기본 개념의 이해에 충실하고, 여기에 더해 기출문제로 독해와 요약 연습을 착실히 해나가면 질적 수준은 자연스럽게 향상된다. 이 부분은 중요하기에 기출문제를 가지고 어떻게 공부할 것인가를 살피면서 좀 더 자세히 설명한다.

무엇을 어떻게 공부해야 할까

그동안의 기출문제에 실린 주제와 논제, 그리고 제시지문에 담긴 내용을 살피면 무엇을 어떻게 공부해나갈 것인가를 파악할 수 있다. 그 자세한 내용은 부록 〈논술 핵심 주제 24〉에 실린 기출문제를 통해 찾아보는 것으로 하고, 여기서는 논술문제가 출제되는 과정을 중심으로 무엇을 어떻게 공부해야 하는지 개략적인 방향만을 살핀다. 이렇게 하는 것만으로도 어렵지 않게 공부할 방향을 짐작할 수 있을 것이다.

지금 우리 사회에서 발생하고 있는 갈등 요인이나 제 문제를 주제로 설정하여, 이를 교과 범위 내의 핵심 내용과 연계시킬 수 있어야 한다

최근 1~2년 동안 정치·경제·사회·문화적 이슈로서 서로 다른 견해를 보이는 핵심 쟁점이나 현실적인 당면 문제가 논제로 다뤄질 가능성이 매우 높다. 따라서 최근 1~2년 사이의 시사이슈와 논쟁을 찾아, 그 논제가 교과서에서 중요하게 다뤄지고 있는지 찾는다. 여기서 중요한 것은, 그 쟁점이 교과 내용 안에 주된 개념이나 기본 이론으로 다뤄지고 있는지 확인하는 일이다.

예를 들어 SNS(Social Network Service)와 복지논쟁이 그것이다. 최근 논란이 되고 있는 공론의 장으로서의 SNS가 민주주의의 기본 이념과 어떤 관계를 맺고, 또 무엇이 문제가 되고 있는지 살펴보고, 갈수록 가열되는 복지논쟁이 자유와 정의에 관한 제 이론적인 관점에서 어떠한 대립되는 시각을 가지며, 또 각각이 어떤 식으로 관계를 맺고 있는지 교과 내용과 연계시켜 파악할 수 있어야 한다.

특히 다음의 이슈와 논쟁은 최근 우리 사회에서 뜨겁게 논란이 되고 있는 핵심 담론(이야기 주제)으로서, 논술문제로 출제될 가능성이 그만큼 높다. 따라서 이를 교과 내용의 이론적인 부분과 통합하여 여러 각도에서 고찰할 필요가 있다. 그런 과정에서 대선을 앞두고 치열하게 대립하고 있는 SNS를 통한 표현의 자유 논란, 복지논쟁을 둘러싼 사회갈등 문제, FTA와 관련한 찬반논쟁 등, 올해 이슈가 되고 있는 쟁점이 단지 다른 관점으로 바라보는 것일 뿐, 서로 유기적으로 연계되어 있음을 확인할 수 있어야 한다.

지금 우리 사회에서 논란이 되고 있는, 반드시 정리해야 할 시사 이슈와 논쟁

- 공론의 장으로서의 SNS(Social Network Service)의 순기능과 역기능
→ SNS를 이용한 사전 선거운동 규제 폐지 관련(대의민주주의와 정당민주주의의 관점에서의 찬반론)
→ 채선당 사건으로 들여다본 네티즌 심리학(고정관념, 선택적 지각, 자기동조화, 확증편향, 군중심리 등)
→ 정보화시대가 몰고 온 온라인 집단지성의 순기능과 역기능
- 복지논쟁, 어떻게 볼 것인가
→ 보편적 복지가 우선인가, 선별적 복지가 우선인가
→ 공리주의와 롤스 철학으로 본 부자증세와 재벌규제 문제
- 다수의 이익과 소수의 이익이 대립하는 갈등 상황을 해결하기 위해서는
→ 한미 FTA, 저축은행특별법 사례처럼 소수의 특정 이익이 정책결정에서 과다하게 반영될 경우의 문제점
→ 자본주의 4.0은 가능할까(자본주의가 부른 공멸 위기 해결을 위한 따뜻한 자본주의로서의 대안 모색은 가능한가)

근원적인 해결책이나 철학적 질문을 구하는 논제를 일관된 논술 주제어로 담아 출제할 수 있으므로, 이를 철저히 준비해야 한다.

서로 대립되는 관점을 가진 핵심 논제와 논점을 교과서를 통합해서 묻되, 여기에 철학적 깊이가 추가될 경우에는 제시지문이 상당히 까다로워진다. 이렇게 되면 논제 분석 자체가 어려워져 제대로 된 답안을 작성하기가 힘들다. 특히 인간 본성에 대한 형이상학적 질문이라든가, 인식 주체의 가치판단, 올바른 삶에 대한 도덕적 물음, 언어와 인식체계에 대한 부분, 타자의 윤리와 포스트모더니즘적인 개념어 등 최근의 논술문제에서 자주 출제되는 까다로운 주제에 대한 정확한 개념 인식이 필요하다.

따라서 이러한 핵심 개념을 충분히 알고 있어야 하는데, 이것 역시 그동안의 기출문제에 담긴 제시지문을 중심으로 공부해가면서 정리하는 게 효과적이다. 왜냐하면 그동안에 나올 만한 핵심 개념은 이미 다 논제로 만들어져 출제됐고, 이것을 담은 논술문제의 주제 역시 어차피 돌고 돌 수밖에 없기 때문이다. 그렇기에 기출문제를 가지고 공부하면 교과 내용에서 다루는 핵심 개념이나 기본 지식이 어떤 식으로 논제로 만들어지고, 또 어떻게 문제와 관계를 맺는지 다양한 관점에서 파악하고 이해할 수 있다. 그리고 그 과정에서 자연스럽게 통합논술 공부가 이뤄진다.

하지만 이것이 같은 문제로 출제됨을 뜻하는 것은 절대 아니다. 비록 같은 주제를 담고 있더라도 논제와 논점을 차별화하고, 또 제시지문을 다양하게 제시함으로써 전혀 다른 문제로 출제되기 때문이다. 따라서 단지 주제가 같다고 해서 문제와 답까지 같을 거라고 단정하는 성급한 일반화의 오류는 절대 금물이다.

논점이 서로 대립되거나 딜레마의 상황으로 제시지문을 구성하되, 제시지문 간의 연관성을 통해 논제를 추론하는 능력을 묻기에, 무엇보다 지문 독해력을 키워나가야 한다

통합논술은 하나의 주제를 정하고 제시지문을 다양하게 하여 요약, 분석, 비판, 평가 및 문제해결의 논제서술 유형을 만든 후, 이를 순차적으로 해결토록 유도한다. 그렇기에 논제서술 유형별로 공부해나가는 것이 좋을 거라고 짐작하는데, 이는 옳지 않다. 왜냐하면 문제에서 주어지는 논제 해결을 위한 전제조건이 너무나도 다양하고 천차만별이며, 더군다나 논제서술 유형을 혼합하거나 복합적으로 출제하는 경우가 많기 때문이다. 이런 이유로 위에서 말하는 논제서술 유형은 단지 문제해결을 위한 방법적인 요건에 불과할 뿐이다. 따라서 논제서술 유형별로 마치 어떤 해결방법이 있는 것처럼 이를 구조화해서 공부할 경우에는 오히려 크게 낭패를 볼 수 있다.

중요한 것은 문제에 담긴 전제조건에 따라 제시지문 간의 연관관계를 파악하는 논제 분석이지, 결코 논제서술의 유형이 아니다. 그리고 그 논제 분석은 어디까지나 제시지문의 정확한 이해를 기초로 하기에, 이것이 반드시 선결되어야만 한다. 제시지문에 딜레마의 상황으로 논점이 주어진다거나, 고도의 추론 능력을 요구하는 제시지문이 주어질 경우에는 제대로 된 답안을 작성해내기가 어렵기에 특히 그렇다.

따라서 가급적 이런 논제서술 유형을 담은 기출문제를 많이 접하되, 어디까지나 스스로 머리를 싸매며 노력하면서 풀어야 한다. 더군다나 이런 유형의 문제는 기출문제밖에 없기에, 이것을 가지고 공부해나가는 것이 가장 효과적이다.

고전, 명저, 영어지문 등의 제시지문과 도표, 그림 등의 제시자료를 통해 난이도가 높아지므로, 다양한 영역을 공부해야 한다

이 부분은 신중하게 접근해야 한다. 대입논술이 워낙에 다양한 분야를 다루고 있어, 학생들이 이를 두루 섭렵하며 공부하기가 그만큼 벅차기 때문이다. 이런 이유로 단지 희망하는 몇몇 특정 대학의 기출문제만을 풀며 준비하거나, 명확한 목표 없이 그저 막연하게 공부하는 경우가 대부분이다.

하지만 이보다는 논술공부의 효율적인 측면에서 접근하는 게 현명하다. 다양한 출제 영역을 두루 포괄적으로 공부하며 준비하기보다는, 자신의 수준에 적합한 분야와 잘하는 영역을 출제 유형으로 제시하는 대학을 노리는 게 한결 낫다. 이는 지난 2012학년도부터 대학별로 인문사회 분야를 주된 주제로 하여 여기에 철학지문, 영어지문, 수학문제, 자료해석형 문제 등을 더해가며 문제와 출제 유형을 차별화하는 경향을 뚜렷하게 나타내고 있는 점에 비춰 생각할 때 특히 그렇다. 게다가 지원하는 계열별로도 출제되는 주제나 제시지문에 차이를 보이는데, 인문계열의 경우에는 인문사회 과목을, 사회계열의 경우에는 경제 과목의 비중을 크게 다루는 추세에 비춰 생각할 때도 마찬가지다.

철학적인 깊이가 떨어지고, 글 읽기 연습이 제대로 되지 않은 상태에서 어려운 제시지문을 출제하는 대학에 지원하는 것은 옳지 않다. 만약 같은 인문계열을 지원하더라도 경제 영역이나 수리에 자신이 없는 경우에는, 이를 중점적으로 출제하는 대학보다는 다른 영역을 중시하는 대학을 목표로 공부하는 게 한결 수월하다. 이처럼 출제 유형별로 대학을 선택하고 집중해서 공부해나가는 것은 현행 대입논술의 특성상 다양한 영역을 넘나들며 공부해야 하는 부담을 어느 정도 해소할 수 있기에 그만큼 현실적이다.

아래는 논술공부에 필요한 핵심 내용인데, 우선순위를 두고 공부하지 않을 경우 이것을 다 소화해낼 수 있겠는가? 어려운 공부일수록 그만큼 선택적 접근이 필요하며, 그것도 어디까지나 효율성의 차원에서 접근해야 한다.

논술공부 시에 이해하고 정리해야 할 핵심 내용

- 고등학교 교과서_ 특히 윤리(도덕)＋사회문화＋경제 교과서에 나오는 핵심 개념을 정리
- 기출문제_ 출제 유형별＋주제별＋지원 대학별 기출문제를 mix & focus해서 순차적으로 공부
- ＋ª 배경지식_ 존재론＋인식론＋가치론의 다양한 철학적 개념 이해
- 최근 1～2년의 시사 이슈와 논쟁_ 지금 우리 사회에서 가장 논란이 되고 있는 쟁점
- 추론 및 실험과 관련한 주요 내용_ 게임이론 · 인지심리학 · 행동경제학의 핵심 개념 정리
- 도표와 그림 등의 통계자료_ 기출문제 자료제시형 문제＋PSAT의 자료해석형 문제 풀이

기출문제,
이것을 풀어라

이상의 내용을 통해 논술문제가 어떤 이유로 어려운지, 또 이를 해결하기 위해서는 무엇을 가지고 어떻게 공부해야 하는지 정리한 것이 다음의 도표다. 여기서 염두에 두어야 할 것이 있다. 이렇게 구분해 정리했다고 한들 대학별로 출제되는 주제에 따라, 논제에 따라, 제시지문에 따라 수험생들이 체감하는 문제의 난이도가 저마

다 다르기 때문에, 당연히 어느 것 하나 섣불리 속단할 수는 없다.

그렇더라도 중요한 것은 대학별로 출제 유형이 다름은 물론, 문제의 난이도 역시 뚜렷하게 차별화되고 있는 게 최근 대입논술의 경향인 점을 감안한다면, 목표로 하는 대학을 자신의 수준에 맞게 최적화하여 공부해나가는 게 무엇보다 시간 대비 효율적이다.

논술문제가 어려운 이유와 해결 방안

구 분		문제가 어려운 이유	해결 & 선택	대학
논제	논제 자체가 어렵거나 복잡하다	• 주제와 논제에 대한 기본지식이 취약해서 논제 해결이 어려운 경우 • 문제와 제시지문에 논제가 드러나지 않거나 쉽게 드러나지 않는 경우	• 교과서 공부와 다양한 주제의 기출문제 풀이를 병행하며 해결할 수 있다. • 따라서 **핵심주제별**로 다양하게 공부하여 익히되, 그 주제가 어떤 식으로 논제화되고 있는지 살핀다.	해당 대학
		• 문제의 전제조건이 복합적으로 다양하게 주어진 경우		
	논제분석이 어렵다	• 논제가 복잡하여 제시지문과 연계하기 어려운 경우		
		• 제시지문 자체가 어려워 주어진 논제를 분석해내기 어려운 경우	• **출제유형별**로 구분하여 공부한다. • 자신의 수준에 맞게 선택적으로 지원한다.	고려대 서강대
제시 지문	제시지문이 어렵다	• 철학적 질문을 구하는 원문·고전에서 발췌한 경우		
	자료해석이 어렵다	• 실험을 통한 추론문제, 난해한 자료를 제시한 경우 • 수리문제, 영어지문을 출제한 경우		연세대 외
논점	논점이 다양해서 찾아 답하기 어렵다	• 논점을 스스로 찾아서 답할 것을 요구하는 다면사고형의 논술의 경우		연세대 서울대

어려운 문제로 머리 싸맬 필요 없다

기출문제는 지원하려는 대학·계열별, 출제 유형별, 논제서술 유형별, 핵심 주제별로 나눠 문제를 풀어가며 공부해나갈 수 있다. 그렇더라도 이는 어디까지나 편의에 따른 구분일 뿐이지, 결코 이것이 문제해결의 전부가 될 수 없음은 물론이다.

실제, 논술학원의 학습 커리큘럼을 보면 대부분이 지원 대학별 또는 논제서술 유형별로 구분해 기출문제를 가르치고 있거나, 주제를 포괄적으로 구분해 수업하고 있다. 시중의 기출문제를 담은 교재 역시 대부분 대학별 혹은 논제서술 유형별로 정리되어 있다.

기출문제 공부를 위한 4가지 접근 방법

● 주요 대학 · 계열별_ 지원하려는 대학과 계열을 정해 관련한 문제를 푼다.
● 출제 유형별_ 인문사회＋철학, 인문사회＋영어지문, 인문사회＋수리, 인문사회＋자료해석 형으로 나눠 문제를 푼다.
● 논제서술 유형별_ 요약형, 설명형, 비판형, 평가형, 문제해결형, 자료해석형으로 나눠 문제를 푼다.
● 핵심 주제별_ 핵심 교과 내용, 비교과 핵심 주제, 철학의 핵심 쟁점별로 세분화해 두루 문제를 푼다.

물론, 그 동안에 논술공부를 착실히 해온 학생이라면 어떤 식으로 공부하든 크게 상관없다. 논술시험 자체가 상대평가란 점을 고려할 때도 그렇다. 문제 난이도를 체감하는 정도는 지원하는 수험생 모두에게 피차일반이기 때문이다. 따라서 곧바로 지원하려는 대학의 기출문제를 풀어가면서 준비해도 크게 문제될 것은 없다. 하지만 적어도 예상되는 수능성적에 비해 지원코자 하는 대학의 수준을 한 단계 업그레이드할 요량으로 논술시험을 본다거나, 또는 논술 실력이 여전히 미진해 수준을 끌어올리기에 다소 힘에 부치는 경우라면 이는 결코 좋은 방법이 되지 못한다. 왜냐하면 논술공부를 위해 들여야 하는 시간은 물론, 내용적으로도 그다지 효율적이지 못하기 때문이다.

예를 들어 지원 대학 · 계열별 또는 논제서술 유형별로 구분해 공부할 경우, 그만큼 빠뜨리거나 놓치는 부분이 많게 된다. 지금 논술시험에 출제되는 주제와 논제, 제시지문이 워낙에 다양한 분야와 영역을 포괄하고 있어 무엇이 어떻게 출제될

지 도무지 종잡을 수 없는데, 이를 한정지어 공부하면 놓치는 부분이 많기 때문이다. 이런 이유로 특정 상위권 대학만을 겨냥하고 그 대학의 기출문제만 가지고 공부했다거나, 논제서술 유형별로 구분해 '이런 유형은 이렇게 푼다'는 식으로 방법론이 있는 것처럼 공부했다가는 자칫 시험장에 들어가자마자 머리를 싸매고 괴로워하게 된다.

특히 고3에 들어와서부터 논술공부를 시작해 다급한 마음에 바로 지원하고자 하는 대학의 기출문제부터 풀어나간다면, 이는 한번쯤 다시 생각해봐야 한다. 이렇게 해서 제시지문의 독해와 요약 연습을 제대로 하지 않은 채 문제 유형을 패턴화해 방법을 찾으려고 들지만, 이렇게 해서 해결되는 것은 아무것도 없다. 그럴수록 자신에게 유리한 출제 유형을 지향하는 대학을 겨냥하되, 가급적 다양한 주제를 담은 기출문제를 폭넓게 풀면서, 그것도 처음에는 비교적 쉬운 제시지문으로 독해와 요약에 치중하면서 차근차근 공부해야 한다. 이렇게 해서 어느 정도 수준을 끌어올린 이후, 대입논술을 앞둔 적정 시점부터 지원하려는 대학의 기출문제 수년치를 실전처럼 공부해나가는 게 한결 효과적이다.

실제, 기출문제로 다양한 주제와 논제를 두루 섭렵하면서 공부하는 것이 대단히 중요한데, 이것 역시 좀 더 전략적으로 접근할 필요가 있다. 자신이 도저히 뛰어넘을 수 없는 높은 수준의 문제를 출제하는 대학을 목표로 하여 남들 하는 대로 공부하기보다는, 어디까지나 자신의 능력에 맞는 문제를 출제하는 대학을 목표로 공부하는 게 한결 바람직하다. 이를테면, 영어독해 능력이 뛰어난 경우라면 영어지문을 출제하는 대학을, 수학에 뛰어난 학생이라면 수리문제를 출제하는 대학에 집중하는 게 낫다. 그만큼 지금의 최상위권 대학들은 출제 유형별로 문제를 차별화하여 학생들을 선발하고 있으며, 이는 갈수록 제도적으로 굳어져 가고 있기 때문이다. 따라서 될 수 있으면 출제 유형이나 문제의 난이도가 엇비슷한 대학이나 계열로 한정해서 지원 범위를 좁히고, 기출문제 역시 이들 대학을 중심으로 공부해나가는 선택과 집중이 필요하다. 그만큼 선택적으로 공부할 수 있기에 좋은 결과를 볼 수 있다.

출제 유형별 : 인문사회＋철학/인문사회＋영어지문/인문사회＋수리/인문사회＋자료해석

인문사회＋	철학	서울대, 서강대, 한양대(인문), 숙대, 홍익대, 성신여대
	영어지문	이대(인문), 경희대(인문), 동국대, 서울시립대, 외대, 숭실대
	자료해석	성대, 건국대, 서울여대
	수리＋추론	중앙대(수리추론), 이대 사회(수리추론), 고려대(수학＋수리추론), 한양대 상경(수학＋수리추론), 연세대(논리추론), 경희대 상경(수리추론)

주요 대학별 : 대학별 · 계열별

대학		핵심 주제	문제 유형	제시지문	논제 · 논점	난이도
서울대		• 다양한 영역에서 출제	• 다양한 문제 유형 • 과학철학 문제	• 다양한 지문 출제(철학＋자료＋수리＋σ)	• 논제_ 복잡 • 논점_ 다양	S
연세대		• 철학적 주제 중심	• 실험자료 제시형의 고난이 추론 문제	• 고전·명저 원문 출제 • 고난이도의 제시지문	• 논제_ 복잡 • 논점_ 다양	S
고려대		• 철학적 주제 중심	• 고급 수학 문제＋ • 고난도 요약 문제	• 고전·명저 원문 출제 • 최고 난이도의 제시지문	• 논제_ 복잡 • 논점_ 다양	S
서강대	인문계열	• 철학적 주제 중심	• 인문학 문제 중심	• 고전 · 명저 원문 출제 • 고난이도의 제시지문	• 논제_ 복잡 • 논점_ 다양	S
	사회 · 경제	• 철학＋경제		• 경제관련 지문 출제		
성균관대		• 인문사회 주제 중심	• 자료해석 문제 중심	• 다양한 자료해석형의 지문 출제 • 제시지문 난이도 평이	• 논제_ 단순 • 논점_ 단일	A
한양대	인문 · 사회	• 철학적 주제 중심	• 인문학 문제 중심	• 자료지문 제시하고 딜레마 상황으로 구성	• 논제_ 단순 • 논점_ 다양	A
	상경계열	• 철학＋경제	• 고급 수학 문제			A+
중앙대	인문계열	• 인문사회 주제	• 수리논술 문제	• 자료제시지문＋	• 논제_ 단순 • 논점_ 단일	A
	사회계열	• 철학＋경제				A+
경희대		• 인문사회 주제	• 인문학 문제 중심	• 영어지문＋ • 자료제시지문＋ • 제시지문 난이도 평이	• 논제_ 단순 • 논점_ 단일	A-
			• 수리논술 문제			
외대		• 인문사회 주제	• 인문학 문제 중심	• 높은 영어지문 난이도	• 논제_ 단순 • 논점_ 단일	A

주요 대학별: 대학별 · 계열별

대학		핵심 주제	문제 유형	제시지문	논제 · 논점	난이도
시립대		• 인문사회 주제	• 인문학 문제 중심	• 영어지문+ • 자료제시지문+	• 논제_ 단순 • 논점_ 단일	A
이대	인문계열	• 인문사회 주제	• 정형화된 문제유형	• 영어지문+	• 논제_ 단순 • 논점_ 단일	A
	사회계열		• 수리논술 문제	• 수리지문+		
숙대		• 인문사회 주제	• 인문학 문제 중심	• 제시지문 난이도 높은 편	• 논제_ 단순 • 논점_ 단일	A
건국대		• 인문사회 주제	• 인문학 문제 중심	• 실험자료 제시지문+	• 논제_ 단순 • 논점_ 다양	A+
동국대		• 인문사회 주제	• 인문학 문제 중심	• 영어지문+	• 논제_ 단순 • 논점_ 단일	A-
홍익대		• 인문사회 주제	• 인문학 문제 중심	• 예술 관련 지문+	• 논제_ 단순 • 논점_ 단일	A-
성신여대		• 인문사회 주제	• 인문학 문제 중심	• 자료제시지문+	• 논제_ 단순 • 논점_ 단일	A-
서울여대		• 인문사회 주제	• 인문학 문제 중심	• 자료제시지문+	• 논제_ 단순 • 논점_ 단일	B

논제서술 유형별 문제풀이는 제대로 알고 접근해야 한다

그렇더라도 기출문제를 굳이 논제서술 유형별로 구분해가며 공부할 필요가 있는지에 대해서는 제대로 따져봐야 한다. 그렇기에 여기서 한 가지 밝혀둘 것이, 시중의 논술학원 및 논술관련 서적에서 논제서술 유형을 논제 유형이라고 말하면서 이를 구분지어가며 공부할 것을 강조하는데, 엄밀하게 따진다면 이는 옳지 않다.

설명형, 비판형, 평가형 등등의 유형적 구분은 문제와 제시지문에서 논의되는 주제의 작은 제목을 의미하는 논제를 어떻게 서술할 것인가에 대해 묻는 것이지, 결코 논제의 유형이 어떠한가를 묻는 게 아니기 때문이다. 이런 이유로 혹자는 논제서술 유형별(즉, 시중에서 말하는 논제 유형별)로 공부하면 자연스럽게 논제 분석을 익힐 수 있다고 말하지만, 이는 그렇지 않다. 왜냐하면 다음의 도표를 통해 알 수 있듯이, 문제 안에 전제된 조건이 워낙 다양하기에, 결코 논제가 일정한 패턴으로 구분되어질 수 없기 때문이다. 또한 논제 분석 역시 논제와 제시지문 간의 연관관계를 분석하는 것이기에, 그만큼 제시지문의 올바른 이해가 절대적이기 때문이다.

논제서술 유형별 : 요약형 · 설명형 · 비판형 · 평가형 · 문제해결형 · 자료해석형＋종합출제형의 문제

①문제와 제시지문을 통한 논제 분석	②제시지문 독해와 요약	③개요 짜기	④논제서술 유형에 호응하여 답안 작성	
●문제에 주어진 다양한 전제조건에 맞춰 제시지문 간의 연관관계를 분석·검토하고, • 제시지문을 참조하여 • 제시지문에 나타난 특정 관점에서 • 제시지문의 한 주장을 택해 • 제시지문을 종합하여 • 주어진 제시지문이나 자료를 활용하여 • 제시지문 안의 주된 논제를 추론하여 • 제시지문에서 논거를 찾아 • 제시지문 내의 특정 논지를 바탕으로	●제시지문을 비교·분석하여 논점·논지를 파악한 후 • 제시지문 독해 • 제시지문 요약	●문제가 요구하는 조건에 맞춰 개요 짜기를 하여	• 내용을 요약하라 • 공통점과 차이점을 논하라	요약형
			• 논하라 • 기술하라 • 의미를 비교하라 • 차이점을 설명하라 • 차이점을 비교분석하라 • 해석하라 • 주장을 설명하라 • 사례를 적용하여 설명하라 • 구체적으로 설명하라 • 한 입장에서 해석하라 • 주장을 논의하라 • 설명하고 근거를 밝혀라 • 논리적 연관성을 설명하라 • 시각 차이를 설명하라 • 공통된 입장을 서술하라	설명형 (＋해석형)
			• 주장을 비판하라 • 문제점을 지적하라 • 문제점을 비판하라 • 문제점 지적하여 비판하라 • 주장을 반박하라 • 비판적으로 분석하라 • 한계를 밝혀라 • 근거를 대고 한계를 밝혀라	비판형
			• 주장을 평가하라 • 타당성을 분석하라 • 비판적으로 분석하라 • 활용하여 분석하라 • 타당성을 검토하라 • 타당성을 검증하라 • 관점을 택하여 평가하라 • 공통된 입장을 서술하라 • 논거로 제시하라 • 특징을 분석하라 • 견해를 밝혀라	평가형

논제서술 유형별 : 요약형 · 설명형 · 비판형 · 평가형 · 문제해결형 · 자료해석형＋종합출제형의 문제

①문제와 제시지문을 통한 논제 분석	②제시지문 독해와 요약	③개요 짜기	④논제서술 유형에 호응하여 답안 작성	
			• 대안을 제시하라 • 해결 방안을 제시하라 • 평가 후 해결 제시하라 • 극복 방안을 제시하라 • 자신의 견해를 밝혀라 • 논리적 연관성을 밝혀라 • 설명하고 대안을 제시하라 • 완성글로 작성하라 • 문제를 지적 후 해결 방안을 제시하라 • 해결하기 위한 견해를 밝혀라	문제 해결형 (＋대안 제시)
			• 실험결과를 적용, 설명하라 • 추론 가능하게 설명하라 • 자료를 해석하라 • 실험결과를 해석하라	자료 해석형

　그렇기에 설명형, 비판형, 평가형 같은 유형적인 구분 역시 어디까지나 문제해결을 위한 서술적인 풀이 과정의 차이에 지나지 않다. 더군다나 문제 안에 여러 서술형이 혼합된 형태로 출제될 수 있기 때문에, 논제서술 유형에 따른 일련의 방법적인 해결책이 결코 있을 수 없다. 이런 이유로, 만약에 논제서술 유형을 구분해가며 공부할 경우, 현행 통합논술이 지향하는 바를 충실하게 따라가며 공부해나가기가 어렵다. 즉, 하나의 주제를 주고 논제를 다양하게 하여 여러 문제가 출제되는 현행 통합논술에 맞춰 공부하지 못하고 단절적으로 흐르게 만듦으로써 학습효과를 반감시킬 뿐이다.

　따라서 이보다는 주된 주제별로 주어진 문제 전체를 풀어나가되, 각각의 문제에 전제된 다양한 전제조건을 면밀하게 검토하고 분석하는 노력이 우선이다. 중요한 것은 이러한 문제를 해결하기 위한 학생들의 논증 능력이다. 제시지문에 대한 정확한 이해를 바탕으로 문제에 제시된 다양한 전제조건에 맞춰 비교·분석한 후 비판의 근거를 찾아 답안을 작성해내려는 노력, 오직 이것만이 중요할 뿐이다.

　각 대학에서 공히 통합논술을 지향함에 따라, 논제서술 유형에 그다지 차이가 나지 않으면서도 다양하게 문제로 만들어져 출제되고 있다. 그렇기에 논제서술 유형이 아니라, 문제에 전제된 다양한 전제조건과 제시지문의 난이도에 따라 대학별 논술문제의 수준이 달라진다.

아래는 각 대학의 기출문제를 단위별로 분석·정리한 것으로, 이를 통해 각 대학의 논제서술 유형이 별반 다르지 않음을 확인할 수 있을 것이다. 따라서 이보다 중요한 것은 아래의 자료를 통해 이끌어낸 문제해결의 단서다.

각 대학 기출문제의 논제서술 유형

연세대
- (라)의 설명을 이용하여, (가), (나), (다)의 주장을 논의하라
  →논거를 적용해서+비교분석하여+비판
- (가), (나), (다)의 주장을 비교하고, (가) 주장의 타당성을 분석하라
  →다중 비교분석한 후+평가
- (가), (나), (다) 중 하나를 선택하되 적절한 근거를 밝히고, 문제점을 지적하고, 극복방안을 제시하라
  →전제조건 하에+비교분석해서+설명하고+문제해결
- (가)에 나타난 관점의 하나를 택해서 ○○를 논하고, 그 근거를 대고, 한계점을 밝혀라
  →전제조건 하에+논제 분석해서+타당성을 제시하고+비판

고려대
- (가)를 요약하라
  →단순 요약
- (나), (다)를 비교하고, 이를 근거로 (가)의 ○○를 해결하기 위한 자신의 견해를 밝혀라
  →비교분석한 후+논거를 적용하여+문제해결
- (나), (다)의 주장을 비교하고, (가), (나), (다) 모두 참고하여 (라)를 해설하고, XX에 대한 자신의 견해를 제시하라
  →비교분석해서+논거를 적용하여 설명한 후+평가

한양대
- (가)의 논거를 바탕으로, (나), (다)를 비교평가하고, ○○의 해결방안을 제시하라
  →전제조건 하에+비교분석하여 평가하고+문제해결

●(다)의 관점에서 (가),(나)를 서로 비교하고, 이를 토대로 OO방안에 대해 논술하라
　→전제조건 하에+비교분석하고+문제해결

서강대

●(가), (나), (다)의 중심 논지를 각각 요약하고, 그 논지들의 공통된 입장을 서술하라
　→비교분석하여 요약하고+설명
●(가), (나)의 문제와 원인을 정리, 해결책으로 제시된 (다), (라)의 한계 설명, 대안을
(마)의 논거로 제시하라
　→비교분석하여 요약한 후+비판적으로 설명하고+문제해결

성균관대

●(가), (나), (다), (라)를 상반된 두 입장으로 분류하여 각 입장의 논지를 서술하라
　→비교분석하여 논점을 구분한 후+요약
●도표와 그래프가 공통으로 보여주는 OO현상을 문제1의 제시문과 연관지어 설명하라
　→전제조건 하에+논거를 적용하여+자료해석
●도표 (1), (2)와 도표 (3), (4)가 문제1의 각각의 견해를 지지하는 이유를 상세하게 설
명하라
　→비교분석한 후+평가하고+설명

이화여대

●OO에 대한 주장을 요약한 후, (가)~(사) 모두를 이용하여 XX에 대한 자신의 견해를
논술하라
　→전제조건 하에+논거를 적용하여+비교분석하여 평가(문제해결)
●(라), (마)에 담긴 개념의 공통된 특징을 제시하고, 이를 (다)의 관점에서 비판하라
　→비교분석하여 논제를 요약한 후+전제조건 하에+비판

동국대

●(가)를 이용하여 (나), (다)를 해석하고, (라)의 OO의 관점을 적용하여 (나), (다)를
논하라
　→전제조건 하에+비교분석하여 요약한 후+논거를 적용하여+평가
●(다)의 OO의 문제점을 제시하고, 해결방안을 (가),(나)를 참조하여 서술하라(동국대)
　→비교분석한 후 논거를 적용하여+비판하고+문제해결

건국대

●(가)를 참조하여, (마), (바)에서 말하는 OO의 본질을 지적하고, 극복 방안에 대한 자

신의 견해를 논하라

　　→전제조건 하에+비교분석하여 설명하고+문제해결

● (라)가 OO 주장 자료로 충분하지 않은 이유를 설명하고, 어떤 자료와 분석이 보완되어야 하는지 논하라(건대)

　　→전제조건 하에 비교분석하여 설명하고+문제해결

서울여대

● (가)~(마)를 참조하여 OO를 기술하고, XX의 이유 및 해결 방안에 대한 자신의 견해를 기술하라

　　→비교분석한 후 논거를 요약하고+문제해결

● (가)~(마)의 자료를 참죠하여 OO를 분석하고, XX를 기술하라(서울여대)

　　→전제조건 하에+비교분석하고+설명

성신여대

● (라),(바)의 공통점과 차이점을 (마)의 OO의 개념을 적용하여 설명하고, XX의 해결방안을 논하라

　　→전제조건 하에+비교분석하여 설명하고+문제해결

● (나), (다)에서 공통적으로 나타나는 현상을 지적하고, 그 이유와 과정을 설명하라

　　→비교분석하여 요약하고+설명

숙명여대

● (가)의 관점을 토대로 (다)에 나타나는 대립을 그림2를 활용하여 설명하고, 이를 바탕으로 (나)를 비판하라

　　→전제조건 하에+비교분석하여 자료를 해석하고+비판

● (가), (나), (다) 중 하나의 입장을 선택하여 옹호하고, 이를 토대로 다른 두 제시지문의 입장을 각각 논평하라

　　→비교분석하여 논점을 택하여 설명하고+평가

경희대

● OO에 대한 서로 다른 두 견해를 보여주는 (가)~(마)를 나누고, 그 차이점을 논술하라

　　→비교분석하여 요약하고+설명

● (다)에서 논하는 OO에 비추어 (나)의 상황을 어떻게 해석할지 서술하고, 이에 대한 자신의 견해를 논하라

　　→전제조건 하에+어느 한 논지를 비교분석하여 평가하고+문제해결

서울시립대

● (나)를 요약한 뒤, 견해가 다른 것을 (가), (다), (라)에서 택일하여 그 차이점을 구체적
으로 밝혀라
　→전제조건 하에+비교분석하여+설명
● ○○의 주장을 옹호하기 위해 사용될 수 있는 제시지문을 모두 찾고, 각 지문의 논거를
요약하라
　→전제조건 하에+비교분석하여+요약

중앙대

● (가), (나), (다), (라)의 논지의 차이를 하나의 완성된 글로 작성하라
　→비교분석하여+문제해결
● (마), (바)의 논지의 공통점과 차이점을 설명하고, (마), (바)를 통합적으로 고려하여
(가)의 논지를 비판하라
　→비교분석하여+논점을 찾아 요약해서+비판

홍익대

● ○○에 대한 다양한 시각을 보여주는 (가)~(라) 각각의 시각을 요약하고 비교하라
　→전제조건 하에+비교분석하여+요약+비교
● (마)의 주장에 입각하여, (바)~(아)가 기술하고 있는 ○○의 문화현상을 분석하라(홍
익대)
　→전제조건 하에+비교분석하여+평가

상대적인 관점에서 묻는다

논술문제의 가장 큰 특징은 다양한 제시지문을 주고 주어진 논제에 따라 이를 서
로 비교하여 답을 쓰도록 구조화해 출제된다는 점이다. 따라서 그 논제는 문제 전
체를 관통하는 핵심　주제와 관련하여 서로 대립되는 개념이나 쟁점을 담고 있기
마련이어서, 이에 대한 사전지식(개념 이해)을 충분히 알고 있어야만 문제 풀기가
한결 쉬워진다.

이런 이유로 주어진 문제를 풀이하는 과정에서 논제서술 유형이 무엇이든 간에
반드시 제시지문을 서로 비교하여 분석하는 과정을 선행한다. 즉, 어떤 논제를 '비

판하라'거나, '설명하라'거나, '평가하라'는 서술에는 제시지문을 '비교・분석'한 후 비판하거나, 설명하거나, 평가하라는 뜻이 담겨있다. 그렇기에 심지어 '비교하라'는 서술조차 '비교・분석하여 요약하거나 설명하라'는 뜻이라고 보면 된다.

이처럼 문제해결에는 논제서술 유형을 파악하는 것이 중요한 게 아니라, 그 논제를 어떻게 분석해낼 것인가가 관건이 된다. 제시지문 간의 연관관계를 파악하는 게 곧 올바른 논제 분석이 되는 이유가 이 때문이다.

다양한 전제조건이 주어진다

그렇기에 논제서술 유형은 문제에 실린 다양한 전제조건에 종속될 수밖에 없는데, 문제가 복잡해 보이고 논제 분석이 어렵게 느껴지는 이유가 이 때문이다. 그렇더라도 이는 어디까지나 채점 편의를 위해 문제를 구조화하여 출제한 데 따른 것이기에, 역설적으로 일련의 문제풀이 과정이 도식화되어 있음을 함축한다.

즉, 수학문제처럼 일련의 풀이 과정을 제대로 익히면 어렵지 않게 해결되는 게 지금의 논술시험이다. 그렇기에 문제 내에 도식화된 전제조건이 많을수록 오히려 문제를 풀기 쉬우며, 그러한 도식화의 과정을 해제하는 과정에서 힘들이지 않고 답안을 작성할 수 있다. 따라서 문제가 요구하는 바를 정확하게 파악하고, 제시지문 간의 논리적 연관성을 잘 따져 답안을 작성하면 어렵지 않게 해결되는 게 또한 논술시험이다. 그리고 이는 다양한 주제를 담은 기출문제를 풀이하는 동안에 저절로 익힐 수 있다.

문제가 복잡하다고 해서 어려운 것은 아니다

이런 이유로 단지 문제가 복잡하다고 해서 지레짐작으로 어려울 거라고 판단하고 포기하려 드는 것은 어리석은 행동이다. 그런 문제일수록 주어진 문제를 풀고 답을 써나가기가 의외로 쉽다. 앞의 많은 예에서 확인할 수 있듯이, 각 대학에서 출제되는 문제 간에는 내용적으로나 논제서술 유형으로나 크게 차이가 나지 않으며, 오히려 차상위권의 대학에서 출제되는 문제가 더 복잡한 경우도 흔하다.

문제의 난이도를 결정하는 것은 바로 제시지문이며, 그것도 제시지문에 문제가 요구하는 논제나 논점이 명확하게 드러나지 않은 경우임을 반드시 이해해야 한다. 이런 문제일수록 특정 주제별로 개념적인 이해가 요구되며, 특히 교과 내용에 들어 있는 서로 대립되는 개념이나 이론을 빠짐없이 알고 있어야 한다. 이는 부록 〈논술 핵심 주제 24〉를 보고 확인하면 된다.

혼합형 논제가 출제된다

각각의 문제별로 단일한 논제서술 유형으로 출제되는 게 일반적이지만, 최근에는 이것이 혼합된 형태로 출제되는 경향을 보인다. 예를 들어 '설명하고 평가하라'든가, '평가하고 해결방안을 제시하라'든가 하는 식의 논제서술 유형을 보이는 문제가 그것이다.

앞서 논제서술 유형은 한결같이 '비교' 또는 '비교·분석'의 단계를 전제하여 해결 과제가 부여된다고 했다. 그렇기에 이것까지 감안하면 정말이지 문제를 풀기가 어렵다고 느껴지겠지만, 이는 절대 그렇지 않다. 이것 역시 순차적으로 풀어나가기만 하면 어렵지 않게 해결된다. 이때 중요한 것이 '논증 능력'이다. 특히 논제서술 유형이 혼합된 문제일수록 복합적인 문제해결을 요구하는 경우가 대부분이어서, 제시지문의 이해를 기반으로 한 정확한 추론 능력이 절대적이다. 따라서 이런 문제일수록 제시지문을 제대로 이해하고, 반론과 재반론 등 논제가 지시하는 사항을 충실하게 이행해야 한다.

논증 능력은 답안 글의 조직화된 구성력을 강화한다. 논증 능력이 떨어지면 전체적인 논의 전개에서 정합성과 일관성을 유지하기 어려우며, 글의 전체적인 흐름이 체계적이면서도 조직적이지를 못하고 자칫 논리적 비약으로 흐를 수 있다. 따라서 혼합서술형 문제일수록 이것에 특히 유의해야 한다.

요약형 문제는 제시지문이 어렵다

문제의 논제서술 유형이 요약형인 경우에는 둘 중 하나다. 제시지문이 아주 어렵거나, 아니면 그 반대로 비교적 평이하다.

앞의 고려대 문제 예에서처럼 단일 제시지문을 주고 묻는 요약형의 경우에는, 어려운 고전이나 사상을 그대로 원본에서 발췌해서 묻는 게 일반적이어서 제시지문을 읽고 해석하기가 아주 까다롭다. 이와는 달리 성균관대에서 주로 1번 문제로 주어지는 요약형 문제처럼, 서로 대립되는 개념이나 이론을 분류해서 요약할 것을 요구하는 경우에는 제시지문이 비교적 무난하다. 왜냐하면 이것이 이어지는 문제를 해결하기 위한 준거 역할을 하기 위해 만들어진 것이기에, 그만큼 수험생들의 이해를 돕고 논의를 한 방향으로 끌어가고자 하는 의도로 출제된 것이기 때문이다.

어찌됐거나 요약형의 논제서술은 제시지문에 대한 정확한 해석이 따르지 않을 경우, 이것과 연계시켜 출제되는 문제에서 요구하는 논제에 제대로 답하기 어렵다. 따라서 이런 논제서술 유형을 출제하는 대학에 지원하고자 할 때는 그만큼 제시지문을 독해하는 연습을 충분히 해야 하며, 여기에 더해 글의 완성도를 높일 수 있도록 거듭 글쓰기 연습을 해나가야 한다.

문제해결형 문제는 폭넓은 배경지식이 필요하다

학생들이 가장 풀기 어려워하는 논제서술 유형이 바로 문제해결형인데, 왜냐하면 '대안을 제시하라'든가, '견해를 밝히라'든가, '해결방안을 제시하라'는 식으로 어느 정도 창의력을 요구하기 때문이다. 그렇더라도 대부분의 경우, 논제서술에서 요구하는 창의력은 특별난 것이 아니다. 이런 유형일수록 어디까지나 그 해결의 실마리를 교과과정에서 찾을 수 있도록 장치해놓았기 때문에, 이를 교과서 공부와 병행하면서 착실히 준비해나가면 된다.

알고 있어야 할 것은, 창의력이나 비판적 사고력 같은 고도의 사고력은 기본 개념이나 이론에 대한 이해 같은 기초 지식이 전제되지 않으면 제대로 발현될 수 없다는 점이다. 즉, 논제에서 요구하는 창의력은 어디까지나 주어진 논제의 범위 안에서, 그것도 자신의 주장에 걸맞은 타당한 근거를 제시하라는 것이지, 결코 논제를 무시하고 자신만의 엉뚱한 답안을 작성하란 의미가 아니다. 그만큼 현행 논술시험에서 요구하는 창의력은 별안간의 새로운 지식이 아니라, 어디까지나 이미 나와 있는 지식에 더해 새로운 사고를 조금 더 보탤 수 있는 창의력이다. 물론, 제시지문 안에 함축된 내용을 파악해서 이를 교과내용의 핵심 개념과 연결시키는 것만으로도 충분히 창의적으로 평가받는 게 또한 지금의 논술시험이다.

이를 아래의 사례1을 통해 확인할 수 있을 것이다. 이해를 돕기 위해 아래 해제의 ①을 참조한 다음, 이어서 ②의 구체적인 방안을 읽어보기 바란다. 밑줄 친 부분이 그 해결 방안을 기술한 것인데, 내용의 평이함도 그렇거니와 실제 대학에서 요구하는 창의력이 이 정도 수준을 넘지 않는다. 물론 이것 역시 교과서에 나와 있는 내용임에는 두말할 나위 없다.

사례1_ 서울대 2008 인문 정시 문항2 논제2

논제2. 논제 1에서 제기된 다수결 원리의 문제점 및 그 해결 방안을 고려하여, ①제시문 (다)의 사례에서 A시 의회의 결정이 공동체 전체의 정의에 부합하고 보편타당한 것인지에 대하여 자신의 판단을 서술하시오. 그리고 ②의회의 결정에 반대한 사람들의 의견을 존중할 수 있는 구체적 방안을 제시하시오. (600자 이내)

> (다) 정부는 도시 환경 정화를 위해 A시에 폐가전제품 종합처리시설을 설치하여 5년 간 운영하기로 계획하고, A시에 수용 여부를 결정해 달라고 요청하였다. A시 의회는 이 계획을 수용할 것인지 여부에 대하여 다수결 원리에 따라 표결한 결과, 찬성 의견이 60%, 반대 의견이 40%로 집계되어 이 계획을 수용하기로 결정하였다. 찬성자들은 국가 정책에 적극 호응하면 다양한 재정적 지원을 받을 수 있어 이 처리시설 설치가 지역 경제에 많은 도움이 될 것이라고 주장하였다. 한편, 반대자들은 환경 문제 등을 이유로 삶의 질이 저하될 것이라고 주장하였다.

해제
①A시 의회의 결정이 공동체 전체의 정의에 부합하고 보편타당한 것인지를 (가)를 참조하여 판단하면… 타당하다는 입장을 지지하는 경우
→A시를 위한 중대한 사안이기에 충분한 논의를 거쳐 만장일치로 결정되는 게 바람직하겠지만, 현실적으로는 이것이 어려우므로 부득이 다수결에 따라 표결로 결정하는 것도 옳은 방법이 된다. 그렇게 해서 60%의 다수 지지를 받은 결정은 유효한데, 왜냐하면 폐

가전제품 종합처리시설처럼 도시환경 정화를 위해 반드시 필요한 시설은 어딘가에는 반드시 설치해야 하는 공익과 공공목적의 시설로서, 그만큼 공동체 전체의 정의에 부합되는 것이기에 그렇다. 또한, 반대자들의 논리인 환경이 나빠져 삶의 질이 저하될 거란 주장 역시 이를 어떻게 운영하고 관리하느냐에 따라 얼마든지 해결 가능한 문제로서, 이는 터널 건설, 쓰레기소각장 및 추모공원 등의 건립 과정에서 당초의 우려와는 달리 환경문제가 그다지 문제되지 않은 점을 통해 입증된다.

②의회의 결정에 반대한 사람들의 의견을 존중할 수 있는 <u>구체적 방안</u>을 제시

그렇더라도 반대의견이 무려 40%나 된다는 점을 간과해서는 안 된다. 이는 그만큼 지역 주민들이 폐가전제품 종합처리시설을 혐오시설로 여기고 이에 따른 환경문제를 크게 우려하고 있다는 것으로서, 이에 따른 <u>주민들의 불만 해소</u>에 적극 노력해야 한다. 이를 위해서는 무엇보다 <u>주민참여제도</u>를 도입하여 시설의 입지선정 단계에서부터 준공에 이르기까지의 전 과정에서 서로 의견을 교환하고 조정, 협상하여 결정토록 해야 한다. 또한, 준공된 이후에도 시설의 관리에 철저를 기하는 한편, 이에 따른 안전관리실태를 공개하는 정보공유 체계를 수립한다. 아울러 주민이 입게 될 유무형의 피해와 불이익에 대해 <u>적정하게 보상</u>함으로써 사회적 갈등 요인을 사전에 차단토록 한다.

논제 서술에 앞서 제시지문의 비교분석부터 해야 한다

이상에서 알 수 있듯이, 현행 대입 논술문제는 이해력(요약하기), 분석력(비교·분석하기), 비판력(비판 및 평가하기), 창의력(해결 방안 제시하기)이라는 다각도의 사고력을 평가하는 통합논술 차원에서 논제서술의 유형을 다양화시켜 출제하고 있다. 특히 읽기 부분에 해당하는 이해력과 분석력을 묻는 것은 이제 기본 중에 기본이 되었으며, 이것을 기초로 해서 논증 구성력과 문제해결 능력을 묻는 다면사고형 문제가 출제의 주종을 이룬다. 따라서 학생 스스로 문제에서 요구하는 논제를 파악하고, 그 논제에서 묻는 핵심 개념이나 쟁점을 찾아 이를 토대로 주장과 근거가 일관되는 논증 구조를 만들어내야 한다. 그리고 이것을 확장해서 문제해결을 위한 대안과 해결 방안을 제시할 수 있어야 한다.

이것이 무얼 뜻하는가 하면, 제대로 된 글 읽기가 선행되지 않으면 결코 논술문

제를 풀어낼 수 없으며, 그렇기에 논제 분석을 통해 제시지문 간의 연관관계를 파악하는 글 읽기에 힘써야 한다. 따라서 요약과 비교·분석은 논제서술 유형에 관계없이 기본적으로 반드시 해결해야만 하는 과제가 된다. 즉, 모든 문제는 그 논제서술 유형에 관계없이 '주어진 조건하에+제시지문을 읽고+이를 비교·분석하여'라는 전제가 깔려있으며, 이에 더해서 주어진 문제를 설명하거나, 비판하거나, 평가하거나, 해결해야 함을 뜻한다. 당연히 다양한 분야의 많은 제시지문을 읽고 이해하는 연습을 해야만 한다.

또한, 당락에 결정적인 역할을 하는 문제해결형 서술 논제를 반드시 해결할 수 있어야 하는데, 이것 역시 다양한 주제를 담은 기출문제를 풀어가면서 하나씩 해결해나가는 게 효과적이다. 이런 서술형의 문제는 기출문제만큼 제대로 만들어진 것이 없기 때문에 굳이 다른 문제를 찾아서 공부할 필요가 없으며, 실제 그런 문제는 존재하지도 않는다.

정리하면, 지금 대학에서 출제하는 논술문제는 논제의 서술 유형을 다르게 하여 다양한 해결 과제를 묻는다. 그렇더라도 그 논제서술 유형에는 그다지 차이가 나지 않으며, 대부분이 논제와 제시지문을 통한 요약과 비교·분석을 공통적으로 깔고, 여기에 더해 일련의 논제 해결 과제를 묻는다. 따라서 굳이 대학을 구분하면서, 또 논제서술 유형을 구분하면서 기출문제를 풀 이유가 하등 없다. 논제서술 유형이란 게 다 거기서 거기이고, 더군다나 서로 다른 전제조건 하에 여러 논제서술 유형을 섞어가며 혼합형으로 출제되는 추세에 비춰 생각할 때 그렇다. 논제서술 유형을 구분하며 공부할 경우, 오히려 특정 주제와 개념, 이론에 치우치거나, 특정 주제에 주어지는 논제를 단절시켜 공부하게 됨으로써 자칫 많은 부분을 놓치고 만다. 앞서 말했듯이 논술 문제를 푸는 데는 교과과정에 들어있는 기본 개념이나 이론에 대한 정확한 이해가 반드시 필요한데, 이것을 효과적으로 수행하기가 어렵다.

기출문제는 핵심 주제별로 공부하는 게 효과적이다

그렇다면 기출문제를 가지고 무엇을, 어떻게 공부하는 게 효과적일까? 바로 핵심 주제별로 기출문제를 구분해 공부하되, 여기에 대학별로 다른 출제 유형에 맞춰, 또 기출문제의 난이도에 맞춰 수준에 맞게 공부하는 것이다. 이렇게 공부할 경우 다음과 같은 이점이 있다.

첫째, 다양한 주제로 폭넓게 문제를 풀어감으로써 체계적으로 논술공부를 해나갈 수 있다. 수험생들이 가장 답답해하는 것 중 하나가 출제되는 분야와 주제가 워낙에 광범위하고 다양하여 도무지 감을 잡지 못하는 것이다. 만약에 논제서술 유형에 따라 공부하면 자칫 특정 분야에 치중될 수 있고, 자신이 잘 모르거나 취약한 부분을 파악할 수 없게 된다. 따라서 반드시 공부해야 할 핵심 주제를 미리 정리해놓고 이와 관련한 기출문제를 풀되, 관련한 기본 개념이나 이론을 교과서를 뒤져가며 살피면 전 영역을 두루 섭렵하며 공부할 수 있다. 그리고 그 과정에서 특별나게 취약하거나 이해하기 어려운 주제를 파악해 이를 보완할 수 있다.

둘째, 수준에 맞춰 공부함으로써 효율성을 높일 수 있다. 많은 수험생의 경우, 희망하는 대학의 눈높이와 실제 논술 실력 간에 큰 차이를 보인다. 그렇지만 수험생들은 그 대학의 기출문제를 푸는 것만으로도 마치 그 대학에 합격할 수 있다고 생각하는 오류를 범한다. 그렇기에 잔뜩 기대 수준만 높아져 자신의 수준은 생각하지 않은 채 속칭 SKY대학의 기출문제부터 풀려고 들고, 논술학원 역시 이들 특정 대학을 겨냥해서 학생들에게 자신감을 불어넣고 있다. 하지만 현실은 전혀 그렇지 않다. 실제 이들 최상위권 대학의 기출문제는 출제되는 주제와 문제에서 묻고자 하는 논제, 또 이와 관련한 제시지문 할 것 없이 모든 게 상당히 어렵고 까다로우며, 또한 제각각이다. 그렇기에 처음부터 이런 어려운 문제로 공부하는 것은 흡사 기초공사 없이 건물을 세우는 것과 같다. 어려운 철학적 개념을 주제로 묻거나, 고전이나 명저의 원본을 그대로 출제하기 때문인데, 이렇듯 좀처럼 이해하기 어려운 문제를 처음부터 머리 싸매고 공부하려 들다가는 자칫 논술공부에 흥미를 잃고 중도에 포기하고 만다. 이런 식의 공부는 당연히 효율적이지 못하다. 따라서 처음부터 어려운 문제를 풀려고 하지 말고 쉬운 문제부터 차근차근 단계를 밟아가며 실력을 키우는 게 현실적이고, 또 그런 과정에서 실력도 부쩍부쩍 늘게 된다. 더군다나 최근 대입논술의 흐름이 점차 논제와 제시지문의 난이도가 낮아지는 경향인 점에 비춰 생각할 때도 그렇다(하지만 일부 특정 대학의 논술문제는 여전히 상당히 까다롭다). 그 만큼 대학에서는 굳이 어려운 문제를 출제하지 않아도 논술에 뛰어난 학생들을 선발할 수 있다고 생각하기 때문이다. 이런저런 고려를 할 때, 어려운 공부일수록 쉬운 것부터 단계를 밟아 차근차근 익히면서 수준을 높이는 게 훨씬 더 효과적임을 알 수 있다.

셋째, 자연스럽게 통합논술 공부를 할 수 있게 된다. 대학의 논술시험이 통합논술을 지향하기에, 편의상 주제를 구분하며 공부하더라도 이것이 결코 단절되는 것은 아니다. 왜냐하면 문제 전체를 관통하는 핵심 주제 하에 각 문제별로 주어지는 논제는 곧 작은 주제에 대한 기본 개념이나 원리를 담은 것이라고 봐도 무방하기 때문이다. 그렇기에 문제풀이를 해나가면서 자연스럽게 이것들이 어떻게 연관성을 갖는지 통합해가면서 공부할 수 있다.

핵심 주제별로 공부할 때의 이점은 또 있다. 많은 대학의 기출문제를 공부하는 과정에서 다양한 논제를 접할 수 있다. 따라서 각 대학에서 어떤 논제로 출제하더라도 대응하기가 한결 수월해진다. 그리고 그 과정에서 주제 파악이 중요한 게 아니라, 그 주제가 어떤 식으로 논제로 만들어지고 제시지문과 관계를 맺는지가 중요하다는 점을 이해할 수 있게 된다.

교과서와 핵심 주제를 어떻게 연계해서 공부해야 할까

대입논술은 어디까지나 제시된 글을 읽고 주어진 논제의 요구에 맞게 내용을 구성하는 논증적 글쓰기지, 결코 자신의 생각을 자유롭게 표현하는 글쓰기가 아니다. 그렇기에 논술 글은 논리적인 글쓰기의 차원을 넘어, 제시지문을 얼마나 분석적이고도 비판적으로 읽어낼 수 있는지를 묻는 고도의 읽기 능력 평가시험이기도 하다. 이런 이유로 제시지문을 읽는 연습과 논제를 분석하는 연습, 그 논제에 합당하게 글을 쓰는 연습이 부단히 요구된다. 물론 그 밑바탕에는 교과 내용에 실린 기본 개념에 대한 정확한 이해가 깔려있어야만 한다.

따라서 기출문제를 가지고 주제별로 공부해나가되, 여기에 기본 개념이나 핵심 이론을 더해가며 공부할 필요가 있다. 이런 식으로 공부하면 논술에서 반드시 뛰어넘어야 할 **'개념 이해'**, **'논제 분석'**, **'제시지문의 독해와 요약'**이라는 세 가지 핵심을 빠짐없이 공부할 수 있다. 당연히 학습 지침이나 교안을 마련하고 여기에 맞춰 체계적으로 공부해나가야 하는데, 뒤에 나오는 자료1과 자료2는 이를 체계적으로 정리한 것이다.

자료1은 논술시험에 출제되는 핵심 주제를 교과 내용은 물론 비교과 내용에서 중점적으로 다루는 분야까지 망라해서 구분하여 정리한 것이다. 자료2는 교과서와 기출문제를 통해 이를 핵심 주제별로 어떻게 공부해나가야 하는지 그 내용을 담았다. 단언하건데, 자료1과 자료2에 실린 핵심 주제(Subjects) 하에, 각각의 공부할 내용(Contents)을 자신의 수준에 맞게 체계적으로 공부한다면 좋은 결과를 기대할 수 있을 것이다. 핵심 주제별 공부할 내용은 부록으로 붙인 자료를 살피는 것으로 하고, 여기서는 〈현대사회의 쟁점〉이라는 주제 단원을 예로 들어 각각을 어떻게 활용하면서 공부해야 할지를 간략히 설명한다.

핵심 주제

논술시험에 출제되는 주제를 기본 개념과 이론별로 구분해 정리했다. 그렇더라도 그 수제는 교과과정의 범위를 크게 벗어나지 않는다. 비록 비교과에서 다루는 주요 주제와 철학적 핵심 쟁점을 따로 구분해놓았다고 해서, 이것이 교과 내용과 동떨어진 별개의 주제를 다루는 것은 아니다. 그만큼 깊이 있고 다양한 논제를 다루기에, 교과 내용을 좀 더 폭넓게 공부해야 할 필요가 있어 이를 편의상 구분해놓은 것일 뿐이다. 특히 언어철학이나 포스트모더니즘, 사회생물학 등 비록 교과과정에서는 크게 다루지 않지만 현대사회의 사상적 흐름에 중요한 개념적 인식은 최근의 논술문제에서 빈번하게 출제되는 세부 주제다. 따라서 이를 자세히 들여다볼 필요가 있다.

물론, 최근 통합논술의 특성상 문제에서 주어지는 논제가 워낙 영역을 넘나들면서 다양하게 출제되기에, 이렇듯 주제를 구분하며 공부할 필요가 없다고 해도 딱히 할 말은 없다. 하지만 오히려 그럴수록 주제를 구분하며 공부할 필요가 있다. 왜냐하면 논술문제의 주제는 마치 나침판 같은 역할을 하기 때문이다. 즉, 논술문제의 주제는 교과 내용에서 중점적으로 다루는 핵심 개념으로서, 각각의 문제에서 주어지는 다양한 논제를 포괄적으로 이해할 수 있도록 그 방향을 제시한다. 이를 앞서 예로든 다양한 복지 사례의 유형과 그 특징(단순 문제해결형 논제)을 살피고, 그 복지 사례가 인간 본성으로 인해 발생하는 문제에 따라 어떤 식으로 해결될 수 있는지(철학적 주제를 더해가며 묻는 논제)를 논술하라는 〈경희대 2012 사회계열 모의문제〉를 가지고 살펴보자.

이 문제의 경우, 문제와 제시지문 안에 담겨있는 핵심 주제는 '개인과 사회의 관계'다. 즉, 어디까지나 '개인과 사회'의 관점에서 주어진 논제를 해결해야 올바른 답안을 작성할 수 있다. 이때 개인의 이익이 우선인가, 사회의 이익이 우선인가 하는 문제처럼 개인과 사회의 가치선택 문제에 대한 개념 정리가 잘 되어있다면, 이 문제에 어떤 논제가 주어지더라도 전체적인 방향을 잃지 않고 해결할 수 있다. 그렇기에 문제에서 주어지는 논제는 어디까지나 전체를 포괄하는 특정 주제의 관점에서 파악하고 해결해야 한다. 만약에 그렇지 않고 제각각으로 살핀다면, 자칫 논제와 논점에서 이탈하는 우를 범하게 된다. 그런 점에서 주제에 대한 개념적 이해가 전략적 일반화의 개념이라면, 논제 파악은 전술적 구체화의 개념과도 같다. 그리고 이 둘의 관계는 어디까지나 서로 유기적으로 긴밀하게 연결된다.

이런 이유로 주제별로 구분해 공부하는 것은 곧 논술문제로 어떤 논제가 주어지더라도 그 문제해결에 따른 주제의식을 제대로 이해한다는 뜻이며, 또한 그렇기에 어떤 논제가 주어지더라도 문제해결을 위한 방향을 잃지 않는다는 뜻이기도 하다.

그리고 이렇듯 주제를 구분하며 공부하더라도 결국에는 이와 관련을 맺는 다양한 논제가 중첩적으로 연결됨으로써, 그 개념적인 관계가 마치 씨줄과 날줄이 서로 엮이며 촘촘하게 그물망을 맺고 있음을 확인할 수 있다. 이것이 곧 통합논술이 지향하는 각각의 영역별 개념 이해의 통합이다.

주제를 구분하며 공부하는 데 따른 이점은 또 있다. 그 과정에서 각자에게 취약한 영역이 어느 부분인지 파악할 수 있어, 이를 이해하고 보완해나갈 수 있기 때문이다. 각 대학에서 출제되는 주제와 논제가 워낙 광범위함에도 이것이 통합되어 출제되기에, 어느 한 분야라도 빠뜨리지 말고 두루 섭렵하며 공부해야 한다.

교과 단원의 핵심 개념 및 주제어

각 주제별 교과 단원과 이에 실린 핵심 개념 및 주제어를 정리해놓았다. 기출문제 풀이 시에 교과서의 관련된 부분을 찾아 개념적 이해를 더해가며 반드시 공부해야 할 부분이다.

핵심 쟁점, 심화학습, 원문 발췌 글 읽기

교과 내용에서 가장 중심적으로 다루는 핵심 쟁점으로, 논술문제에 단골로 출제되는 논제이기도 하다. 따라서 이를 중심으로 관련된 기본 개념과 이론을 정확히 이해하며 정리할 필요가 있다. 심화학습 역시 중요한데, 왜냐하면 특히 이 부분에 대한 깊이 있는 지식을 논술시험에서 요구하기 때문이다. 따라서 이 부분에 대한 기본 개념과 이론을 좀 더 살필 필요가 있으며, 특히 관련한 내용을 원문에서 발췌해서 읽는 게 중요하다. 이는 비록 교과서에 실리지 않은 동서양의 고전과 현대의 양서를 제시지문으로 채택하여 출제되는 경우가 많아 수험생들이 힘들어하지만, 그렇더라도 어디까지나 그동안의 기출문제에 실린 발췌 글로 공부하는 것만으로도 충분하기 때문이다. 더군다나 핵심 부분은 거의 모두 이미 제시지문으로 엮어 출제됐기 때문에, 굳이 따로 찾아 공부할 필요가 없기에 그렇다.

토론 주제 및 탐구과제

어떤 의미에서 볼 때, 각 교과서에 실린 토론 주제와 탐구과제는 논술시험을 위해 구성된 것이라고도 볼 수 있다. 즉, 현행 대입 논술시험은 교과서에 실린 탐구과제를 좀 더 심도 있게 구성한 것이라고 봐도 크게 무리가 없다. 그렇기에 특히 저학년은 이것을 가지고 공부하되, 여기에 교과 내용을 더해가며 공부하는 게 좋다. 기출문제를 풀어가며 본격적인 논술공부를 하는 전 단계의 학습으로 큰 성과를 기대할 수 있기 때문이다.

기출문제

통합논술이 시행된 2008년 이후의 기출문제를 주제별로 분류하여 문제별로 난이도를 부여했으며, 특히 각 문제별로 주제 또는 핵심 논제를 일일이 명기해놓았다. 따라서 이를 통해 각각의 주제에 어떤 논제가 문제로 출제되고, 또 어떤 논제가 중요하게 다뤄지는지 한눈에 파악할 수 있을 것이다. 그리고 그 과정에서 논제가 중복되지 않게 다양하고 폭넓게 공부해나갈 수 있다.

자료1. 논술 핵심 주제 24_ 핵심 교과 내용+비교과 핵심 주제+ 철학의 핵심 쟁점

●핵심 교과 내용 15
(1)국가론 · 시민사회론_ 민족주의와 공동체의식, 문화와 민족정체성, 공동체주의
(2)자유론 · 정의론_ 인간과 자유, 사회정의와 관련한 담론
(3)복지론_ 복지문제와 복지국가 실현, 어떤 삶이 행복한가
(4)현대 사회사상의 쟁점_ 갈등과 협력, 상생과 경쟁, 자유와 평등, 성장과 분배, 공공성과 공정성, 공익과 사익, 자율과 규제, 효율과 형평
(5)현대 정치사상의 쟁점_ 정치와 권력, 제도와 법질서, 민주주의와 여론, 폭력의 정당성, 인권과 사회정의
(6)개인과 사회의 관계_ 사회갈등의 해결과 극복 방안
(7)현대사회의 제 문제_ 현대사회의 윤리적 · 정치적 문제의 해결 방안
(8)현대사회의 문화 변동_ 세계화와 문화다양성, 다문화주의

(9)직업, 性과 가족_ 노동과 인간소외, 가족 개념의 변화와 미래의 가족

(10)정보사회와 대중매체_ 미디어 리터러시

(11)동서양의 윤리와 사상_ 동서양의 인간관 · 자연관 · 세계관

(12)세계화의 쟁점과 신자유주의의 명암_ 구조적 양극화와 계층화

(13)경제 원리와 시장경제_ 합리적 경제 선택, 시장실패와 정부실패

(14)**자본주의와 소비, 불평등과 불균형**_ 과시소비와 모방소비, 사회 · 문화 · 정치 · 경제적 불평등 · 불균형의 제 문제와 해결 방안

(15)자료 · 도표 · 그림에 나타난 사회 · 경제 · 문화 현상 분석과 관련한 자료해석형 기출 문제

● **비교과 핵심 주제 5**

(1)예술과 문화_ 미학 오디세이, 기호의 소비학으로서의 대중문화, 차이와 다원성을 추구하는 타자의 윤리 및 포스트모더니즘과 관련한 핵심 개념

(2)과학과 환경_ 인문학과 과학적 지식의 대통합, 이기적 유전자와 이타적 유전자를 둘러싼 사회생물학 논쟁

(3)역사와 종교_ 미래는 결정된 것인가

(4)교육과 학문_ 바람직한 학문탐구의 자세

(5)언어와 세계_ 언어와 인식, 언어와 소통 등 언어철학과 관련한 물음

● **철학 핵심 쟁점 4**

(1)존재론(인간의 본성_ 나는 누구인가)_ 인간 행위의 동기를 묻는 합리성의 쟁점, 인간 존재의 본질에 대한 형이상학적 질문

(2)인식론(인식의 주체_ 나는 무엇을 아는가)_인간과 세계를 인식하는 인식 주체의 올바른 가치판단

(3)가치론(삶의 윤리학_ 나는 무엇을 해야 하는가)_ 덕과 악의 차이에 대한 도덕적 물음

(4)형이상학적 담론(나와 너, 그리고 우리)_ 소통, 죽음, 불안과 공포, 행복, 시간 艸

자료2. 핵심 주제별 공부할 내용

현대 사회사상의 쟁점_ 갈등과 협력, 상생과 경쟁, 자유와 평등, 성장과 분배, 공공성과 공정성, 자율과 규제, 효율과 형평

● 교과 단원
시민윤리(3장_ 경제생활과 직업윤리), 도덕_비상교육(1-2장_ 도덕적 판단의 과정), 윤리와 사상(3장_ 사회사상의 흐름과 변화, 4장_한국윤리 및 사회사상의 정립과 민족적 과제)

● 핵심 개념 및 주제어
마르크스가 본 자본주의 경제체제의 문제점 / 분배 정의 / 복지국가 / 게임이론 / 공정무역 / 윤리적 소비 / 공공성과 공정성 / 국가 정체성 / 민주적 도덕공동체 / 정의와 복지 / 대의민주주의 / 사회사상의 형성과 전개(자유주의 · 사회주의 · 민족주의 · 민주주의)/ 자유민주주의와 자본주의 / 신자유주의 / 세계화와 민족주의 / 작은 정부론 / 자유민주주의의 쟁점_자유와 평등의 갈등 / 자본주의의 쟁점_자본주의의 탈인간화 / 민족주의의 쟁점_닫힌 민족주의와 열린 민족주의 / 미래사회의 특징_정보화 · 민주화 · 다원화 / 집단주의와 차별주의 / 복지주의 / 개방주의 / 제3의 길 / 포스트모더니즘 / 홉스 · 로크 · 루소의 자유론과 공리주의의 자유론 비교(정치적 자유와 평등) / 경제에서의 자유와 평등 문제(경제적 자유주의와 평등주의_ 성장론과 분배론)

● 핵심 쟁점
• 자유와 평등은 대립할 수밖에 없는가_ 자유와 평등의 조화, 정치적 자유주의와 경제적 자유주의
• 선 성장 후 분배와 선 분배 후 성장, 무엇이 우선되어야 하는가_ 보편적 복지와 선별적 복지 문제

● 심화학습
• 경제에서의 자유와 평등 문제_ 경제적 자유주의와 평등주의_ 성장론과 분배론 비교
• 경제적 효율성과 사회적 형평성_ 경제구조에 대한 선택의 문제
• 공유지의 비극_ 공공성에 대한 담론

● 원문 발췌 글 읽기
마르크스, '자본론' / 에밀 뒤르켐, '자살론' / 노베르토 보비오, '자유주의와 민주주의' / 밀턴 프리드먼, '자본주의와 자유' / 캡스타인, '부의 분배' / 더글라스 러미스, '경제성장이

안 되면 우리는 풍요롭지 못할 것인가' / 유시민, '부자의 경제학, 빈민의 경지학' / 하이에크, '노예의 길' / 개릿 하딘, '공유지의 비극' / 칼 폴라니, '거대한 변화' / 복거일, '정의로운 체제로서의 자본주의' / 로널드 드워킨, '자유주의적 평등' / 슘페터, '자본주의 사회주의 민주주의'

●**토론 주제 및 탐구과제**
★탐구과제_ 자유민주주의와 자본주의의 진정한 인간화를 위해서 어떠한 요건이 갖추어져야 하는가
(→윤리와 사상 III-2_ 현대 사회사상의 유형과 변화, p158)
★쟁점토론_ 자유와 평등의 상관관계와 이 둘의 균형 있는 발전을 이룰 수 있는 방안

(→윤리와 사상 III-3_ 현대 사회사상의 쟁점, p171)
★탐구과제_ 민주적 도덕공동체 구성 원리인 '함께 사는 삶'과 '자유로운 삶'이 조화를 이룰 수 있는 방법
(→윤리와 사상 IV-3_ 민주적 도덕공동체의 구현, p237)
★시사이슈 찬반토론_ 연예인 특례입학 괜찮은 가(2011.11)
(→정당한 절차를 거쳤다면 문제없어 vs. 일반 수험생의 기회를 빼앗는 것이기에 불공정)
★시사이슈 찬반토론_ 오디션 프로그램 바람직한가(2011.8)
(→실력으로 승부하는 공개경쟁방식은 형평성을 위해 바람직 vs. 지나친 경쟁심만 부추길 뿐)

●**기출문제**
☞연세대 2010 인문 수시(공공성을 실현하는 주체와 실현 가능성 및 응용 문제_ 공유지의 비극)★★★★★
_항공대 2011 인문·사회 수시 문제1(공정은 정당한 불평등이라는 주장을 논술)★★
☞성대 2011 인문 모의(협력과 경쟁의 관점에서의 공동자원 딜레마 현상의 해결_공유지의 비극)★★★
☞시립대 2012 인문 모의(개인과 사회의 발전을 위해 상생과 경쟁 중 어느 것이 우선하는가)★★★★
☞숭실대 2012 인문 모의 문제1(현대 사회의 특성 및 한국사회에서 경쟁이 갖는 가치와 문제점)★★
☞국민대 2008 인문 정시(현대 사회에서의 경쟁에 대한 여러 시각과 문제점)★★★
_상명대 2011 인문 수시 1차(우리 사회의 평등의 의미와 문제점)★★★
☞성신여대 2011 인문1 수시 문제1(자유와 평등의 조화가 실현된 자유민주주의 사회를 이루기 위한 방안)★★

_인하대 2008 인문 수시(경제와 과학에 있어서의 자율과 규제 문제)★★★

덕성여대 2010 사회 수시 문항2(경제문제에 대한 서로 다른 두 가지 관점 성장과 분배)★★

☞동국대 2007 인문 수시 문제3(형평성과 효율성의 동시모델을 추구할 경우 추진 과제 및 해결 방안)★★

☞서울대 2006 인문 정시(경쟁의 공정성과 경쟁 결과의 정당성)★★★

_성신여대 2012 인문 수시 1교시(분배의 원칙에 따른 상반된 관점 및 적용 사례 분석)★★★

제4장

논술문제 풀이를
위한
방법론적 해설

이제부터 기출문제를 어떻게 풀이하며 공부해나갈 것인지 방법론적인 해결 과제를 하나하나 짚어보자. 앞서, 논술문제는 채점의 편의를 위해 명백한 출제 의도를 가지고 일정한 방향으로 답안을 작성하도록 유도한다고 설명했다. 또한, 이는 출제자가 문제와 제시지문을 가지고 논제를 구조화시켜 출제함을 의미한다고 강조했다. 그렇기에 문제를 풀기 위해서는 먼저 논제부터 분석하고 그에 맞춰서 제시지문을 독해하는 게 효과적이다. 즉, 어디까지나 제시된 글을 읽고 주어진 논제의 요구에 합당하게 글을 써야 한다. 그런 점에서 볼 때 논술문제의 풀이 과정은 특정한 출제의도 하에 문제가 만들어지는 과정을 그대로 따라가며 분석해내는 과정이기도 하다.

먼저 주제를 정하고, 여기에 맞춰 논제를 결정함으로써 문제의 개략적인 방향을 설정하고, 이어서 제시지문을 선정한다. 이후 논제와 제시지문 간에 연관관계를 맺도록 구조화하는 과정을 거듭하면서, 이것이 문제 내에서 다양한 전제조건으로 내걸리게 된다. 따라서 그 과정을 그대로 따라가며 문제를 풀어나가면 된다. 즉, 먼저 문제에서 주어지는 논제가 무엇인지 정확히 파악하되, 어디까지나 논제와 제시지문 간의 연관관계를 파악해내는 논제 분석 과정이 전제됨을 잊지 말아야 한다. 이는 주어진 문제의 해결이 어디까지나 제시지문에서 주어진 일정한 전제조건 하에 철저히 귀속됨을 뜻한다. 그리고 이를 기초로 제시지문을 정확히 해석하고 요약한 후, 문제의 요구 조건에 맞춰 개요 짜기를 하여 답안 글을 작성해나가면 된다.

여기서 중요한 것이 '구조화'의 의미다. 이는 문제를 만들 때부터 해결 과제 하나하나마다 조건화하여 정립시켜나갔다는 뜻이다. 그렇기에 그 요구하는 조건들을 논제 분석 과정을 통해 각각 분절시켜 해결해나갈 수 있으며, 또한 그 과정에서 자연스럽게 개요 짜기가 이뤄진다는 뜻이기도 하다. 이처럼 문제가 구조화되어 출제된다는 것은 그만큼 문제를 풀어나가기도 쉽다는 뜻인데, 중요한 것은 문제에 주어진 조건마다의 연계고리를 파악해내는 일이다. 이 역시 제시지문 안에 들어있는데, 실제 문제해결의 핵심은 바로 이 연관관계를 제대로 파악해낼 수 있느냐 하는 것이다.

이제부터 논술문제 풀이를 위한 각각의 방법론적인 해석을 사례를 들어가며 설명한다. 이에 앞서, 논술과 관련한 용어에 대해 간략히 정리할 필요가 있는데, 많은 전문용어가 범람하다 보니 자칫 학생들이 이해하기가 어렵고, 또 이제부터의 설명을 위해서도 정리하고 넘어갈 필요가 있기 때문이다. 그렇더라도 이는 어디까지나 대입 논술공부의 이해를 돕기 위해 나름대로 개념에 맞게 정리한 것일 뿐이며, 일반논술에서 쓰이는 개념과는 다소 차이가 있음을 분명히 밝힌다.

논술 주요 용어 정리

논제(Subject)

● 각각의 문제에 담긴 '무엇에 대해'에 해당하는 부분으로, 문제에서 논의하고자 하는 세부 주제이자 따져서 밝혀야 할 핵심 과제이다. 문제에 핵심 논제가 드러나 있는 경우가 많지만, 제시지문을 통해 논제를 찾아내야 하는 경우도 있는데, 어느 것이든 논증에 의하여 그 진리성을 밝혀야 한다는 점에서 같다.

● 문제 전체를 관통하는 주된 주제의 지배를 받아, 제시지문 간에 연계된 기본 개념이나 핵심 쟁점의 해결 과제가 곧 논제가 된다. 그렇기에 논제는 인문·사회·과학·예술 등 전 분야에서 서로 대립되는 관점이나 상반된 견해를 담거나(성장이 먼저냐, 분배가 먼저냐), 하나의 공통된 기본 개념이나 핵심 주제어(고령화 사회의 노인복지 문제)를 논제로 삼아 문제를 출제하게 된다.

● 따라서 논제를 제대로 이해하기 위해서는 교과서 공부를 통해 기본 개념을 충실히 이해할 필요가 있다(즉, 뭘 알아야 논제의 방향을 제대로 읽고 파악할 수 있다).

● 논제는 문제별로 다양하게 주어질 수 있으며, 또한 문제에 담긴 주제가 곧 논제가 되는 경우도 있다.

● 결국, 문제의 '출제의도'란 것은 곧 출제자가 제시한 논제의 방향성을 일컫는다. 따라서 출제의도를 제대로 파악했다는 것은 곧 문제와 제시지문을 통해 주어진 논제를 제대로 이해했다는 뜻이다.

논점 · 논지(Point)

● 각 제시지문 및 주어진 자료와의 연관성을 토대로 분석하여 파악된 논제의 핵심 부분, 또는 논의의 요지다(논점은 논의의 중심이 되는 문제점이나 요점을, 논지는 논의의 요지 또는 주장하는 바를 의미하는데, 둘 다 비슷한 개념이다).

● '무엇에 대해(논제)'를 '어떻게 해결'할 것인가에 대한 결과물로, 논증의 '주장'과 '결론' 부분에 해당된다.

● 논제 분석을 통해 논점을 정확하게 파악하느냐 못하느냐가 논술 답안의 성패를 좌우한다. 즉, 논점에서 이탈하면 이후의 모든 과정이 무용지물이 되기에, 그만큼 제대로 된 독해가 중요하다.

● 논점이 문제에서 설정한 논제에 따라 논의의 중심을 집약한다는 점에서, 서로 대립되는 요소를 강조하는 '쟁점'과 의미가 다르다.

논제 분석(Subject Analysis)

● 주어진 논제를 '어떻게 해결'할 것인가에 대한 방법적 구조화의 과정으로, 이를 통해 논제가 담고 있는 논점과 논지를 파악해내는 과정이기도 하다.

● 문제가 요구하는 다양한 전제조건에 맞춰, 제시지문 간의 연관관계를 분석하는 과정을 통해, 따져서 밝혀야 할 핵심 내용을 찾아내는 과정이다. 그런 점에서 논

제 분석은 논제와 제시지문에 담긴 논점과 논지를 서술 유형에 맞춰 연결시키는 과정으로 보면 된다.

● 문제 안에 제시지문 간의 관계를 규정짓는 다양한 전제조건이 따라 붙는다. 예를 들어, '(라)의 설명을 이용해서 무엇을…', '(가), (나), (다) 중 하나를 선택해서 무엇에 대해…', '(가), (나)를 활용하여 무엇을…' 등등이다. 이런 이유로 제시지문 간의 연관관계를 파악하는 논제 분석의 과정이 중요하다고 말하는 것이다.

● 논제 분석은 제시지문이 정확히 독해되어야만 제대로 이뤄지며, 이후 이것이 서술 유형에 맞춰 기술됨으로써 구체화된다.

논거(Grounds)

● 증명해야 할 판단의 이유로 선택되는 논의의 근거, 즉 논리적인 주장을 펼치기 위해 제시지문에서 가져다 쓰는 증거물이다.

● 논증의 '전제'와 '근거'가 되는 부분으로, 논지의 진리성을 확증하기 위해 쓰는 명제들이다.

● 논거는 논제에서 벗어나지 않아야 하며, 객관적이고도 사실적이어야 한다.

● 논거가 약한 글은 논리가 떨어지고 자칫 논리적인 비약으로 흐를 수 있다.

논증(Reasoning)

● 어떠한 판단이 진리인 이유를 분명히 하여, 주장에 대한 적합한 논거를 갖추는 과정이다.

● '결론-전제', '주장-근거'의 형식을 갖추되, 논리적 정합성과 일관성을 유지해야 한다. 그런 점에서, 논술시험은 'Critical Reasoning' 즉, '논리적 비판력'을 묻는 시험이라고 보는 게 적절하다.

논리적 비약(Lack of Reasoning)

● 논증의 결과, 특히 논거가 취약할 때 논리적인 비약이 발생한다.

● 논리적인 비약이 발생하게 되는 이유는 크게 다음 두 가지다. 논증 과정에서 반드시 포함되어야 할 일부를 생략할 경우(형식적인 문제 때문)와, 주장이나 결론에 대한 근거 또는 전제를 잘못 판단하거나 내용이 불충분할 때 발생하는 성급한 일반화의 오류가 일어날 경우(내용적인 문제 때문)다.

● 논리적 비약을 피하려면 단락과 문장의 유기적인 연결과 인과관계에 신경 써야 한다.

논술문제 풀이과정에 대한 개념 정리

논제 분석

● 문제에서 요구하는 전제조건에 맞춰,

● **제시지문 간의 연간관계를 파악**하는 과정을 통해,

● 따져서 밝혀야 할 핵심 내용(논점과 논지)을 찾아내는 작업이다.

독해

● 제시지문 간의 연관관계를 기초로 하여,

● 제시지문을 '결론+전제', '주장+근거'를 중심으로 해석하는 **'논증 찾기'**의 과정을 통해,

● 제시지문에 담긴 논제의 핵심 내용을 파악하는 작업이다.

요약

● 제시지문의 논증 찾기 과정을 통해 파악된 논증 구조(논지·논거)에 따라서,

● 이를 '결론(주장)+전제(근거)'에 맞춰 논리적으로 연결시키되,

● 어디까지나 **핵심 단어를 중심**으로 이를 자기만의 언어로 짧게 재구성하는 과정

이다.

개요 짜기

- 논제 분석과 독해를 토대로 작성된 요약 글을,
- **문제의 요구사항(전제조건＋논제＋서술 유형)에 맞춰** 분절하여 연결시키되,
- 이를 어떻게 탄탄한 논리로 구성할 것인가를 설계하는 과정이다.

답안 작성

- 개요 짜기에 맞춰 글을 구조화시키되,
- 전체 글의 **정합성과 일관성을 유지**해가며 논술 글을 써나가는 과정이다.

논술문제 풀이과정 도해(부록 참조)

논제
분석

- 문제에서 요구하는 전제조건에 맞춰,
- **제시지문 간의 연간관계를 파악**하는 과정을 통해,
- 따져서 밝혀야 할 핵심 내용(논점과 논지)을 찾아내는 작업이다.

논제 분석을 하려면 먼저 논제의 정확한 의미를 이해해야 한다. 자세한 내용은 앞의 개념 정의를 참고하는 것으로 하되, 그렇더라도 다음의 사례를 통해 논술문제에서 주어지는 개념을 이해하고 논제 분석의 과정을 살피는 것이 한결 이해의 폭을 넓힐 것이다.

사례1_ 성균관대 2011 인문 수시3

[문제 1] 아래의 〈제시문 1〉~〈제시문 4〉는 행위 주체의 본성에 관한 견해를 담고 있다. 이 제시문들을 상반된 두 입장으로 분류하여 각 입장을 요약하시오.

〈제시문1〉

신고전파의 경제관은 정치적 삶에 수반되는 분노, 자존심, 수치감 따위의 감정을 설명하기에 불충분할 뿐 아니라 경제생활의 여러 측면을 설명하는 데도 충분치 못하다. 인간의 모든 행위가 종래에 경제적 동기라고 여겨져 왔던 것으로부터 비롯되는 것은 아니다. 사람들은 다른 사람을 구하기 위해 불타는 집으로 뛰어들기도 하고 전장에서 죽기도 하며, 자연과 벗하기 위해 수입이 좋은 직장을 버리고 산으로 떠나기도 한다. 사람들이 단순히 지갑에만 관심이 있는 것은 아니다. 사람들은 또한 어떤 일이 옳거나 그르다는 관념을 가지고 있으며 이에 따라 중요한 선택을 한다. 단순히 경제적인 자원 때문에 전쟁을 치렀더라면 인류사에 전쟁이 그토록 많지는 않았을 테지만, 불행히도 사람들은 인정, 종교, 정의, 명성, 명예 따위의 목표에 빠져들곤 하는 것이다. 그라노베터(M. Granovetter)가 말했듯이 사람들은 가족, 이웃, 교우관계, 직장, 교회, 민족 따위의 다양한 사회집단에 뿌리박고 있으면서 집단의 이익과 자신의 이익 사이에서 균형을 맞추어 나간다. 노동자는 결코 회사 조직표의 빈칸을 채우고 있는 것은 아니며, 연대성, 충성심, 혐오감 등을 발휘하여 경제활동의 성격을 규정하는 역할을 한다. 달리 말하면, 사회적이고 따라서 도덕적인 행동은 유용성을 극대화하려는 이기적인 행동과 여러 차원에서 공존한다. 합리적이고 이기적인 개인이 반드시 경제적 효율을 극대화할 수 있는 것은 아니며, 오히려 기존의 도덕공동체의 덕분으로 효과적으로 함께 일할 수 있었던 개인들의 집단이 이를 성취할 수 있었다.

핵심 요약

합리적이고 이기적인 개인의 경제적 동기에 따른 행동이 아니라, 집단의 이익과 자신의 이익 사이에서 균형을 맞추어 나가고자 하는 인간의 사회적이고 도덕적인 행동이 경제적 효율성을 극대화한다.
• 행위 주체의 본성_ 사회적 본성

〈제시문2〉

맨더빌(B. Mandeville)이 하고 싶었던 말은 사회적 진보와 번영은 개인의 미덕과는 전혀 관계가 없다는 것이다. 그에 따르면 탐욕, 야심, 허영과 같은 개인적 악이 사회를 번영으로 이끌어가는 원동력이다. 이타심이 아닌 이기심이 사회에 이익을 가져온다. "자연적이고 도덕적인 이 세상에서 우리가 악이라고 부르는 것은 우리를 사회적 존재로 만들어주는 대원칙이며 군건한 토대이다. 그것은 예외없이 모든 거래와 고용을 성립시키고 유지시켜 준다. 우리는 거기서 모든 예술과 과학의 진정한 기원을 찾아야 한다. 개인의 악덕은 공공의 이익이다." 비록 체계적이지는 않았지만 맨더빌은 시장메커니즘에 대한 깊은 통찰력을 보여줬다. 그는 정부의 규제나 개인의 이타주의로 시장메커니즘에 간섭할 필요가 없다고 말한다. 시장은 그냥 내버려 두는 것이 좋다. "우리가 간섭하면 양조업자 수가 제빵업자 수만큼 늘어나거나 모직물업자 수가 구두장이 수만큼 늘어날 것이다. 이것은 터무니없는 일이다. 직업 종사자의 비율은 저절로 조절될 것이며, 시장에 개입하지 않았을 때 최상의 비율을 유지할 것이다."

핵심 요약
탐욕, 야심, 허영과 같은 개인의 이기심이 사회의 진보와 번영을 이끄는 원동력이다. 개인의 이기심은 공공의 이익으로 작용하기에, 정부의 규제나 개인의 이타주의로 시장 메커니즘을 간섭해서는 안 된다.
• 행위 주체의 본성_ 이기적 본성

〈제시문3〉
인간의 정신은 이기적 유전자에 의해 만들어졌다. 그럼에도 불구하고 인간의 정신은 사회성과 협동성과 신뢰성을 지향한다. 인간은 사회적 본능을 가지고 있다. 인간은 세상에 태어날 때부터 협동의 방식을 계발하고, 믿을만한 사람과 그렇지 못한 사람을 구별하며, 스스로 믿을만한 사람임을 과시해 좋은 평판을 쌓고, 재화와 정보를 교류함으로써 노동 분화를 이루는 등의 소양을 타고난다. 이것은 인간만이 갖고 있는 능력이다. 인간 이외에 이 같은 진화 경로를 겪어 온 동물 종은 없다. 다른 동물 종들 중에서 발견되는 진정한 의미에서의 통합적 사회는 개미 군체와 같은 근친 교배 혈족들의 대가족뿐이다. 하나의 생물학적 종으로서 인간이 거둔 성공은 인간의 사회적 본능 덕택이다. 사회적 본능 덕분에 우리는 노동 분화를 이룩해 온 우리의 주인인 유전자에게 상상치 못할 이득을 안겨주었다. 사회적 본능은 지난 200만 년에 걸쳐 우리 뇌의 급속한 성장과 그에 따른 창의성의 증대를 이룩했다. 인간 사회와 인간 정신은 나란히 진화했으며, 이 둘은 서로 발달의 추진력이 되어 왔다. 본능적인 협동 지향성은 크로포트킨(P. Kropotkin)이 생각했던 것처럼 동물세계의 보편적 특성이 아니며, 인간을 다른 동물들과 구별 짓는 인간만의 고유한 특성이다.

핵심 요약
인간은 사회성과 협동성과 신뢰성을 지향하는 사회적 본능을 가지고 있는데, 이는 인간 사회와 인간 정신을 진화시킨 추진력이 되어 왔다.

• 행위 주체의 본성_ 사회적 본성

〈제시문4〉

버크(E. Burke)는 스미스가 말했던 '자신의 상황을 개선시키려는 욕구'가 대중에게 가져다주는 잠재적인 혜택을 강조했다. 1760년대 초에 그는 '모든 위대한 국가의 근본인 칭송받을 만한 탐욕'에 대해 이렇게 언급했다. "물론 가끔은 과도하게 우스꽝스럽고 나쁜 쪽으로 비화되기는 하지만, 자기 이익에 대한 애착이야말로 모든 국가 번영의 근본 원천임에 틀림없다. 이 당연하고 합리적이며, 강력하고 만연해 있는 원칙을 풍자가는 어리석은 것이라고 꼬집는다. 도덕주의자는 비열한 것이라고 혹독하게 비판한다. 연민에 찬 정서적 반대자는 잔혹한 이익 추구라고 질타한다. 그리고 판관은 그것을 사기, 강압적 탈취, 억압이라고 비난한다. 그러나 진정한 위정자라면 있는 그대로 그것에 부수되는 모든 장점들과 겉으로 드러나는 모든 불완전한 현상들과 함께 그것을 활용해야 한다. 다른 경우도 마찬가지지만, 이런 경우에도 자연의 보편적 에너지를 활용하여 있는 그대로 받아들이는 것이야말로 위정자가 해야 할 일이다."

핵심 요약

인간의 자기 이익에 대한 애착은 칭송받을 만한 탐욕이자 모든 국가 번영의 근본이다.

• 행위 주체의 본성_ 이기적 본성

사례1은 논제서술 유형 중 전형적인 비교·요약형 문제로, 주된 주제가 각각의 문제에서 어떻게 논제로 이어지고 연관되어질 수 있는지에 대한 이해를 돕고자 출제되는 문제이기도 하다. 따라서 사례1의 논제에 담긴 개념을 명확히 규정하지 못하면, 이어지는 문제의 해결은 당연히 힘들어진다. 이제 사례1의 문제를 풀이하는 과정을 하나하나 살펴보자.

이 문제를 풀기 위해서는 먼저 문제를 읽고, 그 문제 안에 주어진 주제와 이것에 의해 규정된 논제부터 파악해야 한다. 문제 안에는 '행위 주체의 본성에 대한 상반된 두 견해'를 파악해 문제를 해결하라는 핵심 과제, 즉 논제가 주어졌다. 만약에 문제 안에 이처럼 '행위 주체의 본성'이라는 주제가 명기되지 않고, 이를테면 '각 제시지문에는 서로 대립되는 두 견해'를 담고 있다고 주어질 경우에는 논제 분석 과정이 그만큼 험난해질 수 있다. 제시지문을 읽고 논의의 주제를 스스로 파악해야 하기 때문이다.

사례1은 문제에 비록 주제가 주어졌지만, 그것만으로는 논제가 묻는 개념이 정확히 무엇을 뜻하는지 파악하기 어렵다. 따라서 제시지문을 읽고 서로의 연관관계를 분석하는 과정을 통해 이를 구체화하는 과정이 필요하다. 즉, 제시지문을 읽고 해석하는 과정에서 논제에 담긴 세부 주제는 물론, 밝혀 따져야 할 핵심 논지와 논점을 파악해낼 수 있는데, 이것이 곧 논제 분석이다.

독해가 안 되면 논제 분석도 안 된다

이는 중요한 의미를 갖는다. 논제를 해결하기 위해서는 반드시 제시지문의 정확한 독해를 통해 논제의 핵심 부분, 즉 논의의 요지인 논점과 논지를 제대로 파악하는 과정이 따라붙기 때문이다. 그렇기에 논점을 이탈했다는 의미는 논제 해결을 제대로 못하고 출제의도와는 동떨어진 답안을 작성했다는 뜻이기도 하다. 이쯤 되면, 논제 분석이라는 것도 어디까지나 제시지문 간의 연관관계를 파악하는 제시지문 분석이라는 범주 안에서 규정될 뿐이며, 제시지문의 분석 역시 이에 대한 정확한 독해와 요약에 달렸음을 이해할 것이다.

논제 분석은 제시지문에 대한 내용적 이해가 전제되지 않으면 결코 해결될 수 없으며, 그렇게 되면 이후의 문제풀이 과정은 그야말로 무용지물이 되고 만다. 그런 점에서 논제 분석은 제시지문 독해의 연장이라고 봐도 무방하다.

논제 분석은 크게 다음 세 가지 구성 요건에 맞춰 해결하면 된다. 이 경우, 문제와 제시지문을 번갈아 읽으며 각각의 요건을 정확히 파악해내는 노력이 필요하다.

- 문제에서 요구하는 전제조건에 맞춰_ 주어진 전제에 부합되게
- 제시지문 간의 연간관계를 파악하는 과정을 통해_ 제시지문 분석을 통해 논제를 파악하고 이해한 후,

● 따져서 밝혀야 할 핵심 내용(논점과 논지)을 찾아내는 과정이다_ <u>제시지문 독해와 요약</u>
<u>을 통해 논점과 논지를 정리</u>

이런 관점을 염두에 두고서 이제 논제 분석의 과정을 간단하게 구조화해보자. 이
렇게 하는 이유는, 실제 다음과 같은 방법으로 구조화해서 생각하고 연습하는 것만
으로도 문제해결에 크게 효과를 볼 수 있기 때문이다. 즉, 논제를 분석함에 항상
'무엇에 대해', 이를 '어떻게 해결'할 것인가의 두 관점을 연결시켜가면서 해결하려
노력하면 된다. 여기서 '무엇에 대해'가 바로 논제고, 이것을 문제에서 요구하는 전
제조건에 맞춰 '어떻게 해결'할 것인가를 구조화하는 작업이 곧 논제 분석에 해당
된다. 따라서 논제 분석은 ①문제의 전제조건에 맞춰, ②논제를 파악한 후, 이것을
③제시지문의 논점과 논지에 맞게 연결시키는 과정이라고 보면 된다. 이때 ①과 ②
는 그 연결의 흐름을 뒤바꿀 수 있으며, 또한 ①은 생략될 수 있다.

좀 더 압축해서 말한다면, 논제 분석은 논제를 살펴 이를 제시지문의 논점과 논
지와 일치시키기 위한 과정인데, 이를 이해하기 위해 다시 문제를 살펴보자.

문제1. 아래의 〈제시문 1〉~〈제시문 4〉는 ②<u>행위 주체의 본성에 관한 (서로 상반되는 두)</u>
<u>견해</u>를 담고 있다. ③<u>이 제시문들을 상반된 두 입장으로 분류하여 각 입장을 요약</u>하시오.

사례1 문제의 경우, ②'행위 주체의 본성에 대한 상반된 두 입장'이 곧 논제가 묻
는 그 '무엇'이며, 이를 별도의 전제조건 없이 단순히 ③'두 입장으로 분류하고 요약'
하라는 서술이 곧 논제 분석에 따른 해결 과제다. 그 무엇은 곧 주제에 의해 규정
된, 제시지문을 읽고 찾아내야 하는 핵심 개념이나 쟁점에 해당하며, 해결 과제는
곧 논제서술 유형별로 따져 밝혀야 할 핵심 논지와 논점에 대한 독해와 요약이다.

이 문제의 경우, 각 제시지문 아래에 정리한 핵심 요약의 밑줄 친 부분이 곧 각
제시지문의 논지와 논점이 되며, 이것을 통해 추론하여 개념을 정리한 것이 곧 논
제에서 묻는 상반된 두 견해다. 그리고 이것을 연결하여 작성하면 그것이 곧 주어

진 문제의 답안 글이 된다. 다음과 같이 말이다.

제시지문 (2), (4)는 행위 주체의 본성이 이기적이며, 이러한 인간의 이기적 속성이 사회 발전의 원동력으로 작용한다고 본다. (2)에 의하면, 탐욕과 야심, 허영 같은 개인의 이기심이 사회의 진보와 번영을 이끄는 원동력이다. 또한 (4)에 의하면, 인간의 자기 이익에 대한 애착은 칭송받을 만한 탐욕이자 모든 국가 번영의 근본이다. 이처럼 개인의 이기심은 공공의 이익으로 작용하기에, 정부의 규제나 개인의 이타주의로 시장 메커니즘을 간섭해서는 안 된다는 입장이다. 반면 제시지문 (1), (3)은 행위 주체의 본성은 사회성에 바탕을 둔 것이기에 이타적이며, 이러한 인간의 이타심이 사회와 인간 정신을 발전시키는 원동력으로 작용한다고 본다. (1)에 의하면, 합리적이고 이기적인 개인의 경제적 동기에 따른 행동이 아니라, 집단의 이익과 자신의 이익 사이에서 균형을 맞추고자 하는 인간의 사회적이고 도덕적인 행동이 경제적 효율성을 극대화한다. 또한 (3)에 의하면, 인간은 사회성과 협동성과 신뢰성을 지향하는 사회적 본능을 가지고 있는데, 이것이 인간 사회와 인간 정신을 진화시킨 추진력으로 작용한다.

이런 관점에서 나머지 문제들의 논제를 분석해보자. 모두 '(특정 전제조건 하에)+무엇을+어떻게 해결'할 것인가에 대한 답을 찾되, 주어진 전제 또는 제시지문에 들어있는 '논제와 논점·논지'를 어떻게 연결시킬 것인가가 곧 문제해결의 답이 된다. 이런 이유로 굳이 제시지문을 살피지 않고 문제만 봐도 논제 분석의 개연성을 어느 정도 가늠할 수 있다.

문제2. 아래의 ①〈보기 1〉에 소개된 '사회적 기업'의 지속가능성을 ②〔문제 1〕의 두 입장 각각에 근거해서 ③평가하시오.

→②어떤 조건 하에서_ 문제1의 두 입장 각각에 근거해서(전제조건의 논제에 맞춰)

　①무엇에 대해_ 보기1에 소개된 사회적 기업의 지속 가능성에 대해(보기1의 논제에 담

긴 의미를 파악한 후)

③어떻게 해결_ 평가(보기1의 논점·논지에 맞게 연결시켜 평가)

문제3. 아래의 ①〈보기 2〉가 보여주는 실험 결과를 ②〔문제 1〕의 한 입장을 근거로 ③해석하시오.

　─②어떤 조건 하에서_ 문제1의 한 입장을 근거로 해서(전제조건의 논제에 맞춰)

　　①무엇에 대해_ 보기2의 실험 결과에 나타난 '죄수의 딜레마' 게임이론을(보기2의 논제에 담긴 의미를 해석한 후)

　　③어떻게 해결_ 해석(보기2의 논점·논지에 맞게 연결시켜 해석)

문제4. 아래의 ①〈보기 3〉을 읽고, '기업의 사회적 책임'이 지니는 특성을 ②〔문제 3〕의 실험 결과와 연관지어 ③기술하시오.

　─②어떤 조건 하에서_ 문제3의 실험 결과와 연결시켜(제시지문의 전제조건에 맞춰)

　　①무엇에 대해_ 보기3의 기업의 사회적 책임이 지니는 특성을(보기3의 논제에 담긴 의미를 해석한 후)

　　②③어떻게 해결_ 설명(보기2의 논점·논지에 맞게 연결시켜 설명)

따라서 논제를 분석할 때는 문제와 제시지문을 읽으면서 항상 '무엇'에 대해 '어떻게' 해결할 것인가 물음을 갖고서, 주어진 논제에 맞게 각각의 논점과 논지를 논리적으로 연결시킬 수 있어야 한다.

여기까지를 정리하면 이렇다. 논제 분석은 논제(무엇에 대해)를 제시지문의 논지와 논점에 맞춰 유기적으로 연결(어떻게 해결)하는 과정이다. 실제 논제 분석은 이것만 생각하면 되는데, 이는 문제가 여러 조건을 내걸면서 복잡하게 얽혀있어도 마찬가지다. 이런 점에서 볼 때, 논술문제 풀이란 게 결국에는 논제를 쥐어주고 이를 제시지문 간의 '논점·논지'와 어떻게 연결시킬 것인가를 묻는 일종의 논리적 퍼즐게임과 같다고 생각하면 된다.

논제에 담긴 개념 이해가 중요하다

사례1의 경우, 만약에 주어진 주제인 '행위 주체, 즉 인간의 본성'을 개념 짓는 두 관점이 '이타심과 이기심'임을 이해하고 있었다면, 제시지문을 읽어가면서 문제를 해결하기가 한결 쉬웠을 것이다.

사례1의 경우처럼 비교적 쉬운 제시지문으로 구성되어 있을 경우에는 논제에서 묻는 핵심 개념을 파악하기가 쉽다. 하지만 제시지문이 상당히 까다롭다면, 논제를 파악하는 첫 관문부터 난관에 부딪히게 된다. 이렇게 되면 이후의 문제풀이가 어떨지는 굳이 말하지 않아도 짐작할 수 있을 것이다. 실제로 논술시험에서 논제 분석조차 제대로 해내지 못했다는 말은 곧 논제가 의미하는 개념조차 이해하지 못했다는 뜻이기도 하다. 또한, 설령 이렇게 해서 답안 글을 썼다고 하더라도 이는 제시지문에 담긴 논점과 논지를 제대로 이해하지 못하고 쓴 것이기에 당연히 논점에서 이탈할 수밖에 없다. 이를 아래의 사례2를 통해 살피면 더욱 또렷해진다.

사례2_ 서강대 2008 인문 정시 문제2

문제2_ 제시문 [가], [나], [다], [라]는 **인식의 방식**에 대해 논하고 있다. 이 가운데 ①서로 공통된 주장을 하는 인용문 두 쌍을 명시하고, 각 쌍의 인용문들이 ②어떤 의미에서 공통된 주장을 담고 있는지 서술하시오. 그리고 이 두 개의 주장이 ③서로 어떻게 양립 가능한지를 설명하시오.

제시지문 [가]

"그리고 예수는 무슨 말을 했지?" 타오르*가 데마스에게 나지막이 물었다. "'옳은 일에 주리고 목마른 자는 복이 있나니 그들은 배부를 것이다'고 말했어요." 데마스가 답했다. 그 말 한 마디 한 마디는 옳은 일을 한 이후로 그토록 목말라 괴로워했던 타오르에게는 더 이상 절실하게 와 닿을 수가 없는 말이었다. 그는 데마스에게 자기의 모든 삶이 들어 있는 그 몇 마디 말들을 되풀이해서 또 해달라고 애원했다. (중략) 그런데 바로 그때 기적이 일어났다. 오로지 타오르만이 증인이 될 수 있는 아주 비밀스럽고 조그만 그런 기적이! 그의 덧난 두 눈에서, 곪은 눈꺼풀에서 한 방울의 눈물이 뺨을 타고 흘러 내려 그의 입으로 들어갔던 것이다. 그는 그 눈물을 맛보았다. 그것은 단물, 그가 30년이 넘도록 마셔 왔던 소금물이 아닌 최초의 물이었다.

• 인식의 방식 : 타오르가 맛본 눈물은 예수의 복음이 진리라고 느껴 벅찬 감동을 느낀 데 따른 주관적 인식에 의한 것이다. 상대주의적 인식론(경험주의), 즉 경험이 먼저다. 주관적 인식

제시지문 [나]
주관적으로 뿐만 아니라 객관적으로도 충분한 견해를 지식이라 일컫는다. (중략) 지식이란 사람들에게 공통적인 지성(common understanding)을 뛰어넘어야 하며, 철학자만이 그 지식을 밝혀낼 수 있다고 여러분들은 생각하는 것인가? (중략) 자연은 모든 이들에게 차별 없이 부여한 것에 관하여, 이를 편파적으로 분배했다는 죄명을 쓰지 않는다. 또 최고의 철학은 자연이 사람들의 가장 공통적인 지성에 수여했던 바 그 이상으로 가르침을 줄 수는 없다.

• 인식의 방식 : (철학자들의) 사적 · 주관적 지식(인식)이 (자연이 사람들에게 부여한 공통적인 지성인) 객관적 인식(지식)을 뛰어넘을 수는 없다. 객관주의적 인식론(합리주의), 즉 이성이 먼저다. 객관적 인식

제시지문 [다]
양식(良識)은 세상에서 가장 공평하게 분배되어 있는 것이다. 누구나 그것을 충분히 지니고 있다고 생각하므로, 다른 모든 일에 대해서 만족할 줄 모르는 사람들도 자기가 가지고 있는 이상으로 양식을 가지고 싶어 하지 않으니 말이다. 이 점에 관해서는 모든 사람이 잘못 생각하고 있다고 볼 수는 없다. 오히려 이것은 잘 판단하고, 참된 것을 거짓된 것으로부터 가려내는 능력, 바로 양식 또는 이성이라 일컬어지는 것이 모든 사람에게 나면서부터 평등함을 보여주는 것이다.

• 인식의 방식 : 지식(양식, 이성)은 모든 사람들이 선천적으로 평등하게 부여받은 능력인데, 그렇기에 이를 당연시하여 활용하려 들지 않는다. 객관주의적 인식론(합리주의), 즉 이성이 먼저다. 객관적 인식

제시지문 [라]
만일 우리가 다른 길들을 통해서 다른 진리들에 이를 수 없었다면, 우리는 지성의 진리로부터 추상적인 가능성 이외에 별로 많은 것을 이끌어내지 못했을 것이다. (중략) 어떤 사람이 어떻게 배우는지 우리는 전혀 알지 못한다. 하지만 그가 어떻게 배우든지 간에, 그

것은 객관적인 내용의 흡수에 의해서가 아니라, 항상 자기의 시간을 잃어가는 가운데 이루어진다. 어떻게 한 초등학생이 단번에 라틴어에 숙달되는지 어떤 기호들(징표들)이 (사랑이나 고백하기조차 창피한 욕구를 통해) 그의 배움에 도움을 주는지 누가 알겠는가? 우리는 선생이나 부모가 준 사전을 통해서는 전혀 배울 수가 없다. (중략) "이 미지의 기호들로 된 내적인 책을 읽는 데에는 그 누구도 어떤 모범을 제시해서 나를 도와줄 수 없었다. 이 독해는 그 누구도 대신해줄 수 없고 협력조차 제공할 수 없는 창조 행위였다."

• 인식의 방식 : 지식(진리)은 객관적인 내용의 습득에 의해서가 아니라, <u>자신의 노력에 의한 주관적이고도 경험적인 학습을 통해 창조된다.</u> 상대주의적 인식론(경험주의), 즉 경험이 먼저다. 주관적 인식

참고로 이 문제는 풀기가 무척 까다롭다. 논제로 주어진 인식의 방식에 관한 두 관점을 요약한 후 이것의 양립 가능성을 서술하는 문제로, 관련한 배경지식(기본 개념)에 대한 이해는 물론 창의성까지도 요구하는 그런 문제이기에 그렇다. 특히 경험이 먼저냐 이성이 먼저냐에 따른 인식론의 차이, 즉 합리주의에 입각한 객관주의적 인식론과 경험주의에 입각한 상대주의적 인식론에 대한 정확한 개념 인식을 필요로 한다.

하지만 만약에 그렇지 못할 경우에는 문제 안에 주제가 주어졌음에도 제시지문을 풀어내기가 어렵다. 이런 이유로 문제에서 '인용문 두 쌍을 명시하고'라는 조건을 걸어 구분할 것을 요구하는 것이다. 그렇다고 해서 이것이 고도의 철학적 사고와 배경지식을 요구하는 것은 아니다. 교과과정 내에서의 설명 정도를 이해하고 있으면 그것으로 충분하다. 즉, 논술시험에서 요구하는 배경지식은 어디까지나 교과 과정의 범위를 벗어나지 않는다.

문제는, 어려운 개념을 내포한 논제에 더해 수험생의 창의력을 묻는 형태를 취하여 더욱 해결하기 어렵게 만든 데 있다. 위의 '③위의 두 개의 주장이 서로 어떻게 양립 가능한가'가 그것인데, 이 물음에 답하기가 매우 어렵다. 참고로, 이 문제처럼 논제가 명확하게 명기되지 않고 또 논제가 요구하는 개념에 대한 이해조차 어

려운 경우, 제시지문을 봐도 이를 정확히 해석해내기가 어렵다. 특히 제시지문 (가)처럼 논증 찾기가 어려운 경우에는 시험을 시작하자마자 당황하여 문제에 제대로 접근하기가 어렵다. 그렇더라도 문제와 제시지문 안에 반드시 힌트가 있다. 앞서 말한 '인용문 두 쌍을 명시하고'가 그것인데, 이런 경우에는 제시지문의 주장을 찾기가 비교적 쉬운 것부터 먼저 살핀 후에 나중을 대비하여 미루어 짐작하는 게 효과적이다.

각 제시지문을 보면, (나)와 (라)가 비교적 주장을 찾아내기가 쉽고(상반되는 주장을 담고 있다), (다)가 조금 혼동이 되겠지만, 그렇더라도 (가)와 상반되는 주장임을 유추할 수 있다. 따라서 이 두 제시지문을 비교하면 어렵지 않게 관점을 찾아내 비교할 수 있다. 이 문제에 대한 예시답안은 생략한다.

앞의 사례2에서 알 수 있듯이, 논제 분석에 가장 중요한 것은 논제에 담긴 기본 개념이나 핵심 주제어에 대한 이해다. 이는 문제에서 친절하게 제시되는 경우도 있지만, 많은 경우에 제시지문을 읽고 해석하는 과정에서 수험생 스스로 찾아 해결할 것을 요구한다.

논술문제를 풀 때 교과과정에 들어있는 기본 개념이나 이론, 핵심 주제어를 함께 공부해야 하는 이유가 여기에 있다. 특히 제시지문이 철학적 개념을 담은 고전이나 명저에서 그대로 발췌한 것일수록 난이도는 크게 높아지는데, 이때 진가를 발휘하는 것이 바로 교과서 공부를 통한 개념 이해다. 이것이 기출문제 풀이를 통한 '논제 분석', 제시지문의 '독해와 요약' 연습과 함께 교과 내용의 '개념 이해'가 반드시 병행되어야 하는 이유이자, 마땅히 그래야만 하는 당위성이다. 분명한 것은, 최상위권 대학을 지향할수록 개념 이해에 대한 충분한 공부 없이는 논제 분석도, 제시지문의 해석도 어렵다는 점이다.

논점이 다양하면 문제해결이 까다롭다

앞의 사례1과 사례2처럼 대부분의 논술문제에 주어지는 논제 및 관련해서 밝혀야 할 제시지문별 논점과 논지 간에는 일대일의 대응관계가 있다. 즉, '무엇에 대해'와 '어떻게 해결'에 대한 각각의 '논제–논점·논지' 간에는 제시지문별로 단일한 해결 과제만을 묻기에 그만큼 문제에 답하기가 쉽다.

하지만 논제별로 제시지문 안에 논점과 논지가 다양하게 실리고, 더군다나 학생 스스로 그것을 찾아 해결해야 한다면 사정은 달라진다. 답안을 작성하기가 무척 까다로워지는데, 아래는 이를 설명하는 좋은 사례가 된다.

사례3_ 연세대 2010 인문 수시 문제1

문제 1_ ①제시문 (가), (나), (다)는 공공성을 실현하는 주체가 누구인지에 대해 서로 다른 해석을 하고 있다. ②그 차이점을 분석하시오.

제시문 (가)

하늘에서 타고난 재주와 기력은 사람의 지혜로 어찌할 수 없으므로 타고난 인품을 통일할 방법은 없지만, 모든 사람의 사람 된 도리와 권리를 하나로 통일시키기 위해서 국가의 대업과 정부의 법도가 세워졌다. 의롭지 못한 무리들은 과격한 기질로 그러한 질서를 파괴하고 자기들의 사사로운 욕심을 채우는 일이 적지 않았다. 그러나 이성으로 힘을 제어하여 일정한 제도를 시행하게 되었으니, 이것이 정부가 만들어진 근본 뜻이다.
정부의 직분은 나라의 정치를 안정되고도 온전히 하여 국민으로 하여금 태평스러운 즐거움을 누리게 하는 것, 법치를 확립하여 국민으로 하여금 원통하거나 억울한 일이 없도록 하는 것, 외국과의 교제를 신의 있게 하여 나라가 분란의 우려에서 벗어나게 하는 것이다. 군대 양성과 도로 건설, 학교 설립과 같은 공공사업을 시행하지 않으면 한 나라의 안녕과 문명을 바랄 수 없을 것이다. 한 나라가 개화되었는지 미개한지의 구별은 정부가 공공사업을 시행하는지 아닌지에 달려있다. 군대가 없으면 외국의 침략이나 국내의 반란이 있을 때 무슨 방법으로 방어하며 진압하겠는가. 도로를 건설하지 않으면 국민들이 어찌 편리하게 이동하겠으며, 학교를 설립하지 않는다면 국민들이 어찌 윤리와 기강에 밝고 기술에도 정통하여 풍속이 문란해지거나 가난한 지경에 이르지 않기를 기약하겠는가. 이 밖에도 여러 가지 면에서 정부의 역할은 중요하다.
사람들이 어떠한 생업에 종사하든지 자신들의 생애를 편안히 하여, 집안에서는 부모를 봉양하고 형제 처자와 즐거움을 누리며, 집 밖에 나가서는 친구들을 따라다니며 재미있게 놀더라도 도둑을 맞을 우려와 재앙을 만날 공포가 없는 것이 모두 정부의 덕택이다. 만약 사람들이 함께 사는 사회에 정부가 설립되지 않았다면 약한 자가 억울한 일을 당했을 때 어디에 호소하며, 강폭한 자가 무도한 행위를 저지른들 누가 막아주겠는가.

※공공성을 실현하는 주체와 특성별 차이점 요약
- 공공성 실현의 주체 : 국가(정부). 즉, 공공성을 실현하는 주체인 국가(정부)가 일련의 공적 제도를 시행함으로써 공공성을 실현
- 주체의 역할 : 국민 모두의 생명과 안정을 보호하고 부와 지식을 증진시키기 위한 군대 양성, 도로 건설, 학교 설립 등의 공공사업의 시행
- 공공성의 실현 결과 : 공동체 전체의 이익 증진
- 이성의 역할 : 공공의 이익을 위한 법과 제도 정비의 수단으로 사용

제시문 (나)

좁은 의미에서 '공적(公的)'이라는 말은 '국가적'이라는 말과 동의어다. 이런 속성은 사법권의 규제와 정당한 강제력을 독점적으로 행사하는 국가기구의 기능과 연관된다. 국가기구의 권력에 맞서 생겨난 것이 시민사회다. 한나 아렌트(Hannah Arendt)에 따르면, 공적 영역과 사적 영역의 근대적 관계는 '사회적인 것'의 등장으로 특징지을 수 있다. 이 때 그녀가 의미했던 것은 바로 사적 영역이 공적인 것과 연관성을 가진 그러한 사회의 영역이다. 즉, "단지 살기 위해서 상호 의존한다는 사실이 공적인 의미를 획득하고, 단순한 생존에 관련된 활동이 공적으로 등장하는 곳이 사회다."

시민사회의 사적 영역에 관한 공중(公衆)의 관심사가 더 이상 공권력에 의해 만들어지거나 제한되지 않고, 공중이 그 관심사를 자신의 문제로 여기면서 시민사회의 공적 영역은 더욱 발전했다. 한편으로 이제 국가에 맞서게 된 사회는 사적인 부문을 공권력에서 분명히 분리시켰고, 또 다른 한편으로 경제적 재생산의 문제를 사적인 가정의 범위를 넘어 공중의 이해관계와 직결된 문제로 끌어올렸다. 이에 따라 국가와 시민사회가 행정절차를 통해 지속적으로 접촉하는 지점에서 공중은 자신들의 이성을 사용하여 비판적 판단력을 키웠다.

시민사회의 공론장(公論場)은 개인들이 결집한 공중의 영역으로 파악될 수 있다. 공권력 그 자체에 대항하여 시민사회는 이제 국가에 의해 규제되어 온 공적인 영역을 차지하고자 했다. 그 결과 시민사회는, 기본적으로 사적 영역에 속하지만 공적으로 연관되어 있는 상품교환과 사회적 노동에 관한 관계들을 규제하는 일반적인 규칙을 놓고서 공권력과 논쟁을 벌였다. 정치적 대결의 매개가 시민들이 공적인 용도로 사용한 이성이었다는 점은 매우 특수하고 역사상 유례가 없는 것이었다.

정치적으로 기능하는 공론장은 18세기로 넘어가는 문턱의 영국에서 처음으로 발생했다. 잡지와 신문은 정치적인 문제를 논의하는 공중의 비판적 기구로 가장 먼저 자리 잡게 되었다. 이 시기에 『타임즈』(The Times)와 같은 새로운 거대 일간지와 더불어 정치적인 문

제를 논의하는 공중의 다른 제도들도 출현했다. 공적 집회도 그 규모와 횟수가 증가했고 정치적 연합체 역시 많이 생겼다.

※공공성을 실현하는 주체와 특성별 차이점 요약
- 공공성 실현의 주체 : 시민사회. 즉, 공권력(국가권력)에 대항하는 시민사회
- 주체의 역할 : 경제적 이익과 관련한 사적 영역이 공적 영역화(공권력화) 되는 부분을 보호
- 공공성의 실현 결과 : 경제적 영역에서의 공중(시민사회)의 이익 증진
- 이성의 역할 : 공중의 이익을 위해 공론장(이를 테면, 여론 등)을 활용하여 공권력에 대항하는 비판적 판단력으로 사용

제시문 (다)
공리(utility)의 원리는 이해관계가 걸려있는 당사자의 행복을 증가시키거나 감소시키는 (또는 촉진시키거나 억누르는) 경향에 따라 모든 행위를 승인하거나 부인하는 원리를 의미한다. 또한 여기서 말하는 모든 행위란 개인의 사적인 모든 행위뿐 아니라 정부의 모든 정책까지도 포함하는 것이다.

공리는 어떤 것이든 이해관계가 걸린 당사자에게 혜택, 이점, 쾌락, 선, 행복(이 경우에 이 모든 어휘는 동일한 의미를 갖고, 그것은 고통의 경우도 마찬가지다)을 가져다주거나 불운, 고통, 악, 불행이 일어나는 것을 막아주는 그러한 속성을 의미한다. 여기서 당사자가 공동체 전체일 경우, 행복은 공동체의 행복을 뜻하며 당사자가 특정 개인인 경우는 그 개인의 행복을 가리킨다.

공동체는 구성원으로 여겨지는 개인들로 이루어진 허구체다. 그렇다면 공동체의 이익이란 무엇인가? 그 이익이란 공동체를 구성하는 여러 개인들이 얻는 이익의 총합이다.

개인의 이익이 무엇인지를 염두에 두지 않고 공동체의 이익에 대해 말하는 것은 무의미하다. 어떤 일이 개인의 이익을 증진시키거나 그것을 위한 일이라고 하는 것은 그것이 그 개인의 쾌락의 합계를 증가시키거나 고통의 합계를 감소시킨다는 것을 의미한다. 마찬가지로 어떤 일이 공동체의 이익을 증진시킨다는 것은 그것이 구성원들의 쾌락의 합계를 증가시키는 것을 의미한다. 그러므로 어떤 행위가 공동체의 행복을 증가시키는 경향이 그것을 감소시키는 경향보다도 큰 경우, 이는 공리의 원리에 상응한다고 할 수 있다.

어떤 행위에 대한 개인의 승인이나 부인이 공동체의 행복을 증가시키거나 감소시키는 경향에 따라 결정되는 경우, 다시 말해 공리의 법칙에 상응하는지 상응하지 않는지에 따라 결정되는 경우, 그 개인은 공리의 원리를 따른다고 할 수 있다.

※공공성을 실현하는 주체와 특성별 차이점 요약
- 공공성 실현의 주체 : 개인

- 주체의 역할 : 공공성보다 개인의 이익 추구가 우선
- 공공성의 실현 결과 : 최대 다수의 최대 행복에 따른 공동체 전체 이익의 극대화
- 이성의 역할 : 개별 이익을 위한 쾌락 추구에 사용

사례3의 경우, 문제와 제시지문만을 놓고 본다면 그리 어려워 보이지는 않는다. 얼핏 보면 문제가 묻는 수준도 평범하고, 제시지문 역시 그다지 어렵지 않다. 하지만 실제 문제를 해결하기에는 여간 까다롭지 않은데, 그 이유가 무엇 때문일까? 바로 제시지문별로 논제를 포괄적으로 묻는 것이기에, 당연히 이에 맞춰 논점과 논지를 다양하게 찾아 그 차이점을 비교·분석해야 하기 때문이다. 먼저, 주어진 문제부터 살펴보자.

> 문제1. ①제시문 (가), (나), (다)는 공공성을 실현하는 주체가 누구인지에 대해 서로 다른 해석을 하고 있다. ②그 차이점을 분석하시오.
> ─①무엇에 대해_ 제시지문의 공공성을 실현하는 주체별 특성에 대해(제시지문의 다양한 논제를 파악한 후)
> ②어떻게 해결_ 그 차이점을 비교·분석하여 설명(각각의 논제별로 논점·논지에 맞게 연결시켜 설명)

이 문제는 공공성의 주체와 속성에 대한 다양한 해석과 주장을 담은 각각의 제시지문을 분석하여 그 차이점을 읽어낼 수 있는 능력을 측정하는 데 목적이 있다. 따라서 각 제시지문 안에 담긴 공공성 실현의 서로 다른 주체(국가, 시민사회, 개인)를 찾아내서 각각의 특성을 살핀 후에(논제 : 공공성 실현 주체별로 갖는 서로 대립되는 특성), 그 특성별로 각 주체가 구현하는 공공성의 차이(논지와 논점)를 논리적으로 비교·분석하여 설명하기를 요구한다.

즉, 이 문제는 그 논제가 '공공성의 주체'에 국한되는 게 아니라 어디까지나 '공공성 실현의 주체별로 서로 대립되는 특성'까지를 포괄한다. 따라서 앞의 제시지문별 요약 글에서 알 수 있듯이 공공성 실현의 주체, 주체의 역할, 공공성 실현 결과, 공

공성 실현을 위한 이성의 역할까지 수험생 스스로 찾아 논점을 확장한 후, 이와 연결되는 논지까지 밝혀내야 한다.

이 문제가 어려운 이유가 이 때문이다. 논제가 포괄적으로 주어지고, 여기에 맞게 논지와 논점을 찾아 밝혀내야 하기 때문이다. 참고로, 사례에 명기한 '공공성을 실현하는 주체와 특성별 차이점 요약'이 곧 '논제와 논지·논점' 간의 관계를 밝히는 것으로, 이것을 유기적으로 연결하면 곧 주어진 문제의 답안이 된다. 이런 이유로 예시답안은 생략한다.

도표, 그래프, 통계자료 등 다양한 자료가 주어지는 자료제시형 문제 역시 자료 해석을 통해 스스로 찾아가며 논점과 논지를 밝혀야 하며, 그것도 다각적인 시각에서 찾아 해결할 것을 요구하기에 그만큼 해결하기가 힘들다. 그런 점에서 자료제시형 문제는 복합적인 지식을 요구하는 통합논술의 논제를 비교적 잘 반영한 것으로 볼 수 있지만, 수험생의 입장에서는 스스로가 논점과 논지를 찾아 밝혀내야 한다는 점에서 문제해결에 어려움이 있다. 이는 뒤에 추가로 설명한다.

교과서적 배경지식은 논제 분석의 기본 전제다

여기까지를 다시 정리하면 이렇다. 논제 분석은 문제와 제시지문을 통해서 따져서 밝혀야 할 논제가 무엇이며, 이것이 각 제시지문에 담긴 논점·논지와 어떻게 관계를 맺고 있는지 찾아내는 과정이다. 그렇기에 제시지문 간의 연관관계를 제대로 파악하는 게 관건이 되는데, 이는 오직 제시지문의 정확한 독해와 요약을 통해서만 가능하다. 따라서 밝혀야 할 '그 무엇에 대해', 이를 '어떻게 해결'할 것인지 끊임없이 되물어가며 고민하는 과정에서 논제 분석은 완결된다.

여기서 중요한 것이 바로 논제에서 묻고자 하는 이론과 쟁점 및 핵심 주제어에 대한 개념적 이해인데, 왜냐하면 논제 분석에서 가장 큰 관건이 바로 이 부분에 대한 정확한 이해기 때문이다. 교과과정의 배경지식이 필요한 이유가 이것으로, 실제 논제 분석에 배경지식은 그만큼 필수적이다. 물론 제시지문에 논제가 요구하는 개념적 지식을 담아 출제되고 있음을 이유로 들어, 별도로 배경지식을 덧붙여가며 공부할 필요성이 없다고 말할 수도 있다. 하지만 최상위권 대학의 경우에는 전혀 그렇지 않다. 출제되는 제시지문이 워낙 어렵고, 논제 또한 깊은 내용을 담고 있기에 관련한 배경지식에 대한 개념적 이해 없이는 쉽사리 해결하기 어렵다. 사례2의 서강대 기출문제처럼, 논제에 담긴 기본 개념에 대한 충분한 이해를 갖고서 접근하는 것과 그렇지 않은 것과는 실제 답안을 해결하는 데 큰 차이를 보인다.

그렇더라도 개념적 배경지식을 이해하라는 얘기지, 결코 이를 암기하라는 게 아니다. 배경지식은 어디까지나 문제를 푸는 데 플러스 알파적인 요소로서, 논제와 제시지문을 분석하고 이해하는 방향타 역할만 제공하면 그것으로 족하기 때문이다. 무조건식으로 배경지식을 단순 암기하려들다가는 오히려 손해를 볼 수 있다. 문제로 출제되는 논제가 고정된 게 아니라, 다양한 전제조건에 의해 논제에서 묻는 해결 과제가 달라지기 때문이다. 그렇기에 논제를 분석하며 문제를 풀어야 한다고 말하는 것이다.

요점은 배경지식을 어떻게 습득하며 공부할 것인가에 대한 방법적 접근이다. 왜냐하면 어떤 지식에 대한 개념적 이해라는 것이 워낙 사상적 사고를 담고 있는 것이기에 그만큼 현실과는 동떨어져 보일 수 있으며, 또한 그렇기에 이것을 이해하는 데 크게 어려움이 따르기 때문이다. 따라서 그럴수록 기출문제를 풀면서 교과서를 뒤져 배경지식을 이해하는 게 훨씬 효과적이다. 이는 마치 이론과 실무가 동시에 이뤄져야 효율이 더해지는 이치와도 같다.

기출문제를 풀어가면서 문제에 담긴 개념과 이론이 어떻게 논제로 구현되는지 파악하면, 이것이 이후에 어떤 논제로 변형되어 출제되더라도 당황하지 않고 풀어낼 수 있다. 이러한 교과서적 배경지식은 기출문제와 교과서에 담긴 내용의 교집합에 해당하는 부분만큼만 이해해도 충분하다. 그런 점에서 볼 때, 논술준비의 기본단계로서 교과서 가로지르기를 통한 학습과정은 논제 분석을 위한 일련의 연습과정과도 일맥상통한다. 각 교과서의 기본 개념을 충분히 숙지하고 그 개념들을 인문·사회·자연과학의 맥락에서 파악함으로써, 문제에 담긴 많은 문제의식과 문제해결(논제해결)을 위한 단서를 찾아내는 것, 이것이 곧 논제 분석을 위한 토양이자 바탕이기 때문이다.

제시지문
독해

- 제시지문 간의 연관관계를 기초로 하여,
- 제시지문을 '결론＋전제', '주장＋근거'를 중심으로 해석하는 **'논증 찾기'**의 과정을 통해,
- 제시지문에 담긴 논제의 핵심 내용을 파악하는 작업이다.

논제에 대한 개념적인 이해가 뒷받침됐다 하더라도 실제 논제 분석의 관건이 되는 것이 바로 제시지문의 독해다. 정확한 독해를 통해 제시지문에 담긴 논제별 핵심 내용을 파악하지 못하면, 논증적인 글쓰기는 사실상 물거품이 되고 만다.

이런 이유로 독해가 논술의 전부라고 해도 과언이 아니라고 말하는데, 이는 실제로도 그렇다. 논지와 논점을 제대로 파악할 수 없기에 당연히 논점 이탈을 불러옴은 물론, 글을 제대로 요약할 수 없기에 논증적 글쓰기 또한 불가능해진다. 어찌 보면 논술은 제시지문의 독해를 통해 작성된 요약 글을 문제의 요구 항목에 맞게 재배열하는 과정이기도 한데, 당연히 읽기가 전제되어야만 모든 게 해결될 수 있다.

글(논제와 제시지문)을 정확히 읽으면 제시지문에 담긴 의미를 논제가 지시하는 개념에 맞춰 논리적으로 추론해낼 수 있다. 그리고 그 과정에서 함축과 숨은 전제까지도 찾아낼 수 있다. 이런 점에서 볼 때 독해는 곧 제시지문에 실린 '논증 찾기'의 과정이라고 봐도 무리가 없다.

독해는 논증 찾기 과정이다

논증은 어떠한 판단이 진리라는 이유를 분명히 하여, 일련의 주장에 대한 적합한 논거를 갖추는 과정이다. 즉, 글에서 논의되고 있는 것이 무엇이고, 그것에 대해서 어떤 주장을 하고 있으며, 그 주장을 지지하기 위해 어떤 근거들이 제시되고 있는지를 찾아 밝히는 것이 논증이다.

논증은 글에서 여러 형식으로 표현되며, 또한 각양각색의 내용을 담고 있다. 그렇더라도 제시지문에서 일관되게 주장하는 '결론'과, 그 주장의 주된 근거를 담은 '전제'라는 형식으로 구성된다. 즉, 논증은 일반적으로 '전제-결론', '주장-근거' 형식을 갖춘다.

이런 이유로 다음의 예는 논증의 결론일 수는 있지만, 그 자체로 논증은 아니다. 결론에 도달하기 위한 논리적인 근거 없이, 단순히 의견이나 사실적 기술만을 나열한 전제나 막무가내식 주장에 불과할 뿐이다.

- 눈이 오면 거리에 쌓인다.
- 민주주의는 국가의 주권이 국민에게 있는 정치제도다.

위의 예처럼 근거나 결론을 진술하지 않은 글은 논증을 만들지 않은 글이다. 하지만 아래의 글은 '전제-결론', '주장-근거'의 논증 구조를 갖춘 글이다.

- 눈이 내리는 동안에는 녹지 않는다. (그러므로) 눈이 오면, 이것이 거리에 쌓일 것이다.
- 민주주의는 국민이 1인1표의 보통 선거권을 통해 절대권한을 행사할 수 있어야 한다. (그리고) 선거를 통해 선출된 정부는 모든 국민의 인권을 보장해야 한다. (그러므로) 민주주의는 국가의 주권이 국민에게 있는 정치제도여야 한다.

위의 예에서 확인할 수 있듯이, 논증에서 밝혀야 할 핵심적인 단어는 결론 앞에 있는 '**그러므로**'이다. 이는 최종적으로 주장하고자 하는 바를 가리키는데, 물론 이 단어가 없더라도 뜻은 통한다. 그렇기에 굳이 이 단어가 명기되어 있지 않았더라도, 이것이 어딘가에는 들어있다고 가정하면서 글을 읽어야 한다. 또한, '**그리고**'라는 단어에도 주목할 필요가 있는데, 이는 전제가 어느 대목에서 서로 결합하여 결론을 이끌어내는지 알려주기 때문이다. 하지만 대부분의 경우, 전제와 결론의 위치가 뒤바뀌는 논증 형식으로 제시되기도 한다. 즉, 결론부터 내놓는데, 이 경우에는 결론을 나타내는 문장 뒤에, 그리고 전제를 나타내는 문장 앞에 '**왜냐하면**'을 삽입한다. 다음처럼 뒤집어 말해도 논지는 같게 된다.

● 민주주의는 국가의 주권이 국민에게 있는 정치제도여야 한다. (왜냐하면) 민주주의는 국민이 1인1표의 보통선거권을 통해 절대권한을 행사할 수 있어야 하기 때문이다. (그리고) 선거를 통해 선출된 정부는 모든 국민의 인권을 보장해야 하기 때문이다.

이는 글의 논증 구조가 귀납적이냐 연역적이냐에 의한 방법론적 전개에 따른 것으로, 대부분의 글은 이 두 가지 형식을 따르는 논증 구조로 이루어져 있다. 이처럼 모든 논증은 전제와 결론을 포함하는데, 전제와 결론이 어떠한 관계를 갖느냐에 따라서 연역적 논증과 귀납적 논증으로 구분된다.

전제 속에 결론이 논리적으로 함축되어서, 전제가 참일 경우에는 결론이 필연적으로 참인 논증을 연역적 논증이라고 한다. 이에 비해, 전제를 통하여 결론이 참일 가능성이 크다는 것을 보여주는 논증을 귀납적 논증이라고 한다. 따라서 연역적 논증은 '왜냐하면', 귀납적 논증은 '그러므로'의 단어가 일반적으로 따라붙는다. 두 논증 방법에 대해서는 많은 설명이 필요하므로 여기서는 생략하며, 또한 자세히 알 필요도 없다.

중요한 것은, 제시지문이 연역적으로 이뤄졌든 귀납적으로 이뤄졌든 관계없이 그 글의 핵심 내용을 논증 구조로 파악해야 한다는 것이다. 또한, 전제와 결론으로 제시되는 형식이 바뀌었다고 해서 논증의 논리적 구조와 결론이 달라지는 것이 아님을 알고 있어야 한다. 현행 논술시험에 출제되는 제시지문의 경우에는 그것이 연역적 논증이든 귀납적 논증이든 관계없이 전제가 참임을 가정하고 있으며, 그렇기에 그 전제는 결론을 뒷받침하기에 충분한 논리적 근거를 갖추어야 한다.

따라서 글의 논증 형식을 제대로 파악하기 위해서는 글을 읽어가면서 앞에서 강조한 단어들이 어디에 위치하는지 파악해낼 수 있어야 한다. 글을 읽어가면서 각 논증의 결론이 있는 곳에 밑줄을 긋고, 각 단어(그러므로, 왜냐하면, 그리고)가 어울릴 곳에 적어 넣는 것만으로도 글의 이해에 크게 도움이 된다. 그런 다음에 찾아낸 결론과 전제를 논증 형식에 맞게 연결시키면 훌륭한 논증적 글쓰기로 이어진다.

이렇듯 논증 구조를 따져가며 살피는 것은 제시지문의 독해에서 매우 중요한 의미를 갖는다. 제시지문의 전제와 결론, 주장과 근거에 대한 논증 찾기를 통해 논제가 요구하는 논점과 논지를 정확히 파악하고, 이를 근거로 논거를 설정하는 일련의 과정, 이것이 곧 논술문제의 풀이과정이기 때문이다.

제시지문 분석을 통해 묻고자 하는 논점과 논지는 제시지문의 '결론(주장)'에 해당하는 부분이며, '전제(근거)'는 그 주장을 뒷받침하는 논거에 해당되는데, 이 둘이 합쳐질 때 논제에서 요구하는 핵심 내용을 정확히 파악해낼 수 있다. 그리고 이것을 요약한 후, 주어진 문제의 요구 조건에 맞춰 써나가면 그것이 곧 논술 답안이 된다. 따라서 제시지문을 읽어가면서 결론과 전제를 여하히 찾아내느냐가 관건이다. 이때 효과를 발휘하는 게 바로 위에서 말한 '그러므로'와 '왜냐하면', '그리고' 같은 단어를 적절히 넣어가며 글의 논증 구조를 파악하는 것이다. 사례 몇 가지를 들어 설명하면 다음과 같다.

┼┼┼┼┼┼┼┼┼┼┼┼┼┼┼┼┼┼┼┼┼┼┼┼┼┼┼┼┼┼┼┼┼┼

사례1_ 덕성여대 2009 사회 수시_ 문제1의 제시지문(다)

사회 이익은 사회를 구성하고 있는 구성원의 이익의 총합에 지나지 않는다. 개인의 이익에 대해서 이야기하는 것은 무익하다. 어떤 일이 개인의 쾌락의 총합을 증대시키거나 고통의 총합을 감소시키는 경우에는 그 개인의 이익을 촉진하는 것이 사회 이익에 기여된다고 하는 것이다. 따라서 어떤 행위자가 사회의 행복을 증대시키는 경향이 그것을 감소시키는 경향보다 큰 경우에는 그 행위는 사회 전체에 대해 공리성의 원리, 간단히 말하면 공리성에 적합하다고 할 수 있다. 어떤 정부의 정책(그것은 특정한 개인 또는 사람들에 의해서 이루어지는 특정한 종류의 행위에 지나지 않는다)은 앞의 경우와 같이 사회의 행복을 증대시키는 경향이 그것을 감소시키는 경향보다 큰 경우에는 공리성의 원리로부터 지도를 받고 있다고 할 수 있다.

● **중심 문장을 중심으로 전제와 결론을 이끌어내면**
전제 : 사회 이익은 사회를 구성하고 있는 구성원의 이익의 총합에 지나지 않는다.
부연 : (그리고, 그렇기에) 어떤 행위자가 사회의 행복을 증대시키는 경향이 그것을 감소시키는 경향보다 큰 경우에는, 그 행위는 사회 전체에 대해 공리성의 원리, 간단히 말하면 공리성에 적합하다고 할 수 있다.
결론 : (그러므로) 그 개인의 이익을 촉진하는 것이 사회 이익에 기여한다.

● **이것을 다시 요약글로 정리하면**
㉮사회 이익은 사회구성원의 이익의 총합이다. 따라서 공리성의 원칙에 따라 개인의 이익을 늘리는 게 곧 사회 이익을 늘리는 것이다.
㉯사회 이익은 그 구성원의 이익의 총합으로, 이를 개인에게 어떻게 분배할 것인가보다는 공리성의 원칙에 따라 개별적인 이익을 어떻게 늘릴 것인가가 관건이 된다.

사례1에서 알 수 있듯이, 글의 결론을 찾아내는 것은 그 글의 중심 문장(핵심 문장)을 찾아가는 과정과 같다. 따라서 중심 문장을 찾아 결론부터 살핀 후, 이어서 이것을 뒷받침하는 전제를 살피는 게 독해의 포인트가 된다.

글의 문단은 하나의 통일된 생각을 담은 단위로, 이는 몇 개의 문장이 모여 이뤄진다. 그리고 이는 중심 문장과 이를 뒷받침하는 문장으로 나뉜다. 중심 문장은 글쓴이가 표현하고자 하는 주된 생각을 담은 완결된 문장이며, 뒷받침하는 문장은 중심 문장의 의미를 좀 더 구체적이고도 상세하게 받혀주는 내용을 담음으로써 글의 의미를 선명하게 드러낸다. 이런 관점에서 볼 때, 중심 문장에는 그 글의 결론 부분을, 뒷받침하는 문장에는 전제 부분을 담고 있다고 봐도 크게 무리가 없다.

사례1의 경우, 셋째 문장이 중심 문장으로, '개인의 이익을 촉진하는 것이 사회 이익에 기여한다.'는 부분이 곧 제시지문의 결론에 해당한다. 이것을 찾았다면, 이제 이를 뒷받침하는 전제를 찾아야 하는데, 이것이 첫째 문장의 '사회 이익은 사회를 구성하고 있는 구성원의 이익의 총합에 지나지 않기 때문'이라는 부분이다. 또한, 넷째 문장의 '공리성'에 대한 부분이 중심 문장에 담긴 결론에 대한 뒷받침의 근거에 해당된다. 따라서 이렇게 찾아낸 결론과 전제, 부연설명을 글에 담긴 핵심 단어를 중심으로 연결시키면 그것이 곧 '요약' 글이 된다. 이때 결론은 제시지문의 논지 부분에, 전제와 부연설명은 논거 부분에 해당됨으로, 자연스럽게 논증 형식으로 구성된다.

이처럼 제시지문의 결론과 전제(또는 주장과 근거)를 찾아내는 과정은 독해는 물론 요약을 위한 가장 중요한 작업이며, 특히 중심 문장을 어떻게 효과적으로 찾아내 결론을 끌어낼 것인가가 문제해결의 관건이 된다.

++

사례2_ 성신여대 2011 인문 수시_ 문제1의 제시지문(가-1)

'공공성(公共性)'은 시민들이 스스로의 권익을 지키기 위해 반드시 갖추어야 할 덕목인 **공공정신의 함양**을 통해서 증대된다. 민주주의의 제도적 장치들이 제대로 기능하기 위해서는 공공 문제에 관심을 지닌 **민주시민의 존재와 역할**이 필수적이다.
만일 무관심한 시민들이 대다수인 정치 공동체가 있다면, 그 공동체는 소수의 정치 엘리트에 의해 독단적으로 운영되기 마련이다. 이러한 맥락에서 보면, 시민들의 공공 정신은 개인적 윤리 의식에 덧붙여 사회적 책임 의식을 요구한다. 결국, 민주적 도덕 공동체를 이루는 데에는 민주적 제도만으로 완전하지 않으며, 그 제도가 원래의 목적대로 운용될 수 있도록 지켜보는 **시민들의 적극적인 관심과 참여**가 더욱 중요하다.
'공정성(公正性)'은 자유와 평등에서 요구하는 것을 함께 충족시킬 수 있는 내용을 지니고 있다. "사회·경제적으로 유리한 위치에 있는 사람은 그 유리한 조건을 불리한 위치에 있는 사람의 조건을 개선하는 데 기여할 수 있는 한에서 자신의 유리한 위치를 정당화할 수 있다."는 롤스(Rawls, J.)의 주장은 공정성의 원리로서 매우 유익하다. 이는 자유주의 이념이 방치할 수밖에 없는 불평등이나, 평등주의 이념이 허용할 수밖에 없는 **억압적 구속의 문제**를 동시에 해결하여, 차별 속의 평등을 가능하게 해 준다. 공동체 내의 갈등은 사회적 가치의 분배 문제에서 비롯되기 때문에, **공정한 배분의 원칙은 공동체의 화합을 위해 중요하다.**

● 단락별로 중심 문장과 뒷받침하는 문장을 나눠 전제와 결론을 이끌어내면

첫째 단락 - 뒷받침 문장(작은 논증)

전제 : 공공성은 공공정신의 함양을 통해서 증대된다.

결론 : (그러므로) 민주주의 제도적 장치가 제대로 기능하기 위해서는 민주시민의 역할이 필수적이다.

        … 주된 논증의 전제 역할

둘째 단락 - 중심 문장(주된 논증)

결론 : 시민들의 적극적인 관심과 참여가 더욱 중요하다.

전제 : (왜냐하면) 민주적 도덕 공동체를 이루는 데에는, 민주적 제도만으로 완전하지 않기 때문이다.

셋째 단락 - 뒷받침 문장(작은 논증)

결론 : 공정한 배분의 원칙은 공동체의 화합을 위해 중요하다.

전제 : (왜냐하면) 공동체 내의 갈등은 사회적 가치의 분배 문제에서 비롯되기 때문이다.

부연 : (그리고) 공정성은 불평등이나, 평등주의 이념이 허용할 수밖에 없는 억압적 구속의 문제(즉, 공동체 내의 갈등 문제)를 동시에 해결하는 것이다.

● 이것을 다시 요약글로 정리하면

㉮공공성을 지향하는 민주시민의 역할이 필수적인데, 공정한 배분의 원칙이 공동체의 화합을 위해 중요하기 때문이다. 따라서 이를 위한 시민들의 적극적인 **관심과 참여**가 특히 중요하다.

㉯공공정신의 함양을 통해 공동체 내에서 공정한 배분이 이뤄지도록 이를 제도화하는 것이 곧 공공성으로서의 정의, 즉 공정이다. 이를 위해서는 (공정성의 제도적인 정착에 더해) 무엇보다 시민들의 적극적인 관심과 참여가 특히 중요하다.

사례1은 논증 구조가 단일하기 때문에 결론과 전제를 파악하기가 비교적 쉽다. 따라서 이런 얕은 수준의 제시지문은 그다지 출제되지 않는 게 일반적이다. 하지만 사례2처럼 제시지문이 여러 단락으로 구성되어 있을 경우에는 결론을 찾는 게 쉽지 않으며, 따라서 좀 더 주의를 기울여 찾아내야만 한다. 왜냐하면 많은 제시지문

의 논증 구조가 복합된 형식으로 구성되어 있기에, 결론을 찾아내기가 쉽지 않기 때문이다.

즉, 한 논증의 결론이 다른 논증의 전제 역할을 하는 방식을 갖되, 여러 작은 논증이 서로 이어지며 구성되어 있는 경우가 그렇다. 앞서 설명한 연세대 기출문제처럼 여러 논점을 묻고 찾아내야 하는 제시지문이 이에 해당된다. 그렇더라도 대부분의 경우에는 주된 논증 아래 작은 논증을 여럿 두고 있는 형태를 취하는데, 이때 작은 논증이 주된 논증의 전제 역할을 하는 게 일반적이다. 이것을 염두에 두고 전제와 결론이 어떤 식으로 묶여있는지 파악하는 게 제시지문 독해의 핵심이다.

이런 식으로 해서 사례2의 각 단락의 결론 부분을 연결하면, 다음과 같은 주된 논증과 작은 논증을 합친 새로운 논증 구조가 만들어진다.

공공성을 지향하는 민주시민의 역할이 필수적이다.

(그리고) 공정한 배분의 원칙이 공동체의 화합을 위해 중요하다.

(그러므로) (공공성을 지향하는 공정한 배분의 원칙을 위한) 시민들의 적극적인 관심과 참여가 특히 중요하다.

이것이 곧 사례2의 논증 구조로, 이것만 연결해도 앞의 ㉮에서처럼 훌륭한 요약글이 만들어진다. 그리고 이것을 좀 더 자기의 언어로 세련되게 다듬은 것이 ㉯다.

이처럼 제시지문을 읽고 글에 담긴 결론을 중심 문장을 통해, 또는 단락별로 구분해가며 논증을 찾아내는 과정이 곧 제시지문 독해의 핵심이며, 이후 이것을 자신만의 언어로 재구성하는 것이 바로 요약이다. 이처럼 독해가 제대로 되면 요약은 저절로 따라붙는다.

추론이 필요한 제시지문은 독해가 어렵다

이제 제시지문을 통한 논증 구조의 파악, 즉 전제와 결론을 찾아내는 게 제시지문 독해의 핵심이란 것을 이해했다. 그렇더라도 이것이 어려운 것은 여전한데, 가장 큰 이유가 바로 제시지문에 '숨은 전제'나 '함축'이 들어있기 때문이다.

사례3은 토마스 쿤의 《과학혁명의 구조》라는 책에서 발췌한 제시지문으로, 이것을 설명하는 좋은 예가 된다. 예로 든 제시지문은 짧지만, 그만큼 과학혁명의 개념을 압축해 설명한 글로, 읽는 동안에 깊게 생각해야 하는 그런 글이기도 하다.

사례3_ 동국대 2010 인문 모의_ 문제1의 제시지문(가)

쿤의 과학사 서술에서 중심을 이루는 개념은 〈패러다임〉이다. 패러다임은 어떤 과학자 사회의 구성원들이 공유하는 믿음, 가치, 기법이라 할 수 있다. 곧 패러다임은 어떤 과학 학파에 정합성을 주는 모형이다. 패러다임에 바탕을 둔 연구를 〈정상과학〉이라 한다. 패러다임이 있기 전의 과학은 학설이 분분해 어지럽기 짝이 없다. 일단 패러다임이 확립되면 이 난맥상이 정리된다. 그러나 정상과학은 완성된 과학이 아니다. 남은 문제들을 해결하는 일종의 소탕작전이 필요하게 되는데 이것이 이른바 〈수수께끼 풀이〉이다. 그것은 패러다임을 다듬고 명세화하는 작업으로서 사실 수집, 기구 사용, 상수 결정, 이론의 정식화 따위가 있다. 이런 과정을 통해 정상과학은 점점 확고해진다 (중략). 그리하여 낡은 과학은 무너지고 새 패러다임이 과학자들의 집단적 개종과 충성을 얻어 득세하면 새로운 패러다임에 바탕을 둔 새로운 정상과학이 성립한다. 이것이 〈과학혁명〉이다.

● 중심 문장을 중심으로 전제와 결론을 이끌어내면
전제 : 패러다임에 바탕을 둔 연구를 정상과학이라 한다.
부연 : (그리고) 패러다임은 어떤 과학자 사회의 구성원들이 공유하는 믿음, 가치, 기법이라 할 수 있다.
함축(숨은 전제) : (그리고) 정상과학은 완성된 과학이 아니다.
결론 : (그러므로) 낡은 과학은 무너지고 새 패러다임이 과학자들의 집단적 개종과 충성을 얻어 득세하면 새로운 패러다임에 바탕을 둔 새로운 정상과학이 성립한다. 이것이 과학혁명이다.

● 이것을 다시 요약 글로 정리하면
기존의 패러다임에 의한 낡은 과학이 무너지고 새 패러다임이 과학자들의 지지를 얻게 되면, 이것이 곧 새로운 정상과학이 된다. 즉, 정상과학은 과학혁명이라는 새로운 패러다임의 변화에 따른 결과다.

앞의 제시지문을 읽고 생각해야 할 것이 바로 '패러다임'과 '정상과학'과의 상관관계다. 즉, 패러다임이 과학적 발전과 어떤 관계를 맺고 있는지 파악하는 게 이 제시지문 독해의 핵심이다. 당연히 이 둘 사이에는 어떠한 해결의 실마리에 해당하는 문장이 들어있기 마련인데, 그것이 바로 '정상과학은 완성된 과학이 아니다', '새로운 정상과학이 성립하는데, 이것이 과학혁명'이란 문장이다.

따라서 이 글을 읽는 동안에 이 문장에 대해 끊임없이 '왜'라는 의문을 제기하면서 결론을 추론해야 한다. 예를 들어 "과연 기존의 패러다임에 바탕을 둔 낡은 과학은 정상과학이 아니고, 새로운 패러다임에 바탕을 둔 새로운 과학만이 정상과학이란 말인가?" 같은 의문을 제기하는 것이다.

위의 제시지문에서 말하는 패러다임이란 용어를 정리하면, 이는 '한 시대를 지배하는 과학적 인식의 종합적 틀'을 의미한다. 그리고 이 패러다임은 고정불변의 것이 아니라, 끊임없이 파생되고 변화함을 뜻한다. 이제 이것을 염두에 두고 제시지문을 해석해보자.

기존의 낡은 과학은 기존의 패러다임에 의한다.

새로운 정상과학은 새로운 패러다임에 따른 결과다.

정상과학은 **완성된 과학이 아니다.**

→왜? 우리가 통념적으로 알고 있기로는, 과학은 언제나 객관적 진리의 발견에 따른 완전성을 지향하는데도 불구하고 왜?

이를 추론해서 내린 결론은? 과학혁명은 패러다임이 바뀌면서, 기존의 정상과학이 새로운 정상과학으로 대체되는 과정이다.

→즉, 과학은 차근차근 단계를 밟아가며 발전하는 게 아니라 정치체제가 혁명에 의해 다른 체제로 대체되는 것처럼, 과학적 발전 역시 새로운 정상과학으로 혁명적으로 **대체되는** 과정이다. 이런 의미에서 과학혁명이라는 말을 쓴 것이다.

위의 해석을 통해, 과학은 객관적인 진리를 발견하는 과정이 아니라 그 시대가

합의해서 새로운 패러다임을 구축해가는 과정일 뿐이며, 그 과정에서 기존의 정상 과학이 새로운 정상과학으로 혁명적으로 대체되는 것임을 추론해낼 수 있어야 한다. 여기서 '대체'란 말이 중요한데, 기왕 말이 나온 김에 예를 들어가며 좀 더 자세히 설명하면 다음과 같다.

하나의 패러다임이 그 시대의 과학자들에 의해 정상과학으로 인정되면, 이후 과학자들은 그 정상과학의 테두리 안에서 과학적 활동을 벌인다. 예를 들어 뉴턴역학이라는 과학적 패러다임이 확립된 이후, 과학자들은 이것의 테두리 안에서만 학문 활동을 이어갔다. 하지만 이렇게 하나의 패러다임 영역에 있는 정상과학이 영원히 지속되지는 못한다. 뉴턴역학으로는 해결되지 않는 현상들이 끊임없이 제기되고, 그 위기가 무르익는 단계에서 새로운 패러다임이 제기된다. 아인슈타인의 상대성 이론이 그것이다. 이후 기존의 패러다임과 새로운 패러다임이 경쟁을 벌여 새로운 패러다임이 승리하면, 그 새로운 패러다임이 제시하는 과학이 새로운 정상과학이 되는 것이다. 이런 이유로 기존의 낡은 과학도 비정상과학이 아니라, 당대의 패러다임 하에서는 엄연한 정상과학이며, 그렇기에 정상과학은 완성된 과학이 아니라고 말하는 것이다.

어찌됐거나, 앞의 제시지문에서는 이러한 의미에 대한 정확한 파악 없이도 어느 정도는 주어진 문제에 답할 수 있을지 모르겠다. 하지만 이어지는 '변증법적 유물론'을 담은 제시지문과 비교해서 새로운 패러다임의 전개과정을 설명하라는 논제가 주어진 문제2의 경우, 위의 개념에 대한 정확한 이해 없이는 제대로 답할 수 없다. 이 부분에 대한 설명은 생략한다.

이처럼 고도의 추론 능력을 요구하는 문제는 제시지문을 독해하기가 어렵다. 그렇더라도 글에 담긴 숨은 전제나 함축된 글에 직면했을 때, 이를 어물쩍 회피하고 넘어가서는 안 된다. 그럴수록 끊임없이 '왜'라는 질문을 던지면서 그 의미를 정확히 읽어내도록 노력해야 한다. 이런 과정 없이는 독해가 올바르게 될 리 만무하며, 논증 구조의 파악 역시 제대로 이뤄질 수 없다. 그런 점에서 논술시험은 'Critical Reasoning', 즉 제시지문을 얼마나 분석적이고 비판적으로 읽어낼 수 있는지 '논리적 비판력'을 묻는 시험이라고 보는 게 적절하다.

논증 찾기는 논리적 비약을 막는다

결국 논리적인 글 읽기란 논증 찾기를 잘하는 것이며, 논리적인 글쓰기란 논증을 잘 만들어내는 것을 의미한다. 독해는 '논증 찾기', 요약은 '논증 재구성하기'라고 보면 되는데, 그런 점에서 둘은 마치 동전의 양면과 같다. 논증 찾기는 다음 순서를 밟아가며 하는 게 일반적이다.

①글을 읽고 중심 문장과 결론을 찾아낸다.
②이어서 뒷받침 문장과 전제를 찾아낸다.
③숨은 전제와 함축 등이 있는지 확인한다.
④전제와 결론 사이의 논증 형식을 그려가며 확인한다.

그렇다면 논증 찾기가 제대로 이루어졌는지 어떻게 확인할 수 있을까? 이는 전제와 결론의 부합 여부를 가지고 확인할 수 있다. 전제와 결론이 부합되지 않고 따로따로 겉돈다면 이는 결코 제대로 된 논증 분석이 될 수 없다. 논증 분석을 위해서는 결론, 논증 형식, 전제의 세 부분에 대한 논증의 적절한 평가가 이뤄져야 한다.

결론이 옳은가 : 글의 논지가 올바른가(논지 설정)
전제가 적절한가 : 글의 논거가 타당한가(논거 마련)
전제에서 결론에 이르는 논증의 형식은 적합한가(논증 구조)

여기서 결론 못지않게 중요한 부분이 바로 그 결론을 지지하는 전제다. 논증의 결론이 전제로부터 논리적으로 뒤따를 경우, 이는 그만큼 타당한 논증임을 뜻한다. 그렇지 않고 부실할 경우, 이를 두고 논증 능력이 떨어진다고 말한다.

논거 파악이 제대로 이뤄졌다면 전체 논의 전개의 정합성 및 일관성이 유지되고, 그 논의 전개가 차근차근 이뤄져 논리적 비약 없이 글의 전체적인 흐름이 체계적이고 조직적이다. 이렇게 쓰인 글이 잘 쓴 요약 글이자 논술 답안이 된다. 따라서 글을 읽는 동안에 논증의 타당성을 거듭 확인해야 하는데, 그렇더라도 이는 어디까지나 분석된 논제의 연장선상에서 파악되어야 한다. 논술의 핵심이 주장을 논리적으로 서술하되 타당한 근거를 함께 제시하는 데 있음에 비춰볼 때, 논지와 논거는 마치 바늘과 실처럼 밀접한 관계다.

따라서 앞서 정의한 제시지문 독해의 개념은 다시 이렇게 정리될 수 있다. 논제가 지시하는 바에 따라 제시지문의 결론과 전제 부분을 찾아낸 후, 이것이 논지와 논거에 부합하는 논증 구조로 이뤄졌는지에 대한 타당성을 평가하는 작업이 곧 독해다.

- 제시지문 간의 연관관계를 기초로,
  →논제에 의거해서 제시지문을 개략적으로 읽어 그 '논지(결론)'를 파악한 후
- 제시지문을 '결론＋전제' 혹은 '주장＋근거'를 중심으로 해석하는 **'논증 찾기'**의 과정을 통해,
  →그 논지에 맞춰 제시지문을 정밀하게 읽고 '논거(전제)'를 정리한 후
- 제시지문에 담긴 논제의 핵심 내용을 파악하는 작업이다.
  →그 논증의 타당성을 논제의 연장선상에서 평가

제시지문 독해 포인트

제시지문 독해의 이해를 돕기 위해서는 특히 다음 사항을 염두에 두어야 한다.

첫째, 제시지문의 독해는 논제에 담긴 주된 개념과 기본 이론에 대한 해제라고 해도 과언이 아니다. 제시지문에 담긴 전제와 결론 부분이 곧 문제에 주어진 논제의 해결 과제이자 핵심 내용임에 비춰 생각할 때, 개념 이해가 제대로 안 되면 논

제를 파악하는 데 그만큼 어려움을 겪을 수밖에 없다. 이 경우, 제시지문 간에는 논제로 주어지는 개념이나 핵심 주제어가 서로 연관되어 제시될 수밖에 없는데, 대개의 경우 그 중의 한두 제시지문은 이해하기가 결코 쉽지 않은 높은 수준이다. 그렇더라도 이것을 가지고 쩔쩔매며 헤맬 필요는 없다. 제시지문을 구성하는 다른 글들과의 관계를 파악하면서 개념에 대한 이해를 높일 수 있기 때문이다. 이는 특히 제시지문으로 영어지문이 출제되는 경우에 그러한데, 이것을 예를 들어 설명하면 다음과 같다.

사례4_ 한국외대 2010 인문 수시_ 문제1

〈제시문 A〉와 〈제시문 B〉의 공통적인 핵심어를 중심으로 각각의 요지를 밝히고, 차이점을 기술하시오(400자 내외).

〈제시문 A〉

What things are called is far more important than what they are. What they are called is related to their reputation, name, appearance, size, weight, and many other things that are almost always wrong and unnecessary. All this is altogether apart from their nature. However, it grows from generation to generation, merely because people believe in it. It grows gradually to become part of the thing and finally turns into its very body. What was appearance at first becomes the essence in the end.

(해석)

사물은 그 본질(what they are)보다 그것이 무엇으로 불리느냐가(what things are called) 더 중요하다. 사물이 무엇으로 불리느냐는 명성, 이름, 외형, 크기, 무게, 그 밖의 그릇되거나 불필요한 많은 것(즉, 속성)들과 관계된다. 이 모든 것들은 그들의 본질과는 전적으로 무관하다. 그럼에도 단지 사람들이 그것을 믿는다는 이유만으로 세대를 거듭할수록 이러한 현상(즉, 사물을 본질이 아닌 무엇인가로 불리고자하는 속성)은 커진다. 이러한 현상은 점차 사물의 부분이 되고, 마침내는 사물 그 자체가 된다. 처음에는 외형이었던 것이 결국에는 본질이 되는 것이다.

사물은, 그 본질과는 무관하지만, 이것이 무엇인가의 속성으로 계속 불리어짐에 따라 결국에는 사물 그 자체가 본질이 된다. 즉, 본질은 사물 그 자체와 무관하게, 그 속성이 외형적으로 변화된 현상이다.

〈제시문 B〉

"네가 교양이 있다."고 말하거나 "네가 음악적이다."고 말할 때, '교양이 있다'나 '음악적이다'는 네 본질이 아니다. 왜냐하면 너 자체가 교양이 있거나 음악적인 것이 아니기 때문이다. 다시 말해 너 자신의 본래적 조건에 '교양 있음'이나 '음악적임'이 포함되어 있지 않기 때문이다. 다른 사물도 이와 마찬가지이다. "벽 표면이 희다."라고 말할 때 '흼'은 벽 표면의 본질이 아니다. 물론 벽의 표면은 어떤 색을 가질 수밖에 없다. 하지만 벽의 표면이 희건 희지 않건 관계없이 표면은 표면이다. 이 때 '흼'은 우연적으로(by accident) 벽 표면에 속한 것이다. 반면 각 사물이 그 자체로서(by its own nature) 무엇이라고 일컬어진다면, 바로 그 무엇이 '본질'(what-it-was-to-be)인 것이다. 달리 말해 어떤 대상이 그 자체로서 무엇인지를 말하는 진술 속에서 드러나는 것, 그것이 각자의 본질이다.

핵심 요약

사물이 그 자체로서 무엇이라고 일컬어진다면, 바로 그 속성인 무엇이 본질로서, 결코 우연성을 가질 수 없다. 즉, 본질은 대상이 되는 사물 그 자체로서, 불변하는 내재적 속성이다.

사례4의 경우, 제시지문 A는 철학서 원문을 그대로 발췌한 것이라 개념을 풀어 해설했으며, 그렇기에 이것이 명확한 개념어로 드러나지 않는다. 이런 이유로 제시지문 A만 가지고는 공통적인 핵심 단어를 밝혀내기 어렵고, A의 요지를 파악하는 일 역시 쉽지 않다. 하지만 제시지문 B를 보면, 핵심 단어가 '본질'임을 파악하는 게 그다지 어렵지 않음을 알 수 있는데, 따라서 이것을 통해 제시지문 A의 'what they are'가 본질을 의미함을 어렵지 않게 짐작할 수 있을 것이다.

이처럼 제시지문을 구성하는 글들은 공통된 논제를 갖고 있거나, 핵심 주제어에 대한 서로 다른 관점이나 쟁점을 드러내는 식으로 얽혀있다. 즉, 문제 안에서 세트로 주어지는 제시지문 간에는 서로 연관되거나 대립되는 개념이 분명히 존재하기 때문에, 제시지문 전체를 함께 아우르면서 파악하고 이해하는 연습을 하는 게 효과적이다.

제시지문의 독해는 어디까지나 논제의 연장선상에서 파악해야 한다. 특히 제시지문이 어려울수록 출제자는 논제에서 제시지문 독해의 방향을 미리 잡아주는데, 이는 논점 이탈을 막으려는 출제자의 배려다. 따라서 어려운 제시지문이 출제됐다고 미리 겁먹을 것이 아니라, 그럴수록 더욱더 논제부터 꼼꼼히 분석하여 출제의도를 정확히 파악해내야 한다.

제시지문의 핵심 단어를 찾아내면 그만큼 중심 문장과 이를 뒷받침하는 문장을 찾기가 수월해진다. 그리고 그 중심 문장에서 결론 부분을, 뒷받침 문장에서 전제 부분을 끌어내 연결시키고, 이 둘 간의 논증 구조에 대한 적정성을 평가하면 된다.

아래의 사례5는 제시지문의 핵심 단어가 쉽게 들어난 경우로, 이때는 단락별로 자주 등장하는 단어를 끄집어내고, 이것을 연결시키는 것만으로도 쉽게 논증 구조를 만들어낼 수 있다. 물론 이 경우에도 논제에서 묻는 결론(논지)부터 분명하고 명확하게 밝히는 게 좋다. 이것이 곧 제시지문의 논지가 되며, 이것을 밝혀내면 이것을 근거로 전제(논거) 부분을 찾아내는 게 한결 쉬워지기 때문이다.

사례5 제시지문의 경우, 첫 문장에서 결론이 그대로 드러나는 전형적인 연역형 글에 해당하는데, 이것에 호응하는 전제 부분을 찾아내는 것은 그다지 어렵지 않을 것이다.

사례5_ 홍익대 2010 인문 수시_ 문제1 제시지문(가)

문제_ 제시문 (가)~(라)는 인간의 몸에 대한 다양한 시각들을 보여준다. 각 제시문의 시각을 요약 · 비교하시오.

(가) 신체는 본질적으로 언제나 분할될 수 있지만 정신은 어떤 경우에도 분할될 수 없다는 점에서 신체와 정신 사이에는 큰 차이가 존재한다. 실제로 정신, 즉 사유하는 실체로

서의 나 자신을 고찰할 때 나는 내 안에서 어떠한 부분도 구분할 수 없으며, 나 자신을 전체적이고 통일적인 대상으로 인식한다. 정신 전체가 몸 전체와 하나로 합쳐져 있는 것으로 보이지만, 나의 발이나 팔 또는 다른 신체부분이 절단될 경우에도 나의 정신으로부터 떨어져 나가는 것은 아무 것도 없다는 것을 나는 인식한다.

또한 의지, 느낌, 인식과 같은 능력을 정신의 일부분이라고 지칭해서도 안 된다. 의지를 가지는 것, 무엇을 느끼는 것, 무엇을 인식하는 것은 하나의 동일한 정신에 의하여 이루어지기 때문이다. 그러나 물질적인 사물, 즉 연장(延長)된 사물의 경우는 다르다. 그것은 사유를 통하여 쉽게 부분으로 쪼개질 수 있고 따라서 분할 가능한 대상이기 때문이다.

● 중심 문장과 뒷받침 문장을 중심으로 전제와 결론을 이끌어내면

결론(주장) : 신체는 본질적으로 언제나 분할될 수 있지만, 정신은 어떤 경우에도 분할될 수 없다.

전제(근거) : (왜냐하면) 정신은 인간 자신을 전체적이고 통일적인 대상으로 인식하기 때문이다.

부연 : (그리고) 무엇을 인식하는 것은 하나의 동일한 정신에 의하여 이루어지기 때문이다.

● 이것을 그대로 연결하면, (가)에 나타난 '몸에 대한 시각'에 대한 요약 글이 완성된다

신체와는 달리 정신은 어떤 경우에도 분할될 수 없는데, 왜냐하면 인간은 동일한 정신에 의하여 전체적이고 통일적으로 대상을 인식하기 때문이다.

경우에 따라서는 논거(전제)부터 마련하고, 여기에 맞춰 논지(결론)를 설정하는 게 효과적일 수 있다. 제시지문에 결론 부분(논지)이 쉽게 드러나지 않을 경우가 그러한데, 특히 문제에서 논제가 드러나지 않을 때는 논지와 논점을 파악하기가 까다롭다. 이런 유형의 제시지문이 주어질 경우에는 전제에 해당하는 문장부터 끄집어내고, 이것을 통해 결론을 유추하는 과정으로 해결해나가면 된다. 그렇더라도 그 결론은 어디까지나 문제의 요구 조건에 맞춰 해석되어야 함은 물론이다.

다음의 사례6처럼 '제시지문 (가)의 관점에서'라는 식으로 논제의 전제조건이 주어진 경우가 그러한데, 이것에 맞춰 아래와 같이 결론 부분을 유추해내면 된다.

사례6_ 이화여대 2011 인문 수시_ 제시문 [가]의 관점에서 제시문 [나]를 설명하시오.

[가] 인간은 사회적인 존재이므로 다른 사람과 어울려 살아야 한다. 그러기 위해서는 상호간에 원활한 의사소통이 이루어져야 한다. 언어는 이를 위한 핵심적인 수단으로서, 인간이 고안해 낸 기호 체계이다. 인간이 의사소통을 위한 표현과 전달의 수단으로 사용하는 이러한 언어 기호를 상징(象徵)이라고도 부른다. 인간이 언어를 사용하는 행위는 근본적으로 의사소통을 하기 위한 것이다. 발화(發話)는 말하는 사람의 측면에서 보면 자신의 생각을 표현하는 행위지만, 표현 그 자체가 목적이 되는 것은 아니다. 언어를 사용하는 행위가 실제로는 다른 궁극적인 목적을 달성하기 위한 수단이고 과정일 때가 많다. 그 궁극적인 목적이란, 무엇보다도 말하는 사람이 듣는 사람의 마음을 움직여 의도했던 반응을 도출해 내려고 하는 것이다. 이런 과정에 따라 듣는 사람의 심리에 영향을 끼치는 일을 감화(感化)라 한다. 말하는 사람이 듣는 사람에게 무엇인가 기대하는 바가 있다면, 그것은 이러한 감화의 과정을 거친 뒤에야 비로소 그 성취를 기대할 수 있는 것이다.

● 전제를 통해 결론을 유추 해석
전제 1 : 인간이 언어를 사용하는 행위는 언어기호(상징)를 통해 근본적으로 의사소통을 하기 위한 것이다.
전제 2 : 그 궁극적인 목적이란, 말하는 사람이 듣는 사람의 마음을 움직여(감화시켜) 의도했던 반응을 도출해 내려고 하는 것이다.
결론 : (그러므로) 인간은 언어적 의사소통을 통해 서로 교감한다(즉, 언어라는 기호적 상징을 매개체로 상대방을 감화시키는 과정이 곧 의사소통이다… (가)의 관점)

    제시지문이 긴 경우에는 이를 읽고 해석하는 데 어려움을 겪을 수 있다. 글의 전체 논지와 논거를 파악해내기도 어렵거니와, 글을 읽는 동안에 앞 글에 담긴 의미를 자칫 건너뛸 수 있기 때문이다. 시나 소설 등 문학작품이나 도표나 그래프 등의 통계자료가 제시지문으로 주어지는 경우 역시 마찬가지인데, 제시지문에 글의 논지와 논거가 드러나 있지 않기 때문이다.

    이런 제시지문일수록 그만큼 포괄적인 관점에서 전체를 살피고 이해할 수 있어야 하는데, 이것이 말처럼 쉽지 않다. 그렇더라도 이 역시 제시지문을 읽고 해석하는 연습을 통해 극복해나가야만 한다. 이 부분에 대해서는 이어지는 '제시지문의 요약' 부분에서 예를 들어가며 설명한다.

이상을 통해 알 수 있듯이, 제시지문에 담긴 논지를 파악하고 여기에 맞춰 논거를 세우는 일련의 논증 찾기 과정은 마치 바늘 가는 데 실 가듯이 자연스럽게 연결되어야 하며, 그것도 어디까지나 문제에 담긴 논제의 연장선상에서 파악되어야만 한다. 이런 이유로 독해에 앞서 제시지문 간의 연관관계를 파악하는 과정이 따라야 하며, 그 과정에서 논점 이탈과 논리적 비약으로 흐르는 것을 막을 수 있다. 결국 문제해결의 열쇠는 제시지문을 어떻게 해석해낼 수 있는지에 달렸음을 알 수 있다.

독해는 제대로 된 글 읽기가 선행되어야 한다

이 모든 것을 고려하더라도, 논술 제시지문의 독해는 여전히 어렵다. 더군다나 글을 읽는 데 익숙하지 않은 수험생의 입장에서 볼 때, 제시지문을 '전제-결론', '결론-전제'의 논증 구조로 읽고 해석해내기란 결코 쉽지 않다. 그렇기에 어찌 보면 지금까지의 설명이 일견 무의미할지도 모르겠다. 속된 말로 글을 읽는 동안에 '까만 것은 글자요, 하얀 것은 종이'에 불과할 정도로 앞이 캄캄한 경우에 제시지문을 논증 구조로 읽어내라는 얘기는 그야말로 난센스다.

하지만 단연코 그렇지는 않다. 처음부터 이렇듯 논증 구조를 파악하며 공부하란 얘기가 절대 아니다. 기출문제를 중심으로 많은 글을 읽고 해석해나가다 보면, 어느 한순간에 글의 논증 구조가 눈에 들어오게 되어 있다. 원래 공부란 게 그런 것이다. 일정 수준에 오르기 전까지는 쌓아 올린 모든 지식이 제자리를 찾아 체계화되지 못하고 제각각 따로 놀 수밖에 없다. 당연히 그 기간까지는 글을 읽으면서도 뭐가 전제고 또 뭐가 결론인지 가름하기에 급급하다.

요점은 그 일정 수준에 이르기까지가 그야말로 험난하다는 게 문제인데, 그렇더라도 많은 시간과 노력을 들여 스스로 수준을 끌어올려야 한다는 점이다. 그렇게 해서 일정 수준에 오르면, 그 이후부터는 앞서 설명한 것처럼 좀 더 체계적으로 접근할 수 있게 된다.

따라서 이렇게 생각하면 된다. 지금까지 설명한 독해의 방법론적 접근에 대해서는 당분간 잊어라. 그리고 제시지문을 풀어가면서 많은 글을 읽어라. 또 그 과정에서 끊임없이 질문을 던지면서 제시지문을 읽는 훈련을 하라. 이것이 어느 정도 수준에 오른 다음부터 앞서 설명한 방법대로 연습을 해보라. 글의 맥락적인 관계, 단락별 핵심 단어 등 논증 구조를 파악하는 글 읽기의 과정에서 독해 실력은 결단코 부쩍부쩍 늘게 되어 있다.

하지만 그런 과정 없이 막연하게 글의 구조를 도식화하고 부호화해서 읽는다 한들, 결국에는 사상누각에 불과할 뿐이다. 생각해보라. 글에 담긴 의미가 뭔지도 모르면서 어떻게 글의 구조를 도식화할 수 있으며, 또 그렇게 한다고 한들 그것이 올바르다고 확신할 수 있겠는가? 물론, 앞서 설명한 '전제-결론'의 논증 구조를 파악하는 일련의 훈련은 이것과는 차원이 다르다. 어디까지나 귀납적·연역적 방법에 따른 글의 문맥을 제대로 파악하는 데 목적이 있기 때문에, 그만큼 높은 수준의 글 읽기가 전제된다.

따라서 글 읽기 연습이 제대로 안 된 상태에서 논증 구조부터 파악한다면, 이는 결코 바람직하지 않다. 글을 읽으면서 고민하기보다는, 혹여나 하는 꼼수가 머릿속을 지배하려 들 것이기 때문이다. 그렇기에 자칫 그릇된 습관을 길러 결국에는 사고의 폭을 제한하게 된다.

명심할 것은, 논술시험은 수험생의 글 읽기를 평가하기 위함이지, 결코 어쭙잖은 글쓰기를 테스트하려 하려는 것이 아니라는 점이다. 그렇기에 제시지문의 올바른 독해 없이는 절대 논술시험에 합격할 수 없다. 논술시험으로 합격하고 싶다면, 먼저 글부터 읽어라. 그것도 제대로!

그렇다면 글을 어떻게 읽어야 할까? 이를 설명하기에 앞서 다산 정약용 선생의 편지 한 구절을 헤아려 살피는 게 적절할 듯하다. 다음은 다산 선생이 (조상이 큰 죄를 짓고 죽어 그 자손이 벼슬을 할 수 없게 된) 폐족의 처지를 비관하여 글 읽기를 게을리 하는 둘째 아들 학연에게 보낸 편지의 일부다.

내가 몇 년 전부터 독서에 대해 깨달은 바가 큰데, <u>마구잡이로 그냥 읽어 내리기만 한다면 하루에 백번 천번을 읽어도 읽지 않은 것과 다를 바가 없다.</u> 무릇 독서하는 도중에 의미를 모르는 글자를 만나면 <u>그때마다 널리 고찰하고 세밀하게 연구하여 그 근본 뿌리를 파헤쳐 글 전체를 이해할 수 있어야 한다.</u> (출처, 《유배지에서 보낸 편지》창비)

위의 글처럼 논술 글 읽기에 적절한 표현이 어디 또 있을까? 그리고 요즘 이렇게 공부하는 학생이 몇이나 될까? 인터넷이다 트위터다 하여 자기가 읽고 싶은 글만 골라 읽고, 그것도 자극적인 짧은 글에 익숙해진 현실에서 말이다.

이제 위 글의 밑줄 친 부분을 끌어와, 논술 글을 제대로 읽기 위해서는 어떠한 방법으로 접근해야 할지에 대해 간략히 살펴보자. 이를 위해서는 특히 다음 사항이 중요하다.

첫째, '다독多讀'보다는 '정독精讀'이 중요하다. 무엇보다 글(논제와 제시지문)을 정확히 읽는 게 중요하다. 중심 문장과 뒷받침 문장을 정확히 구분하고, 각각에 들어 있는 주장과 근거를 정확히 파악하여 논지와 논거로 도출할 수 있도록 연습하고, 거기에 더해 자신의 비판적 견해까지 사려 깊게 성찰하면서 읽는 연습이 요구된다. 그러려면 글에 담긴 뜻을 새겨가며 꼼꼼하고 자세히 읽는 연습에 힘을 쏟아야 한다. 그리고 글을 읽으면서 밑줄을 긋거나 메모를 함으로써 중심 내용을 정리하는 연습을 해야 한다. 이것이 곧 '정독'의 방법으로, 처음에는 어렵겠지만, 부단히 읽고 생각하는 과정에서 자연스럽게 습득될 수 있도록 노력해야 한다.

둘째, '다독多讀'보다는 '다상량多商量', 즉 많이 생각하면서 읽는 게 중요하다. 제시지문을 읽을 때는 특히 제시지문 간의 연관관계를 잘 파악하면서 읽는 연습을 해야 한다. 이를 통해 단락과 단락 사이, 제시지문과 제시지문 사이의 연관관계를 정확히 파악한다면, 그것이 곧 출제의도를 정확히 파악하는 지름길이 된다. 그렇기에 글을 읽으면서 항상 '왜'라는 질문을 자신에게 던져 물음에 답할 수 있어야 한다. 그 과정에서 제시지문에 들어있는 사실 혹은 주장에 대한 맥락을 파악해낼 수 있으며, 또한 이것을 비교 · 대조하는 가운데 구조적이면서도 풍부하게 해석해낼 수 있다.

이것이 곧 분석적 · 비판적 · 해석적 글 읽기다.

셋째, 다양한 주제를 담은 글을 폭넓게 읽어야 한다. 앞서 제시지문의 독해는 논제에 담긴 기본 개념과 이론에 대한 해제라고 설명했다. 그렇기에 제시지문의 독해에 앞서 교과과정에 실린 기본 이론과 핵심 주제어를 빠짐없이 알고 있어야 하며, 평소에 정리하는 습관을 들이는 게 좋다고 거듭 강조했다. 따라서 이를 위해서는 핵심 이론을 중심으로 이를 주제별로 크게 구분하되, 이와 관련한 다양한 논제들을 붙여가며 익히는 게 효과적이다. 이것이 곧 통합논술 공부인데, 주제별로 묶어 익힌 기본적인 배경지식이 탄탄하게 갖춰져 있을 때, 그것으로부터 자기만의 논리를 만드는 것이 한결 쉬워진다. 이것이 또한 통합논술에서 요구하는 창의력이자 비판적 사고력이다. 이처럼 창의력이나 비판적 사고력은 암기나 이해처럼 기초적인 지적 능력을 갖춘 뒤에야 발현될 수 있는 것이지, 결코 하늘에서 뚝 떨어지듯이 부지불식간에 생겨나는 게 아님을 명심해야 한다.

논술시험의 가장 큰 목적 중 하나는 대학 수학능력을 평가하기 위함이다. 대학에서 이뤄지는 공부는 전공뿐만 아니라 인문 · 사회과학은 물론 교양에 관한 다양한 서적을 읽는 것으로부터 시작한다. 따라서 논술시험은 다양한 저술에서 발췌한 제시지문을 통해 수험생의 독해력이 어느 정도인지 평가한다. 그리고 제시지문을 얼마나 분석적이고 비판적으로 읽어낼 수 있는지를 묻는다. 이 모든 것은 수험생들의 독해력과 관계되는 것으로, 결국 독해력이 논술의 모든 것을 좌우한다.

제시지문
요약

- 제시지문의 논증 찾기 과정을 통해 파악된 논증 구조(논지_논거)에 의거해서,
- 이를 '결론(주장)-전제(근거)'에 맞춰 논리적으로 연결시키되,
- 어디까지나 **핵심 단어를 중심**으로 이를 자기만의 언어로 짧게 재구성하는 과정이다.

앞서 밝혔듯이, 논술시험에서 가장 중시하는 것이 주어진 제시지문을 객관적·비판적으로 해석하고 분석하는 능력이다. 이것이 바로 제시지문의 올바른 독해로, 그런 점에서 논술시험은 독해력을 우선적으로 묻는 시험이기도 하다.

하지만 그 독해력을 어떤 식으로든 평가해야만 그 능력의 정도를 파악할 수 있다. 이는 요약 글을 통해 검증되는데, 그렇기에 '요약하기'는 그만큼 중요하다. 그럼에도 수험생들이 가장 힘들어하는 것이 바로 요약하기다. 무엇보다 객관식 찍기 시험에 익숙한 수험생들의 입장에서 볼 때 글 쓰는 자체가 여간 생경하고 힘든 게 아니며, 더군다나 이것에 대한 어떠한 객관적 준거는 물론 예시 글조차도 찾아볼 수 없기 때문이다. 그렇더라도 그리 걱정할 필요는 없다. 거듭되는 얘기지만, 시험이란 게 워낙 상대적인 것이어서 요약 글쓰기를 나만 어렵게 생각하는 것은 아니기 때문이다. 이 때문에 많은 수험생들이 포기하거나 회피하려 드는데, 오히려 이 부분에 대한 연습을 남들보다 조금만 더 열심히 하면 좋은 결과를 낳는다.

실제, 합격권에 속하는 학생들의 당락에 결정적인 영향을 미치는 게 바로 요약 부분인데, 왜냐하면 요약이 제대로 안 될 경우 글이 정리가 안 되고 산만해져 채점자의 눈 밖에 나기 십상이기 때문이다. 따라서 논술시험 합격을 위해서는 정확한 독해와 올바른 요약이 필수조건이 되는데, 이 둘은 마치 바늘과 실처럼 함께 공부해나가야 한다. 즉, 제시지문을 가지고 독해와 요약을 동시에 하면서 공부해나가는 게 가장 효과적이다.

한 가지 확실한 것은, 글쓰기는 하면 할수록 는다는 점이다. 글의 내용을 생각하면서 쓰고, 그 글을 계속해서 수정해나가다 보면 솜씨는 점점 더 늘게 되어 있다.

요약은 독해의 검증이다

요약이란, 주어진 글을 읽고 그 핵심 내용을 짧은 분량으로 정리하는 작업이다. 즉, 글의 핵심 단어를 사용하여 이를 논리적으로 연결시켜 전체를 합리적으로 재구성하는 일련의 과정이다.

요약은 글의 핵심 내용을 담은 중심 문장을 찾아내고, 이를 중심으로 글의 논지를 판별하여 해석하고, 이것을 뒷받침하는 문장을 찾아 타당한 논거를 더하는 일련의 가치판단이라는 복합적인 사고 과정을 필요로 한다. 그런 점에서 요약하기는 독해가 제대로 됐는지 검증하는 과정이기도 하다. 이러한 요약하기의 과정은 글을 객관적이고 비판적으로 분석하는 능력을 함양하는 데 유용한 도구가 된다. 따라서 요약 글쓰기는 주어진 글에 대한 이해도를 높이고, 이를 자신의 언어로 전달하는 능력을 기르는 논증적 글쓰기라고 보면 된다.

요약하기의 과정은 자신이 읽은 글에서 중요한 부분과 그렇지 않은 부분을 구별하는 능력은 물론, 주어진 글의 내용을 논리적 비약 없이 체계화하는 역량까지도 담아낸다. 또한, 정해진 글쓰기 분량 내에서 자신이 말하고자 하는 내용에 부합하는 사례와 증거를 효과적으로 제시할 때에도 요약하기는 매우 중요하다.

글의 내용을 정확하게 이해하기 위해서는 글을 통해서 전달하려고 하는 '정보'를 효과적으로 정리하는 요약적 사고가 필요하다. 논술 답안을 제대로 쓰지 못하는 것은 주어진 글을 제대로 이해하지 못함으로써, 이것이 올바른 요약으로 이어지지 못한 것이라고 보면 된다.

요약의 방법에는 문장으로 서술하면서 요약하는 방법과 주제어를 중심으로 항목화하여 요약하는 방법이 있는데, 논술시험에는 전자의 방법이 사용된다. '서술형으로 요약하기'는 글의 내용을 핵심 주제어와 중심 문장으로 정리하고, 그것을 연결시키면서 한두 문단으로 요약하는 것을 말한다. 이때 전체 글의 주제가 부각되어야 하며, 문장과 문장 사이의 논리적 관계가 유기적으로 전개되어야 한다. 그리고 글의 내용을 필요 이상으로 추상화하는 것을 경계해야 한다.

핵심은 군더더기 말을 없애고 중심 문장을 중심으로 가능한 한 짧게 요약해야 한다는 점이다. 따라서 모든 제시지문을 읽을 때는 항상 그 내용을 요약하는 훈련을 병행해나가야 한다. 이는 제시지문에 담긴 요점을 파악하는 능력뿐만 아니라 파악한 것을 자신의 관점에서 비판적으로 재구성할 수 있는 능력을 키워준다. 그렇기에 제시지문을 읽을 때는 항상 '왜'라는 질문을 던지면서 읽도록 습관화해야 한다.

요약을 잘하려면

그럼에도 요약을 좀 더 효율적으로 해나가기 위한 방법은 분명 있다. 특히 다음 사항을 염두에 두고 요약한다면 글의 흐름과 구조를 더 잘 이해하고, 그러한 과정에서 자연스럽게 독해력까지 향상될 것이다.

그런 점에서 요약은 독해의 연장이라고 봐야 할 것인데, 특히 다음 사항을 염두에 두고 해나가면 된다. 중요한 것은, 요약 글은 논증 구조를 갖는 하나의 완성된 문장이 되어야 하며, 또한 요약 글만 읽고도 전체 내용을 파악할 수 있도록 구체적이고도 정확하며, 간결한 문장으로 정리되어야 한다. 절대 장황한 논조로 중언부언해서는 안 된다. 말이 쉽지, 실제로 이렇게 되기까지에는 엄청난 시간과 노력이 필요하다. 그렇지만 이것을 뛰어넘지 않으면 결코 해결되지 않음을 이해하고 연습해나가야 한다. 이 부분만큼은 온전히 수험생 몫이다.

요약을 잘하려면

- 논제에서 요구하는 사항에 따라, 글 전체에 담긴 의미를 포괄적으로 파악한다.
- 제시지문 속의 핵심 단어와 중심 단락을 찾는다. 글의 논증 구조를 중심으로, 각 문단의 중심 단어와 중심 문장을 찾아 요약한다.
- 핵심 단어에 밑줄을 긋고, 그 단어를 중심으로 논리적으로 연결시켜 이를 하나의 문장으로 정리한다. 이렇게 해서 전체를 150자 전후의 두세 문장으로 요약한다.
- 주어진 글이 길 경우, 각 문장의 유기적인 관계를 설정하여 두세 개 단락으로 구분한 후, 이를 순차적으로 요약하고, 이후 다시 하나의 문장으로 정리한다. 이때, 가능한 한 하나의 문단을 하나의 문장으로 요약하는 게 좋다.
- 어디까지나 구체적이고 정확한 문장으로 완성해야 한다. 이때 핵심 단어는 변환하지 말고 그대로 써야 한다. 자칫하다가는 내용이 왜곡되고, 글의 이해가 떨어질 수 있기 때문이다. 또한 이것이 누락될 경우, 채점에서 불이익을 받을 수 있기에 특히 주의해야 한다.
- 문제에서 특별히 지시하는 분량이 있으면 그 기준에 맞춰 줄여 쓴다.

● 요약 능력이 떨어질 경우에는, 각 문단별로 옆 부분에 먼저 간단히 메모를 하면서 읽어 나간 후에, 다시 이것을 토대로 문단과 전체를 번갈아가며 파악하면서 요약하는 게 효과 적이다.

이상을 염두에 두고 제시지문을 요약한 예를 몇 가지 살펴보자. 아래처럼 기출 문제에 실린 사례를 따져 살피는 게 훨씬 이해를 도울 것이다.

사례1_ 숙명여대 2009 인문 수시2 1차 공통문항 문제1

문제1. 〈가〉의 필자가 말하고자 한 것을 간추려 적으시오. (분량: 100자 ± 10자)

〈가〉 사람들이 내 글을 보고 '오랑캐의 연호(年號)를 쓴 글'이라고 시비한다는데, 무슨 말인지 모르겠습니다. 나의 책 《열하일기》는 기행문에 지나지 않습니다. 이런 글이 있건 없건, 잘 지었건 못 지었건, 별다른 영향이 없을 글입니다. 애초에 어찌 《춘추(春秋)》의 의리를 따지며 글을 썼겠습니까? 지금 어떤 사람들이 갑자기 그런 문제들을 가지고 책망 한다니, 좀 지나친 것 같습니다.

아아, 세상에서 청나라 연호를 처음 쓰기 시작할 때에, 우리 동방의 선현들 가운데는 고 신(告身)1) 위에 쓰지 말자고 주장한 분이 있었습니다. 또 사대부 집안에서 무덤에 글을 새기면서 '숭정(崇禎)2) 기원 후'라고 소급하여 쓴 경우도 있긴 했습니다.

그러나 공사 간의 문서에서는 청나라 연호를 피할 수가 없었습니다. 어쩔 수가 없기 때 문입니다. 그러므로 논밭이나 집을 사들일 때에 그것을 대대로 전하려고 생각하지 않는 것은 아니지만, 그 문서를 작성할 때에는 결국 당시의 연호를 썼습니다. 그러지 않으면 매매가 이루어지지 않기 때문입니다. 이 세상에서 《춘추》의 의리에 가장 엄격한 저 사람 들이 장차 "오랑캐의 연호가 붙은 집이라서 살지 않겠다."고 말할는지, 또 과연 "오랑캐 의 연호가 붙은 논밭이라서 그 소출을 먹지 않겠다."고 말할는지, 나는 아직도 모르겠습 니다.

핵심 요약

《열하일기》에 청의 연호를 썼다는 이유로 비난하는 것은 지나치다. 영향력이 크지 않은 단순 기행문이라 군이 명분을 따져가며 쓸 필요도 없었고, 또한 문서상의 편의를 위해서 도 어쩔 수 없이 사용해야 했기 때문이다.

사례1은 제시지문 (가)를 100자 전후로 글쓴이의 주장을 요약하라는 문제다. 이런 식으로 구어체 문장으로 쓰인 경우에는 글의 핵심 단어가 쉽게 드러나지 않아 요약하기가 생각보다 어렵다. 이런 글일수록 전체 내용을 포괄적으로 이해하고 이에 맞춰 글을 재구성해야 하는데, 특히 글쓴이의 주장을 담은 문장에 주목할 필요가 있다. 제시지문 내의 '별다른 영향이 없을 글', '좀 지나치다', '어쩔 수가 없기 때문'이 그것으로, 왜 글쓴이가 이 같은 말을 했는지 생각하면서 전체를 파악해야 한다. 그 과정에서 이것에 맞춰 핵심 단어를 새롭게 만들어 집어넣으면 앞의 요약 글처럼 자연스럽게 논리적으로 재구성된다.

요약은 첨삭을 통해 다듬어진다

제시지문을 요약할 때 중요한 것은, 긴 글을 읽고 글쓴이가 말하고자 하는 핵심을 찾아 간단히 정리하는 능력이다. 즉, 긴 글을 제대로 요약할 줄 알아야 서술해야 할 방향을 제대로 찾아가면서 올바른 논술 글을 쓸 수 있다.

사례2_ 성신여대 2011 인문 수시_ 문제1의 제시지문(가2)

자유와 평등은 자유민주주의의 핵심적 요소로서, 민주사회에서 개인 간의 상호관계가 어떤 방식으로 전개되어야 하는지를 분명히 보여주는 매우 중요한 개념이다. 즉, 자유와 평등은 마치 수레의 두 바퀴와 같이 자유민주주 체제를 올바르게 끌고 나갈 수 있게 해주는 양대 요소로서, 이 두 요소가 **조화**를 이루지 못하면 엄밀한 의미에서의 자유민주주의는 성립되기 어렵다. 자유민주주의에서 말하는 자유란, 국민 각자가 보람 있는 삶을 영위하기 위하여 자신의 욕구에 따라 그 삶의 조건들을 선택하는 것을 뜻한다. 자유의 폭이 넓을수록 그 개인과 집단의 삶의 질은 높아지고, 또 그 모습 역시 다양해지게 마련이다. 이와 반대로, 자유가 제한될수록 보람 있는 삶의 실현을 위한 가능성은 그만큼 위축된다고 말할 수 있다.

→자유와 평등의 조화는 자유민주주의 사회를 실현하기 위한 핵심 요소로서, 각 개인의 자유가 최대한으로 보장될 수 있도록 자유로운 경쟁이 허용되어야 한다.

한편, 모든 개인과 집단이 자신들의 욕구 실현만을 주장하고 다른 사람들의 욕구 실현을 고려하지 않을 경우, 사회는 상호 갈등만을 일으키게 될 것이다. 사람들이 모두 자신만을 생각할 때는 다른 사람의 자유를 침해하여 서로 충돌하게 될 것이기 때문이다. 그러므로 개인 각자가 무제한적인 자유를 주장하는 사회에서는 상호간의 다툼 때문에 실제로는 욕구를 실현하기가 어렵게 된다. 따라서 민주주의에서 말하는 자유경쟁은 다른 사람의 자유를 침해하지 않는 범위 안에서만 이루어져야 한다. 이러한 제약은 각 개인의 자유가 최대한으로 보장될 수 있도록 하기 위한 최소한의 규율이다.

→그렇더라도 그 경쟁이 다른 사람의 자유를 침해하지 않는 범위 내에서 이루어지도록 제한해야 하며,

그런데 이러한 제약은 사회구성원, 다시 말해 모든 개인이나 집단에게 공평하게 적용되어야 하며, 결코 선별적이거나 차별적으로 적용되어서는 안 된다. 바로 여기에서 자유민주주의에서 말하는 평등의 중요성이 제기된다. 평등이란 기회균등을 의미한다. 이는 모든 개인이 자유를 한껏 누리되, 그 기회가 균등하여야 함을 뜻한다. 자유와 평등은 상호 대립적인 면이 있다. 평등만을 강조하다 보면 자유가 위축되기 마련이고, 자유를 지나치게 강조하다 보면 평등이 손상될 수 있다. 따라서 이 둘은 조화를 이루어야만 한다. 타인의 자유를 손상시키지 않으면서, 동시에 평등과 자유가 조화를 이루는 사회에서 각 개인은 최대한의 자유를 누리게 된다. 그러나 아무런 제약 없이 자유에만 치우치게 되면 방종한 사회가 되고, 자유 없이 평등에만 치우치게 되면 통제와 감시만이 존재하는 사회로 전락하게 된다.

→그 자유의 제한은 사회구성원 모두에게 기회균등으로서의 평등이 실현되는 방향으로 공평하게 적용되어야 한다.

자유와 평등이 조화를 이루는 사회는 그냥 주어지는 것이 아니라, 구성원들의 땀과 정성으로 가꾸어지는 것이다. 자유민주주의의 역사를 되돌아보면, 이러한 사회는 하루 이틀에 이루어진 것이 아니라, 오랜 동안의 시행착오를 겪으면서 점진적으로 이루어진 것임을 알 수 있다. 따라서 우리는 자유와 평등을 누리기에 앞서 그 전제조건에 해당되는 것이 바로 책임이라는 사실을 알아야 한다. 국민 각자가 자유와 평등만을 내세우고 책임의식을 느끼지 않을 때는 궁극적으로 자유와 평등도 누릴 수 없게 된다.

→이처럼 자유와 평등은 조화를 이루어야 하는데, 이를 위해서는 무엇보다 평등적 자유의 실현을 위한 책임의식이 전제되어야 한다.

각 단락의 핵심 내용을 정리하면
자유와 평등의 조화는 자유민주주의 사회를 실현하기 위한 핵심 요소로서, 각 개인의 자유가 최대한으로 보장될 수 있도록 자유로운 경쟁이 허용되어야 한다. 그렇더라도 그 경

쟁이 다른 사람의 자유를 침해하지 않는 범위 내에서 이루어지도록 일정 부분 제한되어야 하는데, 그 자유의 제한은 사회구성원 모두에게 **기회균등**으로서의 평등이 실현되는 방향으로 공평하게 적용되어야 한다. 이처럼 자유와 평등은 조화를 이루어야 하는데, 이를 위해서는 무엇보다 평등적 자유의 실현을 위한 **책임의식**이 전제되어야 한다.

이를 다시 축약하면
자유민주주의 사회를 실현하기 위해서는 다른 사람의 자유를 침해하지 않는 범위 내에서의 경쟁의 자유를 허용하되, **기회균등**으로서의 평등적 자유를 실현하는 방향으로 사회구성원 모두에게 공평하게 적용되어야 한다. 이를 위해서는 무엇보다 **자유와 평등의 조화**를 이루고자 하는 국민 각자의 **책임의식**이 요구된다.

사례2처럼 제시지문이 길게 주어질 경우, 각 문장의 유기적인 관계를 설정하여 서너 개의 단락으로 구분한 후 이를 순차적으로 요약하고, 이후 이를 하나의 문장으로 정리하면 된다.

이를 위해서는 먼저 각 단락의 중심 문장에 밑줄을 긋고, 그 문장에 살을 보태가며 연결한 후에 읽어본다. 이때 내용이 매끄럽게 논리적으로 이어진다면 잘 요약된 것이지만, 그렇지 않고 어딘가 어색하면 제대로 요약하지 못한 것이라고 보면 된다.

사례2는 그것을 보여주는데, 여기서 생각해야 할 것이 바로 '첨삭'이다. 긴 글일수록, 제시지문을 독해하는 수준이 낮을수록 글에 담긴 핵심 내용과 그렇지 않은 내용을 구분하는 능력이 떨어진다. 또한, 그렇기에 제시지문에 실린 글을 그대로 인용하려 든다. 이렇게 되면 당연히 글이 길어질 수밖에 없는데, 어떤 의미에서 보면 이는 글의 인용 수준에 지나지 않아 결코 제대로 된 요약 글이 될 수 없다.

그렇더라도 크게 염려할 필요는 없다. 이렇게 정리한 글을 다시 축약하는 과정에서 자기만의 언어로 재구성함으로써 요약 글로 거듭나게 만들면 된다. 이는 첨삭을 통한 글의 축약 과정을 의미한다. 사례2의 경우, 각 단락의 핵심 내용을 정리한 후, 이를 첨삭하는 과정을 거치면서 다시 150자 전후의 글로 축약해서 예시한 글이 곧 제시지문의 요약 글이 된다.

이를 통해 반드시 알아두어야 할 것이 있다. 첫째, 첨삭은 요약된 글을 다듬는 과정이다. 그렇기에 논제 분석에 따라 논지가 파악되고, 독해를 통해 논거가 뒷받침되는 등 요약 글의 '논증 구조'가 제대로 세워졌을 경우에 가능하다. 이후 이를 논술시험에 맞춰 더욱 세련된 글로 다듬어나가는 과정이 곧 첨삭이다. 그렇기에 논증 구조가 이뤄지지 않아 요약된 글이 논점 이탈이나 논리적 비약으로 흐른 이후의 첨삭은 그야말로 무용지물이다. 글 전체가 잘못됐는데, 이것을 가지고 어떻게 첨삭을 해가면서 바로잡을 수 있단 말인가! 따라서 이런 경우에는 다시 쓰기를 하면서 처음부터 다시 살펴야 한다.

둘째, 첨삭에는 학생 스스로 요약 글을 다시 써가면서 축약하는 과정이 필요하다. 학생 스스로 작성한 요약 글을 다시 고민을 거듭하면서 축약하고 정리하는 과정에서 글쓰기 실력은 그만큼 늘게 되어 있다. 이런 이유로 학생을 지도하는 논술 강사나 학교 선생님은 학생이 이것이 가능한 수준에 오를 때까지는 조용히 뒷짐을 지고 물러나 있되, 전체적인 차원에서 방향만 제시해야 한다. 에둘러가며 학생들에게 가르칠 경우, 오히려 학생의 실력 향상을 가로막는 나쁜 결과를 가져올 뿐이다.

제시지문을 요약할 때 주의할 점

이밖에도 제시지문을 요약할 때 주의할 점은 많은데, 특히 다음 사항에 유의해야 한다.

요약할 때 주의할 점

● 주어진 글을 단순히 요약하라고 했을 때, 원 글에 없는 내용을 보태거나 왜곡해서는 안 된다. 원 글을 비판하거나 자기주장을 보태도 안 된다.

● 주어진 글을 그대로 인용하거나, 명확한 근거 없이 일방적인 주장을 나열해서도 안 된다.

● 글 전체를 단숨에 읽고 곧바로 요약하는 것은 옳지 않다. 단박에 통찰하기가 어려울뿐

더러, 그런 수준 낮은 제시문은 주어지지 않는다. 요약은 어디까지나 독해력에 있음에 유념하여, 주어진 제시지문을 충분히 읽고 전체의 요지를 파악할 수 있어야 한다.

● 주어진 제시지문을 요약할 때는 반드시 출제된 문제를 읽고, 어디까지나 그 문제에서 요구하는 논제에 맞춰 요약해야 한다.

● '도입-논거-주장' 혹은 '주장-근거' 순서로 요약하는 사고를 구조화시킬 경우, 이는 오히려 요약에 도움이 되지 않는다. 어디까지나 전체 요지를 파악하는 게 중요하며, 그렇게 해서 전체 내용을 어떻게 담아 요약할 것인가가 중요하다.

● 주어진 글에 글쓴이가 드러내려는 주장과 논거가 분명하지 않거나, 숨은 의도나 전제가 있거나, 글이 너무 어려워 독해가 안 되는 등 요약하기 어렵더라도 당황해서는 안 된다. 이럴 경우, 주어진 제시지문들 간의 연관관계 속에서 미루어 유추하여 파악하는 방법으로 해결할 수 있다. 예를 들어 제시지문을 서로 대립되는 관점으로 묶어 요약·비교·비판하라고 묻는 경우가 많은데, 주어진 전체 제시지문 간의 연관관계 속에서 핵심 내용을 파악함으로써 해결할 수 있다.

● 영어지문의 경우, 원문이 그대로 출제되는 경우가 대부분이어서 독해에 난항을 겪을 수 있는데, 이로 인해 제대로 요약하지 못하는 경우가 많다. 따라서 이 경우 역시 무엇보다 제시지문 간의 연관관계 속에서 그 핵심을 파악하는 것이 중요하다.

● 또한 영어지문은 이를 그대로 직역한 후에 요약할 경우 자칫 글의 두서가 없거나 핵심 내용을 빠뜨릴 수 있다. 이 역시 전체를 파악하여 의역과 직역의 중간선에서 요약하는 게 효과적이다.

사례3_ 고려대 2011 인문 모의_ 문제1

문제Ⅰ. 제시문 (1)을 요약하시오. (15점, 띄어쓰기 포함하여 350~400자)

(1)근대적인 의미에서 변증법은 어떤 것이 정립, 반정립, 종합이라는 3요소로 특징지을 수 있는 방법으로 전개된다고 주장하는 이론이다. 먼저 정립이라 할 수 있는 어떤 관념이나 이론 또는 운동이 존재한다. 그러한 정립은, 이 세상의 거의 대부분의 사물과 마찬가지

로, 아마도 한정된 가치밖에 없으며 또 여러 약점이 있을 것이므로 종종 대립물을 산출할 것이다. 이 대립되는 관념이나 운동은 처음의 것, 즉 정립에 반대되는 것이므로 반정립이라고 한다. 정립과 반정립의 투쟁은 어떤 해결에 이를 때까지 계속되는데, 이 해결은 정립과 반정립 각각의 가치를 인정하고 그 모든 장점을 보존함으로써, 또한 양자에게 제약을 가하고 있는 모든 약점을 제거하려고 노력함으로써 정립과 반정립을 초월한다. 제3의 단계인 이 해결을 **종합**이라고 한다. 일단 이것이 이루어지면, 그 종합은 또다시 변증법 3요소의 1단계가 될 수 있다. 즉 변증법적 과정을 통해 도달한 특수한 종합이 일면적이고 만족스럽지 못한 것으로 드러나면, 그 종합은 다시 정립으로서 새로운 반정립을 낳는 것이다.

→**해설**_ 변증법은 정립(=正), 반정립(=反), 종합(=合)의 방법으로 전개된다. 어떤 관념이나 이론, 운동을 규정하는 정립은 한정된 가치나 약점을 갖기에 대립물인 반정립과의 투쟁이 불가피하며, 이를 통해 어떤 해결을 이룰 때까지 그 투쟁은 계속된다. 그 해결은 정립과 반정립 각각의 가치를 인정하고, 장점을 보존하고, 약점을 제거함으로써 초월적 가치를 생성하는데, 이렇게 해서 해결된 가치 창출의 단계를 '종합'이라고 한다. 그 종합은 다시 새로운 정립 단계가 되고, 이것이 변증법적 과정을 통해 새로운 반정립을 낳는다.

→**요약**_ 어떤 가치 관념을 규정하는 정립과 이에 대립하는 반정립 간의 투쟁을 통해 새로운 초월적 가치를 창출하고 발전하는 과정의 연속이 곧 변증법적 발전 과정이다.

이러한 변증법적 관점은 적지 않은 문제를 가지고 있다. 가장 중요한 오해와 혼란은 모순에 대한 변증법 논자들의 부정확한 표현에서 비롯된다. 그들은 모순이 사고의 역사에서 최고의 중요성을 갖고 있고, 매우 생산적이며, 실로 사고가 진보하기 위한 원동력이라고 본다. 변증법 논자들은 생산적인 모순들을 회피할 필요가 전혀 없다는 결론을 내린다. 뿐만 아니라 그들은 모순이란 세계 도처에서 생기는 것이므로 불가피하다는 주장까지 한다. 이러한 주장은 전통적인 논리학의 이른바 모순율, 즉 모순되는 두 진술이 동시에 참일 수 없다는 원리에 대한 공격이 된다. 변증법 논자들은 모순의 유익함에 호소함으로써 전통적인 논리학의 이 법칙을 버려야 한다고 주장한다. 이렇게 해서 결국 변증법이 새로운 논리학이 된다고 그들은 주장한다.

→**해설**_ 이러한 변증법적 관점은 모순적 문제점을 가지고 있다. 정립과 반정립 사이의 변증법적인 모순적 사고가 생산적이기에 이를 회피할 필요가 없으며, 또한 창조적이고도 진보적인 것이기에 불가피하다는 주장이 그것이다. 즉, 모순의 유익함이 전통적 논리학의 모순율을 극복할 수 있다는 입장이다.

→**요약**_ 비록 변증법인 사고가 모순적이기는 하지만, 그럼에도 그 모순적 사고가 생산적이며 창조적이고 진보적인 것이기에 전통적 논리학의 모순율을 능히 극복할 수 있다고 주장한다.

변증법 논자들에 의하면, 모순은 유익하거나 창조적이거나 진보를 낳는다. 이것이 어떤 의미에서는 진실이라는 것을 우리도 인정했다. 그런데 모순의 창조성은 우리가 진술들 간의 모순을 허용치 않고 모순이 내포된 이론은 어떤 것이든지 바꾸겠다는 의지를 가질 때에만 가능하다. 그런데 만약에 우리가 이러한 자세를 바꾸어 모순을 묵인하면, 모순이 그 즉시 모든 다산성을 잃고 만다는 사실은 아무리 강조해도 지나치지 않다. 모순은 이 제 더 이상 지적인 진보를 산출하지 못할 것이다. 왜냐하면 우리가 모순을 묵인하면 우리 이론이 갖고 있는 모순이 지적된다 하더라도 이로 인해 이론을 변경하지 않을 것이기 때문이다. 다시 말해 모순을 용인하면 모든 비판은 그 힘을 상실하고 말 것이다. 우리가 모순을 용인할 경우, 비판은 물론 모든 지적인 진보 역시 종말을 고할 수밖에 없다. 따라 서 우리는 변증법 논자들에게 양다리를 걸칠 수는 없다고 말해야 할 것이다. 그들이 모 순에 관심을 갖는 이유가 단순히 다산성 때문이라면 모순을 용납해서는 안 된다. 그런 데도 변증법 논자들이 모순을 굳이 받아들인다면 모순은 무익한 것이 될 것이고, 합리적 인 비판과 토론 및 지적인 진보는 있을 수 없을 것이다.

→**해설** 하지만 그러한 모순은 우리가 그 무엇이든 바꾸겠다는 의지를 가질 때만이 창 조성을 갖는다. 그런데 우리가 모순을 묵인하면 우리 이론이 갖고 있는 모순이 지적된다 고 하더라도 이를 변경하지 않을 것이고, 따라서 모순을 용인하는 그 즉시 모든 다산성 을 잃어 지적인 진보를 산출하지 못하고 말 것이다. 이처럼 우리가 모순을 용인하면 모 든 비판은 그 힘을 상실하여, 그 결과 비판은 물론 모든 지적인 진보 역시 종말을 고할 수 밖에 없다. 이런 이유로 변증법 논자들이 모순에 관심을 갖는 이유가 단순히 다산성 때 문이라면 모순을 용납해서는 안 된다. 그 모순은 무익한 것이 될 것이고, 합리적인 비판 과 토론 및 지적인 진보는 있을 수가 없기에 그렇다.

→**요약** 정립과 반정립 사이의 모순의 창조성은 기존의 사고를 바꾸겠다는 의지를 가질 때만이 가능하다. 하지만 만약에 이러한 의지를 포기할 경우, 이는 기존의 사고를 바꾸 지 않으려는 것이기에 모순이 창조성은 잃고 만다. 따라서 의지를 포기하는 것은 곧 모 순을 묵인하는 것이고, 이는 비판력을 상실함으로써 창조성을 잃게 한다. 그 결과 종합 적 가치 창출의 단계로 나아가지 못하는 자기모순에 빠지고 만다.

그러므로 우리가 정립과 반정립 사이의 모순을 받아들이지 않겠다고 결의하면, 우리는 모순을 피할 수 있는 새로운 관점을 탐색하게 된다. 더구나 이 결의는 완전히 정당화될 수 있다. 왜냐하면 우리가 모순을 용인할 경우 그 어떤 종류의 과학적인 활동도 포기할 수밖에 없으며, 그것이 과학의 전면적인 붕괴를 뜻하게 되리라는 것을 쉽게 논증할 수 있 기 때문이다. 이 점은 모순되는 두 진술을 인정할 경우, 어떠한 진술도 인정하지 않을 수 없게 된다는 사실을 증명함으로써 밝힐 수 있다. 왜냐하면 서로 모순되는 한 쌍의 진술 로부터는 어떠한 진술이라도 타당하게 추론될 수 있기 때문이다.

→**해설** 그러므로 우리가 정립과 반정립 사이의 모순을 받아들이지 않으려면, 우리는 모

순을 피할 수 있는 새로운 관점을 탐색하면 된다. 우리가 모순을 용인할 경우, 우리는 그 어떤 종류의 과학적 활동도 포기해야 하며, 그렇게 되면 과학을 전면적으로 부정하는 결과를 초래한다. 이런 이유로 모순의 부정은 정당화될 수 있다.

→**요약** 또한, 모순을 용인함으로써 야기되는 모순의 상충은 과학을 전면 부정함으로써 과학적 활동의 포기를 불러온다.

또한 모순율은 모순이 자연, 즉 사실의 세계에서는 결코 생길 수 없으며, 모든 사실은 서로 모순될 수 없다는 것을 내포한다. 예컨대 양전기와 음전기가 서로 모순된다는 것은 단순한 비유요 애매한 표현에 불과한 것이다. 진정한 모순의 실례는 다음의 두 문장일 것이다. 즉 "여기에 있는 물체는 1938년 11월 1일 오전 9시와 10시 사이에 양전기를 띠고 있었다."는 문장과 같은 물체에 대해서 그것이 같은 시각에 양전기를 띠고 있지 않았다는 문장이다. 이것은 두 문장 간의 모순이다. 그것에 대응하는 모순적인 사실은 하나의 물체가 동시에 양과 음 쌍방의 전기를 띠고 있으며, 따라서 어떤 음전기를 띤 물체를 당기는 동시에 당기지 않는다는 사실일 것이다. 물론 이러한 모순적인 사실이 존재하지 않는다는 것은 말할 필요도 없다.

→**요약** 아울러, 모순은 사실의 세계에서는 결코 생길 수 없으며, 모든 사실은 서로 모순될 수 없다. 당연히 모순적인 사실은 존재하지 않는다.

예시 **답안**(350~400자)

어떤 가치 관념을 규정하는 정립과 이에 대립하는 반정립 간의 투쟁을 통해 새로운 초월적 가치를 창출하고 발전하는 과정의 연속이 곧 변증법적 발전과정이다. 비록 이 같은 변증법인 사고가 모순적이기는 하지만, 그럼에도 이런 사고가 생산적이며 창조적이고 진보적인 것이기에 전통적 논리학의 모순율을 능히 극복할 수 있다고 주장한다. 하지만 이는 다음과 같은 문제가 있다. 첫째, 기존의 사고를 바꾸겠다는 의지를 포기할 경우, 이는 비판력의 상실로 창조성을 잃게 만든다. 그 결과 정립과 반정립 사이가 모순됨으로써 종합적 가치 창출 단계로 나아가지 못하는 자기모순에 빠진다. 둘째, 모순을 용인함으로써 야기되는 모순의 상충은 과학을 전면 부정함으로써 과학적 발전을 저해한다. 셋째, 모순적인 사실은 현실 세계에서는 결코 공존할 수 없으며, 당연히 모든 사실은 서로 모순될 수 없다. 이런 이유로 변증법적 관점은 기존 논리학의 역할을 대체할 수는 없다.

참고로 이 문제를 포함한 '고려대 2011 인문 모의' 문제는 그 동안의 논술시험에서 출제된 문제 중에서 가장 난이도가 높은 문제이기도 하다. 대입논술의 제시지문으로는 금기시할 정도로 난해한 헤겔의 변증법적 사상을 담은 것도 그렇거니와, 논제의 난이도도 그렇다. 그럼에도 굳이 이 문제를 사례로 든 이유는, 주어진 글에 글쓴이가 드러내려는 주장과 논거가 분명하지 않거나, 숨은 의도나 전제가 있거나, 글이 너무 어려워 독해가 안 되는 등 요약하기 어려운 경우의 극단을 보여주고자 함이다.

그렇기에 요약에 앞서 제시지문의 정확한 해석이 따라야 하는데, 위의 사례는 이를 이해하는 데 많은 도움이 된다. 사실, 이 제시지문은 이해 자체가 어렵다기보다는 용어가 난해한 관계로 요약하기 쉽지 않은 그런 문제이기도 하다. 어찌됐거나, 이 문제의 해석에서 핵심은 '변증법적 모순율을 전통적 논리학의 모순율에 적용했을 경우의 문제점'을 파악하는 것이다. 이것이 곧 제시지문의 논점이자 논지(주장)이며, 예시 답안의 세 가지 문제점이 곧 이에 대한 논거(근거)가 된다. 이걸 제대로 파악할 수 있겠는가? 이 문제의 경우, 논지조차 제대로 파악해내기가 어려움을 이해할 수 있을 것이다. 한 가지 다행인 것은, 최근의 출제 경향이 제시지문의 난이도를 계속해서 낮추되, 이것을 보완하는 차원에서 유형을 다양화한다는 점이다. 따라서 이런 어려운 제시지문을 담은 문제는 풀지 않아도 무방하다.

사례4_ 이화여대 2012년도 인문(I) 모의_ 문제2

문제2. 제시문 [다]와 제시문 [라]에서 보이는 주장의 공통점을 설명하시오.

[다] Many observers assume that there are pathological forces at work in acts of violence: mental derangement or outbreaks of frenzy. Apologists for the therapeutic society customarily see the wrongdoers as victims— 'victimized' by unfortunate circumstances, including social disadvantage, economic crises, poverty and exploitation, and so forth, all of which are held responsible for violence.
According to this theory, the wrongdoer of violence is part of the unfortunate society of the sick, the poor, the unemployed and the socially excluded, who can be helped only by therapeutic methods. The point is only too obvious. These

threadbare notions seek to eliminate the concept of guilt and free will. If the blame for violence is unloaded on psychological and social inadequacy, no one can ultimately be held responsible for a violent act and its consequences.

* pathological : 병리학적인, ** Apologists : 옹호자들, *** threadbare : 주장의 효과가 미비한

해석

많은 전문가들은 정신착란이나 분노의 표출과 같은 폭력적인 행동을 유발하는 어떠한 병리학적인 작용이 있다고 본다. 사회 병리적 치료가 필요하다고 지지하는 사람들은 폭력 가해자(범법자)들을 사회적 불이익, 경제 위기, 가난과 착취 등의 불가피한 환경적 요인에 따른 희생양으로 보고 있는데, 이 모든 것들이 폭력에 영향을 미친 데 따른 결과라고 본다.

이 이론에 따르면, 폭력 가해자들은 병자, 가난한 자, 실업자, 사회적으로 소외된 자 등 불공정한 사회의 한 객체로서, 오직 사회 병리적(구조적) 치료에 의해서만이 치유될 수 있다고 본다. 문제는 죄책감과 자유의지를 경감시키려고 생각하더라도 이것의 효과가 미미하다는 주장이 너무나도 확고하다는 데 있다. 폭력에 대한 책임이 심리적, 사회적 부적응과 모순에 따른 것으로 전가됐을 경우에 폭력적 행동과 그 결과에 대한 책임을 궁극적으로는 그 누구도 지지 않으려 하기에 더 그렇다

(→폭력의 원인이 일정 부분 사회구조적인 현상에 따른 결과이어서 그 책임 또한 사회에 있기는 하지만, 그렇더라도 이것을 전적으로 사회에 전가시키게 되면 그에 대한 책임 소재에 문제가 되므로 어디까지나 폭력을 저지른 개인에게 그 책임을 물을 수밖에 없다).

핵심 요약

사회적·환경적 요인에 의해 유발된 폭력적 행동의 가해자는 불공정한 사회의 병폐에 따른 희생양이기도 하다. 그런 점에서 사회구성원 모두에게 책임이 따른다고도 볼 수 있는데, 그럼에도 그 누구도 이에 대한 책임을 지려들지 않는다.

→우리 모두는 이들에 대한 가해자이기도 하기에 죄책감은 느끼겠지만, 그렇더라도 (내가) 그 책임을 지지는 않겠다(즉, 그 책임은 어디까지나 가해자에게 있다)… 숨은 전제

[라]

피고*는 전쟁기간 동안 유대인에게 저지른 범죄가 기록된 역사에 있어서 가장 큰 범죄라는 것을 인정했고, 또 피고가 거기서 한 역할을 인정했습니다. 그런데 피고는 자신이 결코 사악한 동기에서 행동한 것이 결코 아니고, 누구를 죽일 어떠한 의도도 결코 갖지 않았으며, 결코 유대인을 증오하지 않았지만, 그러나 그와는 다르게 행동할 수는 없었으며, 또한 죄책감을 느끼지 않는다고 말했습니다. 우리는 이러한 것이 전적으로 불가능한 것은 아니지만 그러나 믿기가 어렵다고 보았습니다. 이러한 동기와 양심의 문제에서 합

당한 의심을 넘어선 것으로 입증될 수 있는 당신에 대한 증거는 비록 많지는 않지만 일부 존재합니다. 피고는 또한 최종 해결책에서 자신이 맡은 역할은 우연적인 것이었으며, 대체로 어느 누구라도 자신의 역할을 떠맡았을 수 있으며, 따라서 잠재적으로는 거의 모든 독일인들이 똑같이 유죄라고 말했습니다. 피고가 말하려는 의도는 모든 사람, 또는 거의 모든 사람들이 유죄인 곳에서는 아무도 유죄가 아니라는 것입니다. 이것은 실로 상당히 일반적인 결론이기는 하지만 우리가 피고에 대해 기꺼이 내주고 싶은 결론은 아닙니다. 그리고 만일 피고가 우리의 거절을 이해하지 못한다면 우리는 성서에 나오는 두 이웃하는 도시인 소돔과 고모라의 이야기에 주목해 볼 것을 권합니다. 이 두 도시는 거기에 사는 모든 사람들이 똑같이 죄가 있었기 때문에 하늘로부터 내려온 불로 인해 파괴되었습니다. 이것은 말하자면 '집단적 죄'라는 최신식 개념과는 무관합니다. 이 개념에 따르면 그들 자신이 행하지 않았더라도 그들의 이름으로 행해진 일(그들이 참여하지도 않았고 또 그로부터 이익을 얻지 않은 일)에 대해서는 유죄로 추정한다는 것, 또는 죄책감을 느낀다는 것입니다. 다른 말로 하자면 법 앞에서의 유죄와 무죄는 객관적인 본질의 것이지만, 그러나 비록 8000만 독일인이 피고처럼 행동했다 하더라도 그것이 피고에 대한 변명이 될 수 없을 것입니다.

*유대인 학살의 주범으로 예루살렘에서 재판을 받게 된 아돌프 아이히만

핵심 요약
소돔과 고모라의 경우에서 알 수 있듯이, 집단 전체가 저지른 죄이기 때문에 자신만을 벌할 수 없다는 주장은 옳지 않다. 더군다나 양심의 가책을 느끼고 자신이 한 역할을 인정했다는 점, 또한 당신이 저지른 행위가 가져오게 될 엄청난 결과를 생각하지 않은 것 자체가 죄다. 이런 점에서 볼 때 아이히만의 죄는 분명 유죄이며, 그렇기에 이를 개별적으로 단죄하고자 하는 것이다.

제시지문 두 주장의 공통점
● 집단화된 폭력이나 사회구조적 병폐로 인해 유발된 범죄이더라도, 이는 전체적인 차원에서 유죄다. 즉, 전체가 죗값을 받아야 한다(즉, 적어도 심정적으로는 일정 부분 죄진 마음 혹은 마음의 부담을 가져야 한다).
● 그럼에도 두 주장은 한 발 더 나아간다. 즉, 집단화된 폭력이나 구조적 병폐 앞에서 각자는 자기의 자유의지를 포기할 수밖에 없다는 논리는 옳지 않으며, '말하지도, 생각하지도, 행동하지도 않은 죄'도 분명 죄다. 인간의 자유와 자율적 행위는 다른 사람의 존재에 기반을 두고 있기에 그렇다. 따라서 개별적으로 죄를 물어 처벌함이 불가피하다.

사례4는 논술시험의 많은 것을 보여준다. 즉, 영어 원문을 그대로 제시지문으로 발췌함으로써 읽고 해석하기가 까다롭게 만들었음은 물론, 그것도 제시지문에 함축과 숨은 전제를 담았기에 논제를 분석하고 논지를 파악하기가 더욱 어렵게 만들었다.

으레 그렇듯이, 대개의 모의문제가 이렇듯 어렵게 출제되는 경우가 많은데, 실제 시험문제의 경우에는 이것을 어느 정도 순화시켜 문제와 제시지문을 재구성하게 된다. 물론, 문제와 논제를 달리함은 말할 나위가 없다. 아무튼 이런 문제일수록 주어진 제시지문들 간의 연관관계 속에서 유추하여 파악하는 방법으로 해결해야 하는데, 그렇더라도 제시지문에 드러난 두 주장의 공통점을 제대로 이해하고 도출해내기는 쉽지 않다.

●사례5_ 중앙대 2011 인문I 수시2차 문제1_ 제시지문(가)

[문제 1] 제시문 (가), (나), (다), (라)의 논지 차이를 하나의 완성된 글로 작성하시오.

상상해봐, 천국이 없다고
노력하면 너무 쉬워
우리 밑에 지옥도 없다고
우리 위에는 하늘뿐이라고
상상해봐, 모든 사람들이
오늘을 위해 산다고
상상해봐, 어떤 국가도 없다고
그건 어렵지 않아
누구도 그 때문에 죽이거나 죽지 않고
또 어떤 종교도 없다고
상상해봐, 모든 사람들이
평화롭게 산다고
넌 날 꿈꾸는 사람이라고 할지 몰라
그러나 나는 혼자가 아니야
나는 언젠가 네가 우리와 함께하길 바래

그러면 세계는 하나가 되겠지
상상해봐, 어떤 사유(私有)도 없다고
넌 상상할 수 있을 거야
탐욕도 굶주림도 없다고
모두가 형제라고
상상해봐, 모든 사람들이
세계를 공유한다고
넌 날 꿈꾸는 사람이라고 할지 몰라
그러나 나는 혼자가 아니야
나는 언젠가 네가 우리와 함께하길 바래
그러면 세계는 하나가 되겠지

요약
종교, 국가, 삶, 탐욕과 굶주림 등에 대한 일체의 사유나 어떠한 이념적인 구속 없이, 모든 사람이 자유롭고 평화롭게 사는 세계를 나는 꿈꾼다.

(가)의 논지
인간을 억압하는 세상 모든 구속으로부터의 자유를 주장한다.

제시지문 (가)는 비틀즈의 전 멤버였던 존 레논의 그 유명한 'Imagine'이라는 곡을 번역하여 출제한 것으로, (가)에 담긴 논지를 다른 제시지문과 비교하라는 문제로 주어졌다. 하지만 이 노래가사를 읽는 것만으로는 논지를 파악하기가 어렵고, 또한 이를 요약 글로 작성하기에도 녹록치 않다. 따라서 다른 제시지문을 읽어 전체를 관통하는 주제나 논제를 파악한 후에, 이것을 (가)에 대입시켜 해석하는 게 더 효과적이다. 그렇기에 이런 제시지문이 주어졌다고 해서 겁먹을 이유는 하등 없다.

오히려 이런 문제일수록 해결하기 쉬운 경우가 많은데, 실제 다른 제시지문을 통해 문제의 주제가 '자유'임을 파악하는 것은 어렵지 않다. 따라서 '자유'라는 주제의 관점에서 이 제시지문을 읽으면 전체의 의미를 쉽게 이해할 수 있다.

하지만 수험생들에게는 이런 유형의 제시지문에 대한 요약이 익숙하지 않아 어

려움을 겪는 경우가 많은데, 그렇더라도 전혀 당황할 필요가 없다. 어차피 100~
150자 전후의 한두 문장으로 짧게 요약하면 되므로, 주요 핵심어를 연결시키며 전
체를 포괄적으로 구성하면 된다.

여기서 중요한 것이 논지 파악이다. 제시지문을 읽고 개인을 지배하는 국가권력
및 모든 사회적 권력을 부정하고, 절대적 자유가 행하여지는 사회의 실현을 지향하
는 무제한적인 자유로서의 '아나키즘(무정부주의)'을 어렴풋하게나마 읽어낼 수만
있다면, 그것으로 논지 파악은 충분히 이뤄진 것이다.

● 사례6_ 서강대 2012 인문 수시 문제1_ 제시지문 (라)

문제 1 : 제시문 [가], [나], [다]의 논지를 통합하여 요약 · 정리하고, 이를 활용하여 [라]
와 [마] 작품의 특성을 설명하라.

[라]

(※그림 속에 "이것은 파이프가 아니다."라고 적혀 있다)

-르네 마그리트, 「이미지의 배반」

(가), (나), (다)의 논지를 통합하여 요약 · 정리하면

우리는 우리가 알고 느끼고 있는 것들을 기꺼이 사실로 받아들이려 하는데, 왜냐하면 그
렇게 함으로써 우리의 일상적인 삶이 좀 더 안정된 방향으로 나아가기를 바라기 때문이
다. 예술이 진정한 삶을 일깨우기 위한 시도라면, 이는 이렇듯 일상생활에서 고정화되고
화석화되어버린 사실들로부터 벗어나 우리가 느끼는 그대로의 생각을 자유롭게 펼칠 수
있어야만 한다. 그 결과 안정적인 삶의 지향을 거부하고, 고정화된 기성관념으로부터 벗
어나려는 데서부터 예술적 창의성은 시작된다. 여기에 더해 우리가 보편적으로 생각하는
고정관념적인 사실의 추구에서 벗어나 사실을 보다 다양하게 관찰하려는 사고를 통해
예술적 창의성은 발현된다. 즉, 일상화되고 습관화된 인식의 틀 속에서 본래의 의미를 상

실하고 퇴색해버린 우리의 삶과 사물을 되찾기 위해, 이러한 인식의 장벽을 깨려는 노력이 곧 예술적 창의성이다.

이 논지를 활용하여 (라) 작품을 해석하면

(라) 작품에 따르면 이는 단지 파이프를 그린 것일 뿐, 파이프 그 자체가 될 수는 없다. 즉, 작가는 단지 파이프라는 대상을 통해 얻은 느낌을 그림으로 표현한 것일 뿐이며, 그렇기에 이것이 반드시 파이프라는 사실적 실체로서의 대상 그 자체를 뜻하지는 않는다는 것이다. 하지만 사람들은 이를 파이프라는 사물로써만 인식하려 드는데, 왜냐하면 파이프라는 선험적 인식이 이미지로 구체화되어 이미 사람들의 머릿속에 각인되었기 때문이다. 이에 따라 사람들의 인식은 그만큼 자유롭고 독립적으로 생각하지를 못하고 특정한 사물에 대한 이미지를 그대로 받아들이게 된다. 하지만 (라)의 작가는 이러한 이미지의 굴레에서 벗어나 (가), (나)에서처럼 보다 다양하게 사물을 관찰하려는 행위 주체로서의 노력을 기울였으며, 그 결과 일상화되고 습관화된 고정관념을 깨뜨리는 뛰어난 예술작품을 탄생시켰다.

이 문제는 포스트모더니즘과 철학적 주제(인식론)를 연결시킨 문제로, 높은 수준의 해석 능력을 요구는 고난이도의 문제다. 더군다나 제시지문으로 그림이 주어졌기 때문에 수험생들에게는 익숙하지도 않다.

그렇더라도 논술시험은 제시지문 안에 답을 주고 그것을 해석해서 순차적으로 문제를 해결할 것을 요구한다고 했다. 하지만 말했듯이, 이 문제가 어려운 이유는 그 논제 자체가 어려운 철학적 개념을 이해해야 한다는 데 있으며, 더군다나 문제에 논제에 대한 힌트도 나와 있지 않다.

그렇기에 앞의 예에서처럼 (가), (나), (다)의 논지를 통합·정리하여 보여줬기에 얼핏 보기에는 문제해결이 쉬운 것 같으나, 실제로는 전혀 그렇지 않다. 제시지문 (가), (나), (다) 모두 철학서에서 제시지문을 따온 것이기에, 그 내용을 이해하기가 무척 어렵고 까다롭다.

어찌됐거나 이 문제 역시 제시지문 간의 연관관계 속에서 핵심 논지를 파악해내야 하는데, 이처럼 논술문제를 풀기 위해서는 논제 및 제시지문의 분석과 이를 바탕으로 제시지문의 독해와 요약이 일관되게 해결되어야만 가능하다. 그리고 그에 따른 모든 문제해결의 열쇠는 제시지문의 독해가 쥐고 있다.

자료해석형 문제의 독해와 요약 포인트

최근 대입 논술고사의 두드러진 특징의 하나가 통계수치, 도표, 그래프 등의 자료를 분석하거나 그것을 활용하여 문제를 해결하는 '자료해석형' 문제를 출제하는 대학이 늘고 있다는 점이다. 이는 그만큼 자료해석형 문제가 통합논술의 논제를 잘 반영하기 때문이다.

자료해석형 문제는 자료가 되는 도표와 이에 대한 설명이 곁들여지는데, 이를 통해 수치자료의 정리와 이해, 처리와 응용계산, 분석과 정보추출 능력을 측정한다. 따라서 문제에서 요구하는 논제를 분석하여 결론을 내리기까지는 자료에 대한 철저한 이해를 동반한 수리적 사고와 창의성이 바탕이 되어야 한다.

이는 모든 결과가 통계로 처리되고, 또 이를 기반으로 업무가 진행되는 현대 지식기반 사회에서 그만큼 자료해석 능력이 학문적 의사소통 능력을 갖추기 위해 꼭 구비해야 할 필수 지식으로 인식되기에 그렇다. 또한 도표, 그래프, 통계자료를 해석하는 요소가 문항에 포함될 경우에 그만큼 평가의 객관성을 기할 수 있다는 점도 한몫을 한다.

자료해석형으로 제시되는 지표나 지수, 통계수치는 다양한 영역에서 추출되어 제시되는데, 그렇더라도 그 자체의 개념이나 정의를 직접 묻거나 그 개념을 미리 알고 있어야만 답할 수 있는 문제는 출제되지 않는다. 만약에 이것이 필요할 경우에는, 제시지문에서 이를 드러내거나 별도의 설명이 주어진다.

자료해석형 문제는 수치, 도표, 그림으로 된 자료를 정리하고 분석할 수 있는 능력을 길러야 하기 때문에, 특히 다음 사항에 유의하면서 공부할 필요가 있다.

자료해석형 문제를 대비한 학습법

● 자료해석형 문제는 사회·경제·문화 등 다양한 영역의 자료를 다루게 된다. 워낙 방대한 분야의 다양한 자료들이 제시되므로, 특정 분야에 국한해서 공부하기보다는 다양한 영역을 다루는 게 중요하다. 따라서 평소부터 다양한 분야의 다양한 자료를 접하는 훈련을 쌓아야 한다.

● 이처럼 자료에 대한 올바른 해석을 위해서는 폭넓은 배경지식이 필요한데, 이를 위해서는 각 교과서에 나오는 다양한 통계자료를 꼼꼼히 분석해보는 연습을 한다. 특히 사회 과목 교과서에는 주요 사회현상과 관련된 도표, 그래프, 통계자료가 많이 들어 있으므로 반드시 찾아 공부한다.

● 신문기사나 일상생활에서 자주 사용되는 통계, 수학 용어들의 개념을 정리한다. 그리고 이러한 용어들이 실제 자료에서 무엇을 의미하고 왜 사용되는지 살펴보고, 이를 분석·평가하는 습관을 길러나간다.

● 표나 그래프에서 나타내고자 하는 의도나 핵심을 파악하는 능력을 기른다. 또한, 자료에 주어진 조건대로 비율이나 백분율을 산출하는 등 자료를 직접 계산하고 조작하여 문제를 해결하는 데 필요한 값을 얻는 훈련을 한다.

● 자료의 의미를 파악·기술하는 훈련, 자료 속에 나타난 경향을 읽어내는 훈련, 자료를 토대로 상황을 예측하고 그 타당성을 평가하는 훈련을 쌓는다.

● 이를 위해서는 정부 자료나 언론매체의 자료, 각종 보고서나 논문 자료를 주의 깊게 살펴야 한다. 그렇더라도 이는 기출문제에 실린 자료해석형 문제를 풀어가며 연습하는 게 효과적인데, 여기에 더해 PSAT·LEET의 자료해석형 문제를 가지고 부족한 부분을 보완해나가면 된다.

● 이때 염두에 두어야 할 것은, 주어진 자료에 담겨있는 내용을 이해하는 것은 물론, 그것이 의미하는 바를 자신의 글로 기술하는 연습을 해야 한다는 점이다. 왜냐하면 이는 그림이나 사진 등의 예술작품은 물론 시나 소설 같은 문학작품처럼 그만큼 포괄적이고도 폭넓은 해석을 요구하기 때문이다.

자료해석형 문제는 현황·비교·변화를 나타내는 다양한 자료로 구성하되, 이 것을 표나 그래프, 그림을 가지고 단독 또는 복합적인 형태로 만들어 제시한다. 이 를 통해 이해와 적용, 분석, 평가 등 다양한 해석을 요구하는 형식으로 출제된다.

자료해석형 문제의 출제 형식

- 이해 : 자료 해석 능력을 묻거나, 이를 언어적으로 바꿔 표현할 수 있는지를 묻는 형식
- 적용 : 자료에 드러난 법칙과 원리를 적용하는 능력을 묻거나, 상황에 따른 적용 능력 을 묻는 형식
- 분석 : 자료를 정리하는 능력을 묻거나, 자료를 분석하는 능력을 묻는 형식
- 평가 : 자료를 통합하여 주장하는 바를 검증하거나, 주장이나 결론을 도출하는 능력을 묻는 형식

이처럼 자료해석형 문제는 다양한 형식으로 출제되지만, 최근 통합논술의 경향 은 주로 '종합평가형' 문제가 주종을 이룬다. 즉, 주어진 자료를 단순히 읽거나 또 는 주어진 개념이나 법칙·원리 등을 단순히 적용하는 형식이 아니라, 개별적인 자 료와 정보를 결합하고 통합하여 새로운 자료나 정보를 구성할 것을 요구한다. 나아 가 이를 바탕으로 어떤 특정한 결론을 도출해내는 능력이나 합리적이고 올바른 의 사결정 및 판단 능력을 측정하는 형식으로 구성되고 있다.

이런 이유로 수험생들에게 자료해석형 문제는 여전히 낯설고 해결하기가 어렵 다. 객관식 찍는 문제에 익숙한 수험생들로서는 자료를 해석하는 것도 그렇거니와, 이를 서술하는 게 여간 힘들지 않기 때문이다. 그렇더라도 방법은 있다. 오히려 이 런 문제일수록 조금만 신경을 써서 자료를 해석해낸다면 쉽게 해결되는 게 또한 자 료해석형 문제의 특징이자 이점이기도 하다. 특히 다음을 염두에 두고 자료를 해석 하고 요약하면 된다.

첫째, 논증 구조에 의거해서 자료를 해석하되, 어디까지나 문제에서 요구하는 논 제에 맞춰 자료를 요약해야 한다. 즉, 주어진 자료를 '주장'과 '근거'의 형식에 맞춰

해석하고 요약해야 하는데, 이를 위해서는 먼저 주어진 자료에 담긴 의미(논지)를 정확히 해석해낸 다음, 여기에 맞춰 논거를 맞추어 나가는 게 효과적이다.

둘째, 논증 구조를 단순하게 가져가야 한다. 이를 위해서는 논점(논지)과 논거를 한두 포인트로 압축하되, 각각이 짝을 이루도록 요약하는 게 좋다. 그렇게 하지 않을 경우, 논증 구조가 뒤섞여 자칫 자료 해석이 불분명해지고 초점을 잃게 될 수 있기 때문이다.

이상을 염두에 두고 사례7을 살펴보면 이해가 한결 쉬울 것이다.

사례7_ 서울시립대 2008 인문 정시 문제2

문제2_ [사]에서 제시된 표가 '사회적 차원에서 불의를 어느 정도 용납하는 것이 현명하다'는 주장과 관련하여 어떤 함의를 지니는지 설명하시오(400자 내외).

[사]
국제적인 반부패 비정부조직(NGO)인 '국제투명성기구(Transparency International)'는 매년 전 세계 국가들의 부패인식지수(corruption perceptions index)를 발표한다. 부패인식지수는 공공부문의 부패 정도를 나타내는 지표다. 이 지표는 기업인들과 전문가들을 대상으로 한 설문조사를 바탕으로 만들어진다. 10점 만점이 가장 투명한 상태를 나타낸다. 다음 그림에 표시된 각 점은 각 국가의 부패인식지수와 1인당국민소득 간의 상관관계를 나타낸다. (1인당국민소득의 단위는 1,000달러임)

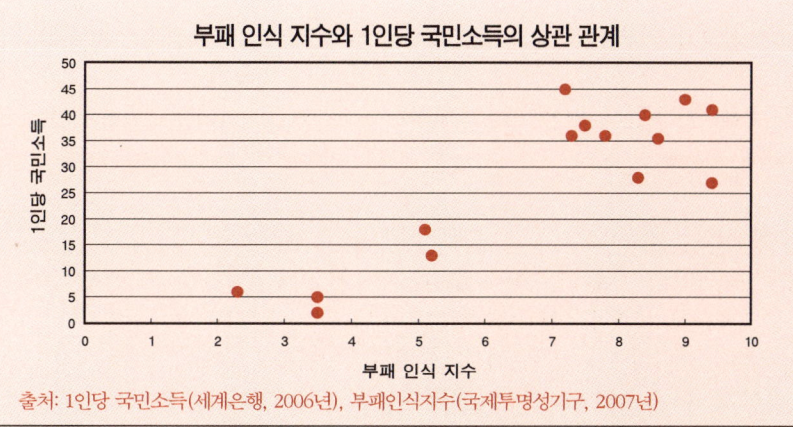

부패 인식 지수와 1인당 국민소득의 상관 관계

출처: 1인당 국민소득(세계은행, 2006년), 부패인식지수(국제투명성기구, 2007년)

자료 해석

①1인당국민소득과 부패인식지수는 전체적으로 正의 방향으로 비례하여 나타난다. -주장(논지)

→도표를 보면, 1인당 국민소득(y)과 부패인식지수(x)와의 상관관계가 45도 방향의 분포에서 수렴되고 있는데, 이는 1인당국민소득이 높은 국가일수록 공공부문의 부패를 인식하는 정도가 높음을 의미한다. -근거(논거)

②1인당국민소득이 매우 높은 국가에서 부패인식지수가 특히 높게 나타난다. -주장(논지)

→도표를 보면, 1인당국민소득이 $25,000 이상인 국가들에서 부패인식지수가 7 이상으로 높게 나타나고 있는데, 이는 기업인과 전문가들이 선진국일수록 공공부문의 부패 정도가 크다고 인식한 데 따른다. -근거(논거)

※그렇다고 해서 이를 가지고 선진국일수록 공공부문에 대한 부패의 정도가 클 것이라고 섣불리 단정해서는 안 된다. 이를 뒤집어 말한다면, 그만큼 선진국들의 부패에 대한 투명성이 높다는 얘기와도 일맥상통하기 때문이다. 즉, 높은 교육 수준과 반부패 감시장치 등의 인프라 구비에 따라 국민과 기업인이 공공부문에 대해 그만큼 부패민감도를 쉽고 효과적으로 체감한 데 따른 결과이기도 하기 때문이다. 또한, 단순히 높게 나타난 부패인식지수 숫자만을 가지고 1인당국민소득이 높은 선진국이 부패했을 것이라고 단정 지어서도 안 된다. 왜냐하면 전체 표본집단 간의 상관관계를 알 수 없기에, 단순히 숫자만으로 판단을 내려서는 안 되기 때문이다.

③부패인식지수가 1인당국민소득과 반드시 연동하여 비례하는 것은 아니다.

→도표를 보면, 1인당 국민소득이 $5,000 이하로 매우 낮은 국가들의 경우 정부의 공공부문에 대한 투자가 매우 낮음에도 어느 정도 부패를 인식하고 있음을 나타내는데, 이는 그만큼 후진국가 공공부문의 부패 정도가 상대적으로 더 높을 수 있음을 의미한다.

※③까지 해석할 필요는 없다. 자칫 잘못 해석하다가는 논리관계를 매끄럽게 끌고나갈 수 없다.

이상을 종합하면

1인당국민소득이 높은 국가일수록 기업인과 전문가들이 공공부문의 부패를 인식하는 정도가 높기 때문에, 사회적 차원에서의 불의를 어느 정도 용납하는 것이 현명하다는 주장은 옳지 않다. 왜냐하면 공공부문에서의 불의가 용인될수록 부패를 인식하는 정도는 계속 높아질 것이어서, 결국 사회불안과 혼란만을 가중시킬 것이기 때문이다.

(사)의 도표에 따르면, 1인당국민소득과 부패인식지수는 전체적으로 正의 방향으로 비례하여 나타나는데, 이는 선진국가로 진행될수록 공공부문의 부패를 인식하는 정도가 높음을 의미한다. 1인당국민소득이 매우 높은 국가에서 부패인식지수가 특히 높게 나타나는데, 이는 선진국일수록 공공부문의 부패 정도를 더 높게 인식한 데 따른 결과이기도 하다. 그렇다고 선진국일수록 공공부문의 부패 정도가 더 클 것이라고 섣불리 단정 지을 수는 없다. 왜냐하면 이는 그만큼 선진국들의 부패에 대한 투명성이 높아, 국민들이 부패민감도를 더 느낀 데 따른 결과로도 볼 수 있기 때문이다. 그럼에도 (사)의 표에 나타난 내용을 고려할 때, 사회적 차원에서의 불의를 어느 정도 용납하는 것이 현명하다는 주장 역시 옳지 않다. 왜냐하면 공공부문에서 불의가 용인될수록 부패를 인식하는 정도는 계속 높아질 것이어서, 결국에는 사회불안과 혼란만을 가중시킬 것이기 때문이다.

이 문제를 해결하는 포인트는 문항에서 요구하는 글자 수다. 이 문제의 경우 400자 내외의 답안을 요구하고 있는데, 이는 주어진 도표에서 문제해결의 실마리를 한두 개 정도만 뽑아내서 이를 주어진 조건에 적합하도록 연결시키라는 것이다. 즉, 낮은 수준의 해석을 요구하고 있다. 따라서 쓸데없이 중언부언하기보다는, 주어진 자료에 나타난 포인트 한두 가지만 정확히 끄집어내어 이를 논리에 흐트러짐이 없이 연결시키는 게 효과적이다. 앞의 자료 해석에서 ※과 ③의 부분을 과감하게 줄이거나 생략함으로써 오히려 논증 구조가 명확히 드러나고, 문제에서 요구하는 답안을 쓰기가 훨씬 수월해진다.

이렇게 놓고 볼 때 자료의 해석에서 핵심은 이것이다. 1인당국민소득과 부패인식지수가 正의 방향으로 비례하여 나타나므로, 이것이 사회적 차원에서 불의를 어느 정도 용납하는 것이 현명하다는 주장과 부합되는가, 아니면 이에 배치되는가를 규명해내는 것이다.

이처럼 현행 대입논술의 자료해석형 문제는 그다지 높은 수준의 해석을 요구하지 않는다. 이보다는 정확한 해석 및 이를 근거로 한 논거 제시에 무게를 두고 있다. 따라서 지레 겁먹지 말고 차근차근 훈련한다면 좋은 성과를 얻을 수 있다.

셋째, 종합평가형 문제는 복합적인 논증 구조를 담아 답안을 작성할 것을 요구하는 경우가 많다. 즉, 둘 이상의 자료를 주고서 다수의 논지와 논거를 결합하여 새로운 주장을 구성하는 능력을 묻거나, 주어진 기준에 비추어 자료에서 얻어진 주장이나 결론 자체를 평가할 것을 묻는 종합평가형의 경우에는 그만큼 복합적인 논증 구조가 따른다. 따라서 답안 역시 '주장-근거-반론-재반론'의 형식으로 작성하는 게 효과적이다.

특히 어느 한 논제의 관점에서 주어진 자료를 활용하여 다른 한 관점을 비판하거나 평가하는 식의 문제인 경우가 그러한데, 이때 자료 안에 딜레마의 상황을 갖는 논지를 구성함으로써 수험생들에게 고도의 논리 전개 능력을 묻는다. 이 경우, 그러한 딜레마의 상황이 주장하는 논거의 '반론'이 되기에, 이것을 반드시 해결해야만 전체적인 논증 구조가 매끄럽게 연결될 수 있다. 따라서 이 반론에 대한 재해석을 통해 '재반론'의 논거를 만들어내는 것이 문제해결의 포인트다.

사례8이 그 대표적인 예인데, 자료제시형 문제를 중심으로 출제되는 성균관대의 경우에는 이 유형이 실제 당락을 결정할 정도로 중요하다. 따라서 성균관대에 지원할 경우에는 반드시 이런 유형에 대한 체계적인 훈련을 쌓아야만 한다. 사례8을 해석하면 다음과 같다.

사례8_ 성균관대 2010 인문 모의문제2

문제 2. 아래의 그림과 표를 활용하여 [문제 1]의 한 주장을 비판하시오.
(※참고로, 문제2의 서로 다른 두 관점은 '행복은 소득과 비례한다', '행복은 소득 순이 아니다'이다)

사례8처럼 그래프를 해석할 때 가장 중요한 것이 바로 기준을 잡는 일인데, 그 기준은 의외로 단순하다. 그래프에 나타난 매트릭스 상의 변인만을 놓고 파악하면 되기 때문이다. 그런 점에서 문제2는 파악하기가 아주 쉽다. '소득 수준'과 '삶에 대한 만족도'의 국가 분포도가 뚜렷하게 나타나고 있기 때문이다.

즉, 그림에서 알 수 있듯이 잘사는 나라와 못사는 나라의 삶에 대한 만족도가 뚜렷한데, 따라서 이 같은 관점에서 볼 때는 제시지문 2와 3의 '돈(소득)이 행복 증진에 기여한다'는 견해가 지지되기에, 이를 가지고 제시지문 1과 4의 주장을 비판하면 된다.

참고로 반대 주장인 소득이 삶에 대한 만족도(행복)를 결정짓는 것이 아니라는 제시지문 2와 3의 주장을 지지할 경우, 이는 제시지문에 나타난 그림과 도표를 제대로 활용하기 힘들어져 자칫 비판이 궤변으로 흐를 수 있다. 따라서 어디까지나 출제자가 의도한 바대로 논술하는 것이 답안 작성에 더 효과적이다.

어떤 견해나 주장을 비판하는 글을 쓸 경우에, 가장 먼저 생각해야 할 것이 제시지문을 분석하여 핵심 논지를 설정한 후 전체적인 글의 방향을 잡아나가는 것이다. 이후 그 논지를 뒷받침할 논거를 담은 설명글을 작성하면서 구체적인 논증 과정으로 이어가면 되는데, 이는 가급적 제시지문의 양측 주장을 인용하되, 여기에 더해 그림과 표에 나타난 내용을 구체적으로 분석하여 살을 붙이는 게 효과적이다.

사례8을 논증 구조 형식으로 해석하면 다음과 같다.

---

①논지 설정

● 제시지문에 나타난 그림과 표를 보면, 대체적으로 북미와 서유럽 국가의 삶의 만족도가 높은 반면, 아프리카와 아시아지역 국가의 삶의 만족도가 낮음을 알 수 있는데, 이는 소득 수준이 삶의 만족도에 어느 정도 비례함을 보여준다. -해석1

→ 일부 예외적인 경우를 제외해놓고 볼 때, 소득 수준과 삶의 만족도는 비례한다. 이는 제시지문 2와 3에서처럼 돈(소득)이 곧 행복을 결정짓는 중요한 요소라는 관점을 지지한다. -핵심 논지 설정(주장)

● 물론 개별 국가별로 비교할 경우 예외적인 경우도 있는데, 베네수엘라, 사우디아라비

아, 브라질 등이 그러하다. 이처럼 소득 수준과 삶의 만족도가 국가 간에 정확히 일치하지 않는 경우도 보인다. -해석2

→그렇더라도 이는 어디까지나 국가 특유의 문화적인 낙천성이라든가 종교적인 순수성 등이 감안된 예외적인 경우로, 근본적인 경향으로 볼 때 소득 수준과 삶의 만족도는 비례한다. -반론과 재반론으로 활용

②논거 마련

●따라서 제시지문1에서처럼 개개인의 자유의 선택 폭이 커졌기 때문에 행복해졌다는 논리는 타당하지 않다. 왜냐하면 소득 기반 없이는 선택의 자유의 폭이 높아질 수 없고, 결국에는 낮은 수준의 자기만족에 그칠 수밖에 없기 때문에서이다.

●또한, 제시지문2에 나타난 것처럼 건강, 지적 활동, 여가, 이웃과의 관계, 안전 등 다양한 삶의 영역에 소득이 큰 영향을 미치기 때문이며, 또한 제시지문3에서처럼 도스토예프스키가 대문호로 이름을 날릴 수 있었던 것 역시 인간을 구속하는 가장 고통스런 경제적 부자유로부터 해방되어 마음의 평화와 자유, 즉 행복을 얻었기 때문에 가능했던 것이다. -논거의 설정_ 제시지문을 인용하여 비판(근거)

●여기에 대해 우리사회나 국제사회에서 일어날 수 있는 다양한 사례를 들어 비판을 강화하는 논지를 작성하면 더욱 효과적이다. -비판의 객관적 타당화(선택적 근거로 활용)

예시 답안

그림과 표에 의하면, 대체적으로 북미와 서유럽 국가의 삶의 만족도가 높은 반면, 아프리카와 아시아지역 국가의 삶의 만족도는 낮다. 이는 소득 수준과 삶의 만족도가 상당 부분 일치함을 보여준다. 따라서 그림과 표는 (2)와 (3)에서처럼 돈(소득)이 곧 행복을 결정짓는 중요한 요소라는 관점을 지지한다. 이런 관점에서 볼 때 개개인의 자유의 선택 폭이 커졌기 때문에 행복해졌다는 (2)의 논리는 타당하지 않다. 왜냐하면 소득이 받쳐주지 못하면 그만큼 개인의 선택 폭은 자유롭지 못하게 되고, 결국에는 낮은 수준의 자기만족에 그칠 수밖에 없기 때문이다. (2)에 나타난 것처럼 건강, 지적 활동, 여가, 이웃과의 관계, 안전 등 다양한 삶의 영역에 소득이 큰 영향을 미치기 때문이다. 또한 (3)의 도스토예프스키가 대문호로 이름을 날릴 수 있었던 것 역시 인간을 구속하는 가장 큰 고통인 경제적 부자유로부터 해방되어 마음의 평화와 자유, 즉 행복을 얻었기 때문에 가능했다. 물론 베네수엘라, 브라질, 칠레, 인도 등 제3세계의 가난한 국가가 소득에 비해 행복지수가 높은 것을 예로 들어, 이것이 (4)의 이스터린의 역설을 지지한다고 말하며 이에 반박할 수는 있다. 그렇더라도 이는 어디까지나 국가 특유의 문화적인 낙천성이라든가 종교적인 순수성 등이 감안된 예외적인 경우로, 근본적인 경향으로 볼 때 소득 수준과 삶의 만족도는 비례한다고 봐야 할 것이다.

개요
짜기

- 논제 분석과 독해를 토대로 작성된 요약 글을,
- **문제의 요구사항(즉, 전제조건+논제+서술 유형)에 맞춰** 분절하여 연결시키되,
- 이를 어떻게 탄탄한 논리로 구성할 것인가를 설계하는 과정이다.

개요는 글 전체의 구성을 나타내는 뼈대이자 설계도로, 자신이 작성할 논술 답안의 '스토리보드'라고 보면 된다. 만약에 설계도 없이 집을 지으면 부실공사가 될 수 있듯이, 논술 답안 역시 설계도인 개요를 짜서 글을 써야 쉽게, 또 좋은 글을 쓸 수 있다.

개요 짜기는 전체 글을 통일되고 일관되게 유지시켜줌으로써 글의 내용이 뒤죽박죽되는 것을 막아준다. 만약에 무조건식으로 글을 써나가게 되면, 도중에 새로운 생각이 떠오르더라도 이를 어떻게 처리해야 할지 몰라 우왕좌왕하게 된다. 그렇게 되면 당연히 제대로 된 글을 써나가기가 어렵다.

무엇보다 수험생들은 논제와 제시지문을 분석하는 과정과 개요의 틀을 짜는 작업이 동시에 진행됨을 이해하고 있어야 한다. 제시지문을 분석하면서 글의 핵심 내용에 밑줄을 긋고, 핵심 주제어에 동그라미를 치는 행위, 이렇게 해서 정리된 내용을 시험지의 여백을 활용해서 적어 놓는 모든 행위가 제시지문에 실린 개념의 타당성을 논증하는 과정이자 개요 짜기의 과정이라고 보면 된다.

논제 분석 과정이 곧 개요 짜기다

개요 짜기는 다음 두 가지 관점에서 생각해볼 수 있다.

첫째, 각각의 제시지문을 해석한 후 이를 요약하는 과정에서 행해지는 개별적인 개요 짜기(글의 논증 구조 파악)다. 하지만 이는 그다지 염두에 두지 않아도 된다.

제시지문을 논증 구조에 맞춰 '결론과 전제', '주장과 근거' 형식으로 요약하기만 하면 충분하기 때문이다.

둘째, 그렇기에 논술시험에서 말하는 개요 짜기는 논술 답안 전체를 문제의 요구 조건에 맞춰 구조화하는 작업이라고 보면 된다. 여기서 구조화라고 하니까 수험생들은 어딘지 모르게 어렵게 생각하는데, 절대 그렇지 않다. 현행 통합논술의 경우, 출제되는 문제 안에는 논제 해결을 최적화하기 위한 이런저런 전제조건이 내걸리고, 다시 이것을 다양한 논제서술 유형에 맞춰 놓는다. 이것을 두고서 문제를 구조화하여 출제했다고 말하는 것이다. 따라서 이것을 거꾸로 해서 각각의 요구 조건에 맞춰 분절화하면서 문제를 풀고 연결해나가면, 그것이 그대로 논술 답안이 된다. 문제 안에 주어진 조건에 맞춰 순차적으로 해결하면서 답안을 작성하면 되는데, 이때 논제와 제시지문만 제대로 파악해도 개요의 방향이 자연스럽게 보인다.

그런 점에서 개요 짜기는 문제와 제시지문을 가지고 논제에 담긴 해결 과제를 탐색하는 논제 분석 단계에서 이미 어느 정도는 끝난 것이라고 봐도 무리가 없다. 즉, 논제 분석 과정이 곧 개요 짜기의 과정이기도 하다. 따라서 개요 짜기에서 무엇보다 중요한 것은 문제에 담긴 요구사항을 분절하여 연결시키되, 그것의 순서를 정하는 일이다. 이것이 곧 문제해결의 순서이기도 한데, 이것을 각 대학별 기출문제를 통해 확인할 수 있을 것이다.

고려대 : ①(나), (다)의 주장을 비교하고, ②(가), (나), (다) 모두 참고하여 ③(라)를 해설하고, ④XX에 대한 자신의 견해를 제시하라.

성신여대 : ②(라), (바)의 공통점과 차이점을 ①(마)의 OO의 개념을 적용하여 설명하고, ③XX의 해결 방안을 논하라.

서강대 : ①(가), (나)의 문제와 원인을 정리, ②해결책으로 제시된 (다), (라)의 한계를 설명하고, ③대안을 (마)의 논거로 제시하라.

동국대 : ①(가)를 이용하여 ②(나), (다)를 해석하고, ③(라)의 OO의 관점을 적용하여 ④(나), (다)를 논하라.

성균관대 : ②도표 (1), (2)를 이용하여, ①(가)~(라)의 상반된 한 입장에 서서, ③반대편 입장을 비판하라.

숙명여대 : ①(가)의 관점을 토대로 ③(다)에 나타나는 대립을 ②그림2를 활용하여 설명하고, 이를 바탕으로 ④(나)를 비판하라.

중앙대 : ①(마), (바) 논지의 공통점과 차이점을 설명하고, ②(마), (바)를 통합적으로 고려하여 ③(가)의 논지를 비판하라.

위의 사례로부터 알 수 있듯이, 적어도 현행 통합논술 문제에서는 개요 짜기에 그다지 큰 의미가 있는 것은 아니다. 이미 문제 안에서 어떤 식으로 해결하라는 요건적인 정의가 내려져있기 때문에, 이것을 그대로 따라가되 단지 우선순위만 정하며 해결하면 되기 때문이다. 이런 이유로 개요 짜기를 논제 분석 단계 안에 포함시켜도 크게 문제되지 않는다.

개요 짜기는 전체 논증 구조의 확인 작업이다

그럼에도 개요 짜기 단계를 제시지문의 독해와 요약 단계와 구분해서 설명하는 이유는 분명히 있다. 다음 이유에서다.

첫째, 문제에 담긴 요구사항을 어떻게 연결시켜나가야 할 것인가에 대한 방법적 해결을 구하기 위함이다. 즉, 논제를 분석한 이후에 이를 근거로 각각의 제시지문을 해석했다고 하더라도, 이를 요구사항에 맞춰 제대로 연결시켜야만 한 편의 논리 정연한 논술 답안이 된다. 그렇지 않을 경우, 각각의 요구사항에 따른 주장 글들이 저마다 따로 놀게 됨으로써 결국에는 글 전체의 논증 구조가 깨지고 만다. 개별 제시지문의 논증 구조를 연결시킨 요약 글은 문제의 전체 요구 조건에 맞춰 다시 커다란 하나의 논증 구조로 만들어지기 때문인데, 개요 짜기가 제대로 되지 않으면 이것이 허물어지게 된다.

여기서 주목해야 할 것이 바로 각각의 요구 조건을 수용하는 연계 고리, 즉 핵심 주제어나 개념을 담은 논점과 논지의 파악이다. 이 논점을 문제에서 요구하는 논리에 호응하여 연결하는 작업이 개요 짜기의 핵심으로, 논점에 맞춰 문제에서 요구하는 조건별로 꿰맞춰나가면 개요 짜기의 일관성과 정합성은 완결된다. 그런 점에서 볼 때, 개요 짜기를 하면서 '서론–본론–결론'이나 '기승전결' 같이 기계적으로 글의 개요를 잡을 이유가 하등 없다. 오히려 대입논술은 답안을 쓸 때 처음부터 본론을 끌고 들어가야 하는 경우가 대부분인데, 이는 오직 문제에서 요구하는 사항을 곧이곧대로 충실하게 따른 결과 때문이기도 하다.

둘째, 개요 짜기를 하면서 논증 구조를 재차 확인하여 잘못된 것을 바로잡는 한편, 글에 담아야 할 핵심 내용이나 주제어가 빠지지 않았는지 거듭 파악할 수 있다. 실제 이 부분은 답안이 논점을 이탈하거나 논리적 비약으로 흐르지 않도록 하는 중요한 역할을 하기 때문에, 개요 짜기를 하면서 이를 거듭 확인해야 한다.

또한, 대개는 답안의 분량을 제한하는데, 이때 핵심 내용만 써도 분량이 넘치는 경우가 허다하다. 이런 이유로 반드시 포함되어야 할 내용만 분명하게 써야 한다. 그러려면 타당한 내용만 기술하고 나머지는 과감하게 버려야 하는데, 이를 위해서도 개요 짜기는 필요하다. 개요 짜기의 과정에서 글의 과감한 선별과 취사선택이 가능해지고, 이를 통해 답안을 최적화할 수 있기 때문이다.

사례9_ 한양대 2012 인문 수시 모의문제1

문제_ ①(가)의 논거를 바탕으로 ②포스터 (나) 와 (다)의 취지를 비교하여 평가한 후, ③대한민국이 국가 경쟁력을 도모하면서 지구환경 문제의 개선에 공헌할 수 있는 방안에 대해 논하시오. (1400자)

(가) 오늘날 인구문제는 세계적인 관점에서 조망해야 하는 중요한 사안이 되었다. 20세기의 마지막 10년간 인구정책과 관련된 논의는 국제회의에서 거의 찾아볼 수 없었지만, 이제 지구촌의 인구는 지구환경과 기후변화에 영향을 가장 많이 주는 요인으로 지목되고 있다. 2010년 덴마크의 코펜하겐에서 열렸던 세계기후회의에서 환경단체의 대표자들뿐만 아니라 학자들도 지구촌의 인구 증가에 대해 깊은 우려를 나타냈다. 1950년대에 25

억 명 정도였던 세계 인구는 현재 65억 명에 이르고 2050년경에는 100억 명에 이를 것이라는 지적이다. 이와 같은 인구 증가가 이산화탄소 배출을 억제하는 데 최대의 난적이라는 데 이의를 제기하는 전문가를 거의 찾아볼 수 없다. 가장 많은 자원을 소비하는 인간이 지구환경에 가장 많은 이산화탄소를 배출하기 때문이다. 인구 증가가 빠르게 진행되는 후진국에 살고 있는 사람들이 아주 열악한 자원으로 생계를 꾸리고 있지만, 인간의 최저생계 유지는 그 어느 생명체보다 많은 이산화탄소를 배출하고 있다. 런던정경대학의 한 연구팀은 저탄소 기술개발과 운영에 소요되는 비용이 가족계획을 위한 비용보다 무려 5배 이상 많은 것으로 보고하였다.

지구 환경문제 중 기후변화는 이제 국제기구, 국가정부와 일반시민들에게도 먼 미래의 문제가 아니라 긴박한 현안이다. 인구 증가가 기후를 악화시키는 주범이라고 꼭 짚어 말할 수 없을지라도, 인구 증가가 계속 진행될 경우, 기후 변화를 포함한 지구환경 문제를 해결하기 위한 그 어떤 약도 효과를 기대할 수 없게 된다. 게다가 산업 선진국에서도 최근에 인구 노령화, 다문화주의의 포기 등과 관련하여 세계 인구증가의 한 몫을 담당하고 있다. 인간의 수명이 길어지고, 지구촌의 생활수준 또한 지속적으로 개선되고 있는 상황에서, 출산율이 떨어지면서 인구 과잉의 문제가 자동적으로 해결될 것을 기대할 수는 없다. 국제적인 공조를 통해서 각국 정부가 가족계획을 보다 효과적으로 시행할 수 있도록 시급한 조치들이 필요하다. 논의를 위해 낭비할 시간이 없을 정도로, 기후변화와 인구 증가는 바로 지금 실천을 바라고 있다.

(나)
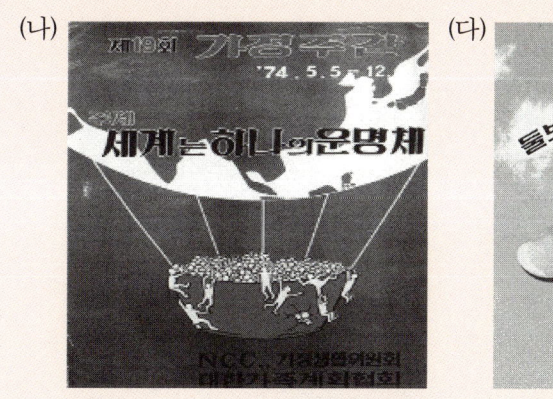

(다)

사례9는 개요 짜기를 어떻게 해내가야 하는지를 보여 준다. 앞서 논제 분석 과정에서 자연스럽게 개략적인 개요 짜기가 이뤄진다고 했다. 이것이 함께 이뤄져야 하

는 이유는, 그 과정에서 제시지문의 분석은 물론 출제의도까지 파악할 수 있기 때문이다. 이렇게 해서 파악된 사례9 문제의 출제의도는 다음과 같다.

- (가) 지문의 논지를 정확히 파악하여 논거로 활용하였는가?
- (나)와 (다)의 취지를 정확히 비교하고 평가하였는가?
- 딜레마를 잘 극복하고 타당한 방안을 제시하였는가?

이 출제의도를 염두에 두고서 사례9를 분석하고 개요 짜기를 한 것이 아래의 해제인데, 그 내용을 모두 연결하면 그대로 논술 답안이 된다. 따라서 아래의 해제 과정에서 각각의 요구사항이 어떻게 논리적으로 연결되고 있는지 중점적으로 살펴보면, 앞서 설명한 개요 짜기의 개념이 이해될 것이다.

해제

① (가) 지문의 논지(300자 전후)

- (가)를 요약하면

인구문제는 지구환경과 기후변화에 가장 크게 영향을 주는데, 왜냐하면 이산화탄소를 가장 많이 배출하여 지구환경을 악화시키는 요인이 바로 늘어나는 인구에 따른 것이기 때문이다. 비록 선진국의 출산율이 떨어지고 있다고는 하나, 인간의 수명이 길어지고 생활수준이 지속적으로 개선되고 있는 상황에서 인구과잉 문제가 자동적으로 해결될 것으로 기대할 수는 없다. 특히 기후변화는 전 세계적으로 긴박한 현안으로 작용하는데, 이런 이유로 인구증가 문제는 당장의 실천이 요구된다.

- (가)의 논지는

인구문제는 지구환경을 악화시키는 가장 큰 요인이기 때문에 <u>인구 증가를 시급히 억제해야만</u> 한다.

논제서술 유형별 문제해결 포인트

논술문제에는 논제(무엇에 대해)를 '어떻게 해결하라'는 요구가 들어있다. 이는 주어진 전제조건 하에서 제시지문과의 연관관계를 파악하여 이러저러한 방법으로 해결하라는 뜻을 담고 있다. 답안을 쓸 때는 이러한 문제해결을 위한 방법론적 요구를 정확히 이해할 필요가 있다. 그렇더라도 그 해결방법은 문제에 주어진 조건에 따라 워낙 다양한 양상으로 나타나기에, 어디까지나 문제에 담긴 전체 논의를 근거로 판단을 내려야 한다.

논술문제는 논제서술 유형별로 해결 방안이 달라지는데, 이는 이해력, 분석력, 비판력, 창의력을 통한 각각의 문제해결 능력과 논증 구성력을 어떻게 글로 표현해낼 수 있는가를 묻는 최종적인 관문이다. 따라서 논제서술의 유형보다는 오히려 문제 안에 담고 있는 전제조건이 각 제시지문과 어떻게 관계를 맺고 있는가가 더 중요하다. 즉, 논제와 제시지문 간의 연관관계를 제대로 파악해낼 수 있다면 논제서술 유형별 답안은 어렵지 않게 해결되며, 설령 그것이 문제해결형의 창의성을 묻는 것이어도 그렇다. 이처럼 현행 통합논술에서 묻는 논제는 제시지문 간의 비교·분석의 과정을 전제로 하여, 이것을 다양한 서술 유형으로 묻는다는 점에 특히 유의해야 한다.

그럼에도 각각의 문제해결 포인트를 간략히 설명하면 다음과 같은데, 그 방법적 요령은 기출문제를 다양하게 풀어가며 직접 확인하고 익히는 게 훨씬 더 효과적이다. 참고로 자료해석형에 대해서는 앞에서 설명했으므로 생략한다.

요약서술형

요약할 때 제시지문을 그대로 발췌하거나 축약해서는 안 된다. 자신의 판단이나 자의적인 해석이 개입되어서도 안 된다. 글의 전체 주제를 파악해 핵심적인 내용과 부수적인 내용으로 구분하되, 핵심적인 주장을 중심으로 그것을 뒷받침하는 주요 근거들을 함께 제시하는 식의 답안을 작성해야 한다.

● **요약하라** : 제시지문을 300~500자 전후의 글로 요약하는 유형으로, 대개의 경우 제시지문이 무척 까다롭다고 보면 된다.

● **비교하라** : 둘 이상의 제시지문을 주고 그것들의 주요 논지를 요약하되, 제시지문 간의 공통점과 차이점을 밝힐 것을 요구하는 유형이다. 따라서 요약 능력과 비교 능력을 동시에 측정하려는 의도를 담고 있으며, 경우에 따라서는 평가하라는 문제를 묻기도 한다.

평가서술형(＋비판서술형)

평가서술형은 인문과학보다는 주로 사회과학이나 자연과학 관련 논제를 평가하기 위한 유형이다. 그렇기에 평가서술형은 주로 주관적인 해석보다는 객관적인 분석을 요구한다. 즉, 제시지문에서 저자의 견해가 제대로 정당화되는지 비판적으로 검토하여 그 문제점이나 한계를 밝히기를 요구한다. 따라서 수험생들은 특정 제시지문의 내용에 대해 직접적인 반론을 제시하거나, 관련 자료를 근거로 그 제시지문을 비판하거나 지지하는 내용으로 논리적 연관성을 상세히 밝히면서 답안을 써야 한다. 올바른 평가를 위해서는 제시지문에 대한 정확한 요약이 선행되어야 함은 물론이다.

- **비판하라** : 어떤 견해를 제시하고 그 견해에 대해서 분명한 반대 입장을 밝히되, 반대되는 논거들을 찾아내 의견을 제시해야 한다. 양시양비론은 절대 금물이다.
- **분석하라** : 어떤 현상을 여러 측면으로 구분해서, 이들 간의 상관관계가 갖는 의미를 살펴 기술해야 한다.
- **해석하라** : 현상들 간의 관계를 기술하는 데 그치지 않고, 그것에 전체적이고 종합적인 의미를 부여해야 한다. 이는 수험생의 주관적 논리를 포함하며, 따라서 논리적 정합성에 주의해야 한다.
- **평가하라** : 통계자료나 도표를 분석하고, 관련된 부분에 대한 가치를 판정해야 한다.
- **추정하라** : 제시된 현상이나 원리를 근거로 다른 현상이나 원리가 갖는 성격을 유추해야 한다.
- **예측하라** : 일정한 규칙을 제시하고, 이를 근거로 앞으로 일어날 것들을 추측해야 한다.
- **검토하라** : 현상의 일면만을 살피는 것이 아닌, 여러 관점이나 측면에서 구체적으로 살피는 방식으로 답안을 작성해야 한다.

설명서술형

그림이나 통계자료를 통해 문제의 사실이나 현상을 제시하고, 이를 제시지문 속에 들어 있는 원리적 견해나 이론을 근거로 설명 또는 예측하는 유형이다. 이는 주어진 자료에 대한 상세한 분석을 통해 파악하여 기술하고, 또한 제시지문에 들어 있는 원리나 이론이 어떻게 해서 그 현상의 설명 기반이 되는지를 가능한 한 자세히 밝혀야 한다. 그렇더라도 이는 자기주장이 아닌, 어디까지나 객관적인 관점에서 기술되어야 한다. 유의해야 할 것은, '설명하라'는 유형이 모두 이 유형에 속하는 것은 아니란 점으로, 주로 과학적 설명을 요구하는 경우만이 '설명형'에 속한다는 점에 주의해야 한다.

- **설명하라** : 대상이나 현상이 갖는 원리를 객관적으로 제시하는 것으로, 주관적으로 섣불리 자신의 견해를 밝혀서는 안 된다.
- **밝혀라** : 지금까지 잘 드러나지 않은 사실을 찾아 제시하는 것으로, 가능한 한 참신한 생각을 보여주어야 한다.
- **서술하라** : 시간의 흐름에 따라 진행되는 현상의 추이에 초점을 맞추는 것으로, 전체 흐름에 대한 파악이 무엇보다 중요하다.
- **예를 들라** : 자신의 생각을 구체적인 사실과 연관시켜 설명하란 뜻이다.
- **논하라** : 어떤 주장에 대한 자신의 생각을 객관적으로 밝히는 것으로, 분명한 선택 이유와 그 근거를 들어 설명해야 한다.
- **기술하라** : 자신의 주장을 내세우기보다는, 현상에 대한 객관적인 근거를 들어 설명해야 한다.

대안제시형

논제와 제시지문 간에 내용적으로 긴밀히 연관된 문제 상황을 주고, 그에 대한 해결책이나 수험생 자신의 견해를 창의적으로 제시하는 유형이다. 대안을 제시할 때는 원칙적이고 당위적인 차원에 그치지 말고 가능한 한 구체적으로 제시해야 하며, 자신이 제시한 대안의 타당성을 뒷받침하는 근거들을 함께 제시해야 한다. 창의적 대안제시형은 새로운 견해나 대안을 창의적으로 모색하는 방식이지만, 그렇더라도 이는 주어진 제시지문의 아이디어를 더욱 심화시키거나 다른 영역으로 확대 적용하는 방향으로 기술되어야 한다.

글 전체가 완전히 새로운 아이디어로 구성될 수 없음은 물론인데, 그렇기에 창의성을 지나치게 의식한 나머지 독특한 아이디어를 내야 한다는 강박관념에 책임지지도 못할 주장을 하는 것은 오히려 감점 대상이 된다. 창의적인 사고라는 것도 어디까지나 논제에 담긴 맥락이나 상황으로부터 구현되어야 함에 유의해야 한다.

- **연관성을 밝혀라** : 제시지문 간의 논지를 연결시켜 관계를 찾아내 밝히라는 의미이다.
- **발전시켜라** : 제시지문에서 주장한 것을 확장하여 새로운 논지를 만들라는 의미로, 반드시 기존의 논지가 바탕이 되어야 한다.
- **의견을 제시하라** : 다양한 문제 중에서 그 해답을 놓고 서로 다른 주장이 맞서는 경우에 이를 해결하라는 의미로, 비판적 사고력을 요구한다.
- **대안을 제시하라** : 어떤 현안에 대처할 방안에 대한 명백한 의사를 밝히라는 의미다.

논술 답안
글쓰기

- 개요 짜기에 맞춰 글을 구조화시키되,
- 전체 글의 **정합성과 일관성을 유지**해가며 답안을 써나가는 과정이다.

논술은 논리적 글쓰기가 아니라 논증적 글쓰기다. 자기의 생각을 일방적으로 써나가는 게 아니라, 어디까지나 논제의 요구에 따라 전제와 결론, 주장과 근거의 논증 구조를 갖춘 하나의 완성된 글로 써나가야 한다. 그만큼 글을 읽는 채점자를 고려해서 글을 써야 한다는 뜻이기도 하다. 그렇기에 항상 글을 읽는 사람을 염두에 두고 글을 써야 한다. 만약에 글을 읽는 채점자가 이해할 수 없는 글이라면, 결코 잘 쓴 답안으로 볼 수 없다.

쉽게, 학생답게 써라

그렇다면 어떻게 답안을 써야 할까? 출제자가 요구하는 분량을 고려하여 핵심 내용을 짧고 간결하게 쓰되, 학생 수준에 맞는 문체로, 그것도 채점자가 이해하기 쉽도록 써야 한다. 즉, 문제가 요구하는 바를 빠짐없이 적정한 수준으로 답하였는 가가 관건이 된다.

무엇보다 고등학교 학생 수준에 맞게 글을 써야 한다. 잘 알지 못하거나 이해의 깊이가 떨어짐에도, 마치 자신의 생각인 양 수준에 맞지 않는 글을 쓰는 것은 적절 치 않다. 당연히 지나치게 현학적이거나 수준에 넘치는 유식한 표현을 써서도 안 된다.

자신감이 떨어지는 모호한 표현도 삼가야 한다. 개념어의 의미를 잘못 알고 사 용함으로써 글의 구성력을 떨어뜨려서도 안 된다. 주어와 술어의 호응이 떨어지는 글은 읽어도 이해가 떨어져 채점자의 짜증만 돋울 뿐이다. 잘 쓴 글, 좋은 글이란 쉽게 쓴 글로, 학생다움이 묻어난 글이란 점을 명심하고, 그 의미를 정확하게 전달 할 수 있는 문장 구사력을 길러야 한다.

이 모든 것을 고려하더라도 논제 분석과 제시지문의 독해가 잘못되어 논점에서 이탈하고 논리적 비약으로 흐르면 결코 좋은 점수를 받을 수 없다. 논제를 제대로 분석하고 제시지문을 정확히 해석하는 것이 곧 좋은 답안을 쓰기 위한 가장 중요한 요건임을 명심하고, 이에 대한 체계적인 훈련을 해나가야 한다.

이를 위한 가장 좋은 방법은 하나의 주제 글을 쓴 다음, 이를 여러 번 고쳐 쓰는 훈련을 하는 것이다. 이는 제시지문의 요약 글을 가지고 연습하면 크게 효과를 볼 수 있다. 제시지문을 읽고 요약한 글을 줄여가며 다시 고쳐 쓰는 과정을 거듭하는 동안 글쓰기 실력은 물론 독해력과 분석력까지 늘게 되어 있다. 긴 글을 읽고 요약 하는 경우라면, 단락을 구분하고 단락과의 논리적 연관성을 생각하면서 글쓰기 훈련을 해나간다. 그 과정에서 단락별 중심 문장을 찾아 자신의 단어와 문장으로 재구성하는 훈련을 하되, 이 역시 고쳐 쓰기를 거듭하면서 문장을 가다듬는 훈련을 해야 한다.

좋은 논술 글쓰기와 나쁜 논술 글쓰기의 예

좋은 논술 글	나쁜 논술 글
• 간결하고 응축적인 글 • 논리적이고 명확한 글 • 합리적이고 논증적인 글 • 전문용어가 정확하게 구사된 글 • 문장 진행을 안내해주는 말과 연결어 등이 적절해서 잘 읽히는 글 • 생각과 형식이 자신의 것인 글 • 글의 전달과 인용이 정확한 글 • 글의 흐름이 세련되고 매끄러운 글	• 산만하고 중언부언하는 글 • 일방적인 주장 위주이거나 독단적인 글 • 해석을 잘못해 제 것으로 못 만든 글 • 연관성이 없고 비약적인 글 • 논리적으로 결함이 있는 글 • 명확한 근거 없이 주장만 나열하는 글 • 추상적이고 감정적이며, 구체적이지 못한 글 • 문장 구성과 논지, 서술이 불분명해 읽기가 어려운 글 • 남의 것을 자기 것인 양 무비판적으로 쓴 글 • 이야기 전달과 인용이 부정확한 글

답안 작성 순서

논술 답안은 지금까지 설명한 것처럼, **'논제 분석 → 제시지문 독해와 요약 → 개요 짜기 → 답안 글쓰기'** 순서로 해나가면 된다. 여기서 개요 짜기는 논제 분석 시에 이미 병행해서 진행되므로, 어찌 보면 전체 논증 구조를 다시 한 번 확인하는 과정으로 이해하면 된다.

논술 답안은 문제에서 이미 글을 어떻게 구조화시켜 쓰라고 정해져있기 때문에 굳이 '서론-본론-결론'의 구조로 작성할 필요는 없다. 어디까지나 문제에서 요구하는 대로 써나가면 된다. 그렇더라도 '논지-논거'의 논증 구조를 밝혀가며 답안을 작성해야 함에 비춰 생각할 때, 글의 도입 부분부터 자신이 전개하고자 하는 논지를 명확하게 제시하는 게 좋다. 이어서 자신이 주장하는 바가 보편타당함을 밝힐 수 있는 논거를 제시하면 그것으로 문장은 완결된다.

중요한 것은, 논술문제의 특성상 다수의 제시지문이 주어지되 이를 논제에 맞춰 서술 유형별로 해결하는 데 있음을 고려할 때, 어디까지나 제시지문 간의 연관관계 파악과 이것을 기초로 한 독해와 요약이 문제해결의 관건임을 명심해야 한다. 그렇기에 문제를 풀 때 논제 분석 과정을 무시하고 곧바로 답안을 써나가는 행동은 그야말로 돈키호테식의 어리석은 행동이다. 그렇게 해서는 절대 올바른 답안을 작성할 수 없는 게 현행 통합논술의 출제 형식이기 때문이다.

따라서 풀이 과정을 빼먹지 말고 단계별로 차근차근 접근해가면서 공부해나가야 한다. 그 자세한 방법에 대해서는 지금까지의 설명을 다시 피드백하면서 공부하면 된다. 한 가지를 덧붙이자면, 지원하려는 대학의 당해 연도 모의고사의 문제해설과 출제의도를 빼먹지 말고 살펴야 한다. 당해 연도의 출제 기본 방향은 물론 답안 작성의 포인트, 평가 기준 및 유의사항 등을 담고 있어 매우 중요하다. 또한, 모의고사를 몇 번이고 풀어가며 출제 유형을 숙지해야 함은 물론이다.

●논술문제 풀이 과정_ 120분이 주어진 경우

・논제 분석 과정_ 약 20분±

①문제와 제시지문 전체를 훑어보며, 각 문제별로 논제가 무엇인지, 제시지문의 난이도는 어떠한지를 개략적으로 살펴 출제의도를 파악한다.

②문제의 요구사항을 살피고, 문제에 주어진 전제조건에 맞춰 '무엇에 대해(논제)', 이를 '어떻게 해결'할 것인가를 제시지문 간의 연관관계를 살펴 개략적으로 파악한다.

③각 문제별로 논제가 묻는 논의에 맞춰 제시지문을 다시 읽는다. 어디까지나 논제가 묻는 논의에 맞춰 읽어야 함을 명심해야 한다.

④제시지문의 중심 문장과 뒷받침 문장을 찾아내고, 결론(주장)과 전제(근거)에 해당하는 문장에 밑줄을 긋는다. 이때, 제시지문 독해는 문제별로 순차적으로 해나간다. 이렇게 해서 문제해결의 방향을 어림잡되, 그 과정에서 논지를 제대로 파악함으로써 이후의 과정

에서 논점 이탈에 빠지지 않도록 한다.

• 제시지문 독해와 요약 과정_ 약 50분±

⑤제시지문을 세밀하게 읽고 해석한 후, '결론-전제'의 논증 구조를 갖춘 개략적인 요약 글로 쓰되, 시험지의 제시지문 옆 여백에 적는다. 정리가 명료할수록 답안 작성이 쉽다.
⑥정리한 내용을 문제의 요구사항이나 논제와 대조한다. 대조 후 부족하거나 석연치 않은 부분이 있으면, 제시지문을 다시 읽어 바로 잡는다.

• 개요 짜기 과정_ 약 10분±

⑦다시 문제를 읽고, 문제의 요구사항을 분절하여 문제풀이의 순서를 정한다. 이때, 요구 사항별로 답안 글을 어떻게 연결시켜 나갈지에 대한 연결고리를 만들어내는 것이 가장 중요하다. 개요를 짤 때는 문제의 요구조건별로 분량까지 계산해서 전체 분량을 맞출 수 있도록 해야 한다.
⑧문제에 담긴 전체 논의를 근거로 논제서술 유형별로 이를 어떻게 서술해나갈지 구상한다. 그 과정에서 대안과 견해 제시, 반론 제기 등 비판력과 창의력을 묻는 물음에 대해 생각하고 정리한다.

• 답안 글쓰기_ 약 40분±

⑨정리된 요약 글을 토대로 문제풀이의 순서에 맞춰 답안을 작성한다. 답안은 문제의 요구사항을 빠짐없이 담아내야 한다
⑩글의 정합성과 일관성을 유지하기 위해 글을 다듬는다.

논술 핵심 주제 24 외

핵심 교과 내용 15 / 비교과 핵심 주제 5 / 철학 핵심 쟁점 4
논술문제 풀이과정 도해 / 논술 기출문제 독해와 요약 연습

일러두기

- 〈논술 핵심 주제 24〉의 목적은 교과서와 기출문제를 가지고 핵심 주제별로 공부하되, 이를 학년별로 수준에 맞게 공부해나갈 수 있도록 하는 교재 혹은 지침서의 역할을 하기 위함이다. 따라서 학생들은 수준에 맞는 난이도의 기출문제를 주제별로 선정하고, 이를 교과서 내의 핵심 이론 및 기본 개념과 연계시켜 공부하면 된다.

- 핵심 주제별 분류는 교과목 내외의 기본 개념과 핵심 쟁점별로 편의상 구분한 것에 지나지 않으며, 그 주제에 종속되는 작은 주제별로 내용적 중복이 따를 수 있다. 이는 문제에 주어진 논제가 교과과정을 통합하여 출제됐기에 그런데, 그렇더라도 이런 주제일수록 그만큼 중요하게 다뤄지고 있음을 염두에 두고 공부하면 된다.

- 굵은 글씨로 된 핵심 개념어 및 주제어는 논술시험에 반복해서 출제되는 중요한 개념어이므로 반드시 숙지함은 물론, 그 개념을 정확하게 이해하고 있어야 한다.

- 핵심 쟁점 및 심화학습 역시 논술시험에 반복해서 출제되는 것을 추려놓은 것이므로, 교과서와 기출문제를 통해 폭넓고 통합적으로 공부해나가야 한다.

- 고전과 명저 등의 사상서 원본을 발췌해서 글을 읽는 연습을 하는 게 바람직한데, 이를 위해서는 '원문 발췌글 읽기'에 나와 있는 책을 중심으로 논술 기출문제 및 언어영역 비문학의 지문으로 실린 지문을 발췌해 연습하면 된다.

- 기출문제의 난이도는 다분히 필자의 주관적인 판단에 따른 것이기에 실제 학생들이 체감하는 난이도와는 차이를 보일 수 있지만, 그렇더라도 큰 범주에서는 벗어나지 않을 것이다. 또한, 밑줄 친 기출문제는 주제와 논제, 제시지문의 개념적 정리와 완성도가 뛰어난 문제로, 이 문제를 중심으로 여기에 난이도를 감안해 선정한 후, 주제별로 다양하게 문제를 푸는 연습을 해나가면 된다.

- 핵심 주제별로 기출문제를 추려 공부하는 것에 더해, 대학의 출제 유형(文社＋철학, 文社＋영어, 文社＋수리, 文社＋자료)별로 구분해가며 공부해나간다면, 논술공부의 효율성을 배가시킬 수 있을 것이다.

- 기출문제는 각 대학의 홈페이지에 들어가 다운받으면 된다. 또한 이에 대한 예시답안은 논술카페(논술의 개념을 득하다, http://cafe.naver.com/goodvalley)에 실려 있으므로, 이를 참조하기 바란다. 물론, 필자가 직접 작성한 예시답안임을 밝힌다.

● 주제1_ 핵심 교과 내용 15

⑴ **국가론 · 시민사회론**_ 민족주의와 공동체의식, 문화와 민족정체성, 공동체주의

⑵ **자유론 · 정의론**_ 인간과 자유, 사회정의와 관련한 담론

⑶ **복지론**_ 복지문제와 복지국가 실현, 어떤 삶이 행복한가

⑷ **현대 사회사상의 쟁점**_ 갈등과 협력, 상생과 경쟁, 자유와 평등, 성장과 분배, 공공성과 공정성, 공익과 사익, 자율과 규제, 효율과 형평

⑸ **현대 정치사상의 쟁점**_ 정치와 권력, 제도와 법질서, 민주주의와 여론, 폭력의 정당성, 인권과 사회정의

⑹ **개인과 사회의 관계**_ 사회갈등의 해결과 극복 방안

⑺ **현대사회의 제 문제**_ 현대사회의 윤리적 · 정치적 문제의 해결 방안

⑻ **현대사회의 문화 변동**_ 세계화와 문화다양성, 다문화주의

⑼ **직업, 性과 가족**_ 노동과 인간소외, 가족 개념의 변화와 미래의 가족

⑽ **정보사회와 대중매체**_ 미디어 리터러시

⑾ **동서양의 윤리와 사상**_ 동서양의 인간관 · 자연관 · 세계관

⑿ **세계화의 쟁점과 신자유주의의 명암**_ 구조적 양극화와 계층화

⒀ **경제 원리와 시장경제**_ 합리적 경제 선택, 시장실패와 정부실패

⒁ **자본주의와 소비, 불평등과 불균형**_ 과시소비와 모방소비, 사회 · 문화 · 정치 · 경제적 불평등 · 불균형의 제 문제와 해결 방안

⒂ **자료 · 도표 · 그림**에 나타난 사회 · 경제 · 문화 현상 분석과 관련한 **자료해석형** 기출문제

● 주제2_ 비교과 핵심 주제 5

⑴ **예술과 문화**_ 미학 오디세이, 기호의 소비학으로서의 대중문화, 차이와 다원성을 추구하는 타자의 윤리 및 포스트모더니즘과 관련한 핵심 개념

(2) **과학과 환경_** 인문학과 과학적 지식의 대통합, 이기적 유전자와 이타적 유전자를 둘러싼 사회생물학 논쟁

(3) **역사와 종교_** 미래는 결정된 것인가

(4) **교육과 학문_** 바람직한 학문탐구의 자세

(5) **언어와 세계_** 언어와 인식, 언어와 소통 등 언어철학과 관련한 물음

●주제3_ 철학 핵심 쟁점 4

(1) **존재론**(인간의 본성_ 나는 누구인가)_ 인간 행위의 동기를 묻는 합리성의 쟁점, 인간 존재의 본질에 대한 형이상학적 질문

(2) **인식론**(인식의 주체_ 나는 무엇을 아는가)_인간과 세계를 인식하는 인식 주체의 올바른 가치판단

(3) **가치론**(삶의 윤리학_ 나는 무엇을 해야 하는가)_ 덕과 악의 차이에 대한 도덕적 물음

(4) **형이상학적 담론**(나와 너, 그리고 우리)_ 소통, 죽음, 불안과 공포, 행복, 시간 外

주제1_
핵심 교과 내용 15

(1) 국가론 · 시민사회론_ 민족주의와 공동체의식, 문화와 민족정체성, 공동체주의

●교과 단원

시민윤리(1장_ 시민사회와 윤리, 4장_ 국가발전과 지구공동체),
윤리와 사상(1-4장_이상사회 구현과 사회사상), 도덕_비상교육(3장_국가와 민족
윤리)

●핵심 개념 및 주제어

개인주의와 이기주의, 집단이기주의 / 시민윤리 / 시민공동체 / 국가정체성 / 이데
올로기와 이상사회 / 대동 사회 /헌팅톤의 '문명의 충돌' / 아탈리의 '신유목민' / 국
가 발생의 기원(아리스토텔레스 vs. 사회계약론) / 민족과 민족주의 / 민족의 개념
과 민족공동체 / 민족문화와 민족정체성 / 세계화와 문화다양성 / 자문화중심주의
와 문화상대주의 / 종교 근본주의 / 세계시민사회 / 이상사회 / 문명충돌론과 문명
공존론

●핵심 쟁점

· 국가의 본질은 무엇이고, 국가권력의 정당성은 어디에서 나오는가
· 세계 간 분쟁은 종교 · 이념 · 민족갈등 등 문화적 차이 때문인가, 영토 · 주권 ·
  경제 등 자국의 이해 때문인가

●심화학습

· 국가의 개념과 발전단계_ 홉스, 로크, 루소의 '사회계약설' 비교

• 오리엔탈리즘과 옥시덴탈리즘_ 테러와의 전쟁은 정당화될 수 있는가

● 원문 발췌 글 읽기

플라톤, '국가론' / 홉스, '리바이어던' / H. 콘 '민족주의' / 니부어, '도덕적 인간과 비도덕적 사회' / 아탈리, '신유목민' / 에드워드 사이드, '오리엔탈리즘' / 새뮤얼 헌팅턴, '문명의 충돌' / 프랜시스 후쿠야마, '역사의 종말' / 칼 포퍼, '열린사회와 그 적들' / 베네딕트 엔더슨 '민족주의의 기원과 전파' / 홉스봄 '1780년 이후의 민족과 민족주의'

● 토론 주제 및 탐구과제

★탐구과제_ 우리 사회에서 집단이기주의(님비현상과 핌피현상)의 사례를 찾고, 나타난 이유와 극복 방안

(→시민윤리 I-1_ 시민사회의 빛과 그림자, p24)

탐구과제 국가정체성의 순기능과 역기능, 올바른 국가정체성의 형성을 위한 구체적 실천 방안

(→시민윤리 I-3_ 공동체의식의 함양, p51)

탐구과제 인종적 · 문화적 차원에서의 한국인의 민족의식의 특성과 태도

(→시민윤리 IV-2_ 민족공동체의 의미와 중요성, p220)

탐구과제 우리 민족과 민족정체성에 대한 상반된 입장에 대한 물음

(→도덕_ 비상교육 III-2_ 세계화 시대의 민족의 정체성과 가능, p135)

★탐구과제_ 자민족중심주의의 문제점과 해결 방안

(→도덕_ 비상교육 III-2_ 자민족중심주의와 세계주의, p141)

★탐구과제_ 민족주의의 이데올로기적 양면성에 비추어 한국 민족주의가 나아가야 할 방향

(→윤리와 사상 III-1_ 사회사상의 형성과 전제, p149)

★탐구과제_ 세계화의 흐름에 맞는 민족주의의 장래를 '열린 민족주의'와 '닫힌 민

족주의' 관점에서 고찰

(→윤리와 사상 III-3_ 현대 사회사상의 쟁점, p181)

★쟁점토론_ 북한이탈주민과 하나가 되기 위한 방안은 무엇인가

(→도덕_ 비상교육 III-2_ 민족과 윤리, p152~3)

시사이슈 찬반토론 김정일 조문 가는 게 옳은가(2012.1)

(→한반도 정세 안정과 남북관계 개선 위해 바람직 vs. 독재자에게 경의를 표하는
건 옳지 않아)

●기출문제

_동국대 2008 인문 정시 문제4(21세기 보편윤리의 이상과 실천 방안)★★

_동국대 2011 인문 수시 문제4(지속가능한 발전을 위한 21세기의 새로운 윤리)★
★★

☞동국대 2012 인문(II) 수시 문제1(SNS 기능을 바탕으로 한 개인주의와 집단주의
극복 방안)★★★

_숭실대 2011 인문 수시 문제3(개인의 윤리적 신념과 국가의 법적 강제간의 대립
과 조화)★★★

☞연세대 2008 인문 정시(민족의 정체성_ 근원주의 · 상황주의 · 역사문화주의 비
교분석)★★★★★

_숭실대 2009 인문 모의 문제1(민주사회에서의 민족주의의 역할)★★★

☞명지대 2008 인문 모의2차(민족문화 계승에 있어서의 유의점, 민족주의의 공통
점과 차이점 外)★★

☞광운대 2011 인문 모의(민족의 의미 · 차이와 스포츠의 대중화_ 민족주의 현상인
가, 상업주의 현상인가)★★★

_숙명여대 2011 인문 수시 3교시 공통문항(국가의 본질과 국가의 성격 변화)★★
★★

☞숙명여대 2010 인문 모의 일반전형 계열공통 문항(한국 민족주의의 특성과 한계

극복방안)★★★

_인하대 2009 인문 모의(공동체의식 고취에 지역공동체와 사이버공동체 중 어느
것이 유리한가)★★★

☞한양대 2009 인문 · 사회 모의1차 문항3(타자의 윤리 관점에서의 인종적 편견을
넘어서는 공동체 구축 방안)★★★

☞한양대 2008 인문(I) 수시(서구 문명가치 비판_ 자원배분의 효율성 측면에서의
오염부담금제 찬반)★★★

_중앙대 2012 인문(I) 수시 문항1~2(집단특성의 비교와 집단의사결정모형의 문제
점 설명)★★★

☞중앙대 2010 인문(I) 수시 문제1~2(동서양 윤리와 정치 · 과학 면에서의 이상사
회의 실현 가능성과 한계)★★★★

_서울대 2009 인문 정시 문항3(한옥을 통해 우리시대 전통문화 계승과 변동이 이
뤄지는 양상 고찰)★★★★★

(2)자유론 · 정의론_ 인간과 자유, 사회정의와 관련한 담론

●교과 단원
도덕_비상교육(1장_ 인간과 자유, 2장_ 사회정의와 윤리)

●핵심 개념 및 주제어
자유의지 / 약한 결정론과 강한 결정론 / 소극적 자유와 적극적 자유 / E. 프롬의
'자유로부터의 도피' / 도덕 강제의 원리 / 도덕적 자율성 / 사회제도와 사회윤리 /
정의의 기준과 이론 / 아리스토텔레스의 정의 / 존 롤스의 정의론 / 사회구조와 제
도의 불공정으로 인한 문제 / 분배 정의와 복지의 실현 / 소수집단 우대정책 / 인
권과 기본권

●**핵심 쟁점**

• 자유와 평등, 정의와 공정에 대한 개념적 이해

• 자유의 역설_ 천부적 권리로서의 개인의 자율과 타인과의 관계성에 따른 사회적
  구속 사이의 갈등 문제

• 롤스와 노직의 정의론 논쟁_분배적 정의인가 소유권적 정의인가, 사회약자 우대
  의 차등원리는 정의로운가

●**심화학습**

• 고전적 자유론_ 홉스 · 로크 · 루소의 자유론과 공리주의의 자유론 비교

• 자유주의 국가에서의 진정한 자유의 의미_ 자유의 역설_ 개인의 자율과 사회적
  규제

• 정의를 보는 두 시각_ 결과적 정의와 절차적 정의

• 롤스와 노직의 정의론 논쟁_ 분배적 정의와 소유권적 정의

●**원문 발췌 글 읽기**

밀, '자유론' / 롤스, '정의론' / E. 프롬, '자유로부터의 도피' / 마이클 샌델, '정의란
무엇인가' / 들뢰즈, '대담' / 벤담, '판옵티콘' / 푸코, '어느 프랑스 철학자가 본 감
옥' / 아도르노, '계몽의 변증법' / 칼 포퍼, '텔레비젼_민주주의에 대한 위험' / 알
랭, '정의들' / 벤담, '도덕 및 입법의 제 원리'

●**토론 주제 및 탐구과제**

★탐구과제_ 다수결 원리에 위배되는 롤스의 최소 수혜자 거부권 행사 주장이 어
떻게 정당화될 수 있는가

(→윤리와 사상 Ⅳ-3_ 민주적 도덕공동체의 구현, p242)

탐구과제 피부색이 다른 학생을 따돌리는 행위를 결정론의 입장에서 평가

(→도덕_ 비상교육 I-1_ 자유와 자율, p12)

탐구과제 약한 결정론의 관점에서의 도덕적 책임 소재

(→도덕_ 비상교육 I-1_ 자유와 자율, p17)

탐구과제 적극적 자유와 소극적 자유, 어떤 자유가 없는가

(→도덕_ 비상교육 I-1_ 자유와 자율, p21)

탐구과제 도덕적 자율성이 있는가 없는가에 대한 판단

(→도덕_ 비상교육 I-1_ 자유와 자율, p25)

★탐구과제_ 윤리적 소비_ 불공정 커피무역이 왜 도덕적으로 문제가 되는가

(→도덕_ 비상교육 I-2_ 도덕적 판단의 과정, p35)

★쟁점토론_ 자유란 내 맘대로 하는 것일까

(→도덕_ 비상교육 I-1_ 자유와 자율, p30~1)

★쟁점토론_ 여성할당제는 정당한가

(→도덕_ 비상교육 I-2_ 도덕적 판단의 과정, p52~3)

탐구과제 롤스의 정의의 원리 적용 사례 분석

(→도덕_ 비상교육 II-2_ 사회제도와 정의, p67)

★탐구과제_ 소외집단 우대정책은 사회정의 실현과 어떤 관련성이 있는가

(→도덕_ 비상교육 II-2_ 사회제도와 정의, p78)

★쟁점토론_ 다수결 원칙에 따른 행동이 정의로운가

(→도덕_ 비상교육 II-2_ 사회제도와 정의, p67)

★시사이슈 찬반토론_ 학생 인권조례 바람직한가(2011.12)

(→학생은 훈육 대상이 아닌 인권의 주체 vs. 교실 붕괴와 교권 추락만 가속화될 뿐)

시사이슈 찬반토론 사형집행 재개해야 하나(2010.3)

(→흉악범죄자는 사회로부터 영원히 격리해야 vs. 어떤 누구도 개인의 생명을 빼앗을 권리는 없어)

● **기출문제**

☞고려대 2009 인문 수시(자유_ 적극적 자유와 소극적 자유, 자유의지)★★★★★

☞성신여대 2010 인문 수시(예술의 자율성과 타율성을 통해 고찰하는 적극적 자유
와 소극적 자유)★★★★

☞성신여대 2011 인문 수시 3교시(공정으로서의 평등_ 롤스와 노직의 논쟁, 휴대
폰시장을 통한 사례 분석)★★★

성대 2010 경영 수시(사회적 자원 분배와 관련한 공정으로서의 정의 외부경제 ·
외부불경제의 예)★★★

☞성대 2012 사회 수시(효율성과 형평성의 관점에서의 정의관에 대한 분류 · 요약
및 자료적용 평가 · 해설)★★★★

_성대 2012 인문 수시(적극적 자유와 소극적 자유의 개념 분류·요약 및 자료적용
평가 · 해설)★★★★

☞동국대 2011 인문 수시 문제1~3(정의의 원칙_ 차등의 원칙과 분배적 정의 실현
방안)★★★

☞덕성여대 2009 사회 수시(정의에 대한 다양한 관점 고찰)★★

한양대 2009 인문·사회 모의1차 문항2(인간의 자유에 대한 상반된 관점 자기의
식 vs. 억압과 통제)★★

☞중앙대 2011 인문(I) 수시 문항1~2(자유에 대한 다양한 입장과 관점 차이)★★★

☞외대 2009 인문 모의(예방주의 · 응보주의 · 교환적 관점에서의 정의관 비교)★
★★

☞고려대 2012 인문 수시 오전(개인의 자유와 정부의 간섭)★★★★

(3)복지론_ 복지 문제와 복지국가 실현, 어떤 삶이 행복한가

● **교과 단원**

윤리와 사상(3-4장_ 미래사회의 사상과 전망), 사회문화(6-2장_ 복지사회의 이상

과 전망)

사회_비상교육(9-5장_ 삶의 질의 향상)

●핵심 개념 및 주제어

집단주의와 차별주의 / 복지주의 / 개발주의 / 사회적 기업 / 제3의 길 / 삶의 질과 복지 / 삶의 질을 평가하는 기준 / 기부하는 사회 / 자본주의 4.0 / 삶의 질을 나타내는 지수와 평가 지표 / 어떤 삶이 행복한가

●핵심 쟁점

• 복지국가를 위한 바람직한 국가 모델의 실현 가능성은_ 제3의 길_ 노르딕 국가 모델

• 자본주의 4.0은 미래 복지국가를 지향하는 정책적 대안이 될 수 있는가

●심화학습

• 복지국가를 향한 패러다임의 전환_ 대안은 있는가

• '자본주의 4.0'은 미래 복지국가를 향한 정책적 대안이 될 수 있는가

• 행복은 소득 순일까_ 소득과 행복에 대한 담론

●원문 발췌 글 읽기

헬레나 노르베리 호지, '오래된 미래' / 아나톨 칼레츠키, '자본주의 4.0' / 앤서니 기든스, '제3의 길'

●토론 주제 및 탐구과제

★탐구과제_ 삶의 질을 평가하는 기준은 어떤 것이 있을까

(→사회문화-천재교육 VI-2_ 민주 복지사회의 이상과 전망, p278)

★탐구과제_ 우리나라 사람들은 얼마나 행복한가

(→사회-비상교육 IX-5_ 삶의 질의 향상, p310~1)

★시사이슈 찬반토론_ 부유세 공방_ 부자들은 세금을 더 내는 게 옳은가(2011.12)

(→양극화 해소 위해 필요 vs. 세수 기반 확대 없는 부유세는 포퓰리즘일 뿐)

★시사이슈 찬반토론_ 학교 무상급식 시행해야 하나_ 보편적 복지와 선별적 복지 논쟁(2010.3)

(→ 진정한 복지실현 차원에서 바람직 vs. 지나친 포퓰리즘적인 발상일 뿐)

●기출문제

☞경희대 2012 사회 모의 문항1~2(사회복지의 두 관점_ 인간의 이기적 본성 문제에 대입하여 해결)★★★

_경희대 2009 인문 · 예체능 수시2차 논제2(국가의 국제경쟁력 평가항목에 대한 타당성 분석)★★★

☞동국대 2010 인문 모의A 문제3(노르딕 국가 모델_ 사회적 형평성과 경제적 효율성의 양립 추구)★★

_숭실대 2010 인문 수시 문제3(국가별 정부의 사회정책 개입 결과의 특징 비교분석)★★

_명지대 2008 인문 정시(우리나라 기부문화의 특징과 기부 활성화 방안)★★★

☞성대 2010 인문 모의(행복의 조건_ 행복과 소득, 자유의 관계)★★★

_덕성여대 2008 인문 정시 공통2(인간의 행복에 대한 다양한 생각)★★

_서울여대 2008 인문 수시B형 문항2(돈과 행복과의 관계_한국인의 행복지수가 낮은 이유 및 해결 방안)★★

_아주대 2012 인문 모의 문항2(매슬로우 이론을 적용하여 경제력과 행복의 관계 해석)★★★

☞서울대 2008 인문 정시 문항3(국민의 행복추구 목표 달성을 위한 바람직한 국가 정책 방안)★★★★★

(4) 현대 사회사상의 쟁점_ 갈등과 협력, 상생과 경쟁, 자유와 평등, 성장과 분배, 공공성과 공정성, 자율과 규제, 효율과 형평

● 교과 단원

시민윤리(3장_ 경제생활과 직업윤리), 도덕_비상교육(1-2장_ 도덕적 판단의 과정),

윤리와 사상(3장_ 사회사상의 흐름과 변화, 4장_한국윤리 및 사회사상의 정립과 민족적 과제)

● 핵심 개념 및 주제어

마르크스가 본 자본주의 경제체제의 문제점 / 분배 정의 / 복지국가 / 게임이론 / 공정무역 / 윤리적 소비 / 공공성과 공정성 / 국가 정체성 / 민주적 도덕공동체 / 정의와 복지 / 대의민주주의 / 사회사상의 형성과 전개(자유주의 · 사회주의 · 민족주의 · 민주주의)/ 자유민주주의와 자본주의 / 신자유주의 / 세계화와 민족주의 / 작은 정부론 / 자유민주주의의 쟁점_자유와 평등의 갈등 / 자본주의의 쟁점_자본주의의 탈인간화 / 민족주의의 쟁점_닫힌 민족주의와 열린 민족주의 / 미래사회의 특징_정보화 · 민주화 · 다원화 / 집단주의와 차별주의 / 복지주의 / 개방주의 / 제3의 길 / 포스트모더니즘 / 홉스 · 로크 · 루소의 자유론과 공리주의의 자유론 비교(정치적 자유와 평등) / 경제에서의 자유와 평등 문제(경제적 자유주의와 평등주의_ 성장론과 분배론)

● 핵심 쟁점

• 자유와 평등은 대립할 수밖에 없는가_ 자유와 평등의 조화, 정치적 자유주의와 경제적 자유주의

• 선 성장 후 분배와 선 분배 후 성장, 무엇이 우선되어야 하는가_ 보편적 복지와 선별적 복지 문제

●심화학습

• 경제에서의 자유와 평등 문제_ 경제적 자유주의와 평등주의_ 성장론과 분배론
  비교

• 경제적 효율성과 사회적 형평성_ 경제구조에 대한 선택의 문제

• 공유지의 비극_ 공공성에 대한 담론

●원문 발췌 글 읽기

마르크스, '자본론' / 에밀 뒤르켐, '자살론' / 노베르토 보비오, '자유주의와 민주주의' / 밀턴 프리드먼, '자본주의와 자유' / 캡스타인, '부의 분배' / 더글라스 러미스, '경제성장이 안 되면 우리는 풍요롭지 못할 것인가' / 유시민, '부자의 경제학, 빈민의 경지학' / 하이에크, '노예의 길' / 개릿 하딘, '공유지의 비극' / 칼 폴라니, '거대한 변환' / 복거일, '정의로운 체제로서의 자본주의' / 로널드 드워킨, '자유주의적 평등' / 슘페터, '자본주의 사회주의 민주주의'

●토론 주제 및 탐구과제

★탐구과제_ 자유민주주의와 자본주의의 진정한 인간화를 위해서 어떠한 요건이 갖추어져야 하는가

(→윤리와 사상 III-2_ 현대 사회사상의 유형과 변화, p158)

★쟁점토론_ 자유와 평등의 상관관계와 이 둘의 균형 있는 발전을 이룰 수 있는 방안

(→윤리와 사상 III-3_ 현대 사회사상의 쟁점, p171)

★탐구과제_ 민주적 도덕공동체 구성 원리인 '함께 사는 삶'과 '자유로운 삶'이 조화를 이룰 수 있는 방법

(→윤리와 사상 IV-3_ 민주적 도덕공동체의 구현, p237)

★시사이슈 찬반토론_ 연예인 특례입학 괜찮은가(2011.11)

(→정당한 절차를 거쳤다면 문제없어 vs. 일반 수험생의 기회를 빼앗는 것이기에

불공정)

★시사이슈 찬반토론_ 오디션 프로그램 바람직한가(2011.8)

(→실력으로 승부하는 공개경쟁방식은 형평성을 위해 바람직 vs. 지나친 경쟁심만 부추길 뿐)

●기출문제

☞연세대 2010 인문 수시(공공성을 실현하는 주체와 실현 가능성 및 응용 문제_ 공유지의 비극 사례 적용)★★★★★

_항공대 2011 인문 · 사회 수시 문제1(공정은 정당한 불평등이라는 주장을 논술)★★

☞성대 2011 인문 모의(협력과 경쟁의 관점에서의 공동자원 딜레마 현상의 해결_ 공유지의 비극 사례 적용)★★★

☞시립대 2012 인문 모의(개인과 사회의 발전을 위해 상생과 경쟁 중 어느 것이 우선하는가)★★★★

☞숭실대 2012 인문 모의 문제1(현대 사회의 특성 및 한국사회에서 경쟁이 갖는 가치와 문제점)★★

☞국민대 2008 인문 정시(현대 사회에서의 경쟁에 대한 여러 시각과 문제점)★★★

_상명대 2011 인문 수시 1차(우리 사회의 평등의 의미와 문제점)★★★

☞성신여대 2011 인문(I) 수시 문제1(자유와 평등의 조화가 실현된 자유민주주의 사회를 이루기 위한 방안)★★

_인하대 2008 인문 수시(경제와 과학에 있어서의 자율과 규제 문제)★★★

덕성여대 2010 사회 수시 문항2(경제문제에 대한 서로 다른 두 가지 관점 성장과 분배)★★

☞동국대 2007 인문 수시 문제3(형평성과 효율성의 동시모델을 추구할 경우 추진과제 및 해결 방안)★★

☞서울대 2006 인문 정시(경쟁의 공정성과 경쟁 결과의 정당성)★★★

_성신여대 2012 인문 수시 1교시(분배의 원칙에 따른 상반된 관점 및 적용 사례 분석)★★★

(5) 현대 정치사상의 쟁점_ 정치와 권력, 제도와 법질서, 민주주의와 여론, 여론과 언론, 폭력의 정당성, 인권과 사회정의, 대중과 전체주의

● **교과 단원**

사회_비상교육(7장_ 인권 및 사회정의와 법, 8-1장_ 정치과정과 참여민주주의),
도덕_비상교육(3장_국가와 민족윤리), 사회_진학사(7장_정치생활과 국가)

● **핵심 개념 및 주제어**

정치권력과 폭력의 정당성 / 시민의 정치참여 / 정치적 쟁점의 해결 방법 / 공직자의 자세 / 공동선 / 인권 및 사회 정의와 관련된 쟁점과 정치적 해결 / 사회적 갈등 해결을 위한 법과 정치의 기능 / 정치 발전과 시민문화 / 공론 場으로서의 인터넷 / 대중매체와 언론 / 시민불복종

● **핵심 쟁점**

• 제도는 인간을 보호하는가 억압하는가, 인간은 제도에서 자유로울 수 있는가_ 겔렌과 아도르노의 논쟁

• 공론 場으로서의 인터넷은 참된 민주주의 구현의 대안이 될 수 있는가

• 언론은 진정 대중의 여론을 대변하는가_ 언론의 권력화에 따른 여론 독점과 불공정 편파보도의 문제점

• 공권력으로서 행사되는 폭력은 정당화될 수 있는가

• 우리 사회가 당면한 인권 및 사회정의와 관련된 쟁점들에 대한 논의(불법체류 외

국인 근로자의 강제 출국 관련 논쟁 / 최저생계비 현실화와 관련한 논쟁 / 인터넷 실명제에 관련한 논쟁 / 흉악 범죄자 신상 공개와 관련한 논쟁 / 양심에 따른 병역 거부자를 위한 대체복무제 도입에 대한 논쟁 / 존엄사 허용과 관련한 문제 / 개인의 권익 침해와 구제 방법과 관련한 논쟁 / 대입 기회균등할당제가 사회정의를 실현하는가에 대한 논쟁 外)

● **심화학습**

• 사회제도가 기본적으로 갖추어야 할 덕목_ 공정

• <u>공정사회를 위한 정의로운 사회제도</u>_ 인권과 복지

• 시민불복종_ 소수자의 의견이 존중되어야 하는 이유

• 전자민주주의론_ 과학기술의 발달(특히 SNS)과 직접 민주주의의 가능성

● **원문 발췌 글 읽기**

촘스키, '대중매체와 여론조작' / 위르겐 하버마스, '공론장의 구조변동' / 한나 아렌트, '전체주의의 기원' / 헨리 데이비드 소로, '시민불복종론' / 몽테스키외, '법의 정신' / 존 로크, '통치론' / 토크빌, '미국의 민주주의' / 로크, '시민정부론' / 소포클레스, '안티고네' / 그로티우스, '전쟁과 평화의 법' / 루소, '사회계약론' / 마르셀 콩쉬, '도덕의 원리' / 마키아벨리, '군주론' / 아리스토텔레스, '정치학' / 막스 베버, '정당한 지배의 유형' / 울리히 벡, '적이 사라진 민주주의' / 예링, '권리를 위한 투쟁' / 키케로, '의무론'

● **토론 주제 및 탐구과제**

★쟁점토론_ 정부의 정책수행 과정에서 개인의 권리를 제한하는 것이 옳은가

(→도덕_비상교육 III-1_ 국가권력의 정당성, p120)

탐구과제 악법도 법인가

(→도덕_ 비상교육 II-2_ 사회윤리의 제 문제, p91)

★탐구과제_ 시민불복종에서 왜 평화적인 방법을 사용해야 하는가

(→도덕_ 비상교육 II-2_ 사회윤리의 제 문제, p93)

탐구과제 인권_ 인간으로서 기본적으로 가져야 할 권리

(→사회-비상교육 VII-1_ 인권보장과 법, p203)

탐구과제 기본권 제한은 어디까지 할 수 있을까

(→사회-비상교육 VII-2_ 헌법과 기본권 보장, p227)

★탐구과제_ 옴부즈맨 제도와 그 장점

(→사회-비상교육 VII-3_ 개인의 권익침해와 구제방법, p233)

★쟁점토론_ 우리사회가 당면한 여러 가지 인권문제와 관련된 쟁점들에 대한 찬반 논의

(→사회-비상교육 VII-5_ 인권 및 사회정의와 관련된 쟁점들, p241)

★쟁점토론_ 존엄사를 허용해야 하는가

(→사회-비상교육 VII-5_ 인권 및 사회정의와 관련된 쟁점들, p242~3)

★시사이슈 찬반토론_ 판사들의 FTA 입장 표명이 옳은가(2011.12)

(→법률 전문가가 의견을 내는 건 당연 vs. 법관의 정치적 중립성에 위배)

★시사이슈 찬반토론_ 연예인의 정치참여는 바람직한가(2011.6)

(→개인의 의사표현의 자유는 당연 vs. 공인이 전문성도 없이 견해를 밝히는 것은 위험)

● 기출문제

_이화여대 2012 인문(II) 수시(불의에 저항하는 개인의 불복종, 개인과 집단 간의 바람직한 관계)★★★★

☞이화여대 2012 인문 모의(폭력을 바라보는 다양한 시각과 대처 자세)★★★★

_경희대 2012 사회(II) 수시(현대사회의 민주주의의 문제점 해결을 위한 실현 방안 및 대안 제시)★★★★

_경희대 2009 사회 수시 논제I(권력의 속성과 권력행사의 개념)★★★

동국대 2010 인문 모의 B형 문제3(사회적 갈등의 바람직한 해결 방안 다수결의 원칙 찬반론)★★

_동국대 2010 인문 수시 문제4(성폭력 사건에 대한 법 감정과 법적 안정성 간의 충돌)★★★

☞단국대 2011 인문 수시 문제2(재외국민 참정권 부여의 정당성)★★★

_숭실대 2011 인문 모의 문제2~3(폭력의 다양한 개념과 서로 다른 관점 비교)★★★

_숭실대 2008 인문 모의 2차 문제1~2(현대사회에서의 몸과 자유의 관계와 체벌 문제)★★★

☞숙명여대 2010 인문 수시 2교시 공통문항(공론과 중우정치 현상의 메커니즘 문제 분석과 해결 방안)★★★

_숙명여대 2010 인문 모의 우수자전형(민주주의와 시민 위기_초국적 자본주의와 초국적 테러리즘 간의 갈등문제)★★★

_인하대 2008 인문 정시(선거제도와 민주주의의 관련성)★★★

☞항공대 2010 인문·사회 모의 문제1(개인과 제도의 관계에 관한 겔렌과 아도르노의 논쟁)★★

_명지대 2008 인문 모의 1차(법과 준법의식_우리 사회에서 법이 공정하게 집행될 수 있는 현실적 대안)★★★

☞경기대 2011 사회 수시(대의민주주의의 복수 투표제 주장의 찬반 논리)★★★

_국민대 2012 인문 수시 오후(선거공약 남발의 폐해사례와 대의민주주의의 한계 및 극복 방안)★★★

_국민대 2012 인문(I) 수시(집단권력의 개인의 자유·권리 침해와 이에 따른 경제 양극화 심화 현상)★★★

_국민대 2012 인문(II) 수시(포퓰리즘 극복 방안)★★★

☞성대 2012 인문 모의(폭력의 상반된 두 입장과 정의실현을 위한 폭력사용의 정당성)★★★

성대 2009 인문 모의(형벌의 의의와 목적 응보주의 vs. 예방주의)★★★★

_시립대 2011 인문 수시(여론을 선택하는 것이 바람직한가에 대한 찬반_사형제도 찬반 사례)★★★★

☞시립대 2008 인문 정시(사회적 차원에서 불의를 어느 정도 용납하는 것이 현명한가)★★★★

한양대 2012 인문 모의2차(우리 사회가 바라는 바람직한 지도자상 규범형 vs. 강압형)★★★

_한양대 2011 인문 모의1차 문항1(토끼전 등장인물을 통해 드러난 민중과 지배층 이데올로기 분석)★★★

_한양대 2008 인문 수시 문항3(우리사회의 의사결정 구조의 문제점과 바람직한 합의 방안)★★★

_한양대 2008 인문(I) 모의 문항1(긴급조치 위반사건 관련 판사 명단공개를 둘러싼 견해 대립 상의 쟁점)★★★

_중앙대 2008 인문 정시(사적·공적 네트워크 기능에 대한 상반된 관점)★★★★

_서강대 2011 사회 · 경영 수시1차 문제3(관료조직의 특징과 새로운 조직의 특징 · 문제점)★★★★

_서강대 2009 인문 · 사회 수시2-1 문제3(루소의 여론관을 통한 현대사회의 여론 문제점과 바람직한 여론관 대안 제시)★★★★★

_서강대 2008 사회 · 언론 수시2-2 문제1(연고주의 폐해 극복방안)★★★★

☞서울대 2008 인문 정시 문항2(현대사회의 다수결 원리 적용 시에 나타나는 문제점과 해결 방안)★★★

_외대 2010 인문 수시 2회(권력, 기업 간 M&A, 민주적 의사결정에 있어서의 분리와 통합)★★★

(6)개인과 사회의 관계_ 사회갈등의 해결과 극복 방안

●교과 단원
사회문화_천재교육(1장_ 사회·문화현상의 탐구, 2장_개인과 사회구조)

●핵심 개념 및 주제어
사회문제를 보는 시각(사회기능론과 갈등론, 상징적 상호작용론) / 실증주의적 탐구 방법과 해석학적 탐구 방법 / 가치개입과 가치중립 / 인간의 사회화 / 사회적 상호작용 / 사회명목론과 사회실재론 / 사회구조의 기능론적 관점과 갈등론적 관점 / 관료제와 탈관료화 현상 / 사회적 불평등과 사회계층화 현상 / 일탈의 원인과 현상 / 사회적 갈등의 원인과 해결 방안 / 공익과 사익의 충돌

●핵심 쟁점
• 개인의 이익이 우선인가, 사회의 이익이 우선인가_ 공익과 사익의 충돌_ 공유지의 비극의 사례
• 개인과 사회를 보는 다양한 관점_ 개인윤리와 사회윤리 논쟁, 사회와 개인의 가치선택 문제
• 사회현상을 어떻게 연구할 것인가_ 실증주의 방법론과 해석학적 방법론

●심화학습
• 사회명목론과 사회실재론
• 기능론적 관점과 갈등론적 관점

●원문 발췌 글 읽기
막스 베버, '프로테스탄티즘의 윤리와 자본주의 정신' / 마르크스, '계급론' / 게릿 하딘, '공유의 비극' / 데이비드 흄, '인성론' / 뒤르켐, '자살론' / 칼 포퍼, '열린사회

와 그 적들' / 루소, '인간불평등 기원론' / 갈브레이드, '좋은 사회'

●토론 주제 및 탐구과제

★쟁점토론_ 호주제 폐지 찬반 주장에 대한 근거 제시

(→전통윤리 Ⅱ-3_ 부부간의 분별과 화합, p117)

★탐구과제_ 사회·문화현상은 자연현상과 어떻게 다를까

(→사회문화─천재교육 Ⅰ-1_ 탐구 대상으로서의 사회·문화현상, p11)

탐구과제 사회·문화현상을 기능론적 관점과 갈등론적 관점에서 탐구

(→사회문화─천재교육 Ⅰ-1_ 탐구 대상으로서의 사회·문화현상, p15)

★탐구과제_ 가치중립적인 탐구가 왜 필요한가

(→사회문화─천재교육 Ⅰ-3_ 사회·문화현상의 탐구와 일상생활, p35, 36)

★탐구과제_ 투표를 통해 본 사회명목론과 사회실재론

(→사회문화─천재교육 Ⅱ-1_ 개인생활과 사회구조의 탐구, p57)

★탐구과제_ 파슨스의 형평 원칙의 사례를 통해 사회현상 고찰

(→사회문화─천재교육 Ⅱ-1_ 개인생활과 사회구조의 탐구, p59)

탐구과제 스포츠의 역할에 대해 기능론과 갈등론의 입장으로 비교

(→사회문화─천재교육 Ⅱ-1_ 개인생활과 사회구조의 탐구, p60)

★탐구과제_ 사회이동과 계층의식에 대한 해결과제 고찰

(→사회문화─천재교육 Ⅱ-3_ 사회계층화 현상의 이해, p91)

★탐구과제_ 사회이동의 유형과 특징, 문제점을 개인적 관점과 사회적 관점으로 탐구

(→사회문화─천재교육 Ⅱ-3_ 사회계층화 현상의 이해, p92)

★탐구과제_ 사회문제를 보는 시각별 대책

(→사회문화─천재교육 Ⅴ-2_ 현대 사회문제와 대책, p221)

★탐구과제_ 사회문제를 해결하기 위한 제도적 노력에 대해 고찰

(→사회문화─천재교육 Ⅴ-2_ 가치관과 사회발전, p253)

쟁점토론 학원의 심야교습 금지정책에 대한 찬반 토론

(→사회−비상교육 VIII−3_ 정치발전을 위한 시민의 정치참여, p267)

●기출문제

☞서강대 2011 인문 · 커뮤니케이션 수시2차(개인과 사회의 관계_ 명목론과 실재론, 민주주의의 문제점과 공공선 추구)★★★★★

경희대 2011 인문 · 예체능 수시(사회적 이익과 개인의 이익의 충돌 자본분배정책의 타당성 검토 및 평가)★★★

☞경희대 2011 인문(I) 수시(공익과 사익 추구 사이의 긴장과 대립 관계_공유지의 비극 사례 적용)★★★

_경희대 2012 인문(II) 수시(위험인식을 둘러싼 사회갈등의 해결 방안)★★★

경희대 2010 인문 모의 논제I(사회와 개인의 가치선택 문제 기회비용의 개념 적용)★★★

☞성대 2011 경영 수시(사회정책의 윤리적 토대에 대한 공리주의적 vs. 의무론적 접근, 세대간 계층이동성 분석)★★★★

_성대 2010 사회 수시(집단 내의 다수에 대한 개인의 동조현상)★★★

성대 2009 인문 수시 오후(인간의 사회적 행위에 대한 탐구방법 실증적 연구방법 vs. 해석적 이해방법)★★★

성대 2008 인문 정시(남녀 임금격차 발생의 사회적 원인 사회구조적 문제 vs. 남녀 간 생산성 문제)★★★

_건국대 2008 인문 모의(갈등이론에 따른 사회변동의 양상)★★★

_국민대 2011 인문 수시(개인과 사회를 바라보는 관점)★★★

덕성여대 2010 사회 수시(개인과 사회를 바라보는 관점 개인중심 vs. 집단중심)★★

☞성신여대 2011 인문(I) 수시 문제2~3(공익과 사익의 대립 문제, 개인과 공동체 간의 선택 자유)★★★

_인하대 2008 인문 모의 2차 공통문항(다양한 갈등 해결 방안) ★★★

☞시립대 2009 인문 모의(사회 이익과 개인 이익의 충돌 시 어느 것을 우선해야 하는가에 대한 찬반론)★★★★

_시립대 2010 인문 수시(개인의 권리_지적재산권자의 권리가 우선이라는 주장에 대한 찬반론)★★★★

☞연세대 2009 인문 수시(갈등해결 방식_ 설득 vs. 다수결 vs. 힘)★★★★★

_한양대 2008 인문 정시 문항2(사회적 갈등상황의 극복 방안)★★★

_중앙대 2009 인문 수시 문항1~2(개인의 이익과 사회와의 관계_자연현상 작동 메커니즘의 사회현상 적용)★★★★

☞서울대 2009 인문 정시 문항2(사회갈등의 제 문제에 대한 합리적인 해결 방안) ★★★★★

☞외대 2010 인문 수시 1회(개인과 사회의 관계성에 대한 평준화의 논리_ 개인의지와 집단의지)★★★

(7) 현대사회의 제 문제_ 현대사회의 윤리적·정치적 문제의 해결 방안

●교과 단원

사회문화_천재교육(5장_ 현대사회와 사회문제), 시민윤리(2장_ 현대 사회문제와 시민윤리)

도덕_비상교육(2-2장_ 사회윤리의 제 문제, 4-1장_평화로운 삶 추구)

●핵심 개념 및 주제어

여성문제의 현주소 / 빈곤문제·인구문제·고령화 사회문제·자원문제·환경문제(개발과 보존)·청소년문제 / 소수자의 권리와 인권침해 / 생명윤리(임신중절·안락사) / 성윤리 / 인격권과 저작권 / 사회·정치적인 쟁점(인종적·사회적 편견, 저항권과 시민불복종, 살인, 전쟁과 폭력, 공권력과 개인의 자유, 분배정의 문제,

무임승차, 내부고발, 저출산) / 환경윤리(생태계 파괴) / 비정부기구(NGO) / 시민
참여 / 가정폭력 문제 / 소수집단 차별 문제

● **핵심 쟁점**
• 현대산업사회에서 나타나는 <u>다양한 위험의 형태와 이를 극복하기 위해 개인과
사회는 어떤 노력을 해야 하는가</u>
• <u>윤리적 딜레마의 상황을 어떻게 해결하고 극복할 것인가</u>
• 경제성장과 환경보호, 무엇이 우선인가

● **심화학습**
• <u>집단행동 딜레마 현상의 원인_무임승차 성향</u>
• 현대사회의 문제점과 해결책

● **원문 발췌 글 읽기**
달라이 라마의 '용서' / 헬렌 니어링의 '조화로운 삶' / 마이클 샌달, '정의란 무엇인
가' / 라인홀드 니부어, '도덕적 개인과 비도덕적 사회'

● **토론 주제 및 탐구과제**
탐구과제 학교에서 개인의 권리와 공동체 구성원으로서의 책무가 충돌하는 사례
(→도덕_비상교육 III-1_ 개인의 권리와 시민의 책무, p129)
★쟁점토론_ <u>저출산 문제를 개인적 문제로 남겨 둘 것인가</u>
(→도덕_비상교육 III-1_ 국가와 윤리, p130~1)
★쟁점토론_ 사형제도 폐지에 대한 찬반 토론
(→시민윤리 II-1_ 생명존중과 환경윤리, p72)
★탐구과제_ <u>환경문제 등 현대 사회문제에 대한 동서양의 사유구조의 차이</u>
(→전통윤리 I-1_ 전통윤리의 의미와 중요성, p14)

★쟁점토론_ 안락사에 대한 찬반 토론

(→도덕_ 비상교육 I-2_ 도덕적 판단의 과정, p50)

★탐구과제_ 무임승차에 해당하는지 여부

(→도덕_ 비상교육 II-2_ 사회윤리의 제 문제, p98)

★토론주제_ 양심적 병역거부를 인정해야 하는가

(→도덕_ 비상교육 II-2_ 사회윤리의 제 문제, p103)

토론주제 지구촌을 이상사회로 만들 수 있을까_ 구명선 윤리를 통해 고찰

(→도덕_ 비상교육 IV-2_ 이상적인 인간과 사회, p202~3)

★쟁점토론_ 낙관론과 비관론의 입장에서 미래의 인구문제에 대한 대책에 대해

고찰

(→사회문화-천재교육 V-2_ 현대 사회문제와 대책, p231)

★탐구과제_ 고령 사회의 문제점과 대책에 대해 고찰

(→사회문화-천재교육 V-2_ 현대 사회문제와 대책, p233)

★탐구과제_ 고령화 문제에 대한 다양한 측면에서의 고찰과 해결 방안

(→사회-비상교육 VI-5_ 미래사회의 문제와 해결 방안, p208~9)

★시사이슈 찬반토론_ 외국인근로자의 이직제한이 타당한가(2011.10)

(→오히려 임금인상과 인력수급의 어려움만 가중시킬 뿐 vs. 외국인근로자의 인권

침해 등의 부작용 가중)

★시사이슈 찬반토론_ 낙태를 허용해야 하나(2010.2)

(→여성의 선택권을 존중해야 vs. 태아의 생명을 존중해야)

●기출문제

_경희대 2012 사회(I) 수시(인구문제가 가져올 긍정적·부정적 결과 분석 및 한국

사회에 적용·평가)★★★

☞경희대 2009 사회 수시 논제2(집단행동 딜레마 현상의 원인_무임승차 성향 사

례 적용)★★★

_경희대 2010 사회 수시 논제1(현대사회의 위기 극복 방안)★★★

_경희대 2009 인문·예체능 모의 논제2(식량위기 극복 방안)★★★

_동국대 2012 인문(II) 수시 문제3(행복의 가치적 관점에서의 고령화·양극화에 따른 사회현상 분석)★★★

☞동국대 2009 인문 수시2 문제5(윤리적 딜레마의 상황_ 현대성의 모순과 휴머니즘 몰락)★★★

☞한양대 2012 인문 모의1차(인구문제의 딜레마 극복_ 국가경쟁력 제고 vs. 지구 환경 문제 해결) ★★★

_한양대 2008 인문 정시 문항1(수도권 집중화 문제에 대한 해결 방안 비판)★★

_한양대 2008 인문(I) 모의 문항4(현대사회의 문제점과 해결책 요약 정리)★★

☞이화여대 2007 인문 모의(고령화 사회의 노인복지 문제)★★★

☞이화여대 2007 인문 수시 문항1~3(환경보존과 자연개발 논리의 충돌)★★★

_단국대 2011 인문 모의 문제3(낙태 합법화에 대한 찬반 견해)★★

_덕성여대 2008 사회 정시(고령화 사회에 대한 사회적 대책)★★

☞서울여대 2008 인문 수시A형 문항1(우리나라 인구구성 추이 변화에 따른 문제점과 해결 방안)★★

_서울여대 2008 인문 수시B형 문항1(외국인 증가 원인·현황과 우리사회에 미칠 영향)★★

_인하대 2010 인문 모의 문항3(고령화·저출산 사회문제 해결 방안_복지·교육·여성의 사회진출)★★★

_인하대 2008 인문 모의 3차(여성 불평등 극복 방안)★★★

☞고려대 2012 인문 모의(고령화 사회 문제 해결을 위한 관점 비교_ 개인적 책임 vs. 사회적 책임)★★★★★

☞서울대 2011 인문 정시 문항2(자녀 돌봄에 대한 일과 가정의 양립정책의 필요성과 바람직한 정책방향)★★★★★

_서울대 2008 인문 정시 문항1(족보에 드러난 사례를 통한 동양의 남녀관의 차이

와 차별성)★★★★★

☞서울대 2012 인문 정시 문항1(사회문제를 일으키는 자연환경적 요인과 경제사회적 요인 분석 및 응용)★★★★

_외대 2012 인문 모의(관용과 차별)★★★

_상명대 2009 인문 수시(현대 사회문제 해결을 위한 정보의 제 기능)★★

(8) 현대사회의 문화변동_ 세계화와 문화다양성, 다문화주의

●교과 단원
사회_ 비상교육(6장_ 사회변동과 문화), 사회문화_천재교육(4장_ 인간과 문화현상의 이해)

●핵심 개념 및 주제어
현대사회의 변동 양상(정보화 · 세계화 · 고령화) / 문화지체 / 문화다양성 / 문화의 다양한 의미 / 문명충돌과 문명공존 / 문화 이해의 총체론적 관점과 상대론적 관점 / 자문화중심주의와 문화상대주의 / 문화융합과 문화접변 / 오리엔탈리즘 / 다문화사회와 문화 갈등 / 다문화주의 / 문화의 보편성과 특수성

●핵심 쟁점
• 문화적 특수성은 절대적 가치인가_ 문화상대주의, 문화적 특수성과 보편적 가치에 대한 담론
• 세계화 시대에 문화를 대하는 올바른 자세는_문화다양성 파괴와 문화 획일화 현상에 대한 바람직한 대응

●심화학습
• 자문화중심주의와 문화상대주의

• 문화변동과 문화다양성

●원문 발췌 글 읽기

송효섭, '문화기호학' / 김창민外, '세계화 시대의 문화논리' / 장 피에르 바르니어, '문화의 세계화' / 존 톰린슨, '문화제국주의' / 하랄트 윌러, '문명의 공존' / 에드워드 W. 사이드, '문화와 제국주의' / 조셉 콘레드, '암흑의 핵심' / 레비스트로스, '슬픈 열대', '야생의 사고'

●토론 주제 및 탐구과제

★탐구과제_ 문화의 정의와 다양한 의미 고찰

(→사회문화−천재교육 Ⅳ−1_ 인간의 문화 창조, p147)

★탐구과제_ 문화변동이 우리 문화발전에 끼치는 영향

(→사회−비상교육 Ⅵ−3_ 문화변동과 다양성, p198)

★쟁점토론_ 문화의 세계화 과정에서 우리 문화가 나아갈 방향

(→사회−비상교육 Ⅵ−3_ 문화변동과 다양성, p201)

탐구과제 다문화사회의 문화갈등 현상

(→사회−비상교육 Ⅵ−4_ 다문화사회의 문화갈등, p203)

★쟁점토론_ 다문화사회의 문화이해 태도_ 문화다양성의 존중

(→사회−비상교육 Ⅵ−4_ 다문화사회의 문화갈등, p205)

●기출문제

☞고려대 2011 인문A 수시(혼종성의 의의와 한계)★★★★★

☞건국대 2008 인문 수시(문화의 속성_ 자문화중심주의와 문화상대주의)★★★

☞단국대 2011 인문 모의 문제1(문화 이해의 다양한 관점)★★

_숭실대 2008 인문 모의 1차(동서양의 문화의 차이)★★★

☞국민대 2008 인문 수시(문화의 보편성과 특수성, 다양성)★★★

_광운대 2012 인문(II) 수시(한국인의 이중적 문화적 정체성의 형성 과정 고찰)★ ★★

☞광운대 2010 인문 수시(문화 수용과 한국 다문화사회 현상의 특징)★★★

☞숙명여대 2010 인문 수시 2교시 인문계열 문항(오리엔탈리즘과 문화왜곡 현상) ★★★

_인하대 2010 인문 수시 문항3(문화적 관점에서의 원주민 언어 보호의 필요성)★ ★★

_인하대 2009 인문 수시(바람직한 한국적 다문화사회 모델)★★★

_인하대 2012 인문(I) 수시 문제1(김치의 해외 보급 문제와 관련한 찬반론 비교분석)★★★

_이화여대 2008 인문 수시(다문화주의와 소수집단 차별 현상)★★★

_이화여대 2007 인문 정시(보편 문명에 대한 현대적 의미 고찰)★★★

_한양대 2012 상경 모의2차 문항1(한국사회의 다문화주의의 현상과 부작용의 원인)★★★

☞한양대 2010 인문 수시 문항1(국가 간 이민·동화정책의 비교와 정책의 문제점 비판)★★★★

_경희대 2009 인문·예체능 모의 논제1(다문화가정의 새로운 문화 전통 수립과 문제 극복 방안)★★★

_성신여대 2011 인문 수시 2교시(다문화주의 사회통합)★★★

☞숭실대 2011 인문 수시 문제1(사이버공간에서의 아바타의 문화적 기능과 변동의 수용성)★★★

_덕성여대 2008 사회 정시(현대사회의 사회문화적 변화 현상)★★

_서강대 2012 사회·경제 수시 문제2(문화변동의 유형분류별 관점 분석)★★★★ ★

_서강대 2010 인문·사회 수시2차 문제3(동서 문화의 차이와 융합에 관한 상반된 입장)★★★★★

_외대 2011 인문 모의(조화_ 문화다양성, 다문화주의)★★★

_외대 2010 인문 수시 3회(문화다양성, 불법체류자 문제에 있어서의 관계성)★★
★

☞외대 2009 인문 수시(문화, 언어에 있어서의 디아스포라_혼종 현상)★★★

_성신여대 2012 인문 수시 3교시(문화수용 과정에서 드러나는 문제점 분석·비판)
★★★

☞동국대 2012 인문(I) 수시 문제4(문화다양성과 인권의 정책적 발현과정에서 제
기될 수 있는 쟁점)★★★

(9) 직업, 性과 가족_ 노동과 인간소외, 가족 개념의 변화와 미래의 가족

●교과 단원

시민윤리(3장_ 경제생활과 직업윤리), 전통윤리(4-3장_ 조상들의 노동관과 장인정
신)
사회문화_(3장_ 공동체 생활과 지역사회), 사회문화_천재교육(3-1장_ 가족생활과
친족관계의 이해)

●핵심 개념 및 주제어

노동에 대한 다양한 시각 / 올바른 직업관과 노동관 / 마르크스의 잉여가치론 / 노
동의 소외 / 가족문제의 양상과 과제 / 정보화 사회가 바꿔 놓을 미래의 가족 / 성
차별 문제 / 페미니즘

●핵심 쟁점

• 현대 대중사회, 정보사회에서 인간은 어떻게 소외되는가_ 유물론적 관점에서의
고찰

- 신자유주의시대의 노동 문제, 대안은 무엇인가_ 비정규직 문제와 실업문제
- 남성과 여성의 역할 구분은 정당한 가_ 성 역할 분화에 대한 옹호적 입장과 비판적 입장
- 현대사회에서의 가족의 의미와 변화 양상은

● **심화학습**
- 고전경제학의 '교환 가치적' 노동과 마르크스의 '유물론적' 잉여노동가치 비교
- 인간소외의 원인과 극복 방안

● **원문 발췌 글 읽기**

제레미 리프킨, '노동의 종말' / 조세희, '난장이가 쏘아 올린 작은 공' / 폴 라파르그, '게으를 수 있는 권리' / 앙드레 고르, '노동의 변신' / 허버트 마르쿠제, '에로스와 운명' / 에리히 프롬, '소유냐 존재냐' / 카프카, '변신' / 아서 밀러, '세일즈맨의 죽음'

● **토론 주제 및 탐구과제**

★쟁점토론_ '난장이가 쏘아올린 작은 공'을 통한 가족 문제, 소외 문제 고찰

(→사회문화─천재교육 III-3_ 지역과 국가공동체의 균형 발전, p141)

★쟁점토론_ 성 상품화에 대한 찬반 주장 탐구

(→전통윤리 III-3_ 친구 사귐의 기본 정신과 예절, p183)

탐구과제 사회변화에 따라 달라지는 가족의 형태와 의식

(→사회문화─천재교육 III-1_ 가족생활과 친족관계의 이해, p107)

탐구과제 이혼은 가족문제인가, 가족문제의 해결인가

(→사회문화─천재교육 III-1_ 가족생활과 친족관계의 이해, p112)

탐구과제 가족문제의 해결 방안

(→사회문화─천재교육 III-1_ 가족생활과 친족관계의 이해, p113)

★탐구과제_ 정보화 사회가 바꿔 놓을 미래의 가족 풍경

(→사회문화─천재교육 Ⅲ-1_ 가족생활과 친족관계의 이해, p117)

탐구과제 한국인들이 혼인, 가족, 친족에 대해서 부여하는 의미 탐구

(→사회문화─천재교육 Ⅳ-2_ 문화의 속성과 일상생활의 이해, p169)

★탐구과제_ 여성문제의 현상과 대책

(→사회문화─천재교육 Ⅴ-2_ 현대 사회문제와 대책, p227)

● **기출문제**

☞이화여대 2011 인문 수시(노동과 기술)★★★★

☞이화여대 2012 사회 모의(가족개념의 변화와 현대사회에서의 가족의 의미)★★★★

☞동국대 2012 인문(Ⅱ) 수시 문제2(일과 여가의 개념에 따른 대학교육의 목적과 방향성에 대한 관점 분석)★★★

_동국대 2008 인문 정시 문제2~3(여가의 정의와 바람직한 여가생활의 조건 및 실행 방안)★★★

_숭실대 2011 인문 수시 문제2(노년층의 노동과 여가의 문제점)★★★

☞인하대 2008 인문 수시(직업선택 행위와 직업에 대한 사회적 신뢰 사이의 괴리 문제)★★★

고려대 2008 인문 수시(감정노동 인성시장과 감정노동)★★★★★

☞서강대 2009 인문 모의 문제3(문명발전이 가져오는 패러다임의 변화와 이에 따른 인간소외 문제)★★★★★

_경희대 2010 사회 수시 논제2-1(이혼에 대한 태도 변화 추세와 가족 관계 의미 변화)★★★

☞경희대 2008 인문 정시(새로운 유형의 가족현상과 미래사회의 바람직한 가족의 의미)★★★

☞명지대 2009 인문 모의(가족의 특성과 미래 가족제도가 추구해야 할 가치와 실

현 방안)★★★

_광운대 2011 인문 수시 문제3(가족제도와 결혼문화의 정상성과 비정상성)★★★

⑽ 정보사회와 대중매체_ 미디어 리터러시

● **교과 단원**

사회문화_천재교육(6-1장_ 미래사회의 전망과 대응)

● **핵심 개념 및 주제어**

미래 정보사회의 낙관론과 비관론 / 정보화 사회의 쟁점들 / 매스미디어와 인터넷의 순기능과 역기능 / 사이버 공간에서의 자기 정체성 / 소셜미디어(SNS) / 카피라이트와 카피레프트 / 대중매체와 언론 / 느림과 빠름의 미학 / 현대사회의 시공간 가치변화 / 집단지성 / 보보스(Bobos)

● **핵심 쟁점**

• 정보화 사회에 대한 미래 전망_ 낙관론과 비관론

• 정보화는 사회적 불평등을 감소시킬 것인가, 심화시킬 것인가_정보격차가 가져
  올 사회적 불평등 문제

• 정보화는 시민의 지위를 향상시킬 것인가, 국민의 통제·감시를 심화시킬 것인가
  _ 전자민주주의, 팬옵티콘

• 정보화시대에 집단지성은 미래사회와 우리의 사회를 어떻게 변화시킬 것인가

• 시공간 변화가 현대사회를 사는 인간에게 미치는 영향은_ 긍정적 측면과 부정적
  측면

• 가상공간은 자기정체성 형성에 도움을 줄 것인가, 폐해를 가져 올 것인가

• 인터넷은 권력구조를 어떻게 바꾸고 있는가

● **심화학습**

• SNS 공공성 논란
• 현대사회에 있어서의 신화의 의미

● **원문 발췌 글 읽기**

앨빈 토플러, '제3의 물결' / 아도르노, '계몽의 변증법' / 게오르그 짐멜, '모더니티 읽기' / 데이비드 에드워즈, '미디어렌즈' / 강준만, '권력과 언론' / 제임스 큐란 外, '미디어와 권력' / 제레미 리프킨, '접속의 시대' / 니콜라스 네그로폰테, '디지털이 다' / 제임스 캔년, '테크노퓨처' / 허버트 실러, '정보 불평등' / 에드가 모랭, '20세 기를 벗어나기 위하여'

● **토론 주제 및 탐구과제**

★탐구과제_ 정보격차 완화를 위한 대응 방안 고찰

(→사회문화−천재교육 VI−1_ 정보사회의 전개와 대응, p268)

쟁점토론 인터넷 유료화에 대한 찬반 토론

(→경제−천재교육 III−2_ 효율적인 기업 경영과 기업윤리, p151)

★쟁점토론_ 인터넷 실명제에 대한 찬반 토론

(→시민윤리 II−2_ 과학 · 정보와 윤리, p100)

★쟁점토론_ 인터넷 실명제 강화에 대한 찬반 토론

(→사회−비상교육 VIII−2_ 현대 정치과정과 참여, p261)

★탐구과제_ 시민의 정치참여가 수행하는 기능

(→사회−비상교육 VIII−3_ 정치발전을 위한 시민의 정치참여, p264)

★시사이슈 찬반토론_ SNS 공공성 논란_ 방통위의 SNS 규제는 타당한가(2011.10)

(→막말 난무 법으로 막아야 vs. 자율적 자정작용 믿어야)

★시사이슈 찬반토론_ 트위터 선거운동 막아야 하나(2010.5)

(→허위사실의 급속한 유포 등의 부작용 높아 vs. 표현의 자유를 저해하기에 옳지

않아)

시사이슈 찬반토론 밤 12시 이후 청소년 인터넷 게임접속 막아야 하나(2010.4)

(→게임중독은 마약중독과 같기에 위험 vs. 국민의 기본권을 제한하는 행위일 뿐)

●기출문제

☞단국대 2011 인문 수시 문제3(소셜 미디어의 긍정적 특징과 부정적 측면)★★

_숭실대 2012 상경 수시 문제2-2(기업의 SNS 서비스 활용 방안)★★

☞경기대 2008 인문 수시 문제2(정보화의 문제점과 정보화 사회의 바람직한 발전

방향)★★★

☞건국대 2012 인문 모의(대체와 보완의 개념을 적용한 미디어 문화의 바람직한

미래상)★★★★★

_광운대 2011 인문 수시 문제2(SNS와 사회자본과의 연계성)★★★

☞숙명여대 2011 인문 수시 1교시 인문계열 문항(온라인 게임에서의 정체성 놀이)

★★★★

☞숙명여대 2011 인문 수시 2교시 인문계열 문항(대중매체의 신화적 구조)★★★

★

_인하대 2010 인문 모의 문항1(대중매체를 통해 접하는 대중문화가 청소년에 미치

는 영향)★★★

_서강대 2010 경영 수시 문항2(이미지 문명의 특징과 이에 근거한 이미지마케팅의

의미 · 방향성)★★★★

☞서울대 2008 인문 모의 문항2(정보화시대의 이상적인 민주주의상과 실현 방안)

★★★★★

_서울대 2008 인문 모의 문항3(게임과 폭력의 상호연관성 고찰)★★★★★

_서울대 2008 인문 모의1 문항1(정보화시대의 지적재산권 문제 고찰_카피라이트

와 카피레프트)★★★★★

☞중앙대 2009 인문 모의 문제1~2(변화와 속도_자연변화 방식과 사회변화 방식

의 관점 차이)★★★★

_중앙대 2013 인문 모의(고통의 기능에 대한 관점 차이 비교 및 대중매체를 통한 고통의 상업화 비판)★★★

_서울여대 2012 인문(I) 수시 문항2(정보격차 해소를 위한 지표 평가 및 해소 방안) ★★★

_서울여대 2009 인문 수시 문항2(빠름과 느림의 입장에서의 현대사회의 문제점 비판)★★★

_홍익대 2012 인문 수시 문제1(MUD 미디어의 개념에 근거하여 개인과 사회문제를 비판적으로 분석)★★★

☞홍익대 2012 인문 수시 문제2(집단지성의 개념요소 분석 및 개인과 집단지성과의 관계 고찰)★★★

☞홍익대 2012 인문 수시 문제3(사이버공간의 개인 프라이버시 침해에 대한 법적 대응과 자율규제 방안 비교)★★★

⑾ 동서양의 윤리와 사상_ 동서양의 인간관 · 자연관 · 세계관

●교과 단원

전통윤리(1-3장_ 전통윤리의 본질과 기본 이론, 2-1, 3장_ 전통사상의 인간관, 동서양의 남녀관, 4-4장_ 전통적 자연관과 자연 친화)
윤리와 사상(1-1장_ 동서양의 인간관, 2장_ 윤리의 흐름과 특징)
도덕_비상교육(4-2장_ 이상적 인간과 사회)

●핵심 개념 및 주제어

기계론적 세계관과 유기체적 세계관 / 전통윤리의 보편성과 특수성 / 동양적 자연관과 서양적 자연관 / 동서양의 남녀관 / 동서양의 인간관 / 동양사상의 이상적 인간상 / 대동 사회와 소강 사회 / 동서양의 이상사회 / 동양윤리의 특징 / 장자의 제

물론 / 아리스토텔레스의 중요의 덕 / 근대의 경험론과 합리론 / 이상주의와 공리주의 / 서양윤리의 특징 / 세계윤리

● **핵심 쟁점**
• 동양사상과 서양사상에 있어서의 삶과 죽음에 대한 시각 차이
• 전통문화와 서구문화의 가치갈등 문제를 해결하기 위해서는
• 인간과 자연의 조화로운 삶을 이루기 위한 과제는

● **심화학습**
• 동양적 세계관과 서양적 세계관, 플라톤과 아리스토텔레스의 세계관
• 동양의 인간관과 서양의 인간관
• 아리스토텔레스의 '니코마코스의 윤리학'과 '중용의 덕'

● **원문 발췌 글 읽기**
장자 / 논어 / 맹자 / 중용 / 아리스토텔레스, '니코마코스의 윤리학' / 정약용, '목민심서' / 신영복 '강의' / 김교빈 外, '동양철학 에세이' / 신채호, '조선상고사'

● **토론 주제 및 탐구과제**
★탐구과제_현대 대량생산 사회가 인간에 주는 부정적인 영향에 대해 동양윤리가 제시할 수 있는 해결 방안(→윤리와 사상 II-1_ 동양윤리, p81)
탐구과제 인간과 자연의 조화로운 삶을 이루기 위해 할 수 있는 일들은 무엇인가
(→전통윤리 IV-4_ 전통적 자연관과 자연 친화, p261)
탐구과제 플라톤의 이상 국가에 나타난 공산주의적 사상을 현대국가에 적용하여 생각하면
(→도덕_ 비상교육 IV-2_ 이상적인 인간과 사회, p193)
★탐구과제_ 동서양의 이상사회의 특징을 현대 사회에 적용했을 때의 이상적인 모

습은

(→전통윤리 IV-4_ 이상적인 인간과 사회, p195, 201)

●**기출문제**

_홍익대 2011 인문 수시 문제1(인간과 자연에 대한 다양한 관점)★★

_경기대 2011 인문 수시(인간과 자연의 관계의 유사성과 차이점)★★★

☞숙명여대 2010 인문 수시 3교시 인문계열 문항(인간중심 세계관과 자연중심 세계관)★★★

_숙명여대 2012 인문 모의 인문계열 문항(결정론적 인생관과 비결정론적 인생관)★★★★

☞서강대 2009 인문·사회 수시2-1 문제1~2(미래사회의 인간형_ 유교적 인간형 vs. 도시유목민적 인간형)★★★★

☞덕성여대 2010 인문 수시 공통1(공자의 이상사회에 대한 맹자와 순자의 관점 비교)★★

☞연세대 2008 인문 수시(중용_ 동양적 중용관 vs. 서양적 중용관)★★★★★

_광운대 2010 인문 모의(유교문화가 현대 한국사회의 발전에 미친 영향)★★★

☞인하대 2010 인문 수시 문항1(서양의 합리주의적 인간관에 대한 반박)★★★

_한양대 2008 인문 수시 문항1(신에 대한 다양한 관점과 아인슈타인의 입장에서 본 신의 개념)★★

⑿ 세계화의 쟁점과 신자유주의의 명암_ 구조적 양극화와 계층화 현상의 심화

●**교과단원**

사회_비상교육(10-4·5장_ 세계화와 경제협력, 세계화의 쟁점)

경제_천재교육(5-1장_ 세계화와 한국 경제)

●**핵심 개념 및 주제어**

세계화의 쟁점 / 세계화와 빈부 양극화 현상의 심화 현상 / 세계화와 민족주의 / 신자유주의의 긍정적 · 부정적 측면

●**핵심 쟁점**

• 신자유주의와 세계화는 문화의 획일화를 조장하는가, 문화의 다양성을 확산시키는가

• 신자유주의와 세계화는 가난한 나라에 긍정적으로 작용하는가, 부정적으로 작용하는가

• 신자유주의와 세계화는 국가의 위상을 약화시킬 것인가, 지속시킬 것인가

●**심화학습**

• 신자유주의의 명암

• 세계화의 쟁점

●**원문 발췌 글 읽기**

노엄 촘스키, '그들에게 국민은 없다' / 밀턴 프리드만, '자본주의와 자유' / 하이에크, '노예의 길' / 장하준, '그들이 말하지 않는 23가지' / 헬레나 노르베리 호지, '허울뿐인 세계화' / 조지 리처, '맥도날드 그리고 맥도날드화' / 노리나 허츠, '소리 없는 정복' / 한스피터 마르틴, '세계화의 덫' / 쓰지 신이치, '슬로라이프' / 이성형, '신자유주의의 빛과 그림자' / 토마스 프리드먼, '렉서스와 올리브나무' / 조지프 S. 나이, '소프트 파워' / 에른스트 슈마허, '작은 것이 아름답다'

●**토론 주제 및 탐구과제**

★탐구과제_ 신자유주의 긍정적 측면과 부정적 측면

(→시민윤리 III-1_ 자유 민주사회에서의 경제생활, p151)

★탐구과제_ 세계화·정보화 시대의 문제와 대비책

(→경제−천재교육 Ⅴ−3_ 인류공동체와 경제협력, p279)

탐구과제 국가 간 경제마찰의 특성과 그 배경은 무엇인가

(→경제−천재교육 Ⅴ−3_ 인류공동체와 경제협력, p281)

탐구과제 노동 및 자본의 국제적 이동이 우리 경제 전체에 어떤 영향을 주게 되는가

(→사회−비상교육 Ⅹ−1_ 국제거래의 발생, p319)

★쟁점토론_ 세계화에 따른 여러 가지 쟁점 토론

(→사회−비상교육 Ⅹ−5_ 세계화의 쟁점, p339)

●기출문제

☞성대 2011 사회 수시(세계화의 영향과 명암)★★★

☞숙명여대 2009 인문 수시 공통문항(명분과 현실 사이에서의 갈등 문제_ 세계화의 부정적 측면)★★★★

_숙명여대 2008 인문 수시 공통문항(다국적기업의 수용이 국가의 부를 증대시키는가의 문제)★★★★

☞서울여대 2008 인문 수시 A형 문항2(세계화에 따른 영어사용의 관점 비교)★★★

☞서강대 2011 경영 수시 문제1~2(세계화의 다양한 추세와 시사점)★★★★★

서강대 2011 사회 · 경영 수시2차 문제1~2(세계화가 몰고 온 변화 중국식 성장 모델은 성공할까)★★★★★

_서강대 2011 인문 모의 문제1~2(세계화가 몰고 온 인간생태학적 구조 변화 현상과 문제점)★★★★★

서강대 2009 경제 · 경영 수시2-2 문제1~2(세계화 시대에 표준화 추구가 바람직한가 보편성 vs. 개별성)★★★★★

☞서강대 2009 국제 · 사회 수시 문제1(신자유주의적 세계화에 따른 문제점_승자독식 vs. 사회약자배려)★★★★

_서강대 2009 국제 · 사회 수시2-2 문제2(신자유주의적 세계화의 사회보장 축소에 따른 다양한 수치심 고찰)★★★★

☞건국대 2008 인문 정시(편 가르기 양상에 따른 현대 세계의 제 문제)★★★★

_서울대 2008 인문 모의 문항4(개화기 직전 조선상황과 오늘날 세계화 상황의 유사점과 차이점 비교)★★★★★

_성신여대 2012 인문 수시 2교시(세계화에 따른 문화적 인식의 차이)★★★

⒀ 경제 원리와 시장경제_ 합리적 경제선택, 시장실패와 정부실패

● **교과 단원**

시민윤리(3장_ 경제생활과 직업윤리_합리성)

경제_천재교육(1-2장_ 경제문제의 해결방법_희소성, 2-1장_ 시장과 경제활동_ 시장가격의 기능_효율성, 2-3장_ 시장과 경제활동_ 시장기능의 한계와 보완대책_형평성)

● **핵심 개념 및 주제어**

자유민주주의와 자유시장경제 / 보이지 않는 손 / 기회비용 / 비용과 편익 / 자유경쟁시장 / 가격상한제와 가격하한제 / 정부의 자원배분 정책 / 공정경쟁 / 무임승차 문제 / 외부경제와 외부불경제 / 정보의 비대칭성 / 매몰비용 / 시장의 왜곡 / 시장실패와 정부실패

● **핵심 쟁점**

• 인간은 건강한 이기심에 따라 합리적으로 경제이익을 추구하는가

• 시장은 항상 효율적인 방향으로 진행되는가_ 시장의 왜곡

• 시장실패와 정부실패가 발생하는 원인과 해결 방안은

●심화학습

- 애덤 스미스의 '보이지 않는 손'
- 시장실패와 정부실패

●원문 발췌 글 읽기

아담 스미스, '국부론' / 케인스 '고용, 이자 및 화폐에 관한 일반 이론' / 팀 하포드, '경제학 콘서트' / 스티븐 래빗 外, '괴짜 경제학' / 토드 부크홀츠, '죽은 경제학자의 살아있는 아이디어' / 윌리엄 파운드스톤, '죄수의 딜레마' / 존 맥밀런, '시장의 탄생' / 대릴 허프, '새빨간 거짓말 통계'

●토론 주제 및 탐구과제

★탐구과제_ 아담 스미스가 말하는 '보이지 않는 손'의 의미와 기능, 문제점은 무엇인가

(→시민윤리 III-1_ 자유 민주사회에서의 경제생활, p139)

★탐구과제_ 마르크스가 본 자본주의 경제체제의 문제점을 자본주의 관점에서 비판하기

(→시민윤리 III-1_ 자유 민주사회에서의 경제생활, p144)

탐구과제 개별 경제주체들의 상호관계의 특성을 협력, 경쟁, 갈등 등의 용어를 사용하여 설명

(→경제-천재교육 I-1_ 경제생활의 의미, p18)

탐구과제 땅값과 연봉에 차이가 나는 근본적인 원인은 무엇인가_ 희소성의 원칙과 경제적 선택

(→경제-천재교육 I-2_ 경제문제의 해결방법, p29)

탐구과제 자원배분의 효율성과 형평성, 경제성장과 안정의 측면에서 각 경제체제의 문제점 고찰

(→경제-천재교육 I-3_ 경제체제의 변천 과정, p47)

(→경제-천재교육 V-1_ 국제거래와 경쟁력, p254)

★시사이슈 찬반토론_ 토빈세 도입해야 하나(2011.10)

(→외환시장의 위험을 줄이기 위해 필요 vs. 국제간 금융거래를 위축시킬 뿐)

●기출문제

☞동국대 2012 인문(I) 수시 문제2~3(정보의 비대칭성을 통한 중고차시장의 붕괴 현상 분석)★★★

☞동국대 2009 인문 수시 문제2~3(효율적 시장가설 이론의 응용)★★

☞한양대 2010 인문 수시 문제2(시장경제 기능의 한계와 보완 대책)★★★

_세종대 2010 인문 수시 문제2(시장실패와 정부 개입)★★

☞성신여대 2012 인문 모의(경제정책과 교육에 대한 국가 개입의 긍정적·부정적 측면_정부실패 사례분석)★★★

인하대 2009 인문 정시 모의 문항1(아마추어 축구단 운영 관련 시장실패와 무임승차)★★★

_인하대 2011 인문 수시 문항1(다양한 규제방식의 선택)★★★

☞건국대 2009 인문 수시(미래예측과 경제예측의 관점 및 양상)★★★

_서울여대 2011 인문(I) 수시(가격폭리처벌법 찬반 주장, 온실가스 배출의 경제성장·억제 주장)★★★★

☞성대 2010 인문 수시(현상을 탐구하는 방법과 이를 통한 경제문제의 해결)★★★★

성대 2009 인문 수시 오전(정부와 시장의 기능 시장의 자율 vs. 정부 규제)★★★

☞시립대 2010 인문 모의(정부의 적극적인 시장개입 주장에 대한 찬반론)★★★★

☞한양대 2010 인문 수시 문항2(시장경제 기능의 한계와 보완 대책)★★★★★

한양대 2009 인문·사회 모의 2차 문항2(경제적 효율성에 대한 이해 방식 개별적 vs. 전체적)★★★

_경희대 2012 인문 · 예체능 수시(자유경쟁 사회에서 경제적 자유와 발전을 바라보는 시각)★★★

_경희대 2011 인문 모의 논제2(경제적 효용과 사회적 효용 간의 상관관계 분석)★★★

_숭실대 2012 인문 수시 문제1(개인의 이익추구의 자유에 따른 행위 평가 및 사례 제시)★★★

숭실대 2012 경상 수시 문제2(정보의 비대칭성 중고차시장의 피치와 레몬 현상)★★★

☞서강대 2011 사회 · 경영 수시1차 문제1~2(정보의 비대칭성_ 건강보험시장과 중고차시장의 사례)★★★★

_서강대 2011 국제 · 경제 수시2차 문제1(자본이동 규제가 한국 경제시장에 미칠 영향)★★★★★

서강대 2010 국제 · 경제 수시2차 문제1(경제선택 기회비용과 비용편익)★★★★

_서강대 2010 경영 수시2차 문제1(경제자료 분석과 시사점 도출)★★★★

_서강대 2009 경제 · 경영 수시2-1 문제1(정보의 비대칭성_효율적 자원 배분의 문제)★★★★

☞서강대 2009 경제·커뮤니케이션 수시2-2 문제3(경제적 위험을 받아들이는 태도_ 위험수용성향 vs. 위험회피성향)★★★★★

_서울대 2010 인문 정시 문항2(국가별 경제성장 특성과 지속적 경제성장 가능성)★★★★★

_서울대 2008 인문 수시(경제체제를 통해 나타나는 각 사회의 경제적 특성 비교 · 분석)★★★★★

_서울대 2008 인문 모의1차 문항3(시장의 자율과 정부규제 간 충돌_시장실패와 정부실패)★★★★★

☞서울대 2008 인문 모의2차 문항1(매몰비용 개념을 통한 경제적 가치와 사회적

가치 간의 효율성 비교)★★★★★

☞광운대 2012 인문(I) 수시 문제2(가격담합을 통한 시장의 균형 현상 분석)★★★

⒁ 자본주의와 소비, 불평등과 불균형_ 과시소비와 모방소비, 사회·문화·정치·경제적 불평등과 불균형의 제 문제와 해결 방안

● **교과 단원**

경제_천재교육(3-1장_ 경제주체의 합리적 선택_ 소비자 선택의 원칙)

사회문화_천재교육(2장_개인과 사회구조)

● **핵심 개념 및 주제어**

과시소비와 모방소비 / 과소비현상 / 한계효용 / 밴드왜건 효과와 스노브 효과 / 시장실패와 정부실패 / 경제적 불평등 측정방법(로렌츠곡선 · 지니계수 · 10분의 분배율) / 재분배 정책의 실례 및 문제점 / 효율과 형평의 갈등 / 기업윤리와 기업의 사회적 책임 /보보스

● **핵심 쟁점**

• 비합리적인 소비가 개인과 사회에 미치는 영향은

• 사회적 불평등을 심화시키는 계층화 현상의 근원은 무엇인가_ 구조화된 불평등으로서의 사회계층 문제

• 양극화 문제를 어떻게 극복할 것인가_ 소득 · 교육 · 노동의 양극화 현상과 극복방안

● **심화학습**

• 과시소비와 모방소비

• 로렌츠곡선 · 지니계수 · 10분의 분배율에 대한 개념

●원문 발췌 글 읽기

베블런, '유한계급론' / 장 보들리야르, '소비의 사회, 그 신화의 구조' / 리오 휴버먼, '자본주의 역사 바로알기' / 유시민, '부자의 경제학 빈자의 경제학' / 로버트 로콕, '소비_나는 소비한다 고로 존재한다' / 데이비드 브룩스, '보보스' / 피터 코리간, '소비의 사회학' / 레기네 슈나이더, '새로운 소박함에 대하여'

●토론 주제 및 탐구과제

탐구과제 소비행위의 사례에서 나타나는 한국인의 문화적 특징 고찰

(→사회문화−천재교육 IV−2_ 문화의 속성과 일상생활의 이해, p177)

탐구과제 소비생활의 변화와 삶의 질과의 상관성

(→경제−천재교육 III−1_ 바람직한 소비 선택, p133)

★탐구과제_ 사치성 수입 소비재에 대한 과소비가 우리 경제에 미치는 영향

(→경제−천재교육 III−1_ 바람직한 소비 선택, p140)

탐구과제 밴드왜건 효과와 스노브 효과는 윤리적 관점에서 볼 때 어떤 문제점이 있는가

(→경제−천재교육 III−1_ 바람직한 소비 선택, p144)

★쟁점토론_ 명품소비는 합리적인 소비활동인가

(→위화감과 과소비를 조장하는 비합리적 소비활동 vs. 다양한 인간욕구를 충족시키는 합리적 소비활동)

탐구과제 사회적 불평등의 여러 형태

(→사회문화−천재교육 II−3_ 사회계층화 현상의 이해, p81)

탐구과제 계층별 교육격차 현상에 대한 해결방안 탐구

(→사회문화−천재교육 II−3_ 사회계층화 현상의 이해, p98)

탐구과제 우리나라 지역사회 개발의 문제점−지자체 불균형 현상이 나타나게 된 원인 고찰

(→사회문화−천재교육 III−3_ 지역과 국가공동체의 균형발전, p137)

★탐구과제_ 우리나라의 경제 불평등의 정도는

(→경제−천재교육 Ⅳ−1_ 국민경제의 흐름, p202)

★시사이슈 찬반토론_ 1만 원 이하 카드결제 거부 허용해야 할까(2011.10)

(→영세상인의 수수료 부담을 줄이기 위해 필요 vs. 소비자들의 선택권을 가로막
아서는 안 돼)

★시사이슈 찬반토론_ 대기업 이익공유제는 바람직한가(2011.3)

(→상생과 공정사회를 위해 바람직 vs. 기업 영리추구의 자유를 가로막아서는 안
돼)

★쟁점토론_ 재래시장 보호를 위한 대형마트 규제는 바람직한가

(→시장의 자율성을 위반하는 행위일 뿐 vs. 영세상인의 생존권을 보장하기 위해
필요)

● **기출문제**

☞건국대 2012 인문 수시(아비투스 개념 및 과시적 소비의 관점에 따른 진품 · 복
제품 구매자 태도변화 상의 특징 · 행동방식)★★★★

_동국대 2010 인문 수시 문제1~2(신호의 유형과 과시소비 현상)★★★

_홍익대 2008 인문 모의(상품과 상표의 관계)★★★

☞숭실대 2011 인문 모의 문제1(한국의 명품 선호 현상 분석)★★

_숭실대 2010 인문 수시 문제2(유행과 모방심리)★★

_세종대 2009 인문 모의(소비의 두 측면과 검약생활에 대한 견해)★★★

_한양대 2008 인문 정시 문항3(문화상품 소비에 대한 다양한 견해 비교 및 비판)
★★

☞서강대 2011 인문 · 커뮤니케이션 수시1차 문제3(소비이론의 차이점_ 과시소비
vs. 모방소비)★★★★

☞서강대 2011 국제 · 경제 수시2차 문제2~3(소비의 사회학_사회구조적 계층의식
의 심화)★★★★★

서강대 2010 국제 · 경제 수시2차 문제2~3(재앙의 의미와 발생 원인 개인적 원인 vs. 사회적 원인)★★★★

☞서강대 2009 경제 · 경영 수시1차 문제2(사회적 약자 보호정책이 사회발전에 기여하는가, 저해하는가)★★★★

_숙명여대 2008 정시 인문 공통문항(기업의 윤리 · 사회적 책임경영과 이윤창출 간의 조화 문제)★★★

_숙명여대 2008 인문 모의 공통문항(자본주의의 빈부격차 해소 문제)★★★

☞서울여대 2009 인문 수시 문항1(한국사회의 소득불균형 현황 · 문제점과 해결 방안)★★★

_경희대 2010 인문 모의 논제II(로렌츠곡선과 지니계수를 응용한 소득불균형의 정도 평가 및 사회문제 논술)★★★

⒂ 자료 · 도표 · 그림에 나타난 사회 · 경제 · 문화 현상 분석과 관련한 자료해석형

● 기출문제

_인하대 2012 인문 모의 문항2(인구와 실업률에 대한 주장 분석)★★★

_인하대 2011 인문 수시 문항2(선거의 투표 경향에 나타난 결과를 해석하는 주장 분석)★★★

_인하대 2011 인문 수시 문항2(인구 및 소득구조 변화 추계 분석)★★★

☞인하대 2011 인문 모의 문항2(고용시장에서의 비정규직 문제 분석)★★★

☞인하대 2010 인문 수시 문항2(가족형태 변화에 대한 주장 분석)★★★

_인하대 2010 인문 수시 문항2(사이버 문화의 순기능과 역기능에 대한 주장 분석)★★★

☞인하대 2010 인문 모의 문항3(빈부격차를 바라보는 시각 차이 분석)★★★

_인하대 2012 인문(I) 수시 문제2(자료를 통한 선진국의 산업현황 비교분석)★★★

_ 인하대 2012 인문(II) 수시 문제2(인구추이 비교분석)★★★

_ 아주대 2011 인문 모의 문항2(정신건강에 대한 질병모델과 성장모델의 차이 분석)★★★

_ 아주대 2010 인문 수시 문항2(미국의 '장애인 법' 시행에 따른 결과 분석)★★★

_ 서울대 2008 인문 모의 1차 문항4(이혼율의 다양한 개념과 산정방식 비교)★★★★

_ 서울대 2012 인문 정시 문항2(사회·문화·경제적 개념과 연계하여 제 사회현상 분석)★★★★★

_ 서울여대 인문(II) 수시 문제2(출산율에 영향을 미치는 요인분석 및 정책방향 논술)★★★

_ 서울여대 2010 인문 수시 문항2(질병의 발병추이에서 나타나는 사회 의료적 요인 분석)★★

주제2_
비교과 핵심 주제 5

(1) 예술과 문화_ 미학 오디세이, 기호의 소비학으로서의 대중문화, 차이와 다원성을 추구하는 타자의 윤리 및 포스트모더니즘과 관련한 핵심 개념

●핵심 개념 및 주제어

예술의 효용 / 예술적 행위와 과학적 탐구의 차이 / 이미지와 현실 / 아름다움을 평가하는 기준 / 숭고의 미학 / 동서양의 공간관 / 판옵티콘과 시놉티콘 / 대중문화의 이해 / 대중문화의 현상 분석 / 대중문화의 상업성과 예술성 간의 대립과 조화 / 시

뮬라크르와 시뮬라시옹 / 아우라 / 가족문화와 아비투스 / 디드로 효과 / 주체성의 해체_근대철학을 넘어 현대철학(니체_ 창조적 긍정, 프로이드_ 무의식, 마르크스_ 유물론) / 타자의 윤리 / 타자화 / 포스트모더니즘 / 포스트모던 윤리학 / 폴라니의 '콘비비얼리티(공생)' / 자아와 정체성 / 타자의 욕망(라캉의 무의식) / 들뢰즈의 '차이와 반복', '노마니즘' / 키치와 키치예술 / 비트켄슈타인의 가족유사성 / 르네 마그리트 '이미지의 배반'

●핵심 쟁점

• 아름다움을 평가하는 기준은 무엇인가
• 예술의 자율성과 사회성의 충돌과 조화_ 예술이냐, 외설이냐_ 순수 예술론과 참여 예술론
• 대중문화와 대중사회를 바라보는 상반된 두 견해_ 부정적 관점과 긍정적 관점
• 육체는 소비의 대상인가_ 현대 소비사회에서 사회적 구성원과 소비 대상으로서 개인의 '몸'이 갖는 의미

●심화학습

• 숭고의 미학_ 칸트의 숭고미학, 아방가르드의 숭고미학, 현대의 숭고미학
• 타자의 윤리학_ 탈근대의 주체 개념으로서의 해체주의 철학
• 텍스트의 해체_ 타자와의 관계성의 개념으로서의 구조주의 철학

●원문 발췌 글 읽기

보들리야르, '소비의 사회' / 미셸 푸코, '광기의 역사', '감시와 처벌' / 리오타르, '포스트모던의 조건', '담론, 형상' / 부르디외, '자본주의와 아비투스', '구별짓기' / 레비스트로스, '야생의 사고' / 크리스 쉴링, '몸의 사회학' / 아도르노, '한줌의 도덕' / 롤랑바르트, '신화분석' / 벤야민, '기술적으로 복제 가능한 시대의 예술작품' / 데이비드 흄, '미학적 에세이' / 장 뒤뷔페, '숨 막히는 문화' / 마르셀 뒤샹, '기호의 범

위에 관해' / 플라톤, '향연' / 바타이유, '동물에서 인간으로 전이와 예술의 탄생' / 쇼펜하우어, '의지와 표상으로서의 세계' / 프로이트, '자아와 이드' / 라이히, '파시즘의 대중심리' / 니체, '짜라투스트라는 이렇게 말했다' / E.H.곰브리치, '서양미술사' / 요한 하위징어, '호모 루덴스' / 이청준, '당신들의 천국' / 강준만, '대중문화의 겉과 속 II' / 진중권, '미학 오디세이' / 박영욱, '철학으로 대중문화 읽기' /박성봉, '대중예술의 미학_1장' / 양은경, '문화와 계급' / 김삼환, '니체, 프로이트, 맑스 이후' / 강영계 '철학의 끌림_ 마르크스, 니체, 프로이트' / 그랜트, 매크래켄, '문화와 소비'

●**토론 주제 및 탐구과제**

탐구과제 유행에 대한 자료를 통해 대중문화의 속성 파악
(→사회문화−천재교육 IV−3_ 문화 변동과 민족문화의 발전, p190)
탐구과제 청소년 문화 활동이 대중문화에 미치는 영향
(→사회문화−천재교육 IV−3_ 문화 변동과 민족문화의 발전, p193)
★쟁점토론_ 성형수술은 자기 신체에 대한 적극적인 권리행사인가
(→강요된 미의식을 무비판적으로 좇는 행위일 뿐 vs. 적극적인 자기개발이자 표현의 수단)

●**기출문제**

_한양대 2011 인문 모의 2차(예술과 사회의 올바른 관계_칸트의 미학과 헤겔의 미학의 차이 비교)★★★★★
한양대 2009 인문·사회 수시 문항2(예술에 대한 관점 비교 창조 vs. 모방)★★★
☞한양대 2009 인문 모의 문항3(타자화_ 인종적 편견을 넘어서는 공동체 구축 방안)
★★★
☞동국대 2009 인문 수시 문제4~5(현대예술의 특징과 현대성의 모순 분석)★★★
☞동국대 2008 인문 수시 문제2(거울을 통한 예술적 표현과 과학적 설명의 차이

점)★★★

☞홍익대 2011 인문 모의 문제1(집에 대한 다양한 시각)★★★

_홍익대 2008 인문 정시(도시의 형성 요소와 도시변화 현상)★★★

☞홍익대 2010 인문 수시(인간의 몸에 대한 다양한 시각)★★★

☞명지대 2010 인문 모의(가치론의 입장에서 시뮬라크르 현상 비판)★★★

☞항공대 2010 인문 · 사회 수시 문제1~2(카피라이트와 카피레프트의 개념과 관점, 모방과 창조)★★★

☞숙명여대 2011 인문 수시1 3교시 인문계열 문항(공간배치와 활용 측면에서의 공간관)★★★

_숙명여대 2008 인문 수시 인문계열 문항(공간분할에 대한 사회적 인식)★★★

☞덕성여대 2009 인문 수시 공통문항(비트켄슈타인의 '가족유사성'의 와이츠의 예술론 적용)★★★

_덕성여대 2008 인문 정시 전공2(신화와 초현실주의의 유사성과 차이점)★★★

☞서울교대 2008 수시(예술의 시대상을 반영한 표현 양식별로 나타나는 사회문화적 현상과 원인)★★★★

_서강대 2012 인문 모의(동서양의 공간관)★★★★

_서강대 2011 인문 모의 문제3(동서양의 공간관 비교)★★★★★

☞서강대 2012 인문 · 커뮤니케이션 수시 문제1(예술적 창의성이 예술작품에서 어떻게 발현되고 있는가)★★★★★

_이화여대 2007 인문 수시 문항6~7(중세시대 그림에 나타난 특징과 시각의 이중성)★★★★★

_서울대 2008 인문 모의 2차 문항2(안견의 몽유도원도와 정선의 인왕제색도 비교고찰)★★★★★

_서울대 2008 인문 모의 2차 문항3(철도가 사람들의 삶에 가져다 준 변화를 역사적 상상력을 통해 고찰)★★★★★

☞경희대 2009 사회 모의2차 논제1(대중문화에 대한 서로 다른 견해와 한계 극복

방안)★★★

_상명대 2010 인문 수시(문학 · 예술 · 대중매체를 통해 이뤄지는 역사 인물의 영웅화 현상)★★★

☞서울여대 2010 인문 수시 문항1(유행변화의 원인 분석)★★

_서울여대 2012 인문(I) 수시 문제1(아름다움에 대한 가치판단의 기준을 어디다 둘 것인가)★★★

_인하대 2011 인문 수시 문항1(문화자원을 통해 국가브랜드 가치를 높이는 효율적 방법 비교)★★★

_아주대 2012 인문 모의 문항1(대중문화에 대한 견해)★★★

☞아주대 2010 인문 수시 문항1(대중문화에 대한 견해의 차이점과 대중의 행태 비판)★★★

☞건국대 2011 인문 수시(타자와의 관계 및 공존방식)★★★★

☞외대 2011 인문 수시 C형(타자성에 대한 다양한 관점)★★★★

☞중앙대 2012 인문(II) 수시(미학에 관한 다양한 관점 비교분석)★★★★★

_광운대 2012 인문(I) 수시 문제1(대중문화의 긍정적·부정적 관점에 따른 예술적 현상 분석)★★★

(2) 과학과 환경_ 인문학과 과학적 지식의 대통합, 이기적 유전자와 이타적 유전자를 둘러싼 사회생물학 논쟁

●핵심 개념 및 주제어

과학적 탐구방법과 과학기술의 가치중립성 / 결정론적 세계관과 유기체적 세계관 / 칼 포퍼의 반증주의와 토마스 쿤의 패러다임이론 / 환원주의 / 과학과 인문학의 결합(통섭) / 과학윤리의 필요성 / 미래사회의 인간의 정체성과 기계와의 관계 / 환경문제를 바라보는 관점들 / 진화론 / 이기적 유전자와 이타적 유전자 / 인간과 동물 / 밈(meme)과 진(gene)

●핵심 쟁점

- 서양 과학의 본질을 이해하는 핵심 쟁점_ 목적론적 세계관과 기계론적 세계관
- 서양의 과학관을 극복하는 대안으로서의 동양적 과학관
- 인권과 존엄성을 지키기 위한 과학윤리로서의 쟁점_ 공리주의적 윤리와 의무론 윤리
- 공동체를 위한 가치관_ 구명선 윤리와 우주선 윤리
- 환경문제를 바라보는 다양한 시각_ 인간중심적 시각과 자연중심적 시각
- 환경윤리와 생명윤리에 대한 가치 판단의 기준은
- 인간을 결정짓는 것은 무엇인가_ 유전자 결정론, 문화·환경결정론 간의 사회생물학적 논쟁
- 진화론과 창조론의 관점에서의 인간에 대한 이해의 본질은
- 동물도 윤리의 대상일 수 있는가_ 인간과 동물의 차이점
- 로봇은 인간이 될 수 없나

●심화학습

- 과학을 보는 시각_ 본질주의적 과학관과 상대주의적 과학관
- 칼 포퍼의 반증가능성과 토마스 쿤의 과학혁명의 구조
- 환원주의란 무엇인가
- 유교의 진리탐구 방법론_ 격물치지론

●원문 발췌 글 읽기

피터 싱어, '동물해방론' / 칼 포퍼, '과학적 발견의 논리' / 토마스 쿤, '과학혁명의 구조' / 찰스 다윈, '종의 기원' / 리처드 도킨스, '이기적 유전자' / 매트 리들리, '이타적 유전자' / 최재천, '생명이 있는 것은 다 아름답다' / 한스 요나스, '자연을 위한 윤리' / 하버마스, '이데올로기로서의 기술과 과학' / 올리버 헉슬리, '멋진 신세계' / 제레미 리프킨, '바이오테크 시대', '엔트로피' / 이은희, '하라하라의 생물학

카페', '과학블로그' / 제임스 왓슨, '이중나선' / 정재승, '과학콘서트' / 김용운 外, '프랙탈과 카오스의 세계' / 존 L. 캐스티, '현대과학의 6가지 쟁점' / 레이첼 카슨, '침묵의 봄' / 프리조프 카프라, '생명의 그물' / 데이비드 윌슨, '콘실런스(통섭)' / 베르그송, '창조적 진화' / 화이트 헤드, '과학과 근대세계'

●토론 주제 및 탐구과제

★탐구과제_ 새로운 과학기술의 발달이 미래사회에 가져올 수 있는 문제점 논의
(→윤리와 사상 I-4_ 이상사회의 구현과 사회사상 탐구과제, p66)

탐구과제 생명공학 기술의 발전으로 나타나게 될 긍정적·부정적 측면
(→시민윤리 II-1_ 생명존중과 환경윤리, p74)

탐구과제 인간이 자연법칙에 반하게 행동하여 초래한 혼란과 부작용 사례와 해결 방안
(→도덕_ 비상교육 IV-1_ 평화로운 삶의 추구, p179)

★쟁점토론_ 환경에 대한 개발과 보전의 관점에 대한 찬반 토론
(→사회문화—천재교육 V-2_ 현대 사회문제와 대책, p237)

탐구과제 환경문제가 인류에게 던지는 도전
(→경제—천재교육 V-3_ 인류공동체와 경제협력, p276)

★쟁점토론_ 예술창작의 자유를 사회적으로 규제함이 옳은가
(→어떤 경우에도 창작의 자유는 보장되어야 vs. 사회적으로 악영향을 미친다면 규제해야)

★쟁점토론_ 업적이 훌륭하다는 이유로 비인간적인 행위가 용납될 수 있는가_ 영화 혹성탈출의 예(2012.1)
(→과학윤리는 어떠한 경우에도 훼손되어서는 안 돼 vs. 지나친 윤리의식 강요는 연구를 위축시킬 뿐)

● 기출문제

☞ 중앙대 2010 인문 모의 문항1~2(현대사회에서 인문과학과 자연과학의 통섭이 갖는 의미와 역할)★★★★

☞ 동국대 2010 인문 모의 B형 문제1~2(토마스 쿤의 과학혁명의 구조와 패러다임 전환)★★★★

동국대 2009 인문 수시 문제1(위험 인식 성찰적 근대화 개념과 과학적 합리성과 사회적 합리성의 조화)★★★

☞ 동국대 2010 인문 모의 B형 문제4(유전자와 밈)★★★★

☞ 동국대 2008 인문 수시 문제3~4(인위선택과 자연선택, 진화론적 관점의 상이한 세계관ㆍ인생관)★★★

☞ 단국대 2011 인문 수시 문제1(과학기술의 발전과 생태 윤리 문제)★★

☞ 숙명여대 2012 인문 모의 공통문항(과학적 탐구의 주관성과 객관성)★★★★

_인하대 2008 인문 모의 1차(과학발전에 대한 낙관적 믿음에 대한 인문학적 판단)★★★

☞ 서울교대 2010 정시(환경문제에 대한 상반된 관점과 그 관점이 미래 교육에 주는 시사점)★★★

_홍익대 2011 인문 수시 문제3(인간의 생명에 대한 다양한 인식)★★★

_홍익대 2009 인문 수시(인간과 동물)★★★

☞ 연세대 2011 사회 수시(사회현상을 분석하는 과학적 탐구방법 및 관련한 추론 문제)★★★★★

_시립대 2019 인문 수시(미래세대의 이익보호를 위해 화석연료 사용을 제한해야 하는가에 대한 찬반론)★★★★

_한양대 2008 인문 모의 문항2(환경위기에 대한 대응방식과 보완 방안)★★★

_서강대 2009 인문ㆍ경영 수시2-2 문제1~2(에너지 고갈 상황에서의 개인과 기업, 생산과 소비 책임)★★★★★

−서울대 2011 인문 정시 문항1(행성의 운행법칙을 밝히는 과학적 사고 방법)★★

★★★

_서울대 2010 인문 정시 문항1(창의적 사고_과학적 발견 과정 및 과학 이외의 영역 내의 사례 고찰)★★★★★

☞서울대 2008 인문 모의2차 문항5(인문과학을 공부하는 학생에게 자연과학 지식이 필요한 이유)★★★★★

(3) 역사와 종교_ 미래는 결정된 것인가

●핵심 개념 및 주제어

역사를 바라보는 올바른 시각(역사관) / 미래는 결정된 것인가 / 역사의 주체 / 종교화와 탈종교화 / 종교근본주의

●핵심 쟁점

• 역사관에 대한 쟁점에 따른 역사의 성격 규정과 역사가의 책무_ 실증주의, 주관주의, 현재주의

●심화학습

• 순환론적 역사관과 발전론적 역사관

●원문 발췌 글 읽기

E. H. 카, '역사란 무엇인가' / 토인비, '역사의 연구' / 헤겔 '역사철학 강의' / 르네 지라르, '폭력과 성스러움' / 한나 아렌트, '예루살렘의 아이히만_악의 평범함에 대한 보고서' / 콩도르세, '인간 정신 진보에 관한 역사적 개요' / 칸트, '계몽이란 무엇인가' / 에릭 홉스봄, '20세기와의 대화' / 새뮤얼 헌팅턴, '문명의 충돌' / 칼 포퍼, '역사주의의 빈곤'

●**토론 주제 및 탐구과제**

★쟁점토론_ 친일 청산은 반드시 이루어져야 하는가

(→사회적 혼란을 조장할 수 있다 vs. 정의로운 사회 구현을 위해 반드시 이루어져야)

●**기출문제**

_세종대 2010 인문 수시 문제3(세대개념의 한국사회 적용 가능성)★★

_숙명여대 2010 인문 수시 1교시 인문계열 문항(유토피아적 역사의식)★★★★

인하대 2010 인문 수시 문항3(역사 드라마에 대한 상반된 견해 사실성 vs. 허구성)★★★

☞성대 2008 인문 수시 오전(현대사회에서 종교의 영향력 변동_세속화 vs. 종교화)★★★

☞연세대 2009 인문 정시(창조와 파괴_ 순환적 역사관 vs. 발전론적 역사관)★★★★★

_서강대 2010 경영 수시2차 문제3(기억과 역사의 관계와 이를 활용한 '만파식적' 이야기의 기능)★★★★★

_서강대 2008 인문·법학 수시2-2 문제1~2(종교적 인간 vs. 비종교적 인간)★★★★

☞서울대 2009 인문 수시(국가와 종교의 관계 및 정부의 對 종교정책의 문제점 분석)★★★★★

_가톨릭대 2010 인문 수시(역사왜곡의 관점 차이와 문제점 분석)★★★

(4) 교육과 학문_ 바람직한 학문탐구의 자세

●**핵심 개념 및 주제어**

'앎'이란 무엇인가 / 학문을 하는 이유 / 지식인의 사회적 역할 / 인문학의 위기 / 지식인의 임무

● **핵심 쟁점 및 심화학습**

• 교육에 대한 상반된 관점_ 국가개입을 통한 평등주의 교육 추구와 시장원리에 따른 자율적인 교육 추구

• 학문의 목적과 지식인의 역할은 무엇인가

● **원문 발췌 글 읽기**

하이타니 겐치로, '나는 선생님이 좋아요' / 프랭크 퓨레디, '그 많던 지식인들은 다 어디로 갔는가' / 미셸 푸코, '권력과 지식' / 촘스키, '지식인의 책무'

● **기출문제**

한양대 2009 인문 · 사회 모의1차 문항1(바람직한 대학 교육상 가치추구 vs. 전문인 양성)★★★

_한양대 2009 인문 · 사회 모의2차 문항1(제시문에 나타난 교육 · 학문의 공통점과 차이점 비교분석과 시사점)★★★

_고려대 2009 인문 모의(학문의 진보)★★★★★

☞경희대 2009 사회 모의 논제2-1(교육양극화 현상에 대한 다양한 관점_ 소득불평등도 예시)★★★

_단국대 2011 인문 모의 문제2(교육에 대한 국가개입이 가져오는 순기능과 역기능)★★★

_항공대 2011 인문 · 사회 수시 문제2(제시문을 활용한 서당교육에 관한 견해 서술)★★★

_항공대 2010 인문 · 사회 수시 문제3(오늘의 교육방향 및 시대가 요구하는 진정한 인재상)★★★

_덕성여대 2010 인문 수시 전공2(바람직한 문학이란 무엇인가)★★★

☞성신여대 2011 인문 모의(학문의 목적과 대학의 사명)★★★

_서울여대 2011 인문 수시 오후(창의적 사고의 관찰의 중요성, e캠퍼스 구축사업

의 긍정적 · 부정적 측면)★★★

_인하대 2010 인문 수시 문항1(바람직한 교육의 방향)★★★

인하대 2009 인문 수시(대학교육 어떻게 할 것인가 전공 중시 vs. 교양 중시)★
★★

_인하대 2012 인문(II) 수시 문제2(학문의 목적에 따른 동아리 활동의 선택과 타당
한 근거 제시)★★★

_서울교대 2010 수시(교육적 배려가 필요한 학생을 지도하는 교사가 지녀야 할 자
세)★★★

☞서울교대 2009 정시(유용성으로서의 학문적 가치에 대한 관점 비교)★★★

_서울교대 2008 정시(우리사회의 변화에 맞는 새로운 교육의 방향)★★★

☞경인교대 2008 정시(학문을 탐구하는 자세_과학적 진리 탐구 vs. 예술적 자유
추구)★★★

(5) 언어와 세계_ 언어와 인식, 언어와 소통 등 언어철학과 관련한 물음

●핵심 개념 및 주제어

언어와 사고 · 문화의 관계 / 언어와 소통 / 언어적 전회 / 지식과 권력 / 언어의 명
료화 / 인식의 프레임 / 가족유사성

●핵심 쟁점

• 언어와 사고의 관계_ 언어가 사고에 지배받는가, 언어가 사고를 결정하는가

• 인터넷 신조어는 새로운 문화를 만드는 언어 창조의 결과물인가, 의사소통을 방
  해하는 언어파괴 현상인가

●심화학습

• 소쉬르의 구조언어학에 대한 이해_ 시니피앙과 시니피에

- 비트켄슈타인의 언어철학에 대한 이해_ 그림이론과 가족유사성

●원문 발췌 글 읽기

비트켄슈타인, '논리철학논고', '철학적 탐구' / 소쉬르, '일반언어학 강의' /롤랑 바르트, '텍스트의 즐거움' / 레비나스, '전체성과 무한' / 존 오스틴, '말과 행위'

●기출문제

☞이화여대 2011 인문 수시(언어와 소통)★★★★

_이화여대 2007 인문 수시 문항3~4(문자의 속성과 정보사회에서의 구술문화의 장점)★★★★

☞건국대 2010 인문 수시(소통에 대한 다양한 관점)★★★★

_동국대 2010 인문 모의 A형 문제1~2(현대사회의 언어의 타락과 왜곡)★★★

_숭실대 2012 상경 수시 문제1(언어 사용 현상의 원인과 초래할 문제점)★★★

−숭실대 2012 인문 모의 문제2(소통의 의미와 소통매체의 바람직한 활용 방안)★★★

☞세종대 2010 수시 문제1(말과 글을 바라보는 관점_인터넷 대화의 상반된 견해)★★★

_숙명여대 2010 인문 수시 3교시 공통문항(기억현상과 기억작용의 특징)★★★★

_인하대 2012 인문 모의 문항1(언어적 규범의 통일성과 선택의 자율성)★★★★

_아주대 2011 인문 모의 문항1(비전의 두 관점_제약적 비전과 무제약적 비전)★★★★

☞아주대 2009 인문 수시(일탈의 낙인이론과 일반화의 오류)★★★

_아주대 2009 인문 수시(편견과 고정관념)★★★

☞서울교대 2009 수시(세계화 시대의 언어가치의 변화와 미래지향의 언어관)★★★

☞한양대 2012 인문 수시(인식의 프레임)★★★★

주제3_
철학 핵심 쟁점 4

(1) 존재론(인간의 본성_ 나는 누구인가)_인간 존재의 본질에 대한 형이상학적 질문, 합리성의 쟁점으로서의 인간 행위의 동기

●핵심 개념 및 주제어

이타심과 이기심 / 성선설과 성악설 / 인간 존재의 본질 / 자아와 자유의지 / 정체성·동일성에 대한 물음 / 사물과 본질 / 몸과 영혼 / 동일성의 문제 / 인간과 동물 / 인간과 기계 / 행동경제학·인지심리학적 관점에 따른 인간의 제한적 합리성

●핵심 쟁점

- 나는 누구인가, 신은 존재하는가
- 나는 존재하는가, 실존하는가
- 인간은 정신적 존재인가, 육체적 존재인가_ 인간과 동물, 인간과 기계, 정신과 육체의 차이, 유심론적 관점과 유물론적 관점
- 인간은 본래 선한 존재인가, 악한 존재인가_ 성선설과 성악설
- 인간본성에 따른 국가관·교육관_ 플라톤의 이상국가와 사회계약설, 루소의 자연주의 교육관과 맹자의 성선설적 교육관
- 인간의 제한적 합리성에 대한 행동경제학적 관점

●심화학습

- 인간 본성에 대한 다양한 관점 고찰_ '나'란 누구인가, 신은 존재할까
- 행동경제학, 인지심리학적 관점에서의 개념 설명_ 인지부조화, 확증편향, 전망이론, 휴리스틱 外
- 종교에 대한 철학적 고찰
- 타인의 존재에 대한 철학적 고찰

●원문 발췌 글 읽기

홉스, '리바이어던' / 로크, '시민정부론' / 루소, '사회계약론' / 하이데거, '존재와 시간' / 후설, '순수현상학과 현상학적 철학의 이념들' / 쇼펜하우어, '의지와 표상으로서의 세계' / 칸트, '순수이성비판', '도덕형이상학 원론' / 시몬느 보부아르, '제2의 성' / 볼테르, '철학사전' / 로렌 슬레이더, '스키너의 심리상자 열기' / 다니엘 카네만, '생각에 관한 생각' / 하이에크, '법, 입법, 그리고 자유' / 프리츠 하이네만,

'실존철학' / 애덤 스미스, '도덕감정론'

●기출문제

☞연세대 2010 인문 모의(인간의 본성_ 이기적 본성 vs. 이타적 본성)★★★★★

☞연세대 2011 인문 모의(합리성이란 무엇인가_인간의 의사결정 행위_전망이론 적용)★★★★★

☞경희대 2012 인문 모의(인간 본성으로서의 이타성_ 순수이타성 vs. 호혜성이타성)★★★★

☞경희대 2009 인문·예체능 수시 논제1(인간의 본성)★★★

_숙명여대 2009 인문 수시 인문계열 문항(인간의 본성과 삶의 태도)★★★★

_숙명여대 2010 인문 모의 인문계열 문항(인간과 기계, 사이보그와 인간의 미래 정체성)★★★★

☞덕성여대 2008 인문(I) 정시(인간의 생물학적 본성과 사회와의 관계)★★★

인하대 2009 인문 정시 인문계열 문항(인간의 본성 유전자결정론 vs. 전통적 인성론)★★★

_경기대 2009 인문 수시 문제1(존재의 의미와 자아의 인식)★★★

서강대 2009 인문 모의 문제1~2(인간의 본성 인간 같은 기계 vs. 기계 같은 인간) ★★★★★

서강대 2010 경제·경영 수시1차 문제1~2(개인의 이익 추구 성향 합리적 선택 vs. 비합리적 선택)★★★★

_서강대 2012 사회·경제 수시 문제1(인간행위 특성별 추정을 통해 총수요 정책의 실패 원인 분석)★★★★★

☞이화여대 2009 인문 모의(인간의 본성과 개인의 가치를 바라보는 시각)★★★★

_홍익대 2011 인문 수시 문제2(합리성에 대한 시각 차이)★★★

☞성대 2008 인문 수시 오후(인간 행위의 동기_ 경제적 이익추구 vs. 사회적 가치 추구)★★★

☞성대 2011 인문 수시(행위주체의 본성에 기초한 기업의 사회적 존속 가능성_ 최종제안 게임 응용)★★★

☞성대 2012 경영 수시(인간행위의 특성에 대한 견해와 이에 따른 사회현상 분석) ★★★★

한양대 2012 인문 수시 오후(인간의 생식행위의 분석 생물학적 본능 Vs. 영양주의에 따른 행동)★★★★★

한양대 2012 상경 수시 문제1(인간 행위의 분석 경제적 합리성 Vs. 호혜적 이타성)★★★★★

☞한양대 2012 상경 모의1차(인간은 자기이익 원칙에 따라 행동하는가_ 최후통첩 게임 이론 응용)★★★★

☞한양대 2010 상경 수시 문항2(게임이론을 활용한 합리적 의사결정)★★★★★

_한양대 2009 인문·사회 수시 문항1(인간 행동의 이해_사회시스템이 개인 행위에 끼치는 영향_실험 활용)★★★★

☞광운대 2012 인문(I) 수시 문제2(위험을 인식하는 인간 행위에 대한 행동경제학적 분석)★★★★

_외대 2012 인문I(어학) 수시(인간 행위의 특성과 동기_생득과 습득)★★★★

_외대 2012 인문III(사범) 수시(인간 행위의 특성과 동기_경쟁의 긍정적·부정적 효과)★★★★

_외대 2012 인문III(사회) 수시(인간 행위의 특성과 동기_변화와 변화의 주체)★★★★

_외대 2012 인문IV(상경) 수시(인간 행위의 특성과 동기_획일성과 다양성)★★★★

(2) 인식론(인식의 주체_ 나는 무엇을 아는가)_인간과 세계를 인식하는 인식 주체의 올바른 가치판단, 근대적 주체의 탄생(근대철학)

●핵심 개념 및 주제어

데카르트의 본유관념(唯我論적 투명한 주체의 이념) / 이원론과 일원론 / 인식의 근원은 이성인가, 경험인가(이성론과 경험론) / 경험과 이성의 협력과 조화(관념론) / 지식의 문제와 의미의 문제

●핵심 쟁점 및 심화학습

• 우리는 진리를 어떻게, 올바르게 인식할 수 있을까
• 인식의 근원은 이성인가, 경험인가_ 근대적 이성중심주의에 대한 개괄
• 우리들은 세계를 어떻게 바라보고 있을까
• 인식론적 문제에 대한 고찰_우리는 세계를 어떻게 바라보고 있을까
• 근대적 주체가 비판받고 있는 이유는

●원문 발췌 글 읽기

데카르트, '방법서설' / 칸트, '순수이성비판', '형이상학이론' / 라이프니츠, '인간의 이해력에 관한 새로운 에세이', '형이상학 서설' / 호크하이머, '이성의 부식' / 마르틴 부버, '나와 너' / 길희성 外, '전통, 근대, 탈근대의 철학적 조명' / 고사카 슈헤이, '철학사 여행' / 존 로크, '인간오성론' / 가다머, '대화와 변증법'

●기출문제

☞건국대 2011 인문 모의(진실과 주관과의 관계)★★★★
_건국대 2009 인문 모의(실재와 상상, 현실세계와 가능세계에 대한 인식의 차이)
★★★★
홍익대 2011 인문 모의 문제3(법관의 법적 판단 주관적 신념 vs. 객관적 사실)★
★★
_숙명여대 2008 인문 모의 인문계열 문항(인식의 상대성)★★★
☞경희대 2011 인문 모의 논제I(이원론과 일원론_ 정신과 물질)★★★★

광운대 2011 인문 수시 문제1(자기정체성 의식과 육체)★★★

_덕성여대 2009 인문 수시(자아인식에 대한 귀납추론과 연역추론 방법론)★★★

_성신여대 2009 인문 모의(물질과 정신의 대립, 문명가치와 자연가치의 대립)★★
★

_한양대 2011 인문 모의1차 문항2(개인 동일성 문제에 대한 법적 공방_외형적 일
관성 vs. 정신적 연속성)★★★★★

☞한양대 2010 인문 모의 문항2(지구촌시대의 관점에서 서구의 이분법적 인식론
에 대한 비판)★★★★★

_한양대 2009 인문 · 사회 수시 문항3(개인 정체성을 이루는 본질적 요소_심리적
연속성 vs. 영혼의 동일성)★★★★

☞중앙대 2010 인문2 수시 문항1~2(현상 인식과 현대 정보사회에서 개인에 발생
할 수 있는 문제점)★★★★

_서강대 2012 인문 모의(인간의 자기 이해와 주변공간 인식과의 연관성)★★★★
★

_서강대 2011 사회 · 경영 수시2차 문제3(지각체계를 설명하는 논리적 틀에 기인
한 인식의 차이)★★★★★

_서강대 2010 인문 · 사회 수시2차 문제1~2(인식의 상대성과 윤리적인 삶)★★★
★★

☞서강대 2008 인문 정시 문제2(인식의 방식_ 주관적 인식과 객관적 인식)★★★
★★

_서강대 2010 인문 · 커뮤니케이션 수시1차 문제3(자아와 자서전에 관계에 대한 인
식의 변화와 의미 해설)★★★★★

☞서강대 2010 경제 · 경영 수시1차 문제3(귀스타브가 처한 인간 본질의 모순적 상
황_ 정신 vs. 육체)★★★★★

_서강대 2008 인문 · 사회 수시1차 문제1(현실세계와 가상세계의 몸과 정신의 관
계)★★★★★

(3) 가치론(삶의 윤리학_ 나는 무엇을 해야 하는가)
_ 덕과 악의 차이에 대한 도덕적 물음

● **핵심 개념 및 주제어**

윤리적인 삶의 가치 문제 / 이상사회에 대한 물음 / 삶과 죽음의 의미 / 다양성의 가치 / 선과 악 / 보편가치 / 목적론적 윤리관과 의무론적 윤리관

● **핵심 쟁점 및 심화학습**

• 가치론적 문제에 대한 고찰_ 이상사회란 어떤 것일까

• 도덕에 대한 철학적 고찰_ 어떻게 사는 것이 올바른 삶일까(목적이 이끄는 사람, 이성에 따른 삶, 의무에 따른 삶, 쾌락에 따른 삶, 선의지에 따른 삶)

• 옳고 그름을 판단하는 윤리적 기준은_ 목적론적 윤리관과 의무론적 윤리관

● **원문 발췌 글 읽기**

사르트르, '존재와 무' / 스피노자, '에티카' / 아리스토텔레스, '니코마코스의 윤리학' / 칸트, '도덕 형이상학의 기초' / 몽테뉴, '수상록'

● **토론 주제 및 탐구과제**

★쟁점토론_ 디오게네스의 삶이 오늘날에도 의미가 있는가

(→도덕_ 비상교육 IV-1_ 평화로운 삶의 추구, p180~1)

● **기출문제**

_경희대 2010 인문 · 예체능 수시 논제1(다양성의 가치)★★★

☞숙명여대 2011 인문 수시 1교시 공통문항(다양성의 가치)★★★★

☞시립대 2011 인문 모의(가치의 타당성_ 구성원 모두에게 귀속되는 보편적 가치 보호에 대한 찬반론)★★★★

건국대 2010 인문 모의(가치의 상관성 창조적 파괴의 관점 vs. 네거티즘적 관점) ★★★★

_이화여대 2007 인문 수시 문항5~8(심정윤리와 책임윤리)★★★

한양대 2011 인문 수시 오후(윤리적 관광에 대한 상반된 두 시각 지지 vs. 비판) ★★★

_서울대 2010 인문 정시 문항3(실학적 관점에서의 노비제도에 대한 찬반 주장의 타당성 고찰)★★★★★

☞서울대 2012 인문 정시 문항3(자유의지 및 운명론과 관련한 인간 행위 분석)★ ★★★

☞외대 2010 인문 수시 오후(존엄사 문제, 경제원리, 삶과 죽음에 있어서의 초자연 적 작동 원리)★★★★

(4) 형이상학적 담론(나와 너, 그리고 우리)_ 소통, 죽음, 불안과 공포, 행복, 시간 外

● **핵심 개념 및 주제어**

시간 속의 삶 / 삶 속의 죽음 / 불안과 공포 / 규범과 처벌 / 폭력과 무질서 / 소통 과 고독 / 자율과 타율 / 삶과 인생 / 일과 행복

● **핵심 쟁점 및 심화학습**

• 정치의 존재에 대한 철학적 고찰

• 행복에 대한 철학적 물음

• 시간에 대한 철학적 물음

• 용서에 대한 철학적 물음

• 늙음과 죽음에 대한 철학적 물음

• 연애에 대한 철학적 물음

• 불안과 공포에 대한 철학적 물음

• 소통에 대한 철학적 물음

• 탁월성의 추구에 대한 철학적 물음

● **원문 발췌 글 읽기**

대니얼 길버트, '행복에 걸려 비틀거리다' / 버틀런트 러셀, '게으름에 대한 찬양' / 후지사와 고노스케, '철학의 즐거움' / 아리스토텔레스, '형이상학'

● **기출문제**

_숭실대 2012 인문 수시 문제2(남녀의 사랑에 대한 상반된 관점에 따른 사회현상 및 인간 행위 분석)★★★

_숭실대 2010 인문 수시 문제1(타인의 고통에 대한 다양한 견해)★★★

☞숭실대 2009 인문 모의 문제2~3(시간의 개념과 여행의 가치)★★★

_숭실대 2008 인문 정시(사랑과 결혼의 관계, 기록행위의 가치와 한계)★★★

☞숙명여대 2011 인문 수시 2교시 공통문항(공포를 통해 나타나는 사회현상)★★ ★★

_숙명여대 2010 인문 수시 1교시 공통문항(음식과 웰빙)★★★

_인하대 2011 인문 모의 문항1(결혼문화에 대한 유지와 변화에 대한 견해)★★★

☞인하대 2008 인문 모의 2차(속도에 관한 두 가지 관점_ 빠름과 느림의 미학)★

★★

_연세대 2012 인문 수시(낭비에 나타난 정신 활동 이해 방식과 이를 활용한 추론 문제)★★★★★

_연세대 2012 사회 수시(한 사회에 새로움이 부상하는 과정에서 다수가 수행하는 역할 비교)★★★★★

☞연세대 2011 인문 수시(죽음에 대한 비교와 관련한 추론 문제)★★★★★

☞중앙대 2012 인문 모의(고통이 갖는 다양한 역할과 기능+실험문제 응용)★★★★

_중앙대 2012 인문(I) 수시(속도에 대한 다양한 관점 비교분석)★★★★

_중앙대 2011 인문 모의 문항1~2(축제의 사회적 기능과 현대축제의 문제점, 극복 방안)★★★★

_고려대 2012 인문 수시 오후(정통과 이단)★★★★★

_고려대 2011 인문 수시 오후(예측의 다양성과 과학적 예측 모델 활용)★★★★★

고려대 2011 인문 모의(모순 변증법적 모순율과 동양적 사고의 관점에서 행동 비판)★★★★★

_고려대 2010 인문 수시(운의 사회적 의미)★★★★★

☞고려대 2010 인문 모의(부끄러움과 수치심_ 최후통첩게임 응용)★★★★★

고려대 2009 인문 정시(공감 공감의 확장 및 도덕적 실천과의 상관관계)★★★ ★★

_고려대 2008 인문 정시(신뢰의 유형과 역할)★★★★★

_고려대 2008 인문 모의(풍요로움)★★★★★

_서강대 2012 경영 수시 문항2(마음에 대한 이해의 틀에 대한 분석·평가)★★★ ★★

_서강대 2008 인문 정시 문항1(삶의 목표에 대한 관점 차이)★★★★

☞이화여대 2009 인문 수시2(음식과 문명, 음식과 인간과의 관계)★★★★

☞이화여대 2013 인문(I) 모의(감정에 대한 시각 차이와 역할 및 그에 따른 삶의 태도 분석)★★★★

☞이화여대 2012 인문(I) 수시(시간에 대한 인식의 차이와 시간적 관점에서의 현재와 미래의 관계)★★★★

–서울대 2011 인문 정시 문항3(좋은 음악이란 무엇인가_제시문 등장인물의 음악적 인식과 태도 비교)★★★★★

☞서울대 2011 인문 수시(개인과 개인, 개인과 사회 간의 다양한 관심의 유형과 표출방식 고찰)★★★★★

서울대 2010 인문 수시(성숙 정신적 성숙 과정에서의 깨달음에 대한 고찰)★★★★★

☞서울대 2009 인문 정시 문항1(문학, 예술, 과학, 역사 등 다양한 영역에서의 삶의 다양성이 필요한 이유)★★★★★

_서울대 2008 인문 모의 문항1(성삼문의 절명시를 통해 나타난 삶과 죽음의 의미에 대한 고찰)★★★★★

_서울대 2008 인문 모의2차 문항4(선택적 상황에서 고민하는 인간성에 대한 고찰)★★★★★

_외대 2011 인문 수시2차 A형(전이와 변형)★★★

_외대 2011 인문 수시2차 B형(지식과 권력)★★★

_외대 2011 인문 수시2차 D형(금기와 욕망)★★★

_외대 2011 인문 수시1차 오전(순환)★★★

–외대 2011 인문 수시1차 오후(모방)★★★

☞외대 2010 인문 수시1차 오전(본질_ 언어의 객관성과 주관성, 욕망의 특수성과 일반성)★★★

_외대 2009 인문 수시2차 오후(대의민주주의, 문학작품, 수리문제에 있어서의 대표성)★★★

_외대 2009 인문 수시2차 오전(언어체계, 시스템 체계 변화의 합법칙성)★★★

_서울여대 인문(II) 수시 문제1(인생의 갈림길에서 취하게 되는 태도 분석)★★★

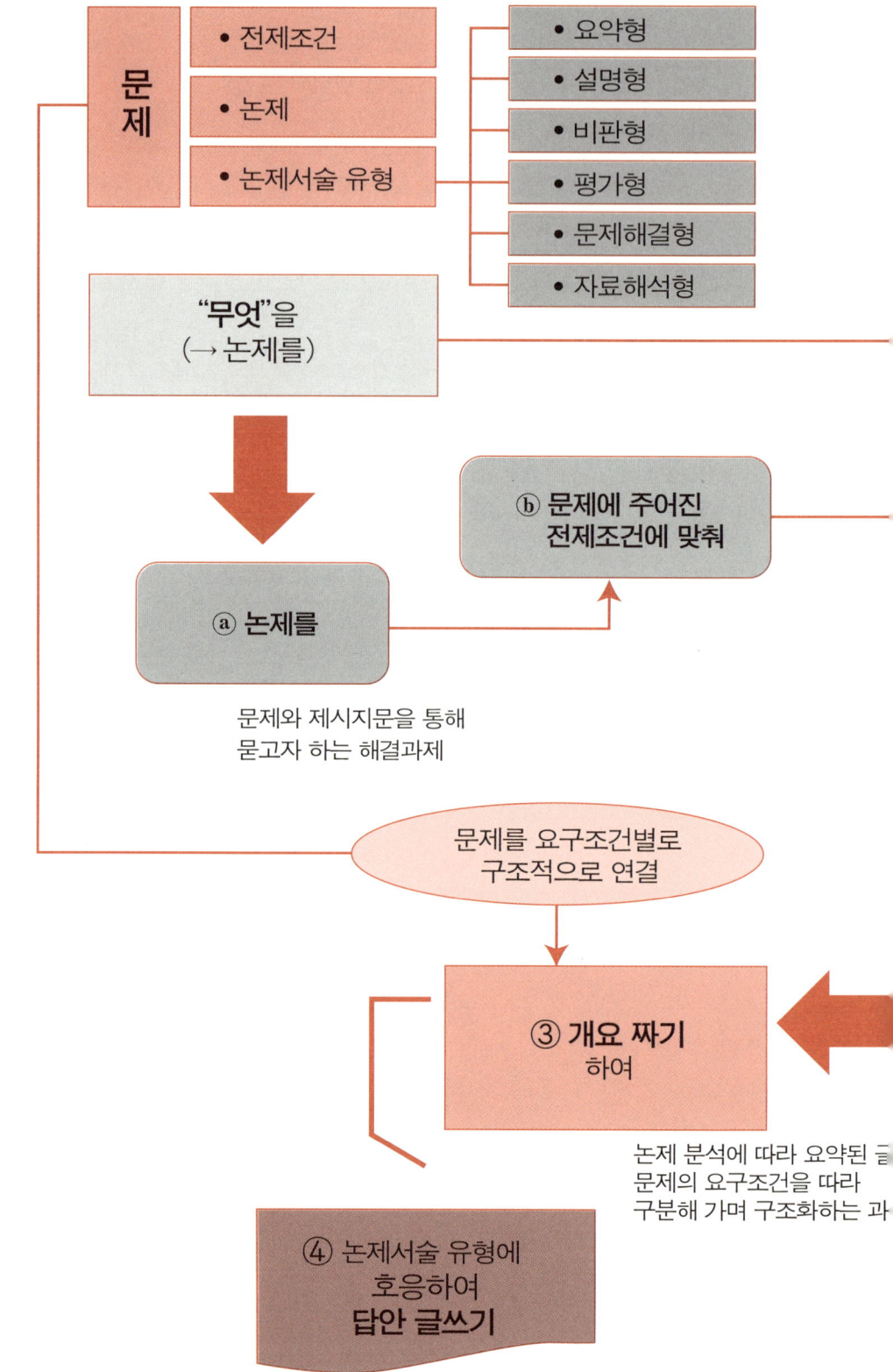

논술문제 풀이과정 도해

문제
- 전제조건
- 논제
- 논제서술 유형

- 요약형
- 설명형
- 비판형
- 평가형
- 문제해결형
- 자료해석형

"무엇"을
(→ 논제를)

ⓑ 문제에 주어진
전제조건에 맞춰

ⓐ 논제를

문제와 제시지문을 통해
묻고자 하는 해결과제

문제를 요구조건별로
구조적으로 연결

③ 개요 짜기
하여

논제 분석에 따라 요약된
문제의 요구조건을 따라
구분해 가며 구조화하는 과

④ 논제서술 유형에
호응하여
답안 글쓰기

논제를 문제에 주어진 전제조건에 따라 제시지문에 담긴
논점·논지와 관련짓는 과정

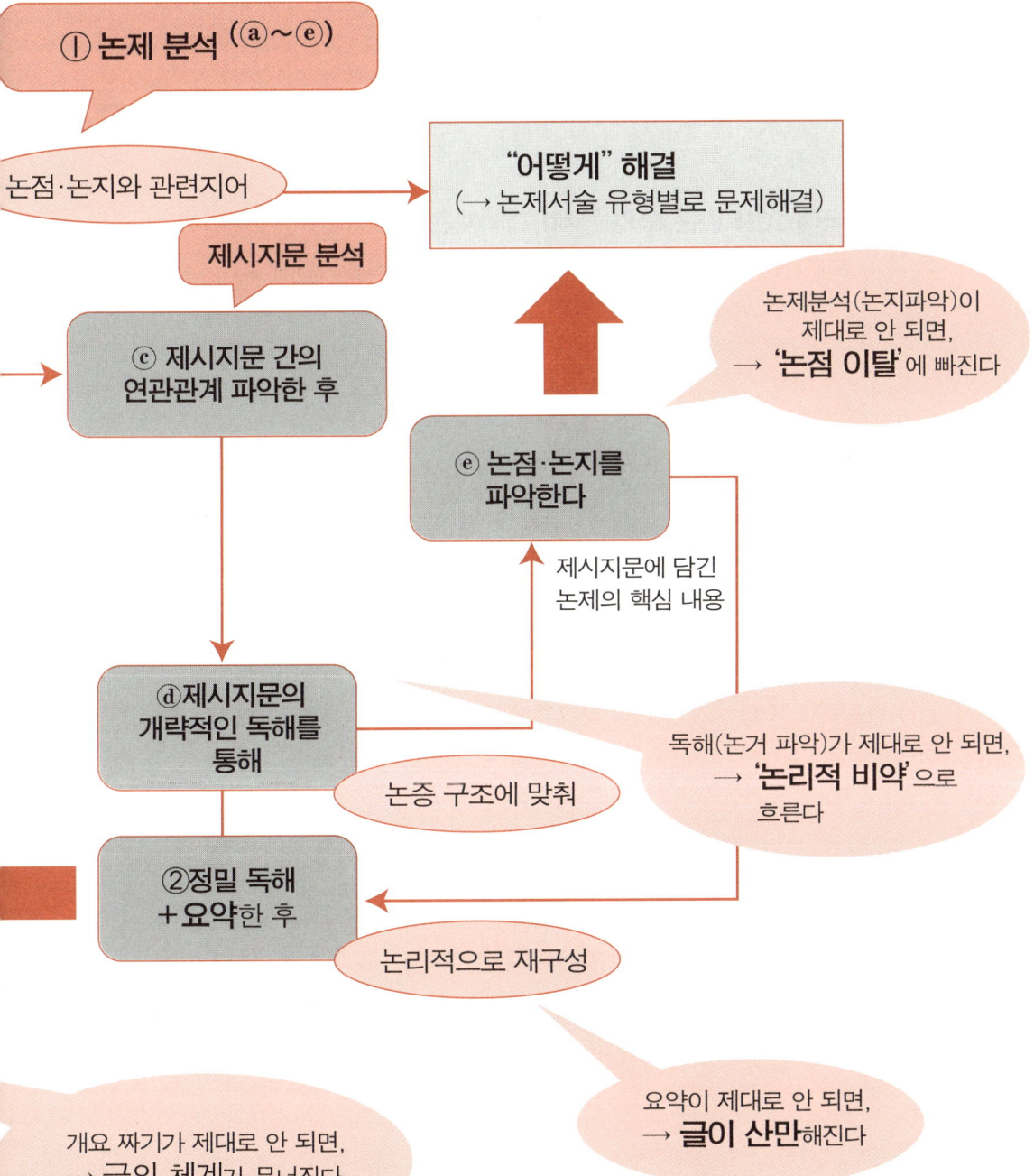

① 논제 분석 (ⓐ~ⓔ)

논점·논지와 관련지어

"어떻게" 해결
(→ 논제서술 유형별로 문제해결)

제시지문 분석

ⓒ 제시지문 간의
연관관계 파악한 후

논제분석(논지파악)이
제대로 안 되면,
→ '논점 이탈'에 빠진다

ⓔ 논점·논지를
파악한다

제시지문에 담긴
논제의 핵심 내용

ⓓ 제시지문의
개략적인 독해를
통해

논증 구조에 맞춰

독해(논거 파악)가 제대로 안 되면,
→ '논리적 비약'으로
흐른다

②정밀 독해
+요약한 후

논리적으로 재구성

개요 짜기가 제대로 안 되면,
→ 글의 체계가 무너진다

요약이 제대로 안 되면,
→ 글이 산만해진다

논술 기출문제 독해와 요약 연습

논술 기출문제 가운데 주제별로 몇 가지 지문을 뽑았다. 먼저 학생 스스로 요약 글을 써보고, 뒤에 실린 필자의 요약 글과 비교해보기 바란다.

 **건국대 2011 인문 모의 문제1 제시지문(가)**

● 주제_ 진실과 주관과의 관계(철학의 인식론)　● 핵심 개념·주제어_ 주관과 객관　● 난이도_ 상
● 독해와 요약 포인트_ 사회적 관계 속에서 진실과 주관이 어떻게 자리매김 하는지에 유의해서 살핀다.

이성적 능력의 특이성은 무엇일까? 아마 그것은 인간의 언어 능력과 직접적으로 관련되어 있을 것이다. 다른 동물들에게도 언어 능력이 있다고 보아야 할 것이다. 그러나 인간의 언어 능력이 특이한 것은 일반화할 수 있는 능력에 있는 듯하다. 언어 능력을 가졌다는 것은 언어적 표상의 능력을 가졌다는 뜻이다. (…)

이성적 사고에서 기본이 되는 연역 논리적 추리는 일반화된 명제(언어적 표상)를 전제로 한다. 그리고 이성은 일반화된 것을 다시 더 높은 차원으로 일반화할 수 있게 하는 능력을 가지고 있다. 이것은 추상화의 차원을 높여주는 능력이라고 할 수도 있다. 인간만이 종교와 예술과 철학을 발전시켜 올 수 있었던 것은 이러한 추상화 또는 일반화를 가능하게 하는 언어 능력의 힘이라고 생각된다. 또한 이러한 일반화나 추상화는 모두 진실의 문제를 수반하기 때문에 그것이 거짓 믿음, 거짓 이론, 즉 잘못된 일반화의 가능성을 내포한다. 아마 거짓을 진실로 믿을 수 있는 존재도 인간밖에 없을 것이다. 이것은 인간의 언어적 표상이 일반화 또는 추상화를 가능하게 하기 때문이며, 그러한 언어적 표상이 주관적 관념의 세계 안에서 별 문제 없이 받아들여질 수도 있기 때문일 것이다. 말하자면 동굴에 비유될 수 있는 주관적 관념의 세계가 가능하기 때문일 것이다. (…)

마음의 사회성은 그 자체로서 하나의 독립된 사회를 형성할 수 있음을 뜻하기도 한

다. 그것은 동굴 속의 사회와 같은 폐쇄적인 사회가 될 수도 있다. 사회성을 뜻하는 지향성은 마땅히 바깥 사회에서의 여러 가지 사실들을 표상하는 정보의 성격을 띠어야 하지만, 시장에서 만들어지는 말이 허황할 수 있듯이 마음속의 관념적 세계도 사실 세계와 무관하게 될 수 있다. 허위의식을 가질 수도 있으며 반사회적인 생각을 할 수도 있다. 그 뿐만 아니다. 목적적 기능을 하는 마음은 의도적으로 거짓말을 할 수도 있으며 진리가 아닌 것을 진리인 것처럼 믿을 수도 있다. 진리 탐구를 위해서 새로운 이론적 가설을 만들어 가는 행위는 언제나 의도적으로 허구적인 가설을 만드는 행위가 따를 수 있다. (…) 인간의 사회성과 합리성은 언제나 반사회성과 불합리성의 유혹을 받게 한다. (…)

마음이 아픈 것은 몸이 아픈 것과 다르다. 마음의 지향성은 사회성을 그 본질로 하기 때문에 사회적 관계 속에서 아픔을 체험하게 된다. 내 몸이 아픈 것은 나만의 체험이다. 내 마음이 아픈 것은 지향성의 대상을 사회적 관계로 한다. 내 몸이 아플 때는 아픈 부분을 지적할 수 있으나, 내 마음이 아플 때는 그것이 지향하는 바의 사회적 관계를 설명할 수밖에 없다. 내 마음은 본질적으로 사회적 마음이기 때문이다. 그런 마음이 동굴화됨으로써 마치 내 몸과 같은 독자성을 갖는 것으로 착각하기도 한다.

– 소흥렬, 〈마음의 지향성과 사회성〉 (고등학교 '독서' 교과서)

경희대 2011 인문(I) 수시1차 논제II 제시지문(라)

● 주제_ 공공성(경제 및 정치)   ● 핵심 개념 · 주제어_ 공유의 비극   ● 난이도_중
● 독해와 요약 포인트_ 사회적 가치가 대립할 때 공익과 사익 중 어느 것을 더 우선시할 것인가에 대한 가치판단에 주목해서 살핀다.

Picture a pasture open to all. It is to be expected that each herdsman will try to keep as many cattle as possible on the land for common use. Such an arrangement may work reasonably satisfactorily for centuries because tribal wars, poaching, and disease keep the numbers of both man and beast well below the carrying capacity of the land. Finally, however, comes the day of reckoning, that is, the day when the long—desired goal of social stability becomes a reality. At this point, the inherent logic of the common land remorselessly generates tragedy.

As a rational being, each herdsman seeks to maximize his gain. Explicitly or implicitly, more or less consciously, he asks, "What is the utility to me of adding one more animal to my herd?" This utility has one negative and one positive component.

1) The positive component is a function of the increment of one animal. Since the herdsman receives all the gains from the sale of the additional animal, the positive utility is nearly +1.

2) The negative component is a function of the additional overgrazing created by one more animal. Since, however, the effects of overgrazing are shared by all the herdsmen, the negative utility for any particular decision—making herdsman is only a fraction of −1.

Adding together the component partial utilities, the rational herdsman con—cludes that the only sensible course for him to pursue is to add another animal to his herd. And another and another⋯. But this is the conclusion reached by each and every rational herdsman sharing a common land. Therein is the tragedy. Each man is locked into a system that compels him to increase his herd without limit—in a world that is limited. Ruin is the destination toward which all men rush, each pursuing his own best interest in such a society.

3 고려대 2012 인문 수시 오전 논제1 제시지문(1)

● 주제_ 개인의 자유와 정부의 간섭(정치)   ● 핵심 개념 · 주제어_ 자유   ● 난이도_상
● 독해와 요약 포인트_ 더 큰 자유를 위해 개인의 자유를 구속하는 게 바람직한가에 대한 정확한 개념 이해가 필요하다.

좀 더 나은 사회를 건설하기 위해서는 어느 정도 개인의 자유를 제한하는 것이 불가피하다는 인식이 만연해 있다. 이는 사회를 규율하는 질서와 원리가 의도적 설계의 산물이라고 보는 사고방식의 결과이다. 이것은 명백한 오류이자 위험천만한 발상으로서 20세기 문명을 전체주의로 빠져들게 한 주범이다. 전지전능한 사람이 존재해서 사회의 모든 구체적 사실과 상황, 결과 및 그 사이의 인과 관계를 완벽하게 알고 있다면 사회가 추구해야 할 가치와 목적을 정하고 그 목적에 따라 사회를 설계할 수 있을 것이다. 그러나 어떤 개인이나 집단도 그런 능력을 갖고 있지는 못하다.

사회의 기본 질서는 누군가 의도적으로 설계한 것이 아니라 무한히 복잡하고 불확실한 상황에 개인들이 적응하는 과정에서 다양한 시행착오를 통해 형성되어 온 것이다. 오늘날 우리가 지키고 있는 관습이나 도덕은 모두 이것을 지키는 것이 좋다는 반복적 경험과 학습을 통해서 나온 것이지 의도적으로 만들어 낸 것이 아니다.

사회가 진보의 방향으로 나아가는 것도 이러한 자율적 성격에 힘입어서이다. 사회를 발전시키는 동력은 정부가 주입하는 사고와 제도가 아니라 사회 구성원들이 새로운 생각과 행동 방식을 끊임없이 시험하는 과정 그 자체이다. 개인들은 각자의 목표를 달성하기 위해 저마다의 지식을 활용해 자유롭게 행동을 결정하며, 이 과정을 통해 사회는 점차 진보해 간다. 이러한 사회 운영의 원리를 지키기 위해서는 구성원 각자에게 개인의 자유와 사적 영역을 보장할 필요가 있다. 개인은 무엇이 자신에게 중요한지, 어떻게 행동해야 하는지 스스로 판단할 능력과 권리가 있으며, 또한 생각과 행동의 자유를 침해받지 않을 자격이 있다. 예외적으로 정부의 개입이 정당화되는 것은 개인의 사적 영역을 타인의 침해로부터 지키기 위해서 필요한 경우에 한한다.

사회 구성원 사이의 자율적 조정에 대비되는 것이 간섭, 즉 의도적 개입이다. 간섭은 명령권자가 의도한 특정 결과를 달성하기 위한 행위로서 그대로 두었더라면 성취되지 않았을 방향이나 속도를 강제하는 것이다. 우리는 시계에 기름을 치거나 태엽을 감는 것처럼 어떤 기계 장치가 적절히 기능하는 데 필요한 일을 하면서 이를 간섭이라고 부르지는 않는다. 시계 바늘을 한 시간 뒤로 돌리는 것과 같이 통상적인 작동 원리와는 부합하지 않는 방식으로 어떤 부분의 위치나 기능을 바꿔 놓았을 경우에만 간섭했다고 말한다. 이처럼 간섭의 목적은 외부 개입 없이 본래의 원리에 따르도록 내버려 두었을 때 발생했을 결과와는 다른 특정 결과를 산출하는 데 있다.

간섭의 극단적 형태는 노예에 대한 주인의 지배 혹은 국민에 대한 독재자의 지배처럼 한쪽의 의지에 다른 한쪽을 강제로 복종시키는 것이다. 정도의 차이는 있지만 현대 사회에서도 간섭의 예를 찾아볼 수 있다. 장발과 짧은 치마 단속, 심야 통행금지, 과외 교습 금지 등이 그것이다. 오늘날에도 정부는 국민의 복리를 증진시킨다는 명목으로 국민 생활의 다양한 부문에 개입하고 있다.

사회의 특정 부문에 간섭함으로써 생겨나는 결과는 자유의 원리와 공존할 수 없다. 의도적 개입은 단기적으로는 목적한 효과를 거두는 것처럼 보일지 모르지만 예상치 못한 부작용을 유발함으로써 결국에는 더 큰 문제를 초래하게 된다. 간섭으로는 바람직한 사회를 이룰 수 없다. 오랜 시간 시행착오를 거쳐 형성된 자생적 질서만이 보편적이고 일관된 원칙들의 체계를 점진적으로 만들어 갈 수 있는 것이다. 간섭은 각자가 처한 상황에 자발적으로 대응할 수 없게 함으로써 개인들 사이의 자율적 조정을 방해한다.

동국대 2010 인문 수시 문제2 제시지문(나)

● 주제_ 소비이론(경제) ● 핵심 개념 · 주제어_ 과시소비와 모방소비 ● 난이도_ 하
● 독해와 요약 포인트_ 베블런의 '유한계급론'에 실린 '과시소비'에 대한 개념적 이해가 필요하다.

Conspicuous* consumption of valuable goods is a means of reputability* to the gentleman of leisure. As wealth accumulates on his hands, his own unaided effort will not avail to sufficiently put his opulence* in evidence by this method. The aid of friends and competitors is therefore brought in by resorting to the giving of valuable presents and expensive feasts and entertainments. Presents and feasts had probably another origin than that of naive ostentation*, but they acquired their utility for this purpose very early, and they have retained that character to the present; so that their utility in this respect has now long been the substantial ground on which these usages rest. Costly entertainments, such as the potlatch* or the ball*, are peculiarly adapted to serve this end.

* conspicuous 과시적인, reputability 좋은 평판, opulence 부(富), ostentation 겉치레,

potlatch 선물 파티, ball 무도회

서강대 2012 인문 수시 문제1 제시지문(가)

● 주제_ 예술적 창의성(예술과 문화) ● 핵심 개념 · 주제어_ 포스트모더니즘적인 개념 이해
● 난이도_상 ● 독해와 요약 포인트_ 철학(미학)적 개념인식에 대한 정확한 이해와 해석이 필요하다.

'사실'은 '느낌'의 죽음과 더불어 시작된다. …(중략)… '사실'의 세계는 고름이나 패총처럼 '느낌'의 잔해이다. 일상적 삶은 '느낌'에서 '사실'로, '위험'에서 '안정'으로의 끊임없는 이행이다. 예술이 진정한 삶을 복원하기 위한 시도라면, 예술은 일상적 삶과는 반대방향으로 진행할 것이다. 즉 사실에서 느낌으로, 안전에서 위험으로. 예술 — '느낌'의 잔해인 '사실'로부터 '느낌'을 되살려내는 일. 즉 패총으로부터 옛날 조개를, 고름으로부터 흰피톨을 되살리는 일. 요컨대 죽은 나무에서 꽃을 피우는 일. 그러므로 예술은 본질적으로 무모하고 어리석다.

서울시립대 2012 인문 모의 문제1 제시지문(다)

● 주제_ 개인과 사회(사회문화) ● 핵심 개념 · 주제어_ 상생과 경쟁 ● 난이도_중
● 독해와 요약 포인트_ 개인과 사회의 발전을 위해 상생과 경쟁 중 어느 것이 우선하는가에 대한 명확한 개념 이해가 따라야 한다.

자연이 인간들의 모든 소질을 계발시키기 위해 사용하는 수단은, 궁극적으로는 사회의 합법칙적인 질서의 원인이 되는 한에서, 사회 속에서 인간들 상호간에 벌이는 항쟁

이다. 내가 여기서 말하고 있는 '항쟁'이란 인간의 반사회적인 사회성을 의미한다. 즉 그것은 끊임없이 사회를 파괴하려고 위협하는 일반적인 저항들과 유사한 측면이 있으면서도 다른 한편으로는 사회를 이루어 살아가려고 하는 인간의 성향을 의미한다.

인간의 소질은 분명 인간의 본성에 존재한다. 인간은 자신을 사회화하려는 성향을 갖고 있다. 인간은 사회적 상태 속에서 자신의 자연적 소질을 계발하려고 하기 때문이다. 반면에, 인간은 자신을 개별화하려는 (자신을 고립시키려는) 성향도 강하게 가지고 있다. 인간은 자신 속에 단지 자신의 의도대로만 행동하려는 반사회적인 특성도 갖고 있기 때문이다.

따라서 인간은 자신이 다른 사람들에게 저항하는 성향을 갖고 있음을 스스로 알고 있으므로 도처에서 저항에 부딪치게 될 것임을 예측할 수 있다. 이 저항이야말로 인간의 모든 능력을 일깨워 주며, 인간으로 하여금 나태해지려는 성향을 극복하게 하고, 명예욕, 지배욕, 소유욕 등에 의해 행동하게 함으로써 어울리기도 힘들지만 벗어나기도 힘든 동시대인들 가운데에서 어떤 지위를 성취하게 해준다.

이런 과정을 통해, 조야한 상태로부터 본래 인간의 사회적 가치에서 성립하는 문화에로의 최초의 진보가 일어난다. 그때부터 인간의 모든 재능들이 점차 계발되고 취미가 형성되며, 인간은 계속된 계몽에 의해 도덕적 식별력에 대한 조야한 자연적 소질을 점차로 특정한 실천적 원리들로 변화시킬 수 있다. 이를 통하여 자연적 감정에 의해 함께 뭉친 인간의 사회를 도덕적인 전체로 바꿀 수 있는 사고방식이 자리를 잡기 시작한다.

반사회성은 그 자체로서는 사랑할 만한 속성이 아니기는 하다. 그렇지만 모든 사람들이 자신의 이기적인 자만에서 반드시 마주치게 되는 저항을 산출하는 그런 반사회성이 없다면, 인간의 모든 재능들은 완전한 조화로움과 만족감 및 서로를 사랑하는 목가적인 삶 속에서 영원히 묻혀버리고 말 것이다.

7 연세대 2012 인문 수시 문제1 제시지문(다)

● 주제_ 정신활동에 대한 형이상학적 물음(철학의 인식론) ● 핵심 개념·주제어_ 기억과 망각
● 난이도_ 상 ● 독해와 요약 포인트_ 정신활동에 대한 이해 방식에서 기억과 망각의 상관관계를 분석해내야 한다.

기억에 망각이 특이하게 혼합되는 것은 우리 정신에 있는 선택작용의 한 예이다. 선택은 그 위에 정신이란 배를 건조할 뼈대가 된다. 그리고 기억을 위해 선택이 쓸모 있다는 것은 분명하다. 모든 것을 기억한다면 우리는 어떤 것도 기억하지 않는 것과 마찬가지로 살아가기 어려울 것이다. 선택이 없다면, 우리가 과거의 어떤 기간을 회상하려 할 때 그것이 지속된 원래 시간만큼 오랜 시간이 걸릴 것이며 우리는 결코 사고를 앞으로 진전시키지 못할 것이기 때문이다. 따라서 모든 회상된 시간들은 원근단축이라는 것을 겪게 되는데, 이 원근단축은 그 시간들을 채웠던 수많은 사실을 생략함으로써 가능해진다.

원근단축이라는 축약 과정은 이와 같은 결손을 전제로 한다. 먼 옛날의 일을 떠올리기 위해 그 일과 현재의 우리 사이에 놓인 일련의 사건들을 모두 거쳐야 한다면, 그 조작에 오랜 시간이 걸리기 때문에 기억은 불가능할 것이다. 따라서 기억이 이루어지는 조건의 하나가 망각하는 것이라는 역설적 결론에 도달한다. 내가 알고 있는 많은 것들을 완전히 망각하지 않거나 일시적으로 망각하지 않는다면, 우리는 전혀 기억할 수 없을 것이다. 따라서 어떤 경우를 제외하고는 망각은 기억의 질병이아니라 기억을 건강하게 하고 살아있게 하는 조건이 된다.

하지만 망각 과정에는 아직도 설명되지 않은 변칙적인 것들이 있다. 어느 날 망각되었던 것이 다음 날에는 기억날 수도 있다. 우리가 상기하려고 아주 열심히 노력했지만 무위로 돌아간 것이, 우리가 그 시도를 포기하자마자 마치 언제 그랬냐는 듯 천연스레 정신 속으로 어슬렁어슬렁 걸어 들어올 수도 있다. 과거의 경험들이 여러 해 동안 철저하게 망각된 다음에도, 어떤 대뇌 질환이나 사고를 당한 경우, 잠복된 연상 통로가 개방되어 재생되는 일도 가끔 있다. 마치 사진사의 약물이 콜로디온 필름 속에서 잠자고 있는 그림을 현상해 내듯이 말이다.

이화여대 2013 인문(I) 모의 문제1 제시지문(나)

● 주제_ 보살핌에 대한 물음(형이상학) ● 핵심 개념·주제어_ 동정과 보살핌 ● 난이도_ 상
● 독해와 요약 포인트_ 영어지문의 정확한 해석을 통해 돌봄의 행위에 대한 개념이해를 명확히 해야
한다.

If we think of a caring person as having a virtuous disposition* instead of as engaging in a caring relational practice, we are likely to overlook the feelings of the person who is taken care of. To continue to have strong feelings of affection for someone who does not want those feelings but wants rather to be left alone, can be a failure of care. It fails to constitute a caring relation. On the other hand, a young person trying to distance himself from an overly concerned parent may actually welcome continuing affection despite the appearance of disdaining** it. Both parent and child may acknowledge that the solid caring relation needs reinterpretation to allow for greater mutual understandings.

Another limitation lies in seeing care as a virtue when we ask how caring should be. The person who tries to be caring but is instead selfless to the point of lacking self-respect, can be criticized as failing to have the necessary virtue. The servile housewife, the martyr*** mother, aspire to virtue but miss it. The servile housewife contributes to the macho husband and tyrant father who disdain her. The martyr mother produces children who face the world presuming they deserve deference. The person who participates in an admirable practice of care will not only respect himself or herself but will foster mutual respect and mutual autonomy.

* disposition 성향, 기질 ** disdaining 경멸하다 *** martyr 순교자

1

건국대 2011 인문 모의 문제1 제시지문(가)

●핵심 요약

사람의 주관에 따라 진실은 견해를 달리할 수 있다. 인간 마음속의 관념, 즉 주관이 내면적으로 폐쇄화되면 사회성과 합리성을 배제한 채 진실과는 무관하게 믿고 생각하고 행동할 수 있기 때문이다. 그렇더라도 (인간은 사회적 동물이기에) 개인적인 주관이 사회 내에서 관계하여 작용할 경우에는 진실 되어야 하는데, 주관이 사회적으로 객관화되어 일반화되지 못함으로써 진실이 오도되는 것이다.

●진실과 주관과의 관계

사회적 관계 속에서 개인적 주관과 사회적 진실은 그 인식을 달리한다. 즉, 개인적 주관이 사회적 관계 속에서 일반화되지 못하면 왜곡될 수 있다.

경희대 2011 인문(I) 수시1차 논제I 제시지문(라)

●지문 해석

모두에게 개방된 목초지를 생각해보자. 목장주는 가능하면 많은 소를 공유지(land for common use)에서 기르려고 할 것이다. 부족 간의 전쟁, 밀렵, 질병에 의해 사람과 가축의 수 모두 땅의 수용 능력 이하로 유지될 것이어서 그런 방식이 수세기 동안은 무리 없이 작동하게 된다. 그리하여 결국에는 사회의 안정이라는 오랜 목표가 마침내 현실화되는 날이 올 것이다. 이 시점에서 공유지의 내재적 논리가 엄청난 비극을 가져오게 된다.

합리적인 인간으로서, 각 목장주들은 자신의 이익을 극대화하려고 든다. 명시적이든 아니면 암묵적이든, 의식적이든 그렇지 않든, 그는 "공유지에 풀어놓은 가축 떼에 한 마리를 더 추가한다고 해서 내가 얻게 되는 효용성에 뭔 차이가 나겠는가?" 하며 반문할 것이다. 하지만 그 효용성에는 긍정적인 요인과 부정적인 요인이 함께 들어 있다.

1)긍정적인 요인은 공유지에 증가하는 가축 한 마리가 갖는 효용성이다. 목장주는 추가된 가축 한 마리를 판매함으로써 얻게 되는 이익을 모두 갖게 되므로, 긍정적 효용성은 +1에 달하게 된다.

2)부정적인 요인은 늘어난 한 마리에 의해 발생하는 과다방목에 따른 효용성이다. 헌데, 과다 방목에 따른 효용성은 전체 목장주들에게 골고루 분담되기 때문에, 한 마리 늘리기를 결정한 목장주에게 돌아오는 부정적인 효용성은 단지 −1의 일부분(즉, 1/n)에 불과하다.

이 두 효용성을 더할 경우, 합리적인 목장주라면 자신의 가축 떼에 다른 가축을 추가하는 게 더 현명한 결정이라는 결론을 내릴 것이다. 그리하여 한 마리, 한 마리씩 늘리고…. 하지만 이는 공유지를 공유하는 모든 목장주들이 저마다 도달하게 되는 결론이기도 하다. 바로 여기에 비극이 있다. 공유자원이 유한한 세상(즉, 공유지 내)에서 각자가 자기의 가축을 제한 없이 늘리려 하는 시스템에 모두 갇히게 된다. 그러한 사회에서 각자가 자기 이익만을 최대한으로 추구함으로써 각자가 내달려가는 것은 결국 파멸에 이르는 길이 된다.

●핵심 요약

공유지 내에서 개개인에게 자유롭게 방목을 허용할 경우, 결국 공유지의 목초가 고갈됨에 따라 공멸하고 만다. 이는 개인의 무제한적인 자유의 추구가 자칫 전체의 이익을 해칠 수가 있기에, 이를 일정 부분 제한해야 함을 의미한다.

3 고려대 2012 인문 수시 오전 논제1 제시지문(1)

●전체 요약(400~450자 내외)

더 나은 사회를 만든다는 명분하에 개인의 자유를 제한하는 것은 옳지 않으며, 결국 전체주의를 불러올 뿐이다. 관습·도덕 등 사회를 규율하는 기본 질서는 특정 목적 하에 타율적으로 만들어낸 게 아니라, 다양한 시행착오를 거쳐 오면서 자율적으로 형성된 것이기 때문이다. 사회구성원들이 새로운 생각과 행동방식을 끊임없이 시험하는 과정에서 사회는 진보적으로 발전해 가는데, 이를 위해서는 무엇보다 개인의 자유와 사적 영역이 보장되어야 한다. 하지만 사회구성원 사이의 자율적 조정을 간섭하는 정부의 의도적 개입은 사회의 발전을 강제하는 것으로서, 이는 그만큼 본래의 목적과는 다른 결과를 낳는다. 그럼에도 정부는 국민의 복리를 증진시킨다는 명목으로 다양한 부문에 개입하고 있는데, 이 같은 정부의 간섭은 개인의 자발적인 대응과 자율적인 조정을 방해함으로써 예상치 못한 부작용을 낳는 등 더 큰 문제를 초래할 뿐이다. 이처럼 정부의 간섭은 자유의 원리를 위배하는 것으로서, 결국에는 바람직한 사회를 만드는데 저해가 될 뿐이다.

4 동국대 2010 인문 수시 문제2 제시지문(나)

●지문 해석

값비싼 재화에 대한 과시적 소비는 유한계급(상류층)이 좋은 평판(존경)을 얻는 수단의 하나다. 수중에 부(富)를 축적한 유한계급이라도 다른 사람의 도움 없이 혼자만으로는 자신의 풍요(재력)를 남들에게 과시할 수 없다. 값비싼 선물을 주거나 호화스런 잔치와 연회를 베푸는 과정을 통해 동료나 경쟁자의 도움을 받게 된다. 선물과 잔치가 본래는 순수한 과시(겉치레)가 아닌 유래를 가지고 있을지 모르지만, 오래전부터 과시의 효과를 가지게 되었으며 그런 특성은 오늘날까지도 이어지고 있다. 예전부터 선물과 연회가 부(富)를 과시하는 수단으로 이용된 이유는 바로 이런 효과 때문이다. 선물 파티나 무도회와 같은 호화스런 연회는 과시의 목적에 특히 적합한 것이다.

●핵심 요약

과시적 소비는 유한계급이 주변의 동료나 경쟁자에게 존경을 얻기 위해 값비싼 선물을 주거나 잔치나 연회를 베푸는 행위이다. 오래전부터 선물과 연회가 부를 과시하는 수단으로 이용된 이유가 바로 이 같은 효과를 노린 때문이다.

서강대 2012 인문 수시 문제1 제시지문(가)

●해설

우리가 어떠한 실체를 인식하여 그것을 하나의 객관화된 사실로 받아들인다는 것은, 그 실체에 대해 우리가 느끼는 다양한 주관적 인식을 보편화함으로써 이를 하나의 고정된 관념으로 이미지화한 것이다. 우리는 우리가 알고 느끼고 있는 것들을 기꺼이 사실로서 받아들이려 하는데, 왜냐하면 그렇게 함으로써 우리의 일상적인 삶이 보다 안정된 방향으로 나아가기를 바라기 때문이다. 예술이 진정한 삶을 일깨우기 위한 시도라면, 이는 이렇듯 일상생활에서 고정화되고 화석화되어버린 사실들로부터 벗어나 우리가 느끼는 그대로의 생각, 즉 예술적 창의성을 일깨울 수 있어야만 한다. 그 결과 예술은 본질적으로 우리의 안정적인 삶에 대한 일탈을 추구하기에 그만큼 모험적이고 도전적이다.

●핵심 요약

안정적인 삶의 지향을 거부하고, 고정화된 기성관념으로부터 벗어나려는 데에서부터 예술적 창의성은 시작된다.

서울시립대 2012 인문 모의 문제1 제시지문(다)

●핵심 요약

인간의 자기계발 과정에서 발현되는 저항의 표출인 '반사회성'은 인간의 무한한 잠재

능력을 일깨워주고, 궁극적으로는 인간 사회를 도덕적인 전체로 발전시키는 원동력이다. 따라서 인간의 반사회적 저항이 없다면 인간의 모든 재능은 사장되어버리고 말 것이며, 이에 따라 개인과 사회의 발전은 기대하기가 어렵다.

7 연세대 2012 인문 수시 문제1 제시지문(다)

●전체 요약

기억과 망각의 혼재 속에서 우리의 정신활동은 선택작용을 한다. 만약에 이러한 선택작용이 없다면, 우리는 그 많은 기억으로부터 원하는 어떤 기억을 떠올리기가 그만큼 어려워지게 되는데, 이로 인해 우리의 사고는 결코 앞으로 진전하지 못할 것이다. 오래전 기억들에 대해 회상한다는 것은, 그 시간 동안에 채웠던 수많은 기억을 망각하는 원근 단축이 이뤄졌다는 뜻이기도 하다. 원근 단축은 이처럼 망각을 전제로 하는데, 그렇기에 기억의 전제조건이 망각이라는 역설적 결론에 도달한다. 따라서 망각은 기억의 질병이 아니라 기억을 더욱 건강하게 하고 살아있게 하는 전제조건이 된다. 하지만 망각과정에는 아직도 설명되지 않는 것들도 있는데, 그 중 하나가 바로 우리가 기억해내려고 열심히 노력했음에도 불구하고 망각됐던 기억이, 이후에 마치 언제 그랬냐는 듯이 부지불식간에 기억되는 현상이 그것이다.

●다시 축약

기억과 망각의 혼재 속에서 일련의 정신적 선택작용이 없게 된다면, 그 많은 기억으로부터 우리가 원하는 기억을 떠올리기가 그만큼 어려워지며, 이에 따라 우리의 사고는 정체되고 만다. 우리가 오래전 기억들을 떠올릴 수 있다는 것은, 그 시간 동안에 채웠던 수많은 기억을 망각하는 원근단축이 이뤄졌기 때문이다. 이처럼 기억은 망각을 전제로 하는데, 그렇기에 망각은 기억의 질병이 아니라 기억을 더욱 건강하게 하고 살아있게 하는 전제조건이 된다.

●(다)를 정신활동에 대한 이해방식의 관점에서 다시 정리하면

망각은 인간 정신의 선택적 활동작용으로, 기억은 망각을 전제로 한다. 따라서 우리의 사고를 더욱 발전시키려면 그만큼 망각을 통해 기억의 많은 부분을 비우되, 꼭 필요한 것만을 선택적으로 기억해야 한다.

8 이화여대 2013 인문(I) 모의 문제1 제시지문(나)

●지문 해석

만약 우리가 관계적 실천으로서가 아니라 도덕적인 성향 때문에 사람들을 돌본다고 생각한다면, 이는 보살핌을 받는 사람들이 갖게 될 감정을 간과하는 것이다. 보살핌을 받는다는 느낌을 받기 보다는 차라리 혼자 있겠다고 생각하는 사람들에 대해서까지 강한 보살핌의 마음을 갖는다면, 결국 돌봄은 실패로 끝날 수가 있다. 즉, 돌봄의 관계는 단절된다. 이와는 달리, 부모의 지나친 관심으로부터 벗어나려는 어린이들에게는 그러한 행동에 대해 무시하는 태도를 보이기보다는 끊임없이 관심을 나타내는 게 보다 효과적이다. 부모와 자식들은 이를 단선적인 보살핌의 관계에 있어서의 상호간의 이해의 폭을 넓혀주기 위해 필요한 재해석으로 여길 것이다.

우리가 돌봄이 어떠해야 하는가를 물었을 때 갖게 되는 또 다른 한계는, 단순히 돌보는 것 자체를 하나의 미덕(善)으로 여긴다는 것이다. 이타심보다는 결여된 자존감을 대신하려고 누군가를 보살피고자 애쓰는 사람들은 자칫 필요적 善을 갖추진 못한 사람이라고 비난받을 수가 있다. 순종적인 주부, 헌신적인 어머니는 그런 점을 간과한 채 돌봄을 단지 미덕이라고 생각하고 있다. 순종적인 주부는 자신이 무시당하고 있음에도 불구하고 권위적인 남편과 폭압적인 아버지에게 헌신하며 살아간다. 헌신적인 어머니는 아이들이 존귀하게 태어나는 게 당연한 세상이치라고 여기고 자식을 낳는다. (하지만) 이렇듯 헌신적으로 돌봄을 실천하는 사람들은 그들 스스로가 자존감을 가져야 할 뿐만 아니라, 행위자와 피행위자 상호간의 존중을 통해 주체적·자율적으로 발전되어야 한다.

●핵심 요약

단지 도덕심 때문에 사람들을 돌본다고 생각한다면, 이는 타인의 감정을 무시한 것이기에 옳지 않다. 왜냐하면 이는 타인으로부터 존경받기를 기대하는 결여된 자존감의 보상심리가 작동한 일방적인 행위에 지나지 않기 때문이다. 그렇기에 돌봄은 이를 실천하는 사람들 스스로가 자존감을 가질 뿐만 아니라, 이것이 상호간의 존중과 주체성으로까지 발전되어야만 가능해진다.

●(나)의 돌봄의 행위를 분석하면

_돌봄은 자기 위안적인 생각에 따른 행동일 뿐이다.

_돌봄은 결여된 자존감을 보상받으려는 기대심리의 감추어진 이면에 지나지 않다.

_돌봄은 행위자와 피행위자 상호간의 존중과 주체적 자율성을 전제한다.

논술로 대학을 바꾼다

1판 1쇄 인쇄 | 2012년 6월 15일
1판 1쇄 발행 | 2012년 6월 20일

지은이 | 김태희
펴낸이 | 최봉규

책임편집 | 김종석
편집 | 문현묵
표지본문디자인 | 이오디자인
마케팅총괄 | 김낙현
경영지원 | 양윤선

펴낸 곳 | 지상사
출판등록 | 제2002-000323호(2002년 8월 23일)
주소 | 서울특별시 강남구 역삼동 730-1 모두빌 502호
전화 | 02)3453-6111
팩스 | 02)3452-1440
이메일 | jhj-9020@hanmail.net
홈페이지 | www.jisangsa.co.kr

ⓒ 김태희, 2012
ISBN 978-89-6502-147-6 13800